KNAUR

Von Di Morrissey sind bereits folgende Titel erschienen:
Die Korallentaucherin
Tränen des Mondes
Im Tal der roten Zedern
Der Gesang des Wasserfalls
Im Land der glühenden Sonne
Im Land der goldenen Tempel
Die Blüten der Wüste
Im Licht der Korallenblüte
Im Schatten des Pfefferbaums
Himmel über roter Erde

Über die Autorin:
Di Morrissey ist die erfolgreichste Autorin Australiens. Als Journalistin arbeitete sie für Frauenmagazine, Radio und Fernsehen, schrieb Drehbücher und Theaterstücke und wirkte an zahlreichen TV-Produktionen mit. Sie lebt heute auf einer Farm in Byron Bay, New South Wales.

Di
Morrissey

Der Ruf des Nachtvogels

EIN TASMANIEN-ROMAN

Aus dem australischen Englisch
von Heide Horn und Gerlinde Schermer-Rauwolf,
Kollektiv Druck-Reif

KNAUR

Besuchen Sie uns im Internet:
www.knaur.de

Aus Verantwortung für die Umwelt hat sich die Verlagsgruppe Droemer Knaur zu einer nachhaltigen Buchproduktion verpflichtet. Der bewusste Umgang mit unseren Ressourcen, der Schutz unseres Klimas und der Natur gehören zu unseren obersten Unternehmenszielen. Gemeinsam mit unseren Partnern und Lieferanten setzen wir uns für eine klimaneutrale Buchproduktion ein, die den Erwerb von Klimazertifikaten zur Kompensation des CO_2-Ausstoßes einschließt. Weitere Informationen finden Sie unter: www.klimaneutralerverlag.de.

FSC
www.fsc.org
MIX
Papier aus verantwortungsvollen Quellen
FSC® C019821

Deutsche Erstausgabe

Knaur Taschenbuch
Ein Imprint der Verlagsgruppe
Droemer Knaur GmbH & Co. KG, München

Covergestaltung: ZERO Werbeagentur, München
Coverabbildung: Collage unter Verwendung von shutterstock.com
Satz: Adobe InDesign im Verlag
Druck und Bindung: C.H. Beck, Nördlingen
ISBN 978-3-426-52459-6

2 4 5 3 1

Für alle Umweltaktivisten, die ihr Bestes geben …
die aufstehen, ihre Stimme erheben
und ihren Beitrag leisten, ob groß oder klein,
um die größte Kostbarkeit des Universums zu bewahren –
den Planeten Erde.

Prolog

Südost-Tasmanien, 1993

Von den dunkelgrünen Gipfeln aus gesehen wirkten die beiden bunten Kleckse unten auf dem Felsvorsprung über dem reißenden Fluss wie kleine Wesen – ein blaues und ein rotes –, die sich Zentimeter für Zentimeter vorantasteten. Behutsam näherten sie sich einem klaffenden Loch in der Felswand – womöglich einer Höhle?

Doch als der eisige Wind die Berge hinabfegte und die Baumwipfel zauste, taumelte der rote Klecks plötzlich, rollte über den Felsvorsprung und stürzte durch die letzte Baumreihe vor dem reißenden Wildwasser, das auf seinem Weg zum Meer um die Felsen schäumte.

Der blaue Klecks reagierte sofort, und hätten wir uns die Szene näher herangezoomt, hätten wir ein kleines Mädchen in blauem Regenmantel gesehen, dem der Wind die Kapuze vom kastanienbraunen Haar geweht hatte. Wir hätten beobachtet, wie es auf dem Hintern hinabrutschte, ohne sich um Dornen und Geäst zu scheren, und sich dann durch das Unterholz am Bachufer hindurchkämpfte.

Das Mädchen im roten Regenmantel lag jetzt scheinbar leblos im Schilf, die Beine im eisigen Wasser. Schlamm umspülte seine Haare, das Gesicht war kalkweiß.

»Sally! Sal … ich bin hier … steh auf!«, schrie das andere Mädchen und rannte platschend auf die Gestalt zu, an deren Beinen eine kraftvolle Strömung zerrte und sie ins tiefere Wasser zog.

Das Mädchen in Blau stapfte durchs hohe Schilf, stolperte im trüben Wasser über Äste und Steine und rief: »Ich komme, Sal …«

Als sie die reglose Gestalt in Rot erreichte, die weiter abzutreiben drohte, packte sie sie am Arm, und ein Tauziehen mit der Strömung begann.

»Sally! Wach auf … hilf mir.« Sie zerrte und zog, fühlte, wie sie auszurutschen drohte, wobei ihre Füße immer tiefer im Schlamm versanken. Panik stieg in ihr auf, denn sie merkte, dass sie nicht groß und stark genug war.

Da durchfuhr die schlaffe Gestalt plötzlich ein Ruck, sie löste sich aus der Umklammerung des anderen Mädchens, rollte sich zur Seite und würgte, während das Mädchen in Blau hektisch nach vorne stürzte und sie am roten Regenmantel festhielt. Das liegende Mädchen hustete, hob den Kopf und griff nach dem Schilf, um Halt zu finden.

»Schnell, Sally, nimm meine Hand.«

Auf dem rutschigen Grund halb watend, halb kriechend erreichte das zähneklappernde, durchnässte Mädchen das Ufer, spuckte Schlammwasser und rang keuchend nach Luft.

»Sal … bist du verletzt? Was ist passiert?«

»Ich weiß nicht. Mir ist schlecht.« Wieder spuckte und hustete sie. »Igitt.«

»Du bist vom Felsvorsprung gefallen. Ich hab einen Riesenschreck gekriegt!«

»Tut mir leid!«

»Hast du dir wehgetan?«

Tränen rollten über Sallys verängstigtes Gesicht, während sie nickte. »Ich will nach Hause, Jess.«

»Ja, komm.« Jessica zog Sally hoch. Vor ihr stand nun nicht ihre tapfere, unerschrockene Freundin, sondern ein kleines, verletztes Mädchen von acht Jahren, das vor Schmerz immer wieder zusammenzuckte und stöhnte, während sie sich auf sie stützte.

»Hast du dir was gebrochen?«

»Ich weiß es nicht!« Wut lag in der tränenerstickten Stimme.

»Wir müssen nach Hause, Sal. Komm, ich nehm dich auf dem Gepäckträger mit.«

»Sie werden uns nie wieder zur Höhle lassen, Jess«, murmelte Sally unglücklich.

»Niemand weiß etwas von der Höhle. Wir sagen einfach, wir waren auf Entdeckungstour.«

Untergehakt und eine auf die andere gestützt kämpften sich die beiden Mädchen langsam die Uferböschung hinauf.

Hinter ihnen sank winterlicher Nebel von den düsteren Hügeln herab und verbarg die triefenden Bäume und das schäumende Wasser.

1

Hobart, 1999

Sally saß auf dem völlig überfüllten Flughafen dicht neben Jessica; beide Mädchen baumelten mit den Beinen und blickten zu Boden.

»Ich bin so sauer. Das ist nicht fair. Warum muss dein Dad denn umziehen?« Sally wand sich ein paar Haarsträhnen um den Finger und zwirbelte die Enden.

»Sal, hör auf, deine Haarspitzen zu ruinieren. Du weißt doch, dass es wegen seinem Job ist«, antwortete Jessica. »Wir werden immer Freundinnen bleiben. Du kommst mich besuchen, und Mum sagt, dass wir ab und zu herkommen, um uns mit unserer Familie zu treffen. Was meinst du denn, wie's mir geht?«, setzte sie ärgerlich hinzu. »Ich muss ganz von vorn anfangen! Eine neue Schule, keine Freunde. Das stinkt mir ganz schön. Und ich werde nie wieder eine allerbeste Freundin haben wie dich. Du stehst mir näher als irgendwer sonst. Mehr als eine *Schwester.*«

»Na, zumindest hast du einen Bruder, auch wenn er erst sieben ist. Ich habe niemanden außer Mum und Dad. Himmel, wir sind Teenager, Jess, jeder sagt, dass das die härteste Zeit in unserem Leben ist. Und da ziehst du weg.« Sally schmollte.

»Ich weiß, aber was soll ich machen? Es ist schrecklich. Gib nicht mir die Schuld, Sal.«

Die beiden Teenie-Freundinnen blickten hinüber zu einem Tisch in der Nähe, wo Jessicas Eltern, ihr Bruder Anthony und Sallys Mutter Mollie saßen.

»Und denk daran, mich anzurufen und mir zu schreiben. Du hast es versprochen.«

»Klar doch. Du auch.«

»Für mich ist es schlimmer, ich sitze hier fest«, maulte Sally. »Auf dich warten Abenteuer oder zumindest neue Erfahrungen.«

»Aber sicher doch! Als ob ich in einer Großstadt viel Spaß hätte! Mir fehlt unsere Farm schon jetzt.«

»Sydney ist garantiert interessanter als das hier … oh, da kommt deine Mum«, sagte Sally.

»Tut mir leid, Mädchen, aber es ist Zeit, *au revoir* zu sagen. Nicht *adieu*. Zu Weihnachten sind wir bestimmt wieder hier. Und ich habe mit deiner Mutter besprochen, dass du uns gerne nächstes Jahr während der Olympischen Spiele besuchen kannst, Sal. Wäre das nicht toll?« Mrs Foster beugte sich zu Sally hinunter und gab ihr einen Kuss, dann musterte sie die beiden. »Ihr werdet immer Freundinnen bleiben. Ihr seid zusammen aufgewachsen, das schweißt auf ganz besondere Art zusammen. Und jetzt stellt euch mal hierher, damit wir ein Foto machen können.«

Brav standen die Mädchen nebeneinander, sie hatten sich die Arme um die Schultern gelegt und ein starres Lächeln im Gesicht. Als sich dann die beiden Mütter umarmten und Jessicas Vater und Bruder zum Abschied winkten und zur Boarding-Schranke gingen, umklammerten sich die beiden Mädchen, und Tränen liefen über ihre Wangen. Mit ihren vierzehn Jahren hatte jede der beiden das Gefühl, dass sie nie, nie wieder eine so gute Freundin haben würde.

Dann stand Sally neben ihrer Mutter, und beide sahen zu, wie das Flugzeug langsam davonrollte.

»Ich werde schrecklich einsam sein«, jammerte Sally.

»Sal, du hast jede Menge Freundinnen und Freunde«, erwiderte ihre Mutter. »Für Jess wird es viel härter werden, sie kennt niemanden in Sydney. Komm jetzt, wir müssen heim zu Dad.«

Die Zeit verstrich, doch die beiden Mädchen blieben beste Freundinnen, auch als sie unterschiedliche Wege einschlugen und sich nur noch alle paar Jahre sahen. Sie wussten, dass ihre Freundschaft unverbrüchlich war und stets Bestand haben würde.

Und wie Jessicas Mutter gesagt hatte: Die gemeinsame Kindheit hatte ein besonderes Band zwischen den beiden geschmiedet, vielleicht auch durch die Abgeschiedenheit des kleinen tasmanischen Ortes, in dem sie aufgewachsen waren. Damals hatten sie ihre Heimat an der Südostküste der Insel als nichts Besonderes betrachtet, doch als Erwachsene erkannten sie, dass sie in einem magischen Abenteuerland aufgewachsen waren. Hier waren sie durch Wald und Flur geritten und geradelt, hatten Obst gepflückt und mit Hunden gespielt, Bäche und Klippen erkundet. Sie hatten vom Ruderboot aus in Flüssen geangelt, waren in Buchten gesegelt, hatten an einsamen, wilden Stränden und in Höhlen gepicknickt und manchmal im Meer gebadet.

Und sie hatten Geheimnisse, Gefahren und Träume miteinander geteilt. Dabei waren sie so verschieden, wie man nur sein konnte.

Sally Adamson mit ihren lockigen blonden Haaren und den graublauen Augen war eine Träumerin. Zwar schien sie die Stillere der beiden zu sein, doch die extrovertiertere blauäugige Jessica mit den dunkelbraunen Locken, die gern laut lachte, schätzte ihren drolligen Humor.

Oft sagten ihre Eltern, sie seien so verschieden wie Tag und Nacht, und lachten darüber, wie eindeutig sie bewiesen, dass Gegensätze sich anzogen. Im Lauf der Zeit hatten sie akzeptiert, dass das Paar nur während der Schulwoche zu trennen war, wenn beide nachts zu Hause schliefen. An den Wochenenden übernachteten sie abwechselnd beieinander, und in den Ferien zelteten sie entweder mit der einen oder mit der anderen Familie.

Als Jessicas Vater nach Sydney versetzt wurde, um dort ein wissenschaftliches Labor an der Universität zu leiten, tat der Abschied daher unendlich weh. Doch die Freundschaft der Mädchen wurde noch inniger. Sooft sie konnten, trafen sie sich, und in den Schulzeiten schütteten sie einander in langen Briefen ihr Herz aus, denn Telefonieren, um lediglich zu schwatzen, wurde von den Eltern als zu teuer erachtet.

Als sie Anfang zwanzig waren, gingen sie gemeinsam für ein Jahr nach Übersee. Und obwohl sie einander geschworen hatten, Singles zu bleiben und so lange wie möglich Freiheit und Abenteuer zu genießen, verliebte sich Sally Hals über Kopf und brachte einen Verlobten mit nach Hause – Toby Sandford, einen tasmanischen Burschen vom Land, der eine Rucksacktour machte, bevor er zu Hause seinen Eltern auf der Farm helfen sollte.

Sie hatten so vieles gemeinsam. Sally, die auf Arcadia, dem Anwesen ihres Großvaters im Südosten der Insel, groß geworden war, wollte sich nur zu gern auf dem Land niederlassen. Ihre Hochzeit fand im Garten des Gutes statt, das ihre Mutter geerbt hatte und das das junge Paar bewirtschaften wollte. Jessica, Brautjungfer ihrer Freundin, reiste anschließend wieder nach Sydney, wo sie in die Fußstapfen ihres Vaters trat und an der Universität eine akademische Laufbahn einschlug.

Nur kurze Zeit nach Sallys Hochzeit eroberte Harden Blake, ein Werbefachmann, Jessicas Herz im Sturm. Sie zogen zusammen in eine schicke Wohnung in Mosman mit Blick auf Sydney Harbour. Achtzehn Monate später heirateten sie in kleinem Kreise, wie es gerade angesagt war, im Garten eines vornehmen Hauses in Bellevue Hill, das einem Freund von Hardy gehörte.

Toby verließ die Farm seiner Eltern und zog mit Sally nach Arcadia, um dort die Farm zu bewirtschaften. Die ersten glücklichen Jahre wohnten sie in einem kleinen Cottage auf dem Anwesen, doch dann starb Sallys Vater an einem Herzinfarkt, und wenig später wurde Sally schwanger. Daher bestand Mollie darauf, dass das junge Paar ins Haupthaus übersiedelte und stattdessen sie im Cottage lebte.

Während ihrer Schwangerschaft fuhr Sally zusammen mit Mollie nach Sydney und besuchte Jessica. »Ich bin Hausfrau, schwanger und glücklich. Wir kaufen Babysachen fürs Kinderzimmer, und ich lass mich verwöhnen.« Sie grinste. »Wann kriegst du ein Baby und wirst sesshaft?«

»Ich bin sesshaft!«, protestierte Jessica. »Ich bin verheiratet, wir haben beide gute Jobs und eine hinreißende Wohnung. Warum sollte mir das nicht genügen? Kinder sind noch kein Thema. Vorher will Hardy das große Haus mit Garten und Swimmingpool und den Direktorenposten in der Werbeagentur.«

Sally musterte ihre älteste und beste Freundin. Offenbar lebten sie mittlerweile in völlig verschiedenen Welten. »Und was möchtest du, Jess? Es sieht so aus, als wäre dir das ländliche Tasmanien zu popelig geworden, dabei dachte ich, na ja, ich hab geglaubt, dass wir dieselben Dinge wollen.«

»Das ist doch auch so!« Jessica umarmte sie. »Im Grunde hat sich nichts geändert. Ich sehe mich nur einfach noch nicht als Mutter, das ist alles.«

Sally erwiderte die Umarmung, doch sie vermutete, dass mehr dahintersteckte.

Aber sie hatten beide so viel um die Ohren, dass sie einander nur noch sporadisch besuchten. Und da der ruhige, gelassene Farmer Toby und der gewiefte, ehrgeizige Werbefachmann Hardy nicht viel miteinander anzufangen wussten, trafen sich die Freundinnen meist ohne ihre Partner. Bei einer ihrer Reisen nahm Sally die kleine Katie mit nach Sydney, und sie aßen alle zusammen bei Jessicas Eltern zu Mittag. Sally erzählte ihnen, dass sie und Toby die alten Pferdekoppeln und Weiden von Arcadia zu Ackerland umwidmeten und dort neue Produkte anbauten. Jessica hingegen war gerade dabei, ihren Doktor zu machen und die Karriereleiter emporzuklettern; sie übernahm eine verantwortungsvollere Stellung als Leiterin eines Forschungslabors an der Universität, an der sie auch studiert hatte.

Ein, zwei Jahre später rief Sally über Skype Jessica an, um ihr nachträglich zum Geburtstag zu gratulieren, und sie überlegten eine Weile, wann sie sich zuletzt gesehen hatten. Überrascht und ein bisschen traurig stellten sie fest, dass das schon sehr lange her war.

Nun ja, so ist der Lauf des Lebens, dachte Sally. Sie hatten alle Hände voll zu tun, waren ausgefüllt, glücklich und erfolgreich und wussten dabei doch, dass sie einander jederzeit anrufen konnten.

Und eines Tages kam der Anruf.

»Sal, ich bin's. Ich muss dich sehen. Ich komm zurück nach Hause. Allein.«

Sally war sehr beunruhigt, doch sie sagte lediglich: »Klar doch, Jess. Wann und wo? Ich hole dich ab.«

Draußen bewegte sich kein Blatt. Die Sonne glitt hinter die Berggipfel und tauchte sie in zartes Gold. Doch in diesem Moment war Sally blind für die Schönheit der Landschaft. Sie steckte das Telefon zurück in die Tasche und dachte über ihre Freundin nach.

Südostküste von Tasmanien, 1935

Stella Holland ließ den Feldstecher sinken, den Stephen auf einer Fahrt nach Sydney gekauft und ihr zur Hochzeit geschenkt hatte. Sie war hellauf begeistert davon. Man sah damit so viel schärfer als mit dem alten Opernglas, das sie jahrelang benutzt hatte, und er war speziell für den Einsatz im Freien gedacht. Sie trug ihn an einem stabilen Lederriemen um den Hals, sodass er sich an ihre Seidenbluse mit dem Paisleymuster schmiegte. Als sie ihn wieder an die Augen hob, drehte sie an der Scharfeinstellung, während sie die Baumkronen des alten Eukalyptuswaldes absuchte.

Ihr Augenmerk galt der Stelle, wo ein dicker Ast aus einem soliden Stamm herauswuchs. In dem schwindenden Licht konzentrierte sie sich auf etwas, was hinter dem sacht wehenden Blättervorhang zu erahnen war.

Stella hielt den Atem an. Ja, da saß sie – der massige Körper von gefleckten Federn ummantelt, die ihr wie das glamouröse Cape eines Filmstars um die Schultern lagen und die cremeweiße Brust frei ließen. Die effektvolle weiße Maske im Gesicht, die kohlschwarze Umrandung der dunklen Augen und der gebogene Schnabel ließen keinen Zweifel aufkommen, welcher Vogel da reglos den Waldboden und die Lichtung zwischen ihnen beäugte.

Nein, ihre Hände zitterten nicht, doch sie flüsterte ergriffen den Namen des Vogels. Denn die Maskenschleiereule war das Geschöpf, das sie unbedingt hatte beobachten wollen. Es hatte eine Weile gedauert, bis sie ihr Kreischen identifiziert hatte, weil es nicht das leise *Uhuuu* war, das sie von einem scheuen Nachtvogel erwartet hätte. Erst ein paar andere Vogelbeobachter, vor denen sie den Laut nachgeahmt hatte, hatten sie auf die Spur gebracht. Als sie dann die kleine Gruppe der Vogelfreunde in ihren Wald eingeladen hatte, machte der erfahrenste Experte sie auf das haarig fedrige Gewölle und den weißen Kot am Fuß eines Baumes aufmerksam. Seither hatte sie diesen großen alten Baum im Blick behalten. Zwar waren Maskenschleiereulen in Tasmanien weitverbreitet, doch in der Gegend von Burridge, der nächstgelegenen Stadt, sah man nur selten eine. Im Norden der Insel kamen sie viel häufiger vor.

Als hätte der Vogel sie gehört, hob er den Blick und starrte sie mit einem furchtlosen, leicht neugierigen Ausdruck an, worauf Stella unwillkürlich den Feldstecher absetzte.

Sie spähte durchs Dickicht zu der grasbewachsenen Lichtung, an deren Rand die Gruppe gewaltiger alter Königseukalyptusbäume aufragte. Ihre Brettwurzeln waren mit grober grauer Rinde bedeckt, während sich die Borke an den hoch aufragenden Stämmen abschälte und helles Holz freigab, als hätte der Baum Sonnenbrand. Zwischen den ausgestreckten Ästen verbargen sich Höhlen.

Bei einem weiteren Blick zu dem Baum, den sie beobachtet hatte, konnte Stella auf einem Ast schemenhaft die Eule ausmachen. Um sie nicht zu verscheuchen, zog sich Stella zwischen die Bäume zurück und versuchte, sich zu sammeln. Nun warteten beide die nächste Bewegung der anderen ab.

Die Sonne ging unter, und es war, als würde das letzte Tageslicht aus dem Himmel über den Bäumen gesaugt. Obwohl es schon zu dämmerig war, um genaue Einzelheiten zu erkennen, wollte Stella nicht gehen. Auch wenn sie wusste, dass sie dann in völliger Dunkelheit zum Haus zurückkehren musste.

Doch da wurde sie für ihre Geduld belohnt.

Mit elegantem Schwung erhob sich die Eule von ihrem Ast. Die schwarz umrandeten creme-, bronze- und lohfarbenen Schwingen weit ausgebreitet, stieß sie auf die Lichtung nieder, wo sie geschickt ihre Beute packte. Mit dem kleinen Nagetier in den Krallen flog sie triumphierend über Stella hinweg und verschwand lautlos zwischen den Wipfeln.

Stella hatte den Feldstecher rasch emporgerissen, konnte in dem Dämmerlicht jedoch kaum etwas erkennen. Die Eule hatte sich zu ihrem Mahl in einen verborgenen Winkel zurückgezogen. Und wieder war alles ganz still, nichts rührte sich.

Oder doch?

Noch mit dem Fernglas vor Augen nahm Stella eine winzige Bewegung wahr. Ja, da war etwas, weiter hinten am Rand der Lichtung. Zwei dunkle Gestalten in dicken Jacken zogen etwas hinter sich her. Was hatten sie auf ihrem Grundstück zu suchen? Waren es Jäger? Hinter welcher Beute mochten sie her sein? Rotwild vielleicht? Oder Filander?

In diesem Augenblick flitzte etwas auf sie zu und nahm ihr kurz die Sicht. Rasch ließ Stella das Fernglas sinken, hob die Arme, um ihr Gesicht zu schützen, und spürte einen von großen Schwingen verursachten Luftzug. Die Eule war so dicht vorbeigeflogen, dass sie unwillkürlich ein paar Schritte zurückgewichen war. Als sie dann aus dem Gebüsch emporspähte, saß die Eule mit leicht geneigtem Kopf in einem Baum und beobachtete sie.

Auf der Lichtung war wieder Bewegung. Ein Mann, die karierte Jagdmütze tief ins Gesicht gezogen, ging mit einem Ast als Wanderstock in ihre Richtung.

Sie wollte schon aus den Büschen treten und ihn grüßen, doch der rasche Schritt, der gesenkte Blick und die grimmige Miene des jungen Mannes ließen sie innehalten. Und sie merkte, dass er von ihrer Gegenwart zwischen den Bäumen bisher nichts ahnte.

Stella blickte hinauf zu der Eule, die so nah auf einem belaubten Ast saß, dass ihre markanten Eigenschaften auch ohne Feldstecher gut zu erkennen waren. Der Vogel blinzelte mit den hellen Augen, als wäre er gelangweilt, doch kaum bewegte sich Stella, fokussierte er den Blick auf sie. Ohne den Körper zu bewegen, drehte er den Kopf, um von seinem Aussichtsposten auch das Terrain hinter sich zu sondieren.

Vorsichtig griff Stella in die Tasche ihres Wollrocks und zog ein Notizbuch und einen Bleistift heraus. Ohne den Blick von der Eule zu wenden, öffnete sie langsam das Buch und blätterte zu einer leeren Seite vor. Den Mann hatte sie inzwischen vergessen.

Während sie rasch eine Bleistiftskizze anfertigte und dabei abwechselnd aufs Papier und auf die Eule blickte, schien der Vogel sie zu ignorieren. Da er jedoch den Kopf in einen für sein Profil vorteilhaften Winkel legte, schien es ihr, als wisse die Eule, dass sie porträtiert wurde.

Als Stella das Muster der goldenen und schwarzen Federn, die Krümmung des Schnabels, die hellen Augen und die sich an den Ast klammernden Krallen zeichnete, breitete sich ein Lächeln auf ihrem Gesicht aus. Ihr Stift flog über das Blatt, während sie die wesentlichen Merkmale des Körpers festhielt, um sie später auszuarbeiten, wohingegen sie die Federzeichnung exakt wiedergab. Penibel studierte sie den Ausdruck des Vogels und hoffte, dass er nicht flüchten würde.

Dann war es endgültig zu dunkel, um noch Details zu erkennen, und Stella wurde unvermittelt klar, dass ein ziemlich weiter Heimweg vor ihr lag. Also klappte sie das Notizbuch zu und steckte es in die Tasche.

»Danke dir, du schönes Geschöpf«, sagte sie lächelnd zu der Eule, von der sie nur noch die Umrisse sah.

Dann überquerte sie die Lichtung und ging zu der Stelle, wo sie ihr Fahrrad unterhalb der Straße an eine niedrige Steinmauer gelehnt hatte. Sie nahm den schmalen Pfad zwischen den Bäumen zum Bach, um dann über die Felder und den Hügel zum Haus hinaufzugehen – häufig legte sie den Weg mit dem Fahrrad zurück, doch manchmal ging sie einfach zu Fuß querfeldein.

Leichter Nebel zog durchs Tal, als sie das Fahrrad entschlossen am Ufer entlang und den Feldweg hinaufschob.

Da entdeckte sie die Silhouette des Mannes, den sie auf der anderen Seite der Lichtung erspäht hatte. Sie erkannte ihn an seiner Jagdmütze, den Gummistiefeln und dem langen Wanderstock. Er stapfte rasch auf die alte Straße zu. Aber wo mochte er hergekommen sein? Und wo war der andere Mann abgeblieben? Nun, vielleicht hatten sie unten im Bach geangelt.

Da sie in größerer Entfernung hinter dem Mann ging, bemerkte er sie nicht und verschwand schließlich hinter dem Hügelkamm.

Stella setzte sich aufs Rad und richtete Rock und Baskenmütze, als sie das Auto ihres Mannes mit lautem Hupen die Straße entlangkommen hörte. Der neue 1935er-Buick war der ganze Stolz des Arztes.

Sie hoffte, dass ihrem ungeduldigen Gatten kein Tier vor die Räder gelaufen war. Denn Dr. Stephen Holland war ein viel beschäftigter Mann mit hitzigem Temperament, der weder Dummköpfe noch Simulanten ertrug. Doch die Leute im Ort respektierten ihn, weil er ein erfahrener Mediziner war, dem das Wohl seiner Patienten über alles ging.

Oft nahm er an Konferenzen und medizinischen Tagungen teil, sodass Stella und auch er recht froh darüber waren, wie stark sie ihr »künstlerisches Hobby« (so nannte er es) in Anspruch nahm. Er fand ihre fein ausgearbeiteten Zeichnungen der Vögel und manchmal auch von anderen frei lebenden Tieren oder Blumen aus der Umgebung ihres Hauses »sehr hübsch«. Hätte er geahnt, wie viele Stunden sie jeder davon gewidmet hatte, hätte er es vielleicht als Zeitverschwendung betrachtet. Doch dank der Hilfe ihrer Haushälterin Mrs James war das Haus immer aufgeräumt und blitzblank, das Essen kam rechtzeitig auf den Tisch, und Küche, Vorratskammer und Waschküche waren stets makellos sauber, wenn er selten genug einmal den hauswirtschaftlichen Bereich betrat.

Manchmal streifte Stella der Gedanke, dass dies nicht das Leben war, das sie sich ausgemalt hatte, bevor sie den charmanten und kultivierten Dr. Holland kennenlernte. Weniger aus medizinischem als aus künstlerischem Interesse hatte sie im Rahmen ihres Kunstunterrichts am Hobart Technical College einen Grundkurs in Anatomie belegt und war bei einem kleinen Empfang dem Arzt vorgestellt worden, der dort an mehreren Abenden Gastvorträge hielt. Dass sie ihre Kunst ernst genug nahm, um diesen Kurs zu belegen, hatte ihn fasziniert.

»Wenn es Leonardo da Vinci etwas gebracht hat, profitiere ich vielleicht auch davon«, hatte Stella lächelnd gesagt.

Und dann hatte ihr bei einem Besuch der historischen Gebäude des Tasmanischen Museums jemand auf die Schulter getippt. Er sei hier, um sich an diesem angenehmen Samstagnachmittag die Zeit zu vertreiben, hatte Dr. Holland erklärt, und so waren sie gemeinsam durchs Museum und die Kunstgalerie geschlendert. Danach lud er sie auf eine Tasse Tee ein.

Im Lauf der kommenden Wochen und Monate hatten sich ihre Wege immer wieder gekreuzt, bis er ihr eines Tages vorschlug, mit ihm Mittag zu essen.

Sie erfuhr, dass er Witwer war und schon seit geraumer Zeit nicht mehr viel »da draußen in der Welt« unternommen hatte. Ihr Sinn für Humor brachte ihn zum Lachen, sodass er Stella für »die beste Medizin« hielt. Ob er sie denn wiedersehen dürfe?

Die Zeit des Werbens – zwischen einem ernsthaften Mediziner und einer hübschen jungen Kunststudentin – hatte ihr den Eindruck vermittelt, dass sie einen reifen, trauernden Mann rettete und ihn mit neuen Ideen und einer ihm fremden Welt bekannt machte. Sie plauderte unbekümmert mit ihm und ließ ihn an ihrer überschäumenden Begeisterung, ihrer Abenteuerlust und der fröhlichen Sorglosigkeit teilhaben – alles Dinge, die in seinem Leben schon seit Langem fehlten. Denn Stephen hatte viele düstere Jahre hinter sich, in denen er auf Zehenspitzen um eine bettlägerige Ehefrau herumgeschlichen und quälende Unterhaltungen im Flüsterton mit ihr geführt hatte.

Stephen wiederum erklärte Stella, dass er ihre Unabhängigkeit und Energie, ihre Leidenschaft für die Kunst und das große Interesse an Vogelkunde außerordentlich erfrischend fand.

Sie hatten sich schon ein paarmal getroffen, als Stella eines Tages erwähnte, dass sie mit einer anderen Künstlerin zusammen eine kleine Reise unternehmen wolle, um nach der Natur zu zeichnen. Stephen schlug als Ziel seine Heimatstadt vor, wo er ihr eine gute, bezahlbare Unterkunft empfehlen konnte. Und er bot an, sie zu vielen Plätzen im Südosten zu fahren, die es lohnten, gezeichnet und gemalt zu werden.

Stella verliebte sich in die Gegend am Huon River und schließlich unausweichlich auch in Stephen Holland.

Als er um ihre Hand anhielt, erklärte ihm Stella allerdings unmissverständlich, dass ihre Kunst vielleicht kein Beruf, aber ein wichtiger Teil ihres Lebens war, der sie glücklich machte und den sie nicht aufgeben würde. Doch das, versicherte sie ihm, würde sie bei der Erfüllung ihrer häuslichen Pflichten nicht beeinträchtigen. Aber ihr zukünftiger Ehemann winkte ab. »Du kannst dich glücklich schätzen, Liebes. Im Haushalt gibt es für dich nicht viel zu tun. Mrs James hat alles unter Kontrolle und kennt meine Vorlieben und Abneigungen. Du kannst dich in deiner freien Zeit gern als Hobbykünstlerin betätigen.«

Zwar hegte Stella immer noch Zweifel, ob es richtig war, den Arzt zu heiraten, denn sie wusste von anderen Künstlerinnen, wie schwierig es war, Haushalt und künstlerische Betätigung zu vereinbaren. Auch wenn kein Leben voller Plackerei vor ihr lag, würde die Hausarbeit womöglich ihre Kreativität und ihre künstlerische Freiheit beschneiden. Doch da sie durch ihre Eheschließung nicht nur ein bezugsfertiges Heim, sondern auch die Unterstützung von Mrs James und ihrem Mann erhielt, der Verwalter des Anwesens war, beschloss sie, dankbar zu sein, selbst wenn sie nicht die Möglichkeit hatte, ihrem neuen Umfeld einen eigenen Stempel aufzudrücken.

Die Hochzeit fand in kleinem, aber elegantem Rahmen statt. Der festliche Empfang in Dr. Hollands Klub mit Kerzenlicht, üppigem Blumenschmuck, teuren Gedecken, erlesenen Speisen und schick gekleideten Gästen machte deutlich, dass man in diesen Kreisen stilvoll durch die Wirtschaftskrise segelte.

Stella hatte sich für ein Hochzeitskleid entschieden, das eine bekannte Schneiderin aus Melbourne angefertigt hatte. Der weich fließende cremefarbene Satin umschloss ihren Körper wie eine zweite Haut, Staubperlen und Spitze säumten dezent das Mieder. Von einer perlenbestickten Kappe fiel ein langer Schleier herab, der am Rand mit winzigen Blüten besetzt war. Ihr riesiger Brautstrauß bestand aus weißen Rosen, Orchideen und Maiglöckchen, eingebettet zwischen Farn und Efeu. Stephen Holland konnte kaum den Blick von seiner anmutigen, jungen Frau wenden.

Und so kam Stella nach Arcadia, Dr. Hollands Farm, wo sie den Platz seiner ersten Frau einnahm, aber auch ihrem Geschmack und ihren Neigungen freien Lauf lassen konnte, wofür ihr Stephen ein eigenes Atelier zur Verfügung stellte.

Bei einem ihrer seltenen Besuche in Stellas Reich fiel dem Arzt und Mrs James der mit prächtiger Kapuzinerkresse bepflanzte Nachttopf auf dem Fensterbrett auf. Sie musterten die Grasbüschel, Zweige, Muschelschalen und Steine auf einem Sims, einen Krug, Obst und getrocknete Brotlaibe – alles steinhart und von einer Lackschicht geschützt. Terpentin- und Kerzenwachsgeruch umwaberte das Stillleben.

»Wie unkonventionell, meine Liebe«, hatte der Arzt etwas steif, aber mit nachsichtigem Lächeln bemerkt.

Die einzigen Stunden, in denen ihr Gatte alle Förmlichkeit fahren ließ, waren die im Schlafzimmer, wo er Stella gelegentlich unsanft, fast schon grob nahm und sie sich willig fügte, fehlte es ihr in diesen Dingen doch an Wissen und Erfahrung.

»Je schnieker und anständiger die Männer aussehen, umso schamloser sind sie, sobald sie ihr elegantes Jackett und die restlichen Klamotten abgelegt haben«, hatte eins der Modelle im Aktzeichenkurs einmal bemerkt und eine obszöne Geste gemacht. Und die anderen Studentinnen an ihren Staffeleien hatten gekichert.

Gelegentlich plauderte Mrs James über Leute im Dorf und erwähnte das schwere Schicksal einiger Menschen, nicht ohne einzuflechten, wie glücklich Stella sich doch schätzen konnte, ein hübsches Heim, ein sorgenfreies Leben und einen guten Ehemann zu haben.

Stella hatte zustimmend genickt. Ja, sie war eine vom Glück begünstigte Frau, auch wenn das Eheleben vielleicht nicht ganz so war, wie sie es erwartet hatte.

Doch nun, ein paar Jahre später, war der gute Doktor nicht mehr der Jüngste und schien an ihren Interessen kaum noch Anteil zu nehmen. Obwohl er es selten ansprach, wusste Stella, dass er hoffte, sie würde bald ruhiger und gesetzter werden. Vielleicht würde ja auch ein Baby kommen, das sie erden und ihre Aufmerksamkeit beanspruchen würde. Doch bisher war sie nicht schwanger geworden. Seiner Meinung nach seien die Frauen seit den Goldenen Zwanzigerjahren übrigens insgesamt viel zu unabhängig geworden, tat er ihr gegenüber gerne kund, wenn er die Zeitung las. Nicht, dass Hobart ein Eldorado der Jazzmusik und freizügiger Frauen gewesen wäre, die Alkohol tranken und rauchten. Doch selbst an diesem friedlichen Ort wurden die

Frauen unternehmungslustiger und nahmen Dinge häufiger selbst in die Hand. Auch wenn ihre Ehemänner das bisweilen bewundernswert fanden, spürten sie doch, wie der Boden unter ihren Füßen leicht zu schwanken begann.

Der Wagen des Arztes hielt neben ihrem Fahrrad.

»Du bist ziemlich spät unterwegs, Liebes. Das ist gefährlich, ohne Licht an deinem Rad. Gerade hätte ich fast so einen Dummkopf angefahren, der dahinten die Straße überquert hat. Warum bist du denn im Dunkeln noch draußen? Soll ich neben dir herfahren?«

»Nein danke, Schatz, fahr nur zu. Ich habe eine so wunderschöne Eule beobachtet, dass ich die Zeit vergessen habe.«

»Dabei ist es doch schon viel zu finster, um noch etwas zu sehen. Bitte beeile dich. Ich nehme an, Mrs James hat das Abendessen vorbereitet?«

Das war ein versteckter Tadel. Schließlich konnte jeder gute Ehemann mit Fug und Recht erwarten, dass ihn am Ende eines arbeitsreichen Tages seine brave Gattin mit einem Glas Sherry und einem leichten Abendessen willkommen hieß. Zu häufig in letzter Zeit, das wusste Stella, war Stephen beim Heimkommen stirnrunzelnd in seinem Arbeitszimmer verschwunden, weil sie noch in ihrem Atelier mit ihrer Malerei oder einem anderen Projekt beschäftigt war und nicht bemerkt hatte, dass es längst sechs Uhr geschlagen hatte. Der Arzt war ein akribischer Mann, der Ordnung und Routine schätzte. Was ihn nicht davon abhielt, mitten in der Nacht oder zu anderen ungelegenen Zeiten aufzubrechen, wenn seine medizinischen Kenntnisse benötigt wurden.

Mrs James hatte ihnen das Abendessen servierbereit hingestellt. Da sie zu Hause Mr James und eine Kinderschar zu versorgen hatte, blieb sie selten länger, außer wenn die Hollands pünktlich um sechs Uhr aßen. Dann wartete sie so lange und wusch hinterher noch das Geschirr ab. Mrs James lebte mit ihrer Familie in einem Cottage auf dem Anwesen der Hollands, sodass sie nur einen kurzen Heimweg übers Feld hatte.

Stella betrat ihr Atelier, das einst ein an die Küche angebauter Wintergarten gewesen war. Hier hatte die erste Mrs Holland gestickt und genäht, weil viel Licht durch die hohen Fenster fiel. Stella legte Jacke und Schal ab, zog die festen Schuhe aus und strich die Seidenbluse glatt. Dabei atmete sie tief ein und genoss die Stille ihres Rückzugsortes.

»Stella …? Bist du da?«

»Ich komme gleich, Liebling. Ich mach mich nur ein bisschen frisch.«

Beim Essen hörte Stella lediglich mit halbem Ohr zu, als ihr Gatte seine kleinen Erfolge schilderte.

Offenbar entging ihm das nicht, denn er unterbrach sich, nahm einen Schluck Rotwein und fragte: »Du hast also da draußen ein paar Vögel entdeckt, die dich gefesselt haben. Eine Eule, hast du gesagt?«

»Nicht irgendeine Eule. Die Maskenschleiereule, die es nur hier bei uns in Tasmanien gibt, soweit ich weiß. Sie hatte eine wundervolle Zeichnung und wirkte so … klug. Wir haben uns gegenseitig beäugt. Und ich hatte das Gefühl, dass sie von mir gesehen werden wollte.« Stella lächelte. »Ich habe eine vorläufige Skizze angefertigt. Hoffentlich kann ich die Eule wieder ausfindig machen und dann genauer beobachten, wie sie sich bewegt, welche Gewohnheiten sie hat und so weiter. Sie ist der Schleiereule recht ähnlich.«

»Hmm, sei vorsichtig. Eulen sind nachtaktive Tiere, und ich möchte nicht, dass du im Dunkeln draußen bist. Vor allem wenn sich merkwürdige Kerle in der Gegend herumtreiben wie der vorhin auf der Straße. Er ist dir bestimmt auch aufgefallen.

Wahrscheinlich war er angeln. Jedenfalls hatte er so etwas wie eine Rute bei sich.«

»Für mich sah es eher nach einem langen Wanderstock aus. Ich meine, ihn schon vorher zusammen mit einem anderen Burschen erspäht zu haben. Sie gingen in Richtung Bach und haben irgendetwas geschleppt. Vielleicht wollten sie campen und dabei angeln oder jagen? Eigentlich habe ich aber nur seine Jagdmütze wiedererkannt. Und diesen kräftigen Ast, auf den er sich beim Gehen gestützt hat.«

»Eigenartig. Ich mag es gar nicht, wenn sich Fremde in unserem Wald aufhalten. Angler fragen gewöhnlich immer um Erlaubnis. Und zu jagen gibt es hier nichts, auch wenn die Zeiten hart sind.« Stephen lächelte etwas verkniffen. »Könntest du deine Vogelbeobachtungen nicht hier im Garten machen? Da zwitschert doch mehr als genug, meine ich.«

Stella senkte den Blick auf ihren halb leeren Suppenteller. »Ja, vielleicht.« Sie bezweifelte, dass sich die Eule so nah ans Haus wagen würde. »Möchtest du etwas Käse? Vielleicht nachher am Kamin? Edna Browne hat ihn selbst gemacht, aus Milch von den Holmes-Kühen. Er ist wunderbar cremig.«

Doch Dr. Holland lehnte ab und zog sich kurz darauf zurück. Also ging Stella wieder in ihr Atelier und machte sich daran, beim warmen Schein ihrer Schreibtischlampe die Skizze der Eule aus ihrem Notizbuch auf das feste Hadernpapier auf ihrer Staffelei zu übertragen.

Als sie die Eule dann mit zarten Aquarellfarben kolorierte, schien es, als würde das Geschöpf zum Leben erwachen. Doch die kniffeligen Details der Federn und die Tiefe im Ausdruck der dunklen Augen wollten ihr nicht gelingen.

Sie würde die Eule ein weiteres Mal aus der Nähe studieren müssen. Und dann wieder und wieder.

Zwei Wochen später verkündete Stephen, dass er zu einem Seminar nach Hobart fahren müsse.

»Möchtest du mich begleiten? Du könntest ins Theater gehen, während ich zu tun habe, und die Kunstgalerie dort hat dir ja auch immer gefallen. Dazu einen Einkaufsbummel …«

Stella schüttelte den Kopf. »Du bist bestimmt die ganze Zeit beschäftigt. Und wir waren ja erst vor Kurzem dort. Ich bleibe gern hier unter den Fittichen von Mrs James. Aber danke, dass du gefragt hast, Stephen.«

Er zuckte die Achseln und lächelte. »Ganz wie du willst, meine Liebe. Hier draußen kann es ziemlich einsam sein, und da dachte ich, dass du vielleicht häufiger die hellen Lichter der Stadt sehen willst. Aber wir fahren ja demnächst aufs Festland. Nach Sydney kommst du doch hoffentlich mit?«

»Natürlich. Mindestens eine Woche, stimmt's? Ich freue mich darauf, meine Schwester wiederzusehen. Und natürlich auf unser übliches Programm.«

»Einkaufen, Tee trinken, den Zoo besuchen und mit der Fähre fahren?« Er lächelte. »Wir machen zusammen einen Plan. Du hast die freie Wahl. Bis auf das Dinner der Ärztekammer natürlich, das ist schließlich der Höhepunkt!«

Stella bemühte sich, begeistert zu wirken, obwohl sie die förmlichen Treffen dieser Ärztekammer reichlich anstrengend fand. Da die anderen Arztfrauen alle älter waren und einander schon länger kannten, wusste Stella wenig zu ihren Gesprächen beizutragen. Sie unterhielten sich höflich miteinander, doch der Altersunterschied, ihre divergierenden Interessen und die Tatsache, dass sie einander nur selten sahen, ließen das Gespräch oft stocken.

Allerdings hatte Stella längst eigene Pläne für ihren Aufenthalt in Sydney. Dazu gehörten Besuche in den Ausstellungen der Art Gallery of New South Wales sowie in der Mitchell Library, wo sie in den botanischen und ornithologischen Fachbüchern recherchieren wollte. Außerdem wollte sie zusammen mit ihrer Schwester hübsche Teestuben und Lichtspielhäuser aufsuchen und im Botanischen Garten sowie an den Stränden der Stadt spazieren gehen.

Obwohl Dr. Holland in gesicherten finanziellen Verhältnissen lebte, führten sie auf ihrem Anwesen in der Nähe der Südostküste ein eher geruhsames, zurückgezogenes Leben, sodass Stella die gelegentlichen Aufenthalte in der Stadt genoss. Zudem konnte sie sich dort mit Künstlerbedarf eindecken, der in Burridge schwer zu beschaffen war.

Allerdings hatten die Folgen der Weltwirtschaftskrise Mitte der Dreißigerjahre alle dazu gezwungen, sich einzuschränken. Und so war Stella zumindest teilweise zur Selbstversorgerin geworden. Sie zog Gemüse und hielt Hühner, deren Eier sie bei Nachbarn gegen andere Waren eintauschte. Tatsächlich zog man in Tasmanien an einem Strang und kam wirtschaftlich besser über die Runden als auf dem Festland, was eine lokale Gruppierung dazu brachte, die Unabhängigkeit der Insel vom übrigen Australien zu propagieren.

Bei den gelegentlichen Zusammenkünften von Stephens Freundeskreis erfuhr Stella, dass ihr Mann Tasmanien dank seiner Ressourcen eine hoffnungsvolle wirtschaftliche Zukunft prophezeite. Diese ökonomische Zuversicht hatte auch daheim Auswirkungen. Stella bekam von Stephen Taschengeld, das sie für »Firlefanz«, sei es für sich, das Haus oder den Garten ausgeben durfte. Es schien ihm zu gefallen, dass sie – obwohl noch immer eine junge Frau – nicht sonderlich an Schmuck und modischer Kleidung interessiert war, sondern ihr Geld lieber für Bücher und Malutensilien ausgab. Einmal hatte sie erlebt, wie Bekannte ihm dazu gratulierten, dass er eine so hübsche junge Frau mit solch bescheidenen Ansprüchen geehelicht hatte.

Sobald ihr Gatte für zwei Tage nach Hobart abgereist war, versicherte Stella Mrs James, dass sie sich sehr gut selbst versorgen könne, und gab der Haushälterin frei. »Wenn Dr. Holland nicht da ist, lebe ich gern einmal nach meinem eigenen Stundenplan«, meinte sie lächelnd.

Am ersten Abend brach Stella kurz vor Einbruch der Dunkelheit auf. Neben ihrem Skizzenblock und einem Stift packte sie ihre Taschenlampe und den Feldstecher ein, auch wenn es vermutlich bald zu finster sein würde, um ihn zu benutzen. Dazu noch für alle Fälle eine Kerze und eine Schachtel Streichhölzer.

Sie ergriff einen von Stephens Gehstöcken, mit denen er bei seinen unregelmäßigen Inspektionsrunden unterwegs war. Denn der Doktor ging keineswegs einfach nur zum Vergnügen spazieren, sondern vor allem, um einen Schuppen oder seine von Mr James versorgten Kühe einmal selbst in Augenschein zu nehmen. Manchmal suchte er auch nach giftigen oder unerwünschten Pflanzen wie etwa Brombeersträuchern, die sich ihren Weg durch die Hecken bahnten und an den Trockenmauern hochwucherten, welche einst auf Bewährung freigelassene Strafgefangene für die ersten englischen Siedler gebaut hatten.

Stella dagegen streifte gern ziellos umher. Sie genoss dann die frische Luft und das Sonnenlicht, die Schönheit der Umgebung und den Ausblick von der Hügelkuppe auf die Apfelplantagen der Nachbargrundstücke in der einen und über den Fluss in der anderen Richtung.

Manchmal überredete sie ihren Mann, zu den windgepeitschten Klippen zu fahren, die an der zerklüfteten Küste steil aus dem aufgewühlten Meer ragten. Zwischen manchen der fast senkrechten Felswände gab es Höhlen und Blaslöcher mit gelegentlichen Wasserfontänen. Und am Fuß der Klippen räkelten sich Seebären auf blanken, von Wellen überspülten Felsen oder tauchten, spielten und schliefen in der Sonne, die ihre glatten braunen Körper glänzen ließ.

Liebend gern beobachtete Stella den Zickzackflug der kreischenden Seevögel am Himmel und sah zu, wie sie ins Wasser stießen und gar nicht selten mit einem silbrigen Fisch wieder auftauchten. Wassertropfen stoben von den nass glänzenden Körpern der Kormorane, wenn sie sich schüttelten; und Sturmtaucher schwebten auf ihren langen Flügeln dahin.

»Stell dir vor, Stephen, diese Vögel sind den ganzen weiten Weg von der Arktis bis hierher geflogen. Was für eine Reise!«

»Hmm, allerdings.«

Nie hätte Stella gedacht, dass sie einmal in einer so schönen verwunschenen Gegend landen und dort vermutlich auch den Rest ihres Lebens verbringen würde.

Da es an jenem Abend feucht und kalt war, knöpfte sie ihre Jacke zu und zog sich einen Wollschal über den Kopf. Zum Glück wehte kein Wind. Sie ging zu Fuß und hielt sich nahe der heimischen Viehweide, wo die ersten weißen Siedler eine Gruppe Stieleichen gepflanzt hatten. Anschließend wanderte sie den kleinen Bach bis zu einer Schlucht entlang, in der es stets zwitscherte und zirpte. Sie schlug den Weg zu dem Wäldchen mit den alten Eukalyptusbäumen ein, deren tiefe Hohlräume in den Stämmen den Eulen perfekten Unterschlupf boten.

Mehrere Weiden der Hollands waren für Ackerbau und Rinderzucht eingezäunt worden. Ihr Anwesen ging ins Gebiet der Kronkolonie über, wie offizielle alte Karten in muffigen Regierungsarchiven zeigten. Der erste Besitzer der Farm hatte mit unterschiedlichen Ackerpflanzen experimentiert, zuletzt mit Hopfen, doch ein Überangebot hatte ihn zum Aufgeben gezwungen. Heutzutage reichte es Stephen vollauf, genug Futter für die vier Kühe anzubauen. Außerdem hatte er Mrs James und

Stella erlaubt, einen Küchengarten mit Blumen und Gemüse anzulegen. Laufende Reparaturen wurden von Mr James erledigt. Die Apfelplantage war inzwischen verwildert, auch wenn Stella sich manchmal dorthin wagte und ein paar Äpfel pflückte, sofern sie reif und nicht schadhaft waren. Daraus kochte Mrs James dann Apfelmus und buk Apfelkuchen, die eine Woche und länger reichten und bei den Nachbarn eingetauscht werden konnten. Die Wirtschaftskrise hatte die Einheimischen gelehrt, nichts verkommen zu lassen und zu teilen, was sie entbehren konnten.

Am Fish Head Point hatte man einen neuen Anlegesteg gebaut, und Fischen war zu einem einträglichen Unterfangen geworden. Tatsächlich hatte man die Fische und Meeresfrüchte, die morgens aus den Netzen und Körben geklaubt und in den neuen Kühlfahrzeugen auf Eis nach Hobart gebracht wurden, noch vor Ende des Tages fürs Abendessen verkauft.

Stella hielt inne, denn sie hatte den Schrei eines Papageien gehört, der sich für die Nacht einrichtete. Sie wagte sich tiefer in den Wald hinein und hob den Feldstecher an die Augen, um die hohen Eukalyptusbäume im dämmrigen Zwielicht abzusuchen. Als sie eine Eule entdeckte, die still auf einem Ast saß, durchfuhr sie ein freudiger Schauder. Und im Stamm des Baumes konnte sie die dunkle Höhle ausmachen, in der der große Vogel wohnte. Stella konnte ihr Glück kaum fassen. Ob es derselbe Vogel war, den sie neulich skizziert hatte? Jedenfalls war es eine Maskenschleiereule. Eins dieser seltenen, scheuen Geschöpfe.

Und dann schrie die Eule, wenngleich nicht sehr melodisch. Stella war entzückt. Einen Augenblick später erscholl eine Antwort. Dass sie so schnell ertönte, zeigte, dass eine weitere Eule ganz in der Nähe war.

Wie schade, dass sie nicht zwischen männlichen und weiblichen Rufen unterscheiden konnte! Aber es war ja schon aufregend genug zu wissen, dass mehrere Eulen da waren. Ob es sich um ein Pärchen handelte? Ob sie Nachwuchs in ihrer Höhle hatten? Oder gehörte der Ruf zum Liebeswerben?

Allmählich gewöhnten sich ihre Augen an die Dunkelheit, und sie spitzte die Ohren, um das Gewisper, Gezirpe und Gezwitscher den jeweiligen Tieren zuzuordnen.

Da sah sie, wie sich die Eule plötzlich reckte. Auch wenn sie sich ansonsten nicht bewegte, war klar, dass etwas am Boden ihre Aufmerksamkeit erregt hatte.

Lautlos schob sich Stella ein Stück nach vorn, um besser sehen zu können, hielt jedoch abrupt inne, als Zweige knackten und schwere Tritte ertönten. Was für ein Tier bewegte sich so plump und ohne Rücksicht darauf, wohin es trat? Darauf gab es nur eine Antwort.

Ihr Herz stockte. Die Warnungen ihres Mannes, nicht allein in den Wald zu gehen, schrillten ihr in den Ohren.

»Wer ist da?« Eine raue Männerstimme.

Stella erstarrte. Dann beschloss sie, sich unerschrocken zu geben.

»Hallo«, rief sie beherzt. »Ich beobachte Eulen. Haben Sie welche gesehen?« Sie trat zwischen den Bäumen hervor.

»Eulen? Nein. Das also machen Sie hier draußen? Ist ein bisschen spät für eine Dame so allein.« Der Mann grinste tückisch. Er war etwa in ihrem Alter, aber damit endeten die Gemeinsamkeiten auch schon. Der abgerissen gekleidete Eindringling mit dem struppigen Schnauzbart kam auf sie zu, und Stella erkannte die Jagdmütze und den schweren Stock in seiner Hand.

»Sind Sie auch ein Vogelkundler?«, fragte sie scheinbar unbefangen, doch ihre Gedanken rasten. Wie konnte sie sich am besten in Sicherheit bringen? Auf den moosigen Steinen neben dem Bach würde sie ausrutschen, der beste Fluchtweg war wohl der durchs Wäldchen.

»Nein, ich bin nicht hinter Ihren Vögeln her, Madam. Mir geht's um dickere Fische.« Dabei lachte er dreckig und fuchtelte mit erhobenem Stock.

»Oh.« Stella machte kehrt, um loszurennen. Da sah sie aus dem Augenwinkel unvermittelt ausgebreitete Schwingen auf den Mann hinuntersausen. Sie hörte, wie er nach hinten taumelte und im Fallen einen Fluch ausstieß.

Stella rannte zwischen den Bäumen davon. Sie fand den Pfad und schlug den Weg zur Straße ein. Vielleicht würde sie ja jemand dort mit dem Auto auflesen, während sie nach Hause rannte. Kurz überlegte sie, ob sie den Umweg zum Cottage der James' nehmen sollte, entschied sich aber dagegen. Ihr Haus lag näher, und sie konnte die Türen hinter sich verrammeln.

Stella sah nicht, dass ein zweiter Mann auftauchte und dem anderen auf die Beine half.

Keuchend stieß sie die unversperrte Küchentür auf, schlug sie hinter sich zu und legte den Riegel vor. Allmählich kam sie wieder zu Atem. Sie überprüfte, ob die anderen Türen und die Fenster verschlossen waren.

Alles war ruhig. In ihrem Atelier schaltete Stella das Licht ein, ließ die Tasche fallen und griff in ihre Rocktasche. Der Skizzenblock war fort! Sie musste ihn auf ihrer hastigen Flucht vor dem fremden Mann verloren haben. Sie blickte durch die großen Fenster hinaus in den Garten. Keine Gardinen nahmen ihr die Sicht, es hatte nie einen Grund gegeben, welche aufzuhängen. Und so löschte sie das Licht rasch wieder und eilte hinaus, sperrte die Tür zu ihrem Lieblingsort ab und zog sich in den Salon zurück, wo die schweren Vorhänge geschlossen waren. Sie schaltete die Lampen ein.

Als das Telefon klingelte, schrak sie auf. Wahrscheinlich rief ihr Gatte an, der sich immer meldete, wenn er unterwegs war.

Sie nahm den klobigen Telefonhörer ab und plauderte kurz mit Stephen. An seiner Stimme hörte sie, wie müde er war. Stella gab sich unbeschwert und erwähnte nicht, dass sie entgegen seiner Anweisung abends das Haus verlassen hatte.

Am nächsten Morgen schien die Sonne, und ihre Ängste vom gestrigen Abend verflüchtigten sich. Vielleicht war der schmuddelige Kerl einfach nur ein Vagabund oder einer der vielen armen Kerle, die in diesen Zeiten auf Arbeitssuche waren und im Freien schliefen?

Als sie vor die Tür ging, sah sie zu ihrer Überraschung ihren Skizzenblock auf der Treppe. Wie nett von Mr James, der ihn offenbar gefunden hatte, dachte sie.

Doch da fiel ihr ein, dass Mr James heute früh in die Stadt gefahren war und erst mittags zurück sein würde. Ob ein Nachbar erkannt hatte, dass es ihr Skizzenblock war? Sie hatte keinen Namen hineingeschrieben. Als sie sich bückte und ihn aufhob, ließ sie den Blick durch den Garten zur Eingangspforte schweifen. Ihre Nachbarn lebten ein Stück entfernt, und auf der verlassenen Straße war nur selten jemand unterwegs. Ratlos schüttelte sie den Kopf, ging wieder hinein und fuhr mit ihrem Tagwerk fort.

Erst am späten Vormittag spielte sie in Gedanken noch einmal die Begegnung mit dem Fremden durch, der offenbar von der Eule angegriffen worden war. Sie hatte im Atelier den Block bei ihren ersten Skizzen der Eule aufgeschlagen, als sie ein Eselsohr bemerkte. Was sie auf der dortigen Seite sah, ließ sie vor Schreck erstarren.

Die unbeholfene Zeichnung war offensichtlich in großer Eile angefertigt worden, doch es war unverkennbar, dass es sich dabei um Stella in Rock und Jacke und mit Schal über dem Kopf handelte – die wie eine kaputte Puppe mit einem Strick um den Hals an einem Ast baumelte. In einer Hand hielt sie kopfunter die leblose Eule, von deren Körper Blut troff.

Mit einem erstickten Schrei ließ Stella den Skizzenblock fallen. Sie rannte entsetzt aus dem Atelier und stieß fast mit Mr

James zusammen, der inzwischen zurückgekommen war und die Post brachte.

»Mrs Holland, ist alles in Ordnung? Was ist denn?«, rief er alarmiert, als Stella den Korridor entlangrannte.

Da hörte er, wie Stella sich hinter einer zugeknallten Tür übergab. Er erinnerte sich an die vielen Schwangerschaften seiner Frau und lächelte leise in sich hinein. Vielleicht war ja endlich doch ein Baby unterwegs in dieses stille Haus.

2

Hobart, 2018

Jessica ging durch die Tür zur Gepäckausgabe und wurde von einem Wirbel aus Farben, Lärm und Hektik empfangen. Menschen drängelten und rempelten sich vor zum Gepäck, zu Kofferkulis, zu Freunden und Verwandten. Einen Augenblick schwirrte ihr alles vor den Augen, bis sie am Rand des Gewusels ihre Freundin erblickte, die ihr in diesem Moment wie ein Fels in der Brandung erschien.

Eine Hand in der Hosentasche ihrer Jeans, die andere am Riemen ihrer Schultertasche, stand sie da und lächelte Jessica zu. Mit dem vertrauten Ausdruck unerschütterlicher Gelassenheit und etwas spöttisch hochgezogenen Lippen schien sie zu sagen: *Klar, wir haben uns jahrelang nicht gesehen. Aber das ist doch nicht der Rede wert.* Und sie hat recht, dachte Jessica. Wenn man die Kindheit miteinander geteilt hat, ist man für immer durch Erinnerungen, gemeinsame Abenteuer, Geheimnisse und Träume verbunden.

Als Jessica auf ihre Freundin zuging, fühlte sie sich plötzlich wie in einen Korridor versetzt, in den keine Geräusche drangen und wo alles stillstand. Dann umarmten sie sich inmitten des Lärms, des Gelächters, der Rufe und der scheppernden Geräusche des Gepäckbands.

»Hast du viel dabei?«

»Nein. Das heißt, ich kann mich nicht erinnern.«

»Du ziehst also nicht bei uns ein?«

»Wer weiß.«

Kichernd und plaudernd warfen sie Jessicas Gepäck in den Kofferraum und fuhren los. Doch je näher sie zur Küste kamen, desto einsilbiger wurde Jessica. Verständnisvoll beließ es Sally dabei und machte nur hin und wieder eine Bemerkung.

»Erinnerst du dich an den alten Steg am Fish Head Point? Wo wir gesegelt sind? Das Ding wurde bei einem Sturm völlig zerstört, man hat ihn abgerissen. Ein paar Leute haben jedoch einiges von dem Holz gerettet. Es wird teilweise für Beetumrandungen verwendet, so wie die alten Eisenbahnschwellen.«

»Ich mochte das alte Boot deines Großvaters mit seinen Planken aus hiesiger Steineibe. Was wohl daraus geworden ist?«, fragte Jessica.

»Es liegt im Bootshaus! Dad hat's ein bisschen hergerichtet ... kurz vor seinem Tod«, sagte Sally leise. »Ich fühl mich ihm immer nahe, wenn ich damit segle. Inzwischen sind diese alten Boote Sammlerstücke. Wo früher der Steg war, ist jetzt nur noch ein kleiner Anleger, da hat der Traditionsseglerverein sein Bootshaus. Die Leute lagern dort ihre Holzboote, und ein paar Burschen bauen Segelboote im klassischen Stil.«

»Wir hatten viel Spaß mit dem Boot«, meinte Jessica.

»O ja. Wenn unsere Eltern damals gewusst hätten, was wir alles angestellt haben«, gluckste Sally.

»Hmm.« Gedankenverloren starrte Jessica aus dem Fenster. »Ich weiß gar nicht mehr, wann ich zuletzt hier war.«

»Wir haben uns vor drei Jahren in Sydney getroffen, da war Katie gerade eins. Damals hast du gesagt, dass du über ein Jahr nicht zu Hause warst.«

»Zu Hause ...«, murmelte Jessica und schaute wieder hinaus.

Sally warf einen Seitenblick auf ihre Freundin. Es bedrückte sie, dass Jessica so verhärmt wirkte. Vermutlich hing es mit ihrer schwierigen Ehe zusammen.

Und sie erinnerte sich an die Zeit vor etwa neun Jahren, als sie Jessicas neuen Freund kennengelernt hatte. Sie war mit Harden

Blake nie richtig warm geworden, aber Jessica wirkte so verliebt, dass Sally ihre Wahl nie infrage gestellt hatte.

Als Hardy um ihre Hand angehalten hatte, wollte Jessica von Sally wissen, was sie von ihm hielt. Doch ihre Freundin hatte nicht gewusst, was sie antworten sollte, denn Jessica war nun mal bis über beide Ohren verknallt in diesen Mann. Sollte sie die Wahrheit sagen und ihre Freundschaft aufs Spiel setzen oder behaupten, dass sie ihn ebenfalls umwerfend fand? Aber sie wusste, dass Jessica sie durchschauen würde, falls sie sie glatt belog. Daher hatte sie nur gemeint, die beiden sollten doch lieber noch ein bisschen länger zusammenleben und einander besser kennenlernen.

»Aber ich will nicht länger warten. Ich habe es satt, zu glauben, dieser oder jener sei der Richtige, um dann herauszufinden, dass er mich betrügt oder nicht sesshaft werden und sich auf nichts einlassen will, was auch nur ansatzweise etwas Dauerhaftes sein könnte. Hardy hat mich gefragt. Ich habe Ja gesagt. Und fertig.«

Sally hatte es dabei belassen. Doch ihr war immer unwohl gewesen, wenn sie an dieses Gespräch zurückdachte. Ob sie anders hätte reagieren sollen?

Im Lauf der Fahrt beschloss sie, den Stier bei den Hörnern zu packen. »Was genau ist denn los?«

Zuerst antwortete Jessica nicht, doch dann rückte sie mit der Sprache heraus. »Ich bin geschieden. Es ist aus und vorbei. Das Ende eines Albtraums.«

Das also war es – was im Rückblick unvermeidlich wirkte, war geschehen. Der Bruch. Wenigstens hatte Jess keine Kinder mit ihm.

»Warum hast du mir nicht früher davon erzählt? Aus deinen wenigen Andeutungen konnte ich schließen, dass nicht alles zum Besten stand. Vielleicht hätte ich dir ja helfen können.«

»Wie denn? Seine Persönlichkeit verändern? Gib zu, du hast irgendwie damit gerechnet. Eigentlich hast du ihn doch nie leiden können.« Jessicas Stimme wurde weich. »Ich wusste, dass du für mich da sein würdest, wenn ich dich brauche.«

Sally tätschelte die Freundin am Arm. »Aber natürlich. Ich hab bei deinen Anrufen herausgehört, dass du gestresst und vielleicht sogar ein bisschen deprimiert bist, doch dass es so schlimm steht, habe ich nicht geahnt. Und ich wollte es nicht noch schlimmer machen.«

»Ich wusste, dass du gegen die Hochzeit warst.« Dabei klang Jessica eher traurig als vorwurfsvoll.

Sally seufzte. »Freundinnen wissen aber auch, wann sie besser die Klappe halten, anstatt eine Freundschaft kaputt zu machen.« Sie wartete eine Minute. »Und nun?«

»Keine Ahnung. Mir war nur klar, dass ich aus dieser vergifteten Atmosphäre rausmusste.«

»Was hat es denn auf die Spitze getrieben? Eine andere Frau?«

»Eher mehrere, denke ich. Von einer weiß ich sicher. Doch man stellt sich entweder blind und taub oder zahlt es mit gleicher Münze heim. Was ich allerdings nie getan habe. Vor allem, weil ich niemanden gefunden habe, der auch nur annähernd so attraktiv war. Und ich wusste, falls ich einen fände, würde ich mich ja doch bloß an seiner Schulter ausheulen.«

»Das ist nicht gerade prickelnd!«

»Ja. Und ich wollte keinen weiteren Korb riskieren.«

»Glaubst du, es hing mit deinem Alter zusammen, dass du unbedingt heiraten wolltest?«, grübelte Sally. Als Jessica schwieg, fuhr sie fort: »Du weißt, was ich meine? Die biologische Uhr tickt, du willst keine Zeit mit irgendwelchen Typen verschwenden, weil dir klar geworden ist, dass sie alle nur ihren Spaß haben wollen und nie wirklich erwachsen sein werden, bevor sie nicht geheiratet haben und sesshaft geworden sind. Dann war da einer, der dich heiraten wollte, und du hast die Gelegenheit beim Schopf gepackt?«

»Ich weiß nicht, was ich mir dabei gedacht habe«, seufzte Jessica.

»Ich hätte dir so gewünscht, dass du glücklich wirst«, sagte Sally.

Jessica lächelte. »So wie du und Toby?«

»Ja. Und ja, ich weiß, dass du und ich in ganz verschiedenen Welten leben. Aber hatten wir nicht einmal ganz ähnliche Träume und Hoffnungen?«

Nun sah Jessica wieder hinaus. »Ja. Ein netter Ehemann, reizende Kinder, ein interessanter Beruf, familiäre Anerkennung.«

Jessica tat Sally von Herzen leid. Acht Jahre Ehe, und nun das. Trennung. Scheidung. Sally spürte die schmerzliche Trauer, die ihre beste Freundin erfüllte, und auch die Wut, die in ihr brodelte.

»Hast du länger über eine Trennung nachgedacht, oder bist du eines Morgens aufgewacht und hast dich entschlossen zu gehen?«, fragte sie behutsam.

»Eigentlich beides. Ich wusste, dass wir Probleme hatten, habe es aber beiseitegewischt. Gehofft, dass es wieder besser wird. Und mir die Schuld gegeben.«

»Das sollte man nie tun. Dazu gehören immer zwei. Vielleicht hättest du ihn damit konfrontieren müssen. Ihn zur Rede stellen. Eine Eheberatung vorschlagen und all das.«

»Das sagt sich so leicht. Es ist einfacher zu schweigen und weiterzuwursteln. Ich wollte nicht, dass meine Eltern sagen, sie hätten es von Anfang an gewusst. Vielleicht hätte ich mich eher zu einer Entscheidung durchgerungen, wenn du bei mir gewesen wärst. Du hast mir wirklich gefehlt.«

»Es tut mir leid, Jess. Ich weiß, am Telefon ist es nicht dasselbe …«, setzte Sally an, doch Jessica winkte ab.

»Schon okay. Es war bitter. Er war ein Bastard, und meine Arbeit hat darunter gelitten.« Sie lächelte verzagt. »Jetzt wache ich morgens auf und bin allein. Ich musste hart kämpfen, um von unserem Eigentum zu bekommen, was mir zusteht. Doch weißt du was? Jetzt, da es vorbei ist, geht es mir schon viel besser. Allerdings muss ich zugeben, dass ich keinen blassen Schimmer habe, was ich jetzt mit meinem Leben anfangen soll.«

»Du hast eine prima Stelle im Labor. Bestimmt stellt dich die Uni eine Zeit lang frei.«

»Wahrscheinlich hätte sie das. Aber ich habe gekündigt.«

»Was? Jess, du hast doch nicht wirklich deinen Job an den Nagel gehängt?« Sally trat auf die Bremse und blieb am Fahrbahnrand stehen. »Wieso denn das?«

Zum ersten Mal lächelte Jessica fast ein bisschen spitzbübisch ihre schockierte Freundin an. »Das haut dich um, was?«

Sally legte den Kopf aufs Steuerrad. »Himmel, Jess. Mach nicht solche Witze. Du hast mich richtig erschreckt.« Sie richtete sich wieder auf, sah kurz in den Außenspiegel und fuhr weiter.

»Aber es ist wahr, Sal.«

Sally musterte Jessica. Die Freundin wirkte jetzt ruhiger als zuvor. »Ich begreife es nicht. Hast du denn Geld? Du bist geschieden, auf dich allein gestellt. Wie willst du klarkommen?«

»Das weiß ich nicht. Aber ich brauchte eine Auszeit. Und ich brauchte dich, Sal. Uns. Ich wollte wieder mit dir zusammen sein – wir beide gegen den Rest der Welt, Babe!«

Sally schwieg eine Weile. »Ach, Jess«, sagte sie dann. »Es gibt keinen Weg zurück. Wir können nicht wieder Kinder sein … wir tragen Verantwortung …« Sie verstummte, und sie fuhren eine Weile schweigend weiter.

Plötzlich grinste Sally. »He, weißt du noch, wie wir das Sportfest geschwänzt haben und zwischen diesen riesigen Bäumen fast bis zum Gipfel hochgeklettert sind? Du liebe Güte, manche von denen waren bestimmt tausend Jahre alt …«

Jessica nickte. »Himmel, ja. Und dann sind wir auf diesen Mann mit Axt gestoßen …«

»Ja! Ich weiß nicht, wer mehr erschrocken war, wir oder er. Du liebe Zeit, was sind wir losgewetzt. Er war wohl ein illegaler Holzfäller.«

»Mir war, als wäre ich unter Wasser. Ich schien viel zu langsam voranzukommen, dazu alles rundum grün, und dann diese riesigen Brettwurzeln. Du wolltest dich darin verstecken.«

»Jede war so groß wie eine Laube. Ich bin in eine reingesprungen, doch da drin hat ein Filander gedöst. Der ist losgehüpft wie von der Tarantel gestochen.« Sally lachte. »Und du bist im Zickzack wie eine Verrückte zwischen den Bäumen bergab gedüst.«

»Während du wie eine Verrückte gekreischt hast. Weißt du noch, wie all die Vögel erschrocken aus den Baumkronen aufgeflogen sind? Wir haben den Wald ganz schön aufgemischt!«

»Und dann kamen wir zu dem Felsvorsprung, an den Fluss …«

»Und zur Höhle!«, riefen beide wie aus einem Mund.

Sie verstummten.

»Warst du noch mal da?«, fragte Jessica.

Sally schüttelte den Kopf. »Nein. Und ich möchte auch nicht, dass meine Kleine da herumkraxelt.«

»Wir haben ganz schön verrückte Sachen angestellt«, sagte Jessica leise.

»Verrückt, leichtsinnig, gefährlich. Wie die meisten Kinder, schätze ich.«

»Nein. Nein, Sal. Wir haben ein paar *wirklich* verrückte Sachen gemacht. Mir fehlt das heute.«

»Na ja, inzwischen erwartet man von uns, dass wir uns wie Erwachsene benehmen«, gluckste Sally. »Also ist das Vergangenheit. Und ich möchte lieber nicht, dass meine Tochter von unseren Kapriolen erfährt.«

»Warum?«

»Na, was denkst du? Mir wäre es nicht recht, wenn Katie dadurch auf den Geschmack kommt und leichtsinnig wird.«

»Nein, das meine ich nicht. Warum soll das Vergangenheit sein?« Jessica fasste Sally am Arm. »Warum steigen wir nicht aus? Lassen uns auf ein verrücktes Abenteuer ein und schlagen ein bisschen über die Stränge – nur wir beide! So wie früher.«

»Du spinnst. Offenbar hast du zu lange in einem weißen Kittel in einem Labor gesessen.«

»Ja, das stimmt. Ich möchte noch einmal zur Höhle. Nachschauen, ob sie immer noch … so etwas Besonderes ist, wie sie es damals für uns war. Ich habe nie irgendjemandem davon erzählt. Und du?«

Sally schüttelte den Kopf. »Nein, nie. Ich frage mich, ob außer uns je einer dort war. Sie war nicht leicht zu finden. Und es hätte alles Mögliche passieren können, etwa durch Steinschlag. Vielleicht kämen wir jetzt gar nicht mehr hinein.«

»Lass uns nachschauen. Kannst du nicht mal schwänzen und Toby die Farm einen Tag allein überlassen?«

»Klar doch«, erwiderte Sally ein wenig zu hastig.

»Du hast doch keine Angst vor der Höhle?« Jessica hielt kurz inne. »Und sag jetzt nicht, dass du dich nicht erinnerst. Oder hast du es verdrängt?«, fragte sie neckisch.

»Oh, du meinst, wie du mir das Leben gerettet hast? Diese Bagatelle? Ich muss mal schwer nachdenken …« Sally legte die Stirn in Falten, dann prusteten sie beide los.

Doch unvermittelt hörte Jessica auf zu lachen und schlug sich die Hände vors Gesicht.

Sally strich ihr über den Arm, während sie die Straße vor sich im Blick zu behalten versuchte. »Ach, Jess … Warte, ich halt an, sobald es geht.«

Jessica legte den Kopf zurück an die Lehne. Ihre Augen waren geschlossen, doch unter ihren Wimpern löste sich eine Träne.

»Verdammt, nie kann man irgendwo an den Rand fahren, wenn's mal nötig ist«, murrte Sally, erspähte dann aber ein leeres Stallgebäude und hielt davor. Sie schaltete den Motor aus und wandte sich ihrer Freundin zu. »Was quält dich denn so? Mir kannst du es doch erzählen. Bitte. Komm, wir steigen aus.«

Sie schaltete die Warnblinkanlage ein und ging um den Wagen herum zur Beifahrertür, doch Jessica war schon draußen. Die Arme um die Knie gelegt, saß sie mit gesenktem Kopf auf dem Seitenstreifen im Gras.

Sally kauerte sich neben sie, legte die Arme um ihre Schultern und wartete, bis ihre Freundin sich beruhigt hatte.

Schließlich atmete Jessica tief durch und richtete sich auf. »Entschuldige. Das hat nichts mit dir zu tun. Oder mit uns. Der Höhle … Es ist einfach … Ich bin jetzt dreiunddreißig, ohne Partner, ohne Job, ohne Zuhause. Ich stehe vor dem Nichts und fühle mich wie eine alte Strickjacke, die sich aufribbelt.«

»Jeder hat Tage, an denen er sich so fühlt. Man denkt dann, nur noch eine winzige Kleinigkeit, und das ganze Leben gerät außer Kontrolle. Alles steht auf der Kippe, und du kannst es nicht länger im Gleichgewicht halten. Glaub mir, ich kenne das, Jess.«

»Du? Erzähl mir doch nicht so was. Es ist schwierig genug, dass meine Mutter mit Leidensmiene herumläuft, weil ich mich ihr ›nicht anvertraut habe‹. Aber was hätte sie denn tun können? Und jetzt erzählt mir meine perfekte Freundin mit ihrem perfekten Leben, dass auch sie den Blick in den Abgrund kennt. Wieso denn? Erzähl mir irgendwas Schreckliches aus deinem Leben, damit ich mich besser fühle.«

Sally lächelte gezwungen. »Es ist immer alles relativ, oder? Ich hab mich für dich gefreut, dass du offenbar ein so anregendes, interessantes Leben führst, wenn auch an der Seite dieses unausstehlichen Hardy. Manchmal hab ich mich in diesem hinterwälderischen Kaff wie gefangen gefühlt, auch wenn es hier wunderschön ist und ich eine tolle Familie habe. Es fehlt eben trotzdem etwas. Hör mal, wir müssen das nicht alles jetzt durchkauen. Lass uns nach Arcadia fahren, dort die Aussicht genießen, mit Katie und dem Hund spielen, in alten Zeiten schwelgen und ein Glas vom *vino* unserer Nachbarn trinken.« Sie beugte sich vor und umarmte ihre Freundin. »Ich bin so froh, dass du gekommen bist. Es wird immer heißen: *Wir beide zusammen, gegen den Rest der Welt!* Stimmt's, Babe?«

»Stimmt.« Doch es klang kleinlaut und mechanisch.

Voller Mitgefühl half Sally ihrer Freundin auf die Beine.

Als sie sich Burridge näherten, wo Jessica ihre Kindheit verbracht hatte, kam ihr die Gegend sehr vertraut vor, und sie wurde von Erinnerungen überwältigt, die sie längst vergessen geglaubt hatte. Sie bemerkte einige Neuerungen in dem Städtchen und wäre ansonsten gern ein Weilchen geblieben, um sich näher umzuschauen und herumzubummeln. Doch im Augenblick sehnte sie sich nur nach einem sicheren Plätzchen, wo sie die Welt außen vor lassen konnte.

Das Hotel aus den Achtzigerjahren des 19. Jahrhunderts, einst eine heruntergekommene, schäbige Absteige, war aufgehübscht worden und lockte mit einer zweifellos sehr schicken Website Touristen an. An der Uferpromenade reihten sich elegante Cafés, eine Wein- und Austernbar und ein Meereskundemuseum aneinander. Stände auf dem Marktplatz verrieten, dass hier am Wochenende lokale Produkte, Kunsthandwerk, Schnickschnack und Antiquitäten feilgeboten wurden.

Es gab auch noch die alten Viehhöfe und Lagerschuppen für Äpfel, wobei diese jetzt offensichtlich anderen Zwecken dienten. In den Schuppen befand sich ein Konsum, an den Viehhöfen warb ein Plakat für ein Rodeo.

»Du meine Güte, sogar hier! Sieh dir das an.« Jessica schlug sich theatralisch mit der Hand gegen die Stirn.

Vor dem erinnerungsträchtigen symbolischen alten Apfelbaum, einem Relikt aus den glorreichen Tagen der Stadt, stand eine Gruppe chinesischer Touristen. Alle mühten sich ab, mit den Handys am Ende ihrer ausgefahrenen Selfie-Sticks ihre krampfhaft lächelnden Gesichter zu fotografieren. Und an einem Stand wurde geschäftstüchtig alles verkauft, was sich aus Äpfeln herstellen ließ. Die Besucher griffen in die Körbe mit frisch geernteten Äpfeln mit Stiel und Blättern und taten, als wollten sie hineinbeißen, während sie weitere Selfies schossen.

»Ja, chinesische Touristen sind ganz wild auf alles aus Tasmanien. Naturbelassene Lebensmittel und so. Immer wenn sie ein Tier herumlaufen oder Obst an einem Baum hängen sehen, bleiben sie stehen und machen zigtausend Selfies. Die haben noch nie Nahrung auf vier Beinen gesehen und kennen Tiere nur als in Plastik eingeschweißte Fleischstücke im Supermarktregal«, erzählte Sally. »Und wenn sie es sich leisten können, bei sich zu Hause hervorragendes Fleisch, Obst und Gemüse und beste Milch zu exorbitanten Preisen zu kaufen, kannst du darauf wetten, dass diese Erzeugnisse von hier kommen – pestizidfrei, ökologisch, unbedenklich.«

Jessica freute sich darauf, eine Weile auf Arcadia zu verbringen, nachdem nun Sally und Toby die Farm bewirtschafteten. Sie erinnerte sich noch gut daran, wie Sallys Eltern sie geführt hatten, damals hauptsächlich als Apfelplantage. Doch Sally und

Toby hatten auf neue Produkte für die Gourmetküche umgestellt, für die Tasmanien inzwischen bekannt war, und experimentierten mit den erlesensten Zutaten, darunter Trüffel und Safran.

»Pestizidfrei, ökologisch, unbedenklich – so vermarktet ihr eure Erzeugnisse? Ihr braucht unbedingt ein paar klingendere Namen. Wie Sonnengold oder Güldene Dämmerung für den Safran, Schwarzes Gold oder Weiße Leidenschaft für die Trüffel. Etwas in der Art. Das sind doch sehr kostbare und teure Produkte, oder?«

Sally lächelte. »Ja, das sind sie, und selten dazu. Außerdem in hohem Maße diebstahlgefährdet. Die Vermarktung ist dabei der leichtere Part. Meine Mutter hat großartige Ideen, was wir noch alles anbieten könnten, etwa Öl und Salz und getrocknete Trüffel. Aber wir haben schon Schwierigkeiten, allein die Nachfrage der Restaurants und Köche zu befriedigen.«

»Gibt es Konkurrenz?«

»Allmählich rührt sich da was. Glücklicherweise haben wir acht Jahre Vorsprung. Es ist ein heikles Thema. Viele Erzeuger, die in Tasmanien glänzend verdienen, sind vom Festland rübergekommen. Was die Preise für die Einheimischen hochtreibt. Du weißt schon, Grundstückspreise, Pacht. Sprich mit Toby darüber, aber ich warne dich: Er reagiert bei diesem Thema leicht gereizt. Obwohl es uns auf lange Sicht hoffentlich nutzen wird.«

»Ich kann mir Toby gar nicht gereizt vorstellen«, sagte Jessica und brachte ein Lächeln zustande.

»Stimmt, er ist eher der besonnene, sanftmütige Typ. Aber er hat eine Menge Herzblut in dieses Unternehmen gesteckt. Jetzt möchte sogar ein Fernsehteam eine Doku über uns drehen.«

»Du lieber Himmel, nach allem, was ich gehört habe, wimmelt es auf der Insel von Filmleuten und Gourmetexperten. Tasmanien ist gerade absolut in, hm?«

»Leider ist vieles eine Folge des Klimawandels.« Sally seufzte. »Die Winzer vom Festland sind in großem Stil hierhergezogen. Denn dort ist es in etlichen Staaten zu heiß geworden, um auch Wein anzubauen, der kühlere Lagen bevorzugt. Und nach deren Standard ist es genau der richtige Zeitpunkt, um sich hier Häuser, Grundstücke und Unternehmen zuzulegen. Verpenntes altes Tasmanien, wach auf … wir werden gerade an die Meistbietenden verschachert! Wobei das nicht immer Australier sind …«

»Es gibt nicht viele Staaten, die Ausländern – sogar ausländischen Staatsunternehmen – erlauben, Land, Wasser und die Staatsbürgerschaft zu kaufen«, sagte Jessica bitter.

»Die Welt ändert sich, Jess. Und nicht nur zum Besseren. Es ist nicht mehr wie früher, als wir Kinder waren. Oje, jetzt klinge ich wie meine Mutter.«

»Haha! Aber überleg nur, wo wir aufwachsen durften, Sal! Was hat deine Katie doch für ein Glück! Ich kenne Stadtkinder, die keine Vorstellung von Ackerbau oder Viehhaltung haben. Lebende Nutztiere kennen die nur aus dem Streichelzoo und manchmal aus dem Schulunterricht. Wenn sie in einem entsprechenden Viertel leben, gibt's dort vielleicht einen Gemeinschaftsgarten. Doch für die meisten Kinder stammt Essen aus dem Supermarkt.«

»Eine Menge Leute und Vereine arbeiten daran, das zu ändern. Obwohl dieses Feld schwer zu beackern ist«, meinte Sally.

»Ihr hier seid Bauern, die sich auch mal die Hände dreckig machen. Ich war mit jemandem verheiratet, dem im Traum nicht eingefallen wäre, körperlich zu arbeiten. Am liebsten hätte er George Clooney und Roger Federer in einer Person verkörpert … italienischer Espresso, eine Uhr, die einen bis zum Mond navigieren kann, modischer Dreitagebart und Armani-Anzug – die ganzen Statussymbole, aber ohne einen Hauch von deren Talent, geschweige denn von sozialem Gewissen.«

Sally prustete los. »Und absolut keinen Sinn für Humor. Der verbissene Streber. Ehrlich, Jess, ohne ihn bist du besser dran.«

»Ja, schon. Ich bin nur froh, dass die Scheidung endlich durch ist. Ständig hat er irgendwelche angeblichen Eigentumsregelungen aus der Tasche gezogen, um mich damit zu zermürben.«

»Weil er sich alles unter den Nagel reißen wollte.«

»Genau. Aber irgendwie habe ich es mit letzter Kraft geschafft, um das zu kämpfen, was mir zusteht«, sagte Jessica. »Und tatsächlich ist es für mich jetzt das Wichtigste, dass ich frei bin.«

Sal sah den schmerzlichen Ausdruck im Gesicht ihrer Freundin. »Du bist frei wie ein Vogel! Keine Hypothek, keine Kredite. Darum würden dich eine Menge Leute beneiden, Jess. Du hast reinen Tisch gemacht, die Welt steht dir offen. Genieße es!«

Jessica zuckte die Achseln. »Tja, so kann man es sehen. Und weil du gerade vom Genießen sprichst … da drüben ist eine Austernbar. Lass uns eine Pause machen, Champagner trinken und ein paar Austern essen.«

»Halt noch ein bisschen durch«, lachte Sally. »Toby hat eine Flasche kalt gestellt. Es gibt vermutlich keine Austern, aber Mum möchte bestimmt, dass du ihre Käsesorten durchprobierst.«

Sie fuhren die Straße entlang bis zu einem alten Holztor, an dem ein Schild mit der Aufschrift *Arcadia* hing. Jessica sprang aus dem Wagen und öffnete das Tor, damit Sally hindurchfahren konnte. Die Auffahrt führte zu einem Haus, das wie eine elegante alte Dame mit einem ausladenden Rock aus Rosen auf dem Hügel thronte. Heftig winkend stapfte Toby mit Katie auf den Schultern durch den Vorgarten heran, bemüht, nicht über Jasper zu stolpern, der bellend um ihn herumsprang.

Als sie ausstiegen, rannte Katie auf sie zu und rief fröhlich: »Tante Jess, Tante Jess!«

»Hallo, meine Hübsche! Lass dich ansehen.« Jessica fing die Kleine mit den wippenden blonden Locken auf und schloss sie fest in die Arme. Offenbar hatten Toby und Sally ihre Tochter vorher an die »Tante« von früher erinnert. »Himmel, bist du groß geworden! Ich hab dich ja Ewigkeiten nicht gesehen.«

Nun beugte sich Toby zu Jessica hinunter und gab ihr einen Begrüßungskuss. Sie lächelte, und ihr Blick schweifte über den Bauerngarten und die Rosenbeete, an die sie sich so gut erinnerte. Am Fuß des Hügels begann das Dickicht des alten Eukalyptuswaldes, der so geheimnisvoll wirkte wie eh und je. Doch wo einst Brachland gewesen war, erstreckten sich jetzt ordentliche Baumreihen und Beete, die blassviolett schimmerten.

»Du liebe Güte, ihr pflanzt ja eine ganze Menge an«, rief Jessica. »Aber vieles sieht auch noch aus wie früher.«

»Wir nennen diesen Bereich, wo wir das meiste anbauen, die Neue Farm. Aber komm und schau, was wir aus dem Haus gemacht haben. Da gibt's jetzt eine tolle Terrasse, wo wir auch Gäste bewirten können«, sagte Sally.

»Und ich hab ein Baumhaus«, piepste Katie, nahm Jessicas Hand und hüpfte neben ihr her.

Vor der Eingangstür mit den Bleiglasscheiben blieb Jessica kurz stehen. Das Haus wirkte gediegen und hätte auch gut ins ländliche England gepasst. Als sie nach der Klinke griff, flog die Tür bereits auf, und Mollie trat mit strahlendem Lächeln heraus, um sie zu umarmen.

»Jess, Liebes, wie schön, dass du endlich wieder da bist. Dein letzter Besuch ist viel zu lange her. Komm, wir setzen uns auf die Terrasse. Tee oder Kaffee? Für einen Gin Tonic ist es wohl noch zu früh?«

Arcadia, 1935

Stella saß an ihrem Zeichentisch und starrte durchs Fenster auf die Baumgruppe am Fuß des Hügels. Sie hatte das fertige Bild der Maskenschleiereule beiseitegelegt und fragte sich, was sie als Nächstes in Angriff nehmen sollte. Auch wenn sie es ungern zugab, machte ihr die grässliche Zeichnung in ihrem Skizzenblock immer noch zu schaffen. Sie hatte ihn in der untersten Schublade des großen Schreibtischs verstaut – allerdings erst nachdem sie eine eigene Zeichnung hinzugefügt hatte.

So detailgetreu wie möglich hatte sie den Mann mit der Jagdmütze und dem langen Stock porträtiert. Wobei sie alle Einzelheiten, an die sie sich erinnerte, festhielt, etwa seine Kleidung und die Narbe neben seinem struppigen Schnurrbart. Dann hatte sie den Skizzenblock mit zitternden Händen zugeklappt.

Vielleicht hätte sie die Zeichnung ihrem Gatten zeigen sollen? Oder Mrs James? Doch irgendetwas hielt sie zurück.

Stephen wäre entsetzt gewesen, wenn sie die Polizei verständigt hätte. Die Hollands gerieten nicht in Situationen, in denen man den pummeligen alten Dorfpolizisten rief und den Einheimischen Stoff zum Tratschen lieferte.

Am Tag nach ihrem beunruhigenden Erlebnis war Stella in ihrem Atelier geblieben. Doch als am nächsten Morgen die Sonne vom Himmel strahlte, sprang sie auf und rief: »*Carpe diem!* Und genau das werde ich tun.« Sie griff nach ihrem Feldstecher und der Kamera und informierte Mrs James, dass sie den Vormittag draußen verbringen würde.

»Sie fühlen sich also besser, Mrs Holland?«

»Oh, ich war gestern nicht unpässlich. Mir war einfach nach einem ruhigen Tag«, erwiderte Stella.

Worauf Mrs James nur still in sich hineinlächelte und daran dachte, was ihr Mann erzählt hatte.

Stella stapfte quer übers Feld und schwang dabei – nur für den Fall, dass sie beobachtet wurde – munter ihre Tasche. *Schau, so bin ich: eigensinnig, stark und furchtlos.* Nun, zumindest hoffte sie, dass ihre Haltung dies ausdrückte. Menschen wie ihr Mann bezweifelten, dass Frauen mutig waren. Und wenn sie ehrlich war, saß ihr der Schreck immer noch in den Knochen. Es war eine hässliche Vorstellung, dass sie womöglich gerade von dem Mann beobachtet wurde, der ihr und ihrer kleinen Eule, ihrer Retterin, eine Todesdrohung geschickt hatte.

Stella hatte nichts Bestimmtes vor, doch die frische, klare Luft, der blaue Himmel und die Ruhe ringsum besänftigten ihren inneren Aufruhr. Was konnte ihr an solch einem friedlichen Morgen schon zustoßen? Im Dorf war Markttag, und Mr und Mrs James waren hingefahren, um zu kaufen, zu verkaufen und zu feilschen. Mr Holland war von seiner Konferenz nach Hause zurückgekehrt, machte jedoch schon wieder Hausbesuche bei seinen Patienten.

Sie schlug einen Pfad in den Ort ein, der an der Stelle vorbeiführte, wo der Bach neben ihrem Steg und dem kleinen Bootsschuppen in den Fluss mündete. Ein paar Jahre vor ihrer Heirat hatte Stephen angefangen, sich für das Segeln zu begeistern. Er hatte eine kompakte kleine Jolle aus dem Holz der hiesigen Steineibe in Auftrag gegeben und sie nach seiner Mutter *Charlotte-Ann* getauft.

Stella liebte den Fluss und die dort herrschende Geschäftigkeit. Immer gab es etwas zu sehen: die Küstendampfer, die Fähre nach Solitary Island, Arbeitsschiffe und Lastkähne mit Holz aus dem Sägewerk. Manchmal nahm sie Brot mit und fütterte die Seevögel und Schwäne. Hin und wieder angelte sie, begleitet von Mr James, von einem der Stege aus, die sich am Ufer entlangreihten. Dr. Holland hatte deutlich gemacht, dass ihm dieses undamenhafte Verhalten missfiel. Doch da ihm klar war, dass seine junge Frau sich langweilte, hatte er Mr James gebeten, ein Auge auf sie zu haben, damit ihr nichts zustieß.

Stella war gern in Gesellschaft von Blackett James, auch wenn er ein recht schweigsamer Zeitgenosse war. Man nannte ihn Blackie, nicht nur wegen seines Namens, sondern auch wegen seiner dunklen Haut. Er war ein sanftmütiger Mann, freundlich und umsichtig. Stella hatte überrascht festgestellt, wie sehr er Tiere mochte, mit denen er so zärtlich sprach, dass es ihm gelang, Kühe und Pferde zu beruhigen. Auch wusste er erstaunlich gut Bescheid über die einheimischen Vögel und auch die anderen Wildtiere und ihre Habitate. Wenn Mrs James ihren freien Nachmittag nahm, der ihr alle vierzehn Tage zustand, unternahm Mr James mit ihr und Stella hin und wieder einen kleinen Törn. Dann segelten sie mit der *Charlotte-Ann* die Bucht entlang bis zum D'Entrecasteaux-Kanal.

Stella liebte die unterschiedlichen Blickwinkel vom Wasser auf den kleinen Ort. Die festgemachten Boote hoben und senkten sich mit dem Schwell vor der offiziellen Anlegestelle, und an den Privatstegen vor den wenigen Häusern entlang der Bucht legten Wasserfahrzeuge an und ab. Ein Stück weiter lag Jarrads Sägewerk etwas versteckt zwischen Apfelbäumen, die sich Reihe um Reihe bis in die Ferne erstreckten.

Dahinter ragten aus dem Regenwald mit den wuchernden Baumfarnen und den Nelkenzimtbäumen die mit hohen, uralten Eukalyptuswäldern bedeckten Hügel auf. Zur anderen Seite hin hatten sich Steineiben angesiedelt.

Dies war eine eigene Welt, der man sich am besten vom Wasser her näherte. Denn die Straße nach Hobart war für viele immer noch eine Herausforderung, der sich ihr Mann allerdings liebend gern stellte.

Als Stella zum Steg der Hollands hinunterging, zog sie die kurze Jacke fester um sich, denn plötzlich wehte eine frische Brise.

Von der Slipanlage dröhnte Hämmern zu ihr herüber, und als sie sah, dass jemand an ihrer *Charlotte-Ann* arbeitete, blieb sie stehen. Sie beobachtete ihn eine Weile, bis er innehielt und ihr zuwinkte.

»Gibt's ein Problem?«, rief sie.

»Nein, Ma'm, nur die jährliche Überholung – den Rumpf vom Bewuchs frei machen, Antifouling auftragen. Sie ist in prima Verfassung. Wollten Sie mit ihr raus?«

»Nein, im Augenblick nicht. Aber sie ist so ein hübsches kleines Ding, finden Sie nicht auch?« Stella sprang hinunter und ging zu der Slipanlage hinüber, wo das Segelboot mit Leinen verzurrt an Land stand.

»Sie ist eine bildhübsche Jolle, keine Frage. Und sollte noch lange viel Freude machen, sofern sie gut gepflegt wird. Das Eibenholz wird uns alle überdauern«, lachte er.

»Es ist ein wunderbares Holz. Kennen Sie sich damit aus? Sind Sie Bootsbauer?«

»Ich arbeite im Sägewerk, Mrs Holland. Die Arbeit für den Doc ist ein kleines Zubrot für mich. Hauptsächlich verdiene ich mir in der Kammmuschel-Saison was dazu. Es gibt immer eine Menge Arbeit hier in der Gegend. Und eine Menge gutes Holz. Dr. Holland weiß alles darüber.«

»Und das, obwohl er ja in erster Linie Arzt ist.« Stephen sprach nie mit ihr über geschäftliche Angelegenheiten und auch nicht über seinen beruflichen Alltag, denn er nahm die ärztliche Schweigepflicht sehr ernst. Doch wenn sie so darüber nachdachte, diskutierte sie ja auch keine künstlerischen Fragen mit ihm.

Der Mann lächelte sie an. »Ich arbeite lieber mal weiter, dann ist sie in ein, zwei Tagen wieder tipptopp und im Wasser.«

»Danke«, verabschiedete sich Stella und ging zurück zu dem Pfad, der sich am Ufer entlangschlängelte. Auf der einen Seite gab es Wiesen und einen Picknickbereich, wo früher die Einheimischen gesessen und die Segelregatten verfolgt hatten. Auch das Fährenrennen von Hobart fand schon seit ein paar Jahren nicht mehr statt, aber sie hatte im Büro ihres Mannes Fotos davon gesehen.

Am Hauptkai herrschte reges Treiben, denn der Passagierdampfer machte zum Ablegen nach Hobart klar. Stella blieb stehen und beobachtete, wie ein Crewmitglied die dicken Leinen einholte und sich die Passagiere an Bord niederließen; mehrere blieben auch an der Reling stehen.

Und da sah sie ihn. Er blickte in Richtung Sägewerk, wo die Schienenbahn mit Holzscheiten und Brettern hoch beladen war. Zwar beschattete sein Hut die Augenpartie, doch sie erkannte den verknautschten Mantel und den struppigen Schnurrbart. Über die Schulter hatte er einen Ledersack geworfen, und er hielt sich an der Reling fest.

Stella wich zurück, auch wenn sie es für unwahrscheinlich hielt, dass er sie entdeckte. Kannte er sie überhaupt? Da ihr Skizzenblock vor ihrer Haustür gelegen hatte, wusste er zumindest, wo sie wohnte. Wer war dieser Kerl? Neben ihm stand ein gut gekleideter Mann mit blondem Haar. Ob er der andere gewesen war, den sie im Wald gesehen hatte?

Der Abstand zwischen Dampfer und Kai wurde größer, und sie war erleichtert, den Mann, der sie bedroht hatte, an Bord zu wissen. Doch wie lange blieb er wohl fort? Würde er zurückkommen? Und warum wünschte er ihr den Tod? Zumindest war dies die einzige Deutung der grässlichen Skizze, die ihr einfiel.

Wieder überlegte sie, ob sie die Zeichnung ihrem Gatten zeigen sollte, doch dann kam sie auf eine bessere Idee. Sie würde Mr James von dem Vorfall berichten.

Als Stella Mr James in der Nähe ihres Ateliers im Garten arbeiten sah, nahm sie den Skizzenblock aus der unteren Schreibtischschublade und ging zu ihm hinaus.

Obwohl Blackie James ein kräftiger Mann war, erblasste er, als Stella ihm die schreckliche Zeichnung zeigte. »Gütiger Gott, Mrs Holland, das sind ja Sie! Warum malt denn jemand ein so entsetzliches Bild? Und wie kommen Sie dazu?«

Als Stella erklärte, was vorgefallen war, schüttelte er den Kopf. »Sie sollten abends wirklich nicht allein draußen sein. Bitte, versprechen Sie mir, dass Sie nicht mehr rausgehen, sobald es dämmert. Wenn Sie Vögel studieren wollen, dann komme ich mit.« Er hielt inne und überlegte, bevor er fortfuhr: »Ich würde nie eine Frau dazu ermutigen, ihren Mann zu hintergehen, aber in diesem Fall ist es wohl besser, wenn der Doktor nichts erfährt. Meinen Sie nicht auch?«

»Sicher, Mr James. Ich habe nicht vor, meinen Mann mit dieser Sache zu behelligen. Er würde sich nur Sorgen machen. Außerdem hat er mich bereits gebeten, abends nicht allein aus dem Haus zu gehen.« Sie lächelte zaghaft. »Aber Sie müssten die Eule einmal sehen. Sie ist einfach wunderschön. Und sie hat den Kerl angegriffen, sodass ich weglaufen konnte. Dabei habe ich wohl auch den Skizzenblock fallen lassen.«

Mr James blickte sie stirnrunzelnd an. »Passen Sie auf sich auf, Mrs Holland. Ich fürchte, dieser Mann hat es auf Sie abgesehen.« Hastig klappte er den Skizzenblock zu.

»Nun, er ist mit dem Hobart-Dampfer weggefahren, zusammen mit einem anderen Mann.« Sie zögerte und runzelte die Stirn.

»Hmm. Bitte sehen Sie zu, dass Sie immer alle Türen verriegeln, wenn der Doktor nicht da ist. Und rufen Sie meine Frau oder mich an, wenn Sie irgendwas beunruhigt. Jederzeit.«

»Sie sind beide so nett.«

»Und nun denken Sie nicht mehr daran, Mrs Holland. Also … wann ziehen wir los und besuchen Ihre Eule?«

Nach dem Abendessen blätterte Stella in einem Magazin, während Stephen Zeitung las und dabei seine Pfeife schmauchte. Unvermittelt ließ er das Blatt sinken und sah seine Frau an.

»Du gehst heute Abend gar nicht in dein Atelier?«

»Doch, demnächst. Aber ich wollte dir beim Portwein Gesellschaft leisten.«

»Ich stell mal das Radio an, was hältst du davon? Vielleicht kommt ein bisschen schöne Musik?«

Während er am Radioknopf drehte, erzählte Stella: »Ich bin heute Vormittag zum Hafen spaziert. Da hab ich gesehen, dass die *Charlotte-Ann* überholt wird.«

»Ja, ich habe einen der Arbeiter gebeten, sie herzurichten. Sie ist ein tüchtiges kleines Boot, es zahlt sich aus, sie in Schuss zu halten. Vielleicht fahre ich mit ihr raus, sobald sie fertig überholt ist. Bin schon eine ganze Weile nicht mehr gesegelt. Immer zu viel zu tun. Diese neuen Fälle von Kinderlähmung kosten viel Zeit. Und sind sehr besorgniserregend.«

»Aber Dr. Fraser ist eine gute Vertretung, oder?«

»Ja, Gott sei Dank. Es würde mich freuen, wenn er hier bleibt, er hat sich ja offenbar in eins der Mädchen im Ort verliebt. Doch im Moment haben wir beide alle Hände voll zu tun. Hoffentlich bekommen wir diese fürchterliche Krankheit in den Griff, bevor daraus etwas Größeres und Ernsteres wird. Ah, hier.« Stephen hatte einen Radiosender mit klassischer Musik gefunden, klopfte seine Pfeife aus und setzte sich wieder hin.

Stella blätterte weiter in ihrem Magazin, ohne jedoch die Bilder oder Artikel wirklich zur Kenntnis zu nehmen. Auch für die Musik hatte sie keinen Sinn. In ihrem Kopf wimmelte es von Gedanken und Bildern: die Maskenschleiereule; das eigenartige, beinahe phosphoreszierende grüne Leuchten im Eukalyptuswald; der schwere, modrige Geruch von Pilzen; und die Freude, die sie empfand, wenn sie unverhofft auf neu gesprossene winzige, zart gefärbte Speise- und Giftpilze stieß.

Das Konzert im Radio endete, und als das Publikum applaudierte, legte Stella das Magazin zur Seite.

»Es war ein langer Tag, ich geh zu Bett«, sagte sie. »Gute Nacht, Liebling. Schlaf gut.« Sie verließ das Zimmer. Doch dann änderte sie ihre Meinung und ging doch noch in ihr Atelier.

Sie war tief in eine Zeichnung versunken, als sie die Schritte ihres Mannes vor der Tür vernahm und er hineinspähte.

»Ich ziehe mich jetzt zurück, Stella. Bitte mach bald Schluss und komm zu mir. Die Türen habe ich schon verriegelt.«

Das war eine Vorladung. Seufzend legte sie die Kohle beiseite. Ihr graute fast ein wenig vor dem, was nun folgen würde. Empfanden alle Ehefrauen so? Wenn sie ehrlich zu sich war, dann liebte sie ihren Mann zwar immer noch, doch der einst so hinreißende und kultivierte Dr. Stephen Holland hatte bereits nach einem Ehejahr reichlich an Attraktivität für sie eingebüßt. Da sie nie mit einem anderen Mann »Beziehungen unterhalten« hatte, wie Stephen es nannte, konnte sie ihre Erfahrungen mit nichts und niemandem vergleichen. Wie schade, dass sie keine gute Freundin hatte, mit der sie über so etwas hätte reden können. Ihre Mutter kam dafür nicht infrage, und da ihre Schwester in Sydney lebte, hatte sie nur selten Gelegenheit, sich mit ihr auszutauschen. Fast wäre es einmal mit Mrs James zu einem intimen Gespräch gekommen, denn die Haushälterin hatte ja eine große Familie und einmal mit einem Augenzwinkern gemeint: »Trotz seiner reservierten Art ist Mr James recht neckisch, wenn Sie verstehen, was ich meine, Mrs Holland.«

Stella hatte gelächelt und genickt, obwohl sie nicht verstanden hatte, was Mrs James andeuten wollte. Denn mit »neckisch« hätte sie Stephens Verhalten im Schlafzimmer nicht beschrieben.

Seufzend schaltete sie das Licht aus und ging widerwillig den Korridor hinunter.

Arcadia, 2018

Nachdem Jessica zuerst Katie eine Gutenachtgeschichte vorgelesen und dann mit Sally und Toby Erinnerungen aufgewärmt hatte, war es gestern Abend spät geworden. Trotzdem wachte sie früh auf und verließ noch vor dem Frühstück das Haus.

Sie fand es schwierig, wieder in »heimischen Gefilden« zu sein, auch wenn nach dem Umzug ihrer Familie nach Sydney niemand von ihren Verwandten noch lange in der Gegend geblieben war. Ihre Mutter hatte ihr die Namen alter Freunde und Nachbarn aufgelistet, die sie besuchen sollte, aber dem fühlte sie sich noch nicht gewachsen. Jedes Mal, wenn sich eine Freundin oder Bekannte erkundigt hatte, wie es ihr denn ginge, hatten sich diese wohlmeinenden Fragen wie Nadelstiche angefühlt.

Sally war genau die Frau, die sie jetzt brauchte, ebenso wie den ruhigen und unerschütterlichen Toby. Dass sie ungezwungen mit alten Freunden reden und dabei ganz sie selbst sein konnte, tat ihr gut. Sie liebte die kleine Katie, die die neue Mitbewohnerin einfach wie ein Familienmitglied behandelte. Wie die meisten Vierjährigen verlangte sie Aufmerksamkeit. Wann immer möglich, wollte sie mit Jessica spielen oder sich an sie kuscheln und mit ihr ein Buch ansehen.

Inzwischen hatte sich Jessica angewöhnt, morgens zur alten Farm hinüberzuspazieren, wo sich die kräftigen alten Eichen nunmehr in schattigen Umarmungen zusammenfanden und die eigenartigen Knollen und Pilze an ihren Wurzeln beschirmten. Denn es waren solche stimmungsvollen Oasen aus Schatten und feuchter Erde, die hin und wieder das Wachstum wilder Trüffel – »schwarzer Diamanten« – begünstigten.

Auf den sanften Hügeln der neuen Farm standen mit Trüffelsporen beimpfte kleine Haselnussbäume in Reih und Glied, sodass Pflege und Ernte leicht waren. Allerdings fehlte hier die romantische Atmosphäre des alten Waldes. Auf den Hügelkämmen öffneten sich die Krokusse zaghaft dem Sonnenlicht – violett-goldene Reihen präsentierten sich wie eine florale Militärblaskapelle.

Das Gebäude oben auf dem Hügel sah aus, als stünde es schon immer dort. Die großen Fenster im Erdgeschoss gingen auf den Rosengarten hinaus und boten eine hinreißende Aussicht auf Felder, Wälder und ein kleines Stück des Bachlaufs. Vor dem nahen Cottage grünte und blühte ein herrlicher englischer Blumengarten, auf der Rückseite befand sich ein großer Küchengarten. Jessica wusste, dass beide zu Zeiten von Sallys Großeltern von der Haushälterin Mrs James angelegt worden waren.

Sally hatte Jess erzählt, wie sehr sie es genoss, in demselben Haus zu leben wie schon ihre Großmutter und ihre Mutter. Sie schätzte das Gefühl von Beständigkeit und Verwurzelung. An der Wand von Stella Hollands ehemaligem Atelier hingen immer noch zwei ihrer detailgetreuen Aquarelle. Auch das Arbeitszimmer von Sallys Großvater mit den alten gerahmten medizinischen Zeugnissen war größtenteils im ursprünglichen Zustand geblieben. Wanderstöcke und andere alltägliche Gegenstände, die inzwischen schon drei Generationen benutzt hatten, wurden noch immer in der Küche aufbewahrt; das erlesene Minton-Porzellan stand im Esszimmer; und viele alte Werkzeuge und Gartengeräte befanden sich weiterhin im Schuppen und im Gewächshaus. Sallys Mutter hatte das Haus so modernisiert, dass es sich komfortabler darin wohnte, und sie hatte im Lauf der Jahre auch ein paar neue Haushaltsgeräte angeschafft, doch im Großen und Ganzen sah alles noch so aus, wie es Jessica aus ihrer Kindheit in Erinnerung hatte.

Als Mollie ins kleinere Cottage zog und Tochter und Schwiegersohn das große Haus überließ, hatte Sally ein paar eigene

Akzente gesetzt. So gab es jetzt einen überdachten Aufenthaltsbereich mit Pizzaofen, den sie das »Outdoor-Esszimmer« nannte. Doch den Wintergarten, der Stellas Atelier gewesen war, hatte sie kaum verändert und lediglich ein paar neue Möbel angeschafft, damit man bequem dort sitzen konnte. Wann immer sie sich eine halbe Stunde frei machen konnte, zog sie sich dorthin zurück und las. Wie Mollie Jessica erklärte, war sie jetzt die Geschäftsführerin der Farm und kümmerte sich um die Buchhaltung, die Angestellten, die Bestellungen und tausend andere Dinge, die in einem aufstrebenden Familienbetrieb anfielen.

Nachdem Jessica ein paar Tage auf Arcadia verbracht hatte, diesem geliebten Ort, mit dem sie so glückliche Erinnerungen verband und wo sie die Wärme einer solch unverbrüchlichen Freundschaft umfing, spürte sie, wie die körperliche Anspannung allmählich von ihr abfiel. Zum ersten Mal seit Langem kam sie zur Ruhe und hegte die leise Hoffnung, dass ihr Leben eine Wende zum Besseren nehmen würde.

Mit Katie im Schlepptau folgte Jessica Toby und Sally bei einem Rundgang über die Felder, wo sich die beiden alle paar Meter bückten, um die in Reihe gepflanzten Krokusse zu inspizieren, deren violette Blütenblätter sich noch eng um das kostbare Innere schlossen. Der gut erzogene Jasper trottete hinterdrein.

Toby machte sie auf die kleinen rostroten Spitzen aufmerksam, die aus der Mitte jeder Safranpflanze ragten. »Siehst du hier oben die sogenannten Narben? Sobald die Sonne rauskommt, drängen sie nach oben und öffnen die Blüte, sodass die pudrigen Narben offen liegen. Immer drei Fäden pro Blüte.«

»Deshalb heißt die Pflanze bei uns Sonnenblüher«, erklärte Sally beinahe ehrfürchtig. »Wir ernten den Safran per Hand, Krokus für Krokus, all die Tausende, und verarbeiten ihn am selben

Tag. Man braucht viele Tausend Fäden für ein einziges Gramm Safran.«

»Die Blüten leben also nur von Sonnenaufgang bis Sonnenuntergang?«, fragte Jessica.

»Nein, das nicht. Erst wenn die Narben reif sind, verpacken wir sie in dunkle Gläser, um sie vor Licht zu schützen. So bleiben sie lange Zeit frisch. Manche Köche machen ja ein ziemliches Getue darum … so wie ja auch erzählt wird, dass deine Teeblätter auf einer Plantage in Sri Lanka im Morgengrauen gepflückt wurden oder dass der Lachs, den ein Kunde in Perth kaufen will, sich morgens noch in einem tasmanischen Wildgewässer getummelt hat. Wobei nicht erwähnt wird, dass das arme Tier dabei mit Hunderten anderen in einen stinkigen Fischkäfig eingesperrt war.«

Toby hielt eine Krokusblüte in der gewölbten Hand. »Kostbare Fracht. Sally und Mollie machen eine fabelhafte Paella. Der Safran ist dabei das Entscheidende.«

»Damit wird jedes Gericht zu einem Hochgenuss«, lächelte Sally. »Ob Currys, pikante Speisen oder Desserts. Wir servieren dir heute Abend mal unseren mit Safran aufgegossenen Special Gin Tonic.«

»Gute Idee«, nickte Toby. »Hast du dir eigentlich in der Zwischenzeit überlegt, ob du etwas Bestimmtes machen willst, während du hier bist, Jess? Oder ob du gern irgendwohin möchtest?«

»Ich habe nichts vor«, antwortete Jessica leise. »Außer die Seele baumeln zu lassen.«

Sally sah sie an. Das klang so gar nicht nach der Jessica, die sie kannte. Was ihr in Erinnerung rief, dass ihre Freundin schwer mit dem Zusammenbruch ihrer Welt zu kämpfen hatte, auch wenn sie fast unentwegt eine tapfere Miene zur Schau trug.

Sie brachten mehrere Körbe der zarten Krokusse zum Gewächshaus und übergaben sie den Arbeitern, die dort an langen Tischen saßen, um die roten Fäden aus den Blüten zu zupfen, zu trocknen und zu verpacken.

Eine Woche nach Jessicas Ankunft lud Mollie abends ein paar Freunde ein. Einige von ihnen kannten Jessica noch, andere waren erst kürzlich in die Gegend gezogen.

Alle brachten etwas mit, was selbst gemacht oder selbst angebaut war: Sauerteigbrot, Marmelade, eingelegtes Gemüse, frisches Obst, einen Korb Pilze, hiesigen Wein, ein köstliches Dessert. Mollie hatte ein Curry und Safranreis vorbereitet, Sally steuerte ein scharfes Chutney und Naanbrot bei, und Jessica hatte einen Salat gemacht, den sie mit Schnittlauchblüten und Blättern und Blüten der Kapuzinerkresse verfeinerte.

Der lange Tisch in Sallys Outdoor-Esszimmer mit Blick auf den Rosengarten war festlich gedeckt. Eine leichte Brise ließ die Kerzen flackern, Kerosinlampen warfen einen warmen Schein auf die bequeme alte Rattan-Sitzgarnitur mit den bunten Kissen.

Katie und eine kleine Freundin spielten mit einem Puppenhaus und Bauklötzen im Nachbarzimmer, sodass man sie vom Tisch aus gut im Auge behalten konnte. Die Unterhaltung drehte sich um Ereignisse in der Welt und die lokale Politik. Man sprach über das Wetter, die Abholzungsindustrie, die Handelsbilanz, den Zustrom betuchter Festlandaustralier, den zunehmenden Verkehr, die steigenden Boden- und Hauspreise, die drohende Hochhausbebauung am Hafen von Hobart.

Toby stellte die dampfende Curry-Schüssel auf den Tisch, half beim Servieren und Weiterreichen der Gerichte, schenkte Wein nach und war auf seine ruhige Art in jeder Hinsicht zuvorkommend. Er hatte die Ärmel seines guten blauen Hemds bis über die Ellbogen hochgekrempelt, dessen Farbe so gut mit dem Blau seiner Augen in dem braun gebrannten Gesicht harmonierte. Als er im Gespräch mit einem Farmer den Kopf neigte, fiel ihm das sandfarbene Haar in die Stirn. Sally lehnte den Kopf an seine Schulter, während ihre Hand auf seinem Knie ruhte. Ihr blondes Haar schimmerte im Kerzenlicht, und sie hatte das hübsche Gesicht nur dezent geschminkt. Während Jessica die beiden betrachtete, freute sie sich für Sally. Tobys sanfte Stärke und zurückhaltende Klugheit überraschten sie immer wieder und munterten sie auf. Ein bisschen beschwipst lehnte sie sich mit ihrem Glas Rotwein zurück.

Da Sally ihre Bewegung wahrnahm, sah sie kurz zu ihr herüber und versuchte, Jessicas Stimmung zu ergründen. Ihre Freundin wirkte ruhig und entspannt und lauschte den Gesprächen ringsum aufmerksam und interessiert. Sally wusste, dass die intelligente Jessica manchmal sehr leidenschaftlich sein konnte und sich in jeder Debatte, ob freundschaftlich oder hitzig, zu behaupten wusste. Und sie war auf ihre dunkle, exotische Weise so schön; wann immer sie einen Raum betrat, zog sie alle Blicke auf sich. Zweifellos hatte die Ehe mit Hardy ihr Selbstbewusstsein ziemlich angeknackst, doch Sally hoffte, dass die Jessica von früher bald wieder zum Vorschein kommen würde. Im Stillen verfluchte Sally diesen Mann.

Ein paar Stunden später lagen zwei verschlafene kleine Mädchen und ein Hund zusammengerollt auf der Couch. In den Gesprächen ging es jetzt um persönlichere Dinge, die ersten Gäste brachen auf oder beschlossen, noch einen letzten Schluck Wein zu trinken. In der Küche bereiteten Sally und ihre Mutter ein Tablett mit Mollies Käsespezialitäten und Liköre vor, während zwei Helferinnen die Geschirrspülmaschine bestückten.

Da erschien Bec, eine alte Schulfreundin von Sally und Jessica, in der Küche, um noch eine Flasche Weißwein zu holen. »Wie schön, dass Jessica wieder da ist«, sagte sie zu Mollie und Sally. »Ob sie wohl bleibt?«

»Schwer zu sagen«, meinte Sally. »Sie brauchte mal eine Auszeit. Und wir freuen uns, sie hier zu haben, also kann sie bleiben, solange sie will.«

Inzwischen hatten es sich Jessica und Sally zur Gewohnheit gemacht, vor dem Abendessen im Wintergarten zusammen einen Schluck zu trinken. Oft gesellte sich Katie mit ihrem Teeservice dazu und spielte leise »Damenkränzchen«, indem sie ihnen winzige Tässchen »Gedankentee« reichte. Auch Mollie war manchmal mit von der Partie.

»Wie geht's dir denn so?«, fragte Sally eines Abends, als sie Eiswürfel in ihr Weinglas gab.

»Sal! Du machst das immer noch? Warum ruinierst du den guten tasmanischen Wein?«

»Als ich in Spanien und Italien war, haben die Einheimischen immer Eis in ihren Rotwein getan. Wenn's für sie gut genug war, taugt's mir auch«, antwortete Sally leichthin. »Wie war dein Tag? Ich hab gesehen, dass du zum Bach runtergegangen bist?«

»Ja. Dabei ist mir eingefallen, dass ich gern mal wieder angeln würde. Einfach nur eine Leine von eurem Steg auswerfen. Oder, noch besser, mit dem Boot rausfahren.« Jessica räkelte sich und nippte an ihrem Wein. »Ich hab beschlossen, nicht länger dünnhäutig zu sein und Zeit damit zu verschwenden, mich über Hardy zu ärgern. Er zerbricht sich bestimmt nicht den Kopf über mich.«

»Ganz sicher nicht.« Sally jubelte innerlich darüber, dass Jess offenbar endlich über den grässlichen Hardy hinwegkam.

»Hallo, Mädels. Wie war euer Tag?« Mollie setzte die Brille ab und ließ sich in einen Sessel sinken. »Bitte gib deiner Mutter etwas zu trinken, Sal. Ich habe heldenhaft mit den Zahlen gekämpft.« Sie wandte sich an Jessica. »Habt ihr morgen schon etwas vor? Ich finde, wir sollten irgendwo mit dir hinfahren und uns einen schönen Tag machen. Immer nur Arbeit und kein Vergnügen ist verdammt langweilig.«

»Ich hab euch doch gesagt, dass ich nicht unterhalten werden muss, Mollie. Mir reicht es, einfach nur hier auszuspannen.«

»Wir könnten zum Sonntagslunch in CoCo's Café fahren und dort ein bisschen herumbummeln. Die Märkte sind auf, das macht Spaß.« Mollie nickte ihrer Tochter zu, die ihr ein Glas reichte.

Sally nickte. »Das musst du gesehen haben, Jess. Es gibt dort wunderbare Lebensmittel und entzückende Dinge zu kaufen.«

»Warum nicht«, meinte Jessica.

»Allerdings hatten wir überlegt, morgen mit dem Boot rauszufahren«, sagte Sally.

Mollie blickte von der einen zur anderen. »Gut, plant einfach einen netten Tag und nehmt ein Picknick mit. Es wird euch guttun, mal eine Zeit lang nicht auf der Farm zu sein. Ich lass mir was Besonderes für Katie einfallen.«

Am Ende des schmalen Stegs vor dem Bootshaus lagen die Freundinnen in der Sonne. Sally war glücklich, dass Jessica endlich anfing, sich zu entspannen. Sowohl ihre Gesichtszüge als auch ihr Körper wirkten gelöster, auch schien sie allmählich ihre Trauer zuzulassen. Und den Schmerz. Sie hatten sich eingehend über ihre Familien unterhalten. Jess bedauerte, dass sie nichts mit ihrem Bruder bereden konnte. Anthony hatte seinen Hochschulabschluss gemacht und lebte jetzt mit seiner jungen Familie in Indien, wo er für seine Doktorarbeit forschte.

Sally ihrerseits war dankbar und glücklich, nicht nur Toby und eine wunderbare kleine Tochter, sondern auch eine liebende

Mutter zu haben. Dennoch nagte das Gefühl an ihr, in ihrem Leben etwas zu verpassen. Die abrupte Ankunft der vom Leben gebeutelten Jessica, die im sicheren Hafen ihrer Freundschaft Zuflucht suchte, hatte das ruhige Gewässer ihrer Existenz aufgewühlt.

»Also, was ist? Sollen wir nun mit der *Charlotte-Ann* rausfahren?«, fragte Jessica.

Ohne die Augen zu öffnen, leckte Sally an ihrem Finger und hielt ihn dann in die leichte Brise.

»Ostwind. Das ist gut. Ziemlich mild. Die Jolle war eine ganze Weile nicht draußen.« Sie setzte sich auf und blickte ihre Freundin strahlend an. »Du hast das immer geliebt, stimmt's? Flussaufwärts segeln, irgendwo festmachen, wo es ruhig ist, und dort die Austern von den Felsen klauben, die Umgebung erforschen, ein Lagerfeuer anzünden, Seetang für Mums Gemüsebeet sammeln …«

»Ja. Dann sind wir nach Sydney gezogen, und das hieß am Drive-in vom Hamburgerladen herumhängen und am Strand darauf warten, dass die Jungs vom Surfklub herüberschauten. Blaulicht-Discos, zum ersten Mal betrunken sein, durch Shoppingmalls streifen, immer auf der Suche nach jemandem mit Auto, der einen irgendwohin fahren konnte … außerhalb der Sichtweite der Eltern. Es war eine ganz andere Welt.«

»Davon hab ich hier wenig erlebt, als ich fünfzehn war«, meinte Sally. »In den pulsierenden Metropolen Launceston und Hobart ging es eher gemächlich und reichlich langweilig zu.«

»Und dann bist du Toby begegnet«, grinste Jessica. »Wer außer dir schafft es, in Marrakesch einen Jungen aus Tasmanien kennenzulernen? Du Glückliche!«

»Ja. Toby wollte in dieses afrikanische Dorf, um dort zu arbeiten, und ich war unterwegs, um die Welt zu erobern. Und nun sind wir hier.« Sally sprang auf. »Los! Holen wir das Boot raus.«

Sie nahm den Schlüssel von seinem Haken unter einer losen Planke und öffnete das rostige Vorhängeschloss. Dann schlüpften die beiden in den dämmrigen, stellenweise salzverkrusteten, nach Öl stinkenden Schuppen. Durch die Ritzen zwischen verzogenen Brettern fiel Sonnenlicht herein.

Nachdem sie das Flügeltor des Bootshauses geöffnet hatten, zogen sie die Plane von der Jolle und kurbelten den glänzenden gewölbten Holzrumpf langsam über die Winsch der Slipanlage ins Wasser. Nach altem Maß war das Boot sechzehn Fuß lang, es hatte eine Gaffeltakelung, der schnittige Rumpf und das Halbdeck aus Eibenholz glänzten, in die Baumwollsegel waren Lattentaschen eingenäht. In der Familie war überliefert, dass sich Sallys Großvater Stephen Hals über Kopf in das Boot verliebt hatte, als es 1928 in der Muir-Werft erstmals zu Wasser gelassen wurde.

»Alles bereit für dich, an Bord zu kommen«, sagte Sally, als die Jolle ins Wasser glitt.

Jessica machte die Leine los und schwang sich ins Boot, während Sally die Ruder verstaute und die Segel setzte. Dann stieß Jessica die Jolle vom Steg weg.

»Ist ein bisschen wie Fahrrad fahren, was?«, lachte sie. »Man verlernt es nicht.«

Nun blähte sich das Groß. Sally am Ruder und Jessica an der Großschot stemmten die Füße gegen das Dollbord, während die *Charlotte-Ann* Fahrt aufnahm. Sie steuerten ins Hauptfahrwasser des Flusses und hielten sich dann parallel zum Ufer.

»Sie benimmt sich wie ein Pferd, das endlich aus dem Stall rauskommt«, sagte Sally.

»Wow! Wie habe ich das vermisst«, rief Jessica. »Weißt du noch, wie wir mal aufgelaufen sind, auf dem Weg zu den Wasserfällen?«

»O ja. Wir mussten die Flut abwarten. Und die Wanderung hatte es in sich. Aber es war wunderschön dort oben!«

»Auch ein bisschen unheimlich. Alles war von Flechten und Moos überwachsen. Wir hatten schon Angst, wir müssten dort draußen übernachten. Die Touristen haben die Stelle noch nicht entdeckt, oder?«

»Ich glaube kaum. Glücklicherweise ist es dort zu steil, um eine Hütte hinzubauen. Und Wanderer halten sich normalerweise an die ausgewiesenen Wege. So weit flussaufwärts sieht man nicht viele Touristen.«

»Wie schön, dass sich die Gegend so wenig verändert hat«, sagte Jessica. »Abgesehen von den schicken Cafés und den Farmen mit Hofläden rund um die Stadt.«

»Die Einheimischen wollen, dass es so bleibt. Unsere Gegend soll weder zu touristisch werden noch in die Hände der Festland-Australier fallen.«

»Zur Zeit deiner Großmutter war das hier wohl richtig abgelegen«, meinte Jessica.

»Schade, dass ich sie nicht mehr kennengelernt habe. Sie ist schon vor meiner Geburt gestorben. Ich liebe die beiden Aquarelle, die im Wintergarten hängen. Dort war damals ihr Atelier.«

»Sind das die einzigen Bilder, die ihr von ihr habt? Wo sind die anderen? Deine Mutter hat doch einmal erzählt, dass sie eine hingebungsvolle Künstlerin war.«

»Im Nachruf steht, sie sei eine leidenschaftliche Dilettantin gewesen, was wohl heißen soll, eine ›Sonntagsmalerin‹. Mum sagt, dass etliche ihrer Arbeiten irgendwo gebunkert sind – auf dem Anwesen gibt es ja noch ziemlich viele Sachen aus der Zeit meines Großvaters. Eine der manchmal fragwürdigen Freuden, wenn man in einem Haus lebt, das seit Generationen in Familienbesitz ist. Wahrscheinlich gefällt es Mum auch deshalb, jetzt in dem kleinen Cottage zu leben. Das ist ganz allein ihr Bereich und nicht vollgestopft mit Erinnerungen.«

»Ich finde dein Haus mit all den Familienstücken toll.«

Sally nickte. »Ich eigentlich auch. Mir gefällt es, dass ich im Garten die Gummistiefel meiner Großmutter tragen kann. Und dieselben Gartengeräte benutze. Oder Bücher lese, die meinem Großvater gehört haben.«

»Bei uns hat es so viele Umzüge gegeben, dass eine Menge Sachen weggeworfen wurden und viele Dinge mit emotionalem Wert an Wohltätigkeitsorganisationen gingen«, bedauerte Jessica. »Damals war es mir und Anthony ziemlich egal, aber als ich mit dem grässlichen Hardy zusammengezogen bin, ist mir aufgefallen, dass ich kaum etwas Nennenswertes besitze. Ich bin nicht materialistisch veranlagt, doch auch sentimental besetzte Dinge habe ich erst schätzen gelernt, als ich mich eingerichtet habe.«

»Klar zur Wende!« Sally legte das Ruder um, und das Boot änderte die Richtung, während Jessica die Großschot dicht nahm. Dann duckte sie sich unter dem Baum durch und ging auf die andere Seite, wo sie sich aus der Jolle herauslehnte und die Großschot wieder fierte. Das Boot querte den breiten Fluss.

Die Freundinnen sahen zu, wie ein Touristenschiff vorbeiglitt, wo es sich die Gutbetuchten auf dem Oberdeck bequem gemacht hatten, während die Rucksacktouristen und grauen Nomaden von der Reling des Unterdecks aus Fotos machten oder ihnen von innen zuwinkten.

»Ist das eine reine Sightseeingtour auf dem Fluss, oder gehen sie auch an Land?«, fragte Jessica.

»Sie fahren runter bis zum D'Entrecasteaux-Kanal, und wenn die See nicht zu rau ist, geht es weiter die Küste entlang nach Solitary Island.«

»Oh, daran erinnere ich mich, wir haben einmal einen Schulausflug dorthin gemacht, stimmt's? Hatten dort nicht entflohene Sträflinge eine Siedlung gegründet, bis die Behörden sie aufgespürt haben?«

»Genau. Dann wurde dort ein Gefängnis gebaut, in dem es ziemlich grauenhaft zugegangen sein muss. Es gab wohl sogar Kannibalismus. Doch ein paar Sträflinge konnten entwischen.«

»Ja, sie kamen bis Neuseeland und einer sogar bis Jamaika! Und da heißt es immer, man würde in der Schule nichts lernen.«

Die beiden kicherten.

»Haben wir genug Zeit, um bis zur Mündung, zum Rocky Point zu segeln? Um nachzuschauen, ob Robben oder Seelöwen da sind?«, fragte Jessica mit funkelnden Augen. »Ich weiß noch, wie ich einmal mit dir und deinem Dad dort war.«

»Ja, wir sind beinahe ertrunken! Die See ist dort im Sund ziemlich unberechenbar.«

»Und erinnerst du dich noch, wie wir immer gesagt haben, wir würden einmal auf eigene Faust versuchen, ein Boot durch den Kanal zu steuern? Warum nicht jetzt, Sal?«

»Kommt gar nicht infrage! Ich habe keine Ahnung von den Strömungsverhältnissen dort. Vermutlich bräuchten wir dafür ein großes Motorboot, mit der Jolle würden wir es nie durch die Klippen schaffen. Was für eine verrückte Idee!«

Doch Jessica warf die Arme in die Höhe und rief: »Ja, ich will verrückt und leichtsinnig sein. Ich fühle mich, als hätte ich unter Hardys Fuchtel eingesperrt in einer Kiste gesessen. Ich will leben!«

»Schon klar«, erwiderte Sally schroff. »Aber dabei könnten wir umkommen.«

»Dann lass uns etwas anderes Verrücktes tun, Sal! Zieh mit mir los und lass uns was anstellen, nur eine Woche oder so. So lange können sich doch Toby und deine Mum allein um Katie und die Farm kümmern. Bitte, Sal! Wann, wenn nicht jetzt? Immer willst du auf Nummer sicher gehen.«

Da stieg eine Erinnerung in Sally auf, an die sie seit Jahren nicht mehr gedacht hatte.

»Weißt du noch, wie du mich gedrängt hast, über Mr Lamberts Zaun zu klettern und sein Obst zu klauen? Ich hab's einfach nicht fertiggebracht. Das hat mich jahrelang gequält. Ich hatte immer das Gefühl, dass ich in deinen Augen versagt habe«, sagte Sal. »Und ich hab mich auch selbst als Versagerin gesehen.«

»Nicht doch! Es war sowieso lausiges Obst. Und hat sich später nicht herausgestellt, dass er einen an der Klatsche hatte?«, meinte Jessica fröhlich.

»Ich war hin- und hergerissen. Ich wollte dir gefallen und tapfer und verrückt sein wie du, aber es war eben auch Diebstahl, und das fand ich nicht richtig.«

»Ach du meine Güte! Bist du zu deiner Mutter gerannt und hast ihr gesagt, dass ich einen schlechten Einfluss auf dich habe?«

»Natürlich nicht. Ich hab es dir nie erzählt, aber später bin ich noch mal hingegangen, um ein paar von seinen Pflaumen zu stibitzen. Dann habe ich sie Mum gegeben. Als sie herausfand, wo ich sie herhatte, gab es ganz schön Ärger.«

»Das hast du wirklich getan?«, rief Jessica ungläubig aus. »Na siehst du, du bist also doch wild und gefährlich, genau wie ich! Und jetzt müssen wir eben auf und davon und irgendetwas nur für uns beide tun.«

Sally schüttelte den Kopf. »Ich habe eine Familie, Jess. Hin und wieder mal einen halben Tag freinehmen ist kein Problem, aber ich habe Verpflichtungen. Ich werde auf der Farm gebraucht …«

»Dann zieh ich eben allein los. Irgendetwas sagt mir, dass ich das tun muss.«

»Lass uns später darüber reden, Jess. Der Wind frischt auf, ich muss den Kurs korrigieren.«

Während das kleine Boot die Richtung änderte und die Freundinnen sich umsetzten, wurde der Wind immer stärker, und die *Charlotte-Ann* flitzte übers Wasser. Die Haare peitschten den beiden ins Gesicht, und sie spürten die Gischt wie Nadelstiche auf der bloßen Haut. Wortlos konzentrierten sie sich darauf, dass das Boot nicht zu viel Lage bekam. Dabei waren sie beide froh über die Ablenkung, um nicht noch tiefer in Gedanken und Erinnerungen zu versinken.

Sally schenkte im Wintergarten Gin ein, während Mollie die Füße auf den Schemel mit der Gobelinstickerei legte. »Ihr wart also heute Nachmittag segeln? Wie schön! Ich erinnere mich noch, wie ihr Mädels schon mit elf oder zwölf ständig mit diesem Boot unterwegs wart.«

»Für eine alte Dame ist die *Charlotte-Ann* noch flott unterwegs«, erwiderte Jessica.

Toby steckte den Kopf herein. »Hallo allerseits. Dürfen Katie und ich uns zu euch gesellen?« Er hielt ein kaltes Bier in der Hand, Katie balancierte vorsichtig ein Tablett mit ihrem Plastik-Teeservice. »Wie war der Törn?«

»Wir sind nicht weit draußen gewesen. Obwohl Jessica mit der *Charlotte-Ann* runter zum Kanal wollte«, erwiderte Sally und reichte ihrer Mutter und Jessica die Drinks.

»Ach, du meine Güte!«, sagte Mollie sofort. »Doch nicht in einem Segelboot! Das Meer ist dort unten viel zu unberechenbar. Allerdings ist es eine wunderbare Gegend. Ob wohl die Robben noch da sind?«

»Ich erinnere mich, dass die See dort ziemlich rau war«, warf Jessica ein. »Manchmal kam man nicht mal aus dem Hafen raus. Ich bin immer furchtbar gern die Küste hinaufgefahren und dort dann zum Wildwasser-Rafting in den grandiosen Flüssen. Hast du das mal gemacht, Toby?«

»Ich bin eine Landratte, kein fröhlicher Bootscamper mit Jolle, brrr.« Toby schauderte.

»Was ist eine Landratte, Daddy?«, fragte Katie.

»Das ist jemand, der gern festen Boden unter den Füßen hat. Obwohl wir beide gern schwimmen gehen, stimmt's, kleine Maus?«

»Wann gehen wir zum Strand, Daddy?«

»Sobald es ein bisschen wärmer ist. Draußen auf dem Fluss muss es ganz schön kalt gewesen sein?«

»Wir haben uns was Warmes übergezogen«, sagte Sally. Dann meinte sie zu Jess: »Mittlerweile sind dort jede Menge Touristenschiffe unterwegs, weil jeder die letzte große Wildnis sehen will, allerdings auf bequeme und sichere Weise.«

»Ja. Genauso wie heutzutage an den Bergwanderwegen Hütten und Einkehrmöglichkeiten liegen, an manchen Stellen sogar Fünf-Sterne-Boxenstopps«, ergänzte Toby.

»Im Norden sind Downhill-Trails total beliebt. Die Landschaft dort ist atemberaubend, aber ich glaube nicht, dass man ihr wirklich gerecht wird, wenn man möglichst schnell durchzischt und dabei mit dem Fahrrad über Stock und Stein hüpft«, bemerkte Mollie. »Oje, klinge ich jetzt wie eine krückstockfuchtelnde Alte?«

»Ja«, lachten die anderen.

»Aber ich bin deiner Meinung«, sagte Jessica. »Sal, lass uns eine Wanderung machen, eine Weile im Busch verbringen. Ist es in Ordnung, wenn wir uns früh am Morgen ein paar Stunden aus dem Staub machen, Mollie?«

»Natürlich. Aber die kurzen Beinchen von Katie werden nicht mit euch durchtrainierten Amazonen mithalten können, wir werden uns also hier vergnügen. Ich glaube, am Damm gibt's

Entennachwuchs. Und wenn ihr zurückkommt, wartet auf euch ein Brunch.«

»Danke, Mum. Aber wir sollten dann auch mal gemeinsam was unternehmen. Vielleicht ein Picknick?«, schlug Sally vor. »Früher haben wir das oft gemacht, doch das letzte ist jetzt schon ewig her.«

»Stimmt. Wir sind regelmäßig mit Dad hoch zu dem großen Felsen und haben dort den Sonnenuntergang beobachtet, ein Lagerfeuer entzündet und Würstchen gebraten. Erinnerst du dich daran, Jess? Du warst oft dabei, manchmal zusammen mit Anthony. Kaum zu glauben, wie lange das schon her ist; alle sind inzwischen erwachsen …«, sinnierte Mollie.

»Alle sind erwachsen und kommen gut klar«, sagte Jessica. »Nur ich hab überhaupt keinen Plan.«

»Ob es wirklich richtig war, den Job zu kündigen?«, erkundigte sich Mollie vorsichtig.

»Mum, lass Jess in Ruhe«, warf Sally ein.

»Ist schon okay. Tatsächlich hat Professor Lang gesagt, ich sei jederzeit wieder willkommen, falls ich meine Meinung ändere. Obwohl die Leute von der Univerwaltung womöglich nicht so entgegenkommend wären«, antwortete Jessica. »Aber ich gehe nicht zurück.«

»Es wird sich etwas finden«, meinte Mollie munter. »Und denk dran, morgen früh feste Schuhe anzuziehen.«

Jessica nippte an ihrem Drink und musterte Toby, Sally und ihre Mutter: Mollie war so pragmatisch, Sally so umsichtig und Toby so verlässlich. War es tatsächlich das, was sie und Sally sich in ihrer Jugend als ihr künftiges Leben ausgemalt hatten? Ob sich Sally noch an ihr Geflüster im Dunkeln erinnerte, wenn sie damals zusammen übernachtet hatten? An all die Gespräche über Dinge, die sie tun, Menschen, die sie sein, und Abenteuer, die sie zusammen erleben wollten? Wie sehr hatte sich das vom Leben all der Erwachsenen um sie herum unterschieden. Doch nun ging Sally lieber auf Nummer sicher, und nur Jessica suchte das Risiko. Und warum auch nicht? Was hatte sie zu verlieren?

Da meldete sich eine leise Stimme in ihrem Innern. Sie brauchte Sally. Schon immer hatte sie ihre vernünftige, verlässliche und tröstliche Freundschaft gesucht. Sally stand ihr näher als ihr Bruder.

Jessica betrachtete den Ausdruck freundlicher Gelassenheit im Gesicht ihrer Freundin. Und hätte sie am liebsten geschüttelt.

3

Arcadia, 2018

Formvollendet balancierte Toby die Servierplatte auf der Handfläche und stellte sie mit einer Verbeugung vor Sally, Jessica, Mollie und Katie, die in ihre Händchen klatschte, auf den Frühstückstisch.

»Bravo, Schatz. Du machst doch die allerbesten Rühreier. Danke«, sagte Sally.

»Die sind nichts für Leute mit schwachem Herzen«, warnte Mollie, an Jessica gewandt. »Du solltest sehen, welche Mengen an Butter und Sahne er einrührt.«

»Da ist Grünzeug obendrauf, sehr gesunde Petersilie«, widersprach Toby. »Und dazu natürlich Trüffelspäne.« Er ging noch einmal zum Küchentresen und kam mit zwei weiteren Platten wieder. »Hier ein paar Tomaten in Knoblaucholivenöl von einer Nachbarin, und der Schinken hier stammt ebenfalls von Freunden.«

»Mit Trüffelsalz und ein paar gehobelten Trüffelscheiben kommt man auf dem lokalen Tauschmarkt recht weit«, sagte Sally.

Jessica schaufelte sich Eier auf ihre getoastete Scheibe von Mollies selbst gebackenem Sauerteigbrot. »Donnerwetter! Das könnte das nächste große Ding in der Café-Welt werden. Avocadocreme ist ja völlig out.«

»Ich möchte das Trüffelsalz, Mummy.«

»Sag ›bitte‹«, antwortete Sally, und Jessica brach in Gelächter aus.

»Ich würde gern mal sehen, was sie so in ihrer Brotdose hat«, sagte Jessica. »Mmmhh, danke, Toby. Das ist köstlich.«

Nach dem Frühstück schob Toby seinen Stuhl zurück und stand auf. »Ich geh raus. Schätzchen, putz dir bitte die Zähne, wenn du mit dem Frühstück fertig bist, und komm dann zur Scheune, um Daddy zu helfen, ja?«

Den Mund noch voller Toast, nickte Katie.

»Und ihr Mädels habt immer noch vor, wandern zu gehen?«, fragte Mollie. »Ich hatte mir überlegt, später mit Katie in die Stadt zu fahren und Mrs Hamilton zu besuchen, ein paar Besorgungen zu erledigen und einen Milchshake zu trinken, okay?«

»O ja, bitte«, rief Katie begeistert.

Jessica blickte Mollie dankbar an. »Aber sicher doch. Ich freue mich auf eine schöne lange Wanderung zum Entspannen und Durchatmen an der frischen Luft.«

»Klingt gut«, meinte Mollie.

»Bist du sicher, Mum, dass du uns nicht brauchst?«, fragte Sally. »Katie, bist du fertig? Dann geh und putz dir die Zähne, wie Daddy gesagt hat.«

»Natürlich bin ich sicher«, antwortete Mollie, während Katie aus dem Zimmer hopste. »Ich nehme euch Katie liebend gern ab, sodass wir ein bisschen Zeit allein miteinander verbringen können. Und es freut mich für dich, wenn du mal Zeit für dich hast, Liebes. Das ist hier selten genug der Fall.«

»Unsinn, Mum. Ich hab so ein Glück, dass du da bist. Du bist eine riesengroße Hilfe, nicht nur beim Geschäftlichen, und für Katie ist es ganz großartig.«

»Wenn man vom Engel spricht …« Mollie winkte Katie zu, als sie an der Tür vorbeiging. »Zieh deine Stiefel an, Süße, wenn du zur Scheune gehst.«

Sally lächelte. »Einmal Mutter, immer Mutter.«

»Stimmt«, lachte Mollie. »Aber Großmutter sein ist doch noch etwas ganz anderes.«

»Du meinst, weil du sie Sal zurückgeben kannst, wenn sie quengelig werden?«, fragte Jessica. »Zumindest sagt Mum das, wenn sie über Anthonys Nachwuchs spricht.«

»Ganz genau! Du meine Güte, dein Bruder hat inzwischen schon zwei Kinder, nicht wahr? Da sind deine Eltern bestimmt glücklich.«

»Ja. Allerdings ist er mit seiner Familie ja immer noch in Indien, sie sehen die Kleinen also nur in den Weihnachtsferien. Manchmal habe ich das Gefühl, ich habe sie in dieser Hinsicht ein bisschen enttäuscht.«

»Sag doch nicht so was, Jess!«, rief Sally aus. »Stell dir vor, du wärst durch ein gemeinsames Kind an Harden gebunden. So ist ein Neubeginn doch viel einfacher.«

»Genieße deine Freiheit, wählen zu können, Jess«, sagte Mollie leise. »Ich hatte das Glück, den richtigen Mann fürs Leben zu treffen.«

Jessica betrachtete Mollie. Sie hatte den Blick gesenkt und nippte an ihrem Tee, sodass Jess ihre Miene nicht deuten konnte. Mollie war nun schon seit mehreren Jahren verwitwet, und manchmal fühlte sie sich bestimmt einsam, obwohl sie ihre Familie um sich hatte.

»Du und Dad wart für mich immer das ideale Paar«, sagte Sally, die den Stimmungswechsel ihrer Mutter ebenfalls bemerkt hatte.

»Ja, Sally, das waren wir. Doch selbst in meiner Generation war das nicht der Normalfall. Die jungen Frauen von heute sagen, dass es noch ein weiter Weg ist, bis wirkliche Gleichberechtigung und faire Behandlung erreicht sind.« Mollie seufzte. »Aber es dauert nun einmal eine Generation oder länger, um Anschauungen zu verändern. Wenn ich an die Zeit meiner Mutter zurückdenke, wie Männer da weiterhin überall das Sagen hatten, obwohl sich die Frauen in den Kriegsjahren bewährt hatten …

Da hat sich die Einstellung seither doch sehr verändert. Ihr Mädels habt viel mehr Wahlmöglichkeiten und Freiheiten.«

»Eine miserable Ehe bleibt eine miserable Ehe, und ich hab mich trotz aller Errungenschaften unterdrückt gefühlt«, sagte Jessica.

»Auch für meine Mutter war es nicht einfach«, sagte Mollie. »Mein Vater war Arzt – ernst, etliche Jahre älter, in der Rolle des Beschützers und Ernährers der Familie. Was meiner Mutter, glaube ich, manchmal ein bisschen die Luft nahm. Frauen, die den Ersten Weltkrieg und die große Wirtschaftskrise erlebt hatten, suchten nach Stabilität und Reife. In dieser Ära wurde ihnen erzählt, dass Männer intelligenter seien.«

»Aber du und Dad wart doch glücklich miteinander«, sagte Sally. »Ich hielt euch immer für ein sehr modernes Paar.«

»Wir uns auch«, lachte Mollie. »Als Kinder der Hippie-Zeit mit freier Liebe und alledem.«

»Wie meine Eltern«, nickte Jessica. »Als ich Harden geheiratet habe, dachte ich, das müsste passen – beide unabhängig, mit guten Jobs, sodass wir uns die Hausarbeit und unser Geld teilen konnten. Wir schienen den gleichen Lebensstil zu haben. Tatsächlich war er dann aber völlig egozentrisch und hat mich hintergangen. Am meisten deprimiert mich, dass ich das so lange nicht wahrgenommen habe.«

»Vielleicht wegen eurem hektischen Leben«, meinte Mollie. »Man muss auch mal innehalten und an den Rosen schnuppern, heißt es. Oder wie Toby es ausdrückt, an frischem Dung und warmer Ziegenmilch.« Sie lächelte.

»Das ist ganz mein Mann«, lachte Sally. »Richtig erdverbunden.«

»Es spricht eine Menge dafür, in der Natur zu leben«, sagte Mollie. »Ich habe gelesen, dass Wissenschaftler und Forscher gerade den Einfluss der Natur, insbesondere von Bäumen, auf den

Menschen erforschen. Ein einfacher Spaziergang im Wald, zusammen mit der heilenden Energie der Erde, hat eine positive Wirkung auf die körperliche und seelische Gesundheit. Und dieses Heilmittel haben wir direkt vor der Tür!«

»Ja, das stimmt. Ihr könntet ein Wald-Spa eröffnen«, meinte Jessica.

»Ich weiß, dass es meinem Graham nach dem ersten Herzinfarkt unglaublich wohlgetan hat, hier zu sein«, erzählte Mollie liebevoll. »Seine Ärzte waren erstaunt darüber, wie gut es ihm ging. Ach, ich hatte einen wundervollen Mann. Es war hart für mich, dass der zweite Herzinfarkt ihn mir genommen hat. Er war doch noch so jung …«

Sally ergriff die Hand ihrer Mutter und drückte sie. »Ich weiß es sehr zu schätzen, dass ich mit dir zusammen hier leben darf, und Toby geht es genauso.«

»Aber ihr sollt euch keinesfalls verpflichtet fühlen, wegen mir hierzubleiben, das weißt du«, begann Mollie, doch Jessica unterbrach sie mit einer Handbewegung.

»Ich denke, Sal, Toby und Katie lieben dich und diesen Ort über alle Maßen. Sie wollen nirgendwo anders sein. Das stimmt doch, Sal? Ihr alle habt euer eigenes Leben, euren eigenen Bereich und könnt dennoch miteinander teilen, was euch am wichtigsten ist: das Gefühl, eine Familie zu sein, und dieses himmlische Anwesen.«

»Ja, ich habe großes Glück«, seufzte Mollie. »Der Ort birgt viele Erinnerungen, unsere und bestimmt auch die der Familien, die vor uns hier gelebt haben.«

Ein Schauder überlief Jessica, als hätte ein kalter Windhauch sie gestreift. Doch sie gab sich einen Ruck und erhob sich. »Sal, da draußen wartet ein sonniger Tag auf uns. Lass uns losziehen. Ich habe da eine Idee.«

»Verdammt noch mal!« Sally riss ein paar dornige Zweige von ihrem T-Shirt. »Ich bin völlig zerkratzt.«

»Es ist alles so zugewuchert. Wahrscheinlich war seit uns niemand mehr hier, und das ist bestimmt zwanzig Jahre her!«

»Nur Tiere. Siehst du den Tunnel im Unterholz – da ist was durchgekrochen. Vielleicht tun wir uns leichter auf allen vieren?«

»Ich hatte es nicht so unwegsam in Erinnerung«, murmelte Jessica. »Natürlich waren wir damals auch viel kleiner …«

Sie krabbelten am Hang über dem schmalen Nebenfluss durch das dichte, buschige Gestrüpp. Jessica blickte hinunter zu dem klaren Wasser, das über die scharfkantigen Felsen rauschte, und erlebte plötzlich einen Flashback: Drunten lag die kleine Gestalt von Sally in ihrem roten Regenmantel, zusammengekrümmt an einem Steinbrocken, der in Ufernähe aus dem Wasser ragte. Sie schauderte und rief: »Alles in Ordnung, Sal?«

»Ja, alles in Ordnung«, antwortete Sally mit fester Stimme.

»Halte dich mal hinter mir, Jess!« Sie zog eine kleine Machete aus ihrem Rucksack und fuhr damit wie mit einer Sense durchs Gestrüpp.

Jessica rupfte an den gekappten Strünken. »Das war genau richtig! Schau mal, Sal, da ist tatsächlich der Spalt!«

»Passen wir immer noch durch? Er sieht viel schmäler aus, als ich ihn in Erinnerung hatte.«

»Klar doch, das schaffen wir. Er kommt uns nur so schmal vor, weil wir größer geworden sind.«

Auf Händen und Knien krochen sie hinter den Felsen und durch den versteckten Tunnel, dann tauchten sie ein Stückchen weiter am Höhleneingang wieder auf. Sie richteten sich auf und klopften sich Erde und Staub ab.

»Puh. Nun, hier ist es«, sagte Jess.

Instinktiv hatte sie die Stimme gesenkt. In die Höhle fiel ein Lichtstreifen, der, wie sie wussten, durch eine seitliche Öffnung kam, die den Blick auf Tal und Fluss freigab. Der erdige, warme, modrige Geruch verschlug ihnen den Atem, doch eine Brise wehte frische Luft ins Höhleninnere.

»Wir hätten hier tagelang kampieren können. Warum haben wir das nie getan, Sal?«

»Weil wir kleine Kinder waren, die vor Einbruch der Dunkelheit zu Hause sein mussten!«

»Ja, stimmt.« Jessica schloss die Augen und seufzte.

Durch den schmalen Zugang gelangten sie bis in die Mitte der kleinen Höhle, wo es trocken und geschützt war.

»Du liebe Zeit. Die alten Möbel sind alle noch da«, flüsterte Sally.

Jessica blickte sich um. »Erstaunlich, dass es nicht feucht und muffig ist. Ich hatte schon ganz vergessen, wie es hier aussieht. Alles kleiner als in meiner Erinnerung.«

Die Freundinnen standen im schräg einfallenden Licht und musterten den Innenraum.

»Es sieht noch genauso aus wie vor zwanzig Jahren! Nach uns war wohl niemand mehr hier«, sagte Sally leise.

»Wir haben nie darüber nachgedacht, wem all das Zeug gehört«, meinte Jessica mit Blick auf einen rostigen Metallstuhl, Packfässer und halb verrottete Rupfensäcke, eine staubige Decke und ein Kissen – Überbleibsel einer zeitweiligen Unterkunft. Der Vogelkot darauf war getrocknet und zu Staub zerfallen.

»Wer auch immer hier sein Lager hatte, hat zumindest versucht, es sich nett zu machen. Als wir Kinder waren, wirkte es noch nicht so verwahrlost.«

»Wenigstens ist er nicht hier gestorben. Trotzdem ist es ein bisschen gruselig. Warum all den Kram den Hügel hochschleppen und sich hier oben verstecken?«, überlegte Jessica.

»Lustig, dass wir den steilen Aufstieg als Kinder nie gescheut haben. Wie oft haben wir hier oben gespielt und gepicknickt?«

»Dutzende Male. Weißt du noch, wie wir den Hund mitgenommen haben und er weggelaufen ist?«, erinnerte sich Jessica.

»Der Ärmste. Du hast ihn hier reingezerrt und er hat den Schwanz zwischen die Beine geklemmt und ist auf und davon. Komisch eigentlich, wenn ich jetzt so darüber nachdenke. Es war so ein draufgängerischer kleiner Hund, ich hätte gedacht, dass er es mit allem und jedem aufnimmt. Du weißt ja, wie Jack Russels sind.«

»Erinnerst du dich auch noch, wie wir in dem Kreis aus Steinen dort vorn ein Feuer gemacht haben und die Glut ins Gras geweht ist und es angefangen hat zu brennen? Wir waren ja so dumm!«

»Und hatten großes Glück. Du hast ganz schnell die Decke geholt, und ich hab das Wasser aus der alten Kanne auf die Flammen geschüttet. Mum hat sich immer gefragt, wie die Sohlen von meinen Sneakers schmelzen konnten«, sagte Sally.

Jessica lachte und ging zu dem alten Bett, das aus grob zugehauenen Ästen und Holzblöcken zusammengezimmert worden war. Dort entdeckte sie eine alte Decke ihrer Mutter, die sie einmal in die Höhle mitgenommen hatte. Als sie an dem zerfransten Stoff zerrte, riss sie dabei das hinterste Brett los. »Dieses alte Ding …«

»Vorsicht! Es könnten Schlangen drunter sein«, warnte Sally hastig.

Jessica machte einen Satz und ließ den Stofffetzen fallen. Dann beugte sie sich vor.

»He, sieh mal! Hilf mir, das Bett beiseitezuschieben.« Zusammen wuchteten sie das Holzgestell weit genug von der Wand weg, dass die Aushöhlung in der Wand sichtbar wurde.

»Was ist das?« Sally spähte hinein.

»Sieht aus wie eine Metallkassette. Für diese alten Bankschließfächer.« Jessica klopfte an das rostige Blech. »Lass mich mal ran.«

Nachdem sie sich vergewissert hatte, dass keine Schlange in Winterstarre danebenlag, hob sie den alten Blechkasten heraus. »Ein Bankräuber? Glaubst du, da ist Geld drin?«

»Ist sie verschlossen? Schnell, mach auf. Meinst du, sie war die ganze Zeit hier?«, fragte Sally.

»Vielleicht. Allerdings hab ich sie nie gesehen, als wir Kinder waren, da bin ich mir sicher. Aber wir wären auch nicht stark genug gewesen, das Bett wegzuschieben. Die Kassette ist übrigens nicht abgesperrt, nur verrostet.« Jessica ruckelte an dem alten Schnappschloss, bis der Riegel abfiel, und zerrte an dem Deckel, der schließlich aufklappte.

Drinnen lag eine Segeltuchtasche mit einem großen, beschädigten Kuvert.

»Da sind Papiere und andere Sachen drin. Schau hier, eine graue Feder, und, ach du meine Güte, ein Eierbecher. Mit einer Gravur, glaube ich, aber ich kann sie nicht entziffern.«

»Was denn für Papiere?«

»Briefe, Kuverts, alles Mögliche«, antwortete Jessica und entfaltete behutsam die ersten Blätter.

»Sind sie noch leserlich, oder ist die Tinte schon verblasst?« Sally blickte Jessica über die Schulter.

»Nein, die meisten sind leider nicht mehr leserlich. Doch halt, hier ist die Ehrenurkunde von einer Highschool. Ausgestellt auf Thomas William Broadbent. Hast du schon mal was von dem gehört?«

Sally schüttelte den Kopf. »Ist wohl schon ziemlich alt, das Papier wirkt mürbe. Komm, wir nehmen alles mit nach Hause und schauen es dort vorsichtig durch. Dann können wir die Eintragungen auch gleich überprüfen. Geburten, Todesfälle, Eheschließungen. Das geht ja heutzutage alles online.«

»Himmel, das sind die persönlichen Dokumente von jemandem. Was wohl aus ihm geworden ist? He, sieh mal diesen Zeitungsausschnitt mit einem Foto! Das ist doch deine Großmutter!«

»Was? Zeig her …« Sally hielt den Ausschnitt ins Licht. »Stimmt«, sagte sie verwundert. Zwar war die Bildqualität nicht besonders gut, aber die Überschrift war eindeutig: *Begabte Künstlerin gewinnt den Ersten Preis.* »Ich glaube, das ist das Bild, das bei uns zu Hause hängt. Warum hebt denn jemand so etwas auf?« Verblüfft sah Sally ihre Freundin an.

»Keine Ahnung. Glaubst du, dass er irgendwo hier im Busch umgekommen ist?«, grübelte Jessica. »Armer Kerl. Vielleicht war er heimlich verliebt in sie?«

Sally überlief ein Schauder. »Komm, lass uns gehen.«

Jessica sah sich noch einmal um. »Sonst gibt's nichts mehr hier, oder? Keine persönlichen Habseligkeiten? Eigenartig, dass nirgends Kleidung liegt. Meinst du, dass er hier gelebt hat?«

»Es wäre ein gemütlicher Unterschlupf gewesen. Kühl im Sommer, und ich glaube, dass man im Winter kein Feuer braucht. Außerdem hat man eine fabelhafte Aussicht.«

Jessica rüttelte an den alten Schachteln und zog eine Blechtasse und einen Blechlöffel heraus. »Ein bisschen traurig, wenn in der Welt sonst nichts von dir bleibt«, meinte sie und wies auf einen staubigen Emailteller, der auf einem niedrigen Holzklotz stand, welcher wohl als Regal gedient hatte.

Sally seufzte. »Komm, wir gehen. Ich fühle mich nicht mehr wohl hier.« Sie musterte die Blechkassette. »Sollen wir sie nicht besser hierlassen oder der Polizei übergeben? Vielleicht war der Mann zu Lebzeiten als vermisst gemeldet?«

»Mich interessieren diese Papiere.« Jessica blätterte sie weiter durch, bis sie auf einen verblichenen veilchenfarbenen Umschlag stieß, der auf das Jahr 1949 datiert war. »Was ist denn das?« Sie zog die Nachricht heraus und reichte sie Sally, die angestrengt auf das Blatt starrte.

»Es ist schwer zu lesen, ziemlich verblichen und verschmiert. Aber hier, hör mal: *Mein Liebling … es bricht mir das Herz. Ich lasse dies hier, weil ich weiß, dass Du bald kommst, doch ich komme nicht mehr her … Es ist so weit. Ich muss aufhören, mich mit Dir zu treffen. Ich habe Angst und möchte nicht, dass Dir etwas passiert, es ist zu gefährlich. Sei gewiss, dass ich Dich immer lieben werde … Du bist die Liebe meines Lebens* … die Unterschrift kann ich nicht entziffern.«

»Die Höhle muss ein Liebesnest gewesen sein!«, rief Jessica aus. »Wahrscheinlich haben sie sich hier heimlich getroffen … damals gab es in der Gegend ja noch keine Motels. Doch um wen geht es? Was ist noch in dem Stapel?« Sie griff in die Segeltuchtasche und zog eine Mappe mit ein paar fleckigen Negativen und kleinen Schwarz-Weiß-Fotografien heraus. »Oh, guck dir diese kleinen alten Fotos an.«

Sie sah sie rasch durch. »Aufnahmen von der Umgebung. Ein paar Vögel. Oh, hier ist eine Eule, die etwas gefangen hat. Und … uii …« Sie gab einen leisen Pfiff von sich. »Da ist ein nackter Mann.«

»Was? Du machst Witze, zeig her!« Sally griff nach dem Foto.

»Er schläft. Zumindest sieht es so aus«, sagte Jessica.

Sie betrachteten den offenbar völlig nackten Mann, der ein Stück Decke über die Hüften gezogen hatte. Sein Arm war im Schlaf ausgestreckt, ein Bein entblößt.

»Das ist ja hier drin!«, rief Sally aus. »Schau, der Holzklotz hinter ihm, er wurde genau hier fotografiert.«

Gemeinsam musterten sie das Foto. »Himmel, der sieht verdammt gut aus. Wie ein griechischer Gott«, sagte Jessica. »Allerdings wirkt das Foto gestellt, findest du nicht? Wer es wohl gemacht hat?«

»Was gibt's denn da noch?« Vorsichtig sah Sally die Fotos weiter durch. Dann schnappte sie plötzlich nach Luft und betrachtete eine Aufnahme genauer.

»Noch so was?«, fragte Jessica.

Mit ungläubig geweiteten Augen reichte ihr Sally das kleine Foto.

Es zeigte eine idyllische Szene mit einem Flüsschen, das von einem alten Baum beschattet dahinrauscht. Wildblumen leuchten am Ufer, und eine hübsche Frau im glitzernden Wasser lacht in die Kamera; ihr Körper unter Wasser ist nackt und schimmert silbrig weiß.

»Das ist unser Bach, unsere Badestelle beim großen Loch«, stieß Sally hervor.

»Ja, könnte sein. Und wer ist sie?«

Sally studierte noch einmal das Foto und sah dann Jessica an. »Ja, ich bin mir sicher. Sie hat so unverwechselbare Züge, ein so hübsches Gesicht. Ich kenne sie aus Mums Album, das ist Stella!«

»Deine *Großmutter!* Verdammt, sie ist umwerfend! Und es könnte heute aufgenommen sein. Wer wohl das Foto gemacht hat?« Jessica hielt inne und starrte Sally an, als ihr die Wahrheit dämmerte. »Deine Großmutter ist nackt mit dem griechischen Gott geschwommen. Und hier war ihr Liebesnest.«

»Sag so etwas nicht!«, fuhr Sally sie empört an.

»Entschuldigung, Sal.« Jessica legte ihr begütigend den Arm um die Schulter. »Das ist doch nichts, wofür man sich schämen muss. Ich meine, sie war mit einem viel älteren Mann verheiratet. Wow, meinst du, dass deine Mutter davon weiß?«

»Natürlich nicht!«, fauchte Sally. »Na ja, ich vermute, nein«, fuhr sie kleinlauter fort. »Mein Großvater war … ich habe ihn ja nie kennengelernt, aber meine Mutter hat ihn respektiert. Er war hier die treibende Kraft. Ich hoffe, dass er nie davon erfahren hat. Wenn überhaupt etwas war …«

»Was soll denn sonst gewesen sein? Schau dich um. Jetzt ergibt das alles einen Sinn. Spannender ist allerdings die Frage, ob dein Großvater es je herausgefunden hat. Wir sollten uns die Papiere vornehmen.«

»Meine Mutter darf nichts davon erfahren. Sie hat ihre Mutter abgöttisch geliebt, und ihren Vater auch.« Sally strich sich übers Gesicht. »Ich kann es einfach nicht glauben. Aber vor allem wüsste ich nicht, wie ich mit meiner Mutter darüber reden sollte.« Kopfschüttelnd las Sally den Brief ein zweites Mal.

Jessica sah die Höhle jetzt mit neuen Augen. »Du musst diesen Mann ausfindig machen, Sal. Oder seine Nachkommen.«

»Warum? Er ist bestimmt schon lange tot. Wozu soll das gut sein?«

Jessica zögerte, dann zuckte sie die Achseln. »Okay. Es ist deine Familie. Trotzdem sollten wir die Papiere und die Fotos unbedingt mitnehmen. Falls du der Sache doch nachgehen willst.«

Sally antwortete nicht, aber sie umklammerte das veilchenfarbene Kuvert.

Jessica nahm es ihr aus der Hand und schob es mit den anderen Unterlagen und dem alten Eierbecher in die Kassette zurück.

Sally stand auf. »Sag Adieu, Jess. Eine kleine Tür zu unserer Kindheit hat sich soeben geschlossen. Ich werde nie wieder herkommen.«

»Willst du nicht vielleicht ein Fenster offen lassen? Nein, du hast recht. Es wäre zu schräg.« Jessica blickte auf die Metallkassette. »Wenn du willst, bleibt die Sache unter uns. Aber das ist nicht das Ende vom Lied. Irgendwann wirst du mehr darüber erfahren wollen, sonst wird es dich immer verfolgen.«

Diesen Ausdruck in Jessicas Gesicht kannte Sally. Ihre Freundin hatte schon immer über große Intuition verfügt, und wenn Jessica aus heiterem Himmel eine Entscheidung traf oder eine Bemerkung machte, gab es stets einen guten Grund dafür, selbst wenn sie ihn selbst nicht kannte. Und so hatten sie sich angewöhnt, auf Jessicas »Bauchgefühl« zu hören.

Schweigend verließen sie die Höhle, Jessica mit der Kassette in der Hand, und kraxelten durch das dichte Gestrüpp und über die Felsen zum Fluss hinunter.

Beide wussten, dass sie etwas unwiderruflich hinter sich ließen. Aber auch, dass eine Reise vor ihnen lag.

Südost-Tasmanien, 1938

Mrs James wischte sich über die Stirn. »Ich zerfließe noch, ich schwör's. Irgendwann kommen Sie in die Küche und finden nur noch eine Pfütze auf dem Boden vor.«

»Ja, es ist schrecklich heiß. Bitte glauben Sie nicht, dass Sie backen oder warme Mahlzeiten auftischen müssten. Wir können kalten Schweinebraten essen oder Kaltschalen und zum Nachtisch Apfelschnitze und Pudding. Bestimmt gibt es noch mehr solche Gerichte«, meinte Stella, nicht gerade eine begnadete Köchin.

»Machen Sie sich mal keine Gedanken, Mrs Holland. Aber die Männer brauchen was Handfestes. Besonders da Dr. Holland jetzt so hart arbeitet.«

»Ja, das stimmt«, nickte Stella. »Nun, diese Hitzewelle kann ja nicht ewig dauern.«

Mrs James verzog das Gesicht. »Einige alte Buschmänner sagen, es wird noch schlimmer. Schon jetzt wurden ja Rekorde gebrochen.«

»Auch Dr. Holland hat so etwas erwähnt. Er scheint sich sehr um die Gesundheit der Menschen in dieser Hitze zu sorgen. Wie geht's denn Ihrer Familie?«

»Die Kinder verbringen viel Zeit am Bach oder unten in der Bucht, und der kleine Terry ist bei meiner Mutter. Manche ihrer Freunde scheinen die Schule zu schwänzen, da Weihnachten vor der Tür steht, verpassen sie zurzeit wohl nicht viel.«

Am Abend desselben Tages saßen Stella und Stephen nach dem Abendessen im Wohnzimmer, wo sie die Verandatür in der Hoffnung auf eine Brise weit geöffnet hatten.

»Es heißt, das könnte noch monatelang so weitergehen«, klagte Stella.

»Für meine Patienten ist das sehr bedenklich. Zudem besteht die konkrete Gefahr, dass wir es mit einer Epidemie zu tun bekommen. Auf dem Festland und in Neuseeland ist die Kinderlähmung ausgebrochen, und falls diese Krankheit auf Tasmanien übergreift, unter diesen Umständen, bei der Feuchtigkeit …« Seufzend schüttelte er den Kopf.

»Kann man denn nichts tun, irgendwie vorbeugen?«

»Es gibt kein Mittel dagegen, auch wenn sich die Wissenschaftler redlich bemühen, eins zu finden. Wir können die Patienten natürlich unter Quarantäne stellen, und es gibt auch verschiedene Behandlungsmethoden. Obwohl ich nicht sagen würde, dass ich Schwester Kennys Therapieansatz billige.«

»Wer ist Schwester Kenny, Schatz?«

»Oh, eine Krankenschwester aus Queensland, die auf dem Festland gearbeitet hat, aber keinen Abschluss als Krankenpflegerin vorweisen kann, auch wenn sie im Weltkrieg ihren Beitrag geleistet hat. Sie hat eine unorthodoxe Methode entwickelt, die sie bei Patienten mit Kinderlähmung anwendet. Sie bewegt und massiert die Muskeln, ganz im Gegensatz zur offiziellen Meinung, dass die Patienten ruhiggestellt werden müssen.«

»Du meinst in der Eisernen Lunge und angeschnallt im Bett?«

»Genau. Offenbar hat sie mittlerweile eine ziemlich große Anhängerschaft gewonnen. Eine sehr umstrittene Persönlichkeit«, antwortete Stephen.

»Natürlich muss man alles versuchen. Hoffen wir, dass die Epidemie nicht bis zu uns ins Tal kommt«, sagte Stella. »Vielleicht sollten wir zurzeit lieber auf Reisen verzichten.«

»Da stimme ich dir zu. Es wäre nicht klug, unser Heim zu verlassen.«

Leider bewahrheiteten sich Stephens Befürchtungen nur allzu bald. Wenige Wochen später brach die Epidemie in Tasmanien aus, wo sie weltweit mit am schlimmsten wüten sollte. Versorgungsdienste und Behandlungsmöglichkeiten gerieten an ihre Grenzen, und die Gemüter erhitzten sich, als Reisebeschränkungen verschärft und Pflegeeinrichtungen unter Quarantäne gestellt wurden. Familien durften auf ärztliche oder behördliche Anordnung das Haus nicht verlassen; Kinder gingen nicht mehr zur Schule und hielten sich von ihren Freunden fern. Hinter vorgehaltener Hand hieß es, dass Familien ihre Kinder aus Angst vor einer Infektion im Kofferraum ihrer Autos in abgelegene Täler, an die Küste oder sogar aufs Festland schmuggelten, ohne dabei zu bedenken, dass sie das Virus übertragen könnten.

Väter wurden von ihren Familien getrennt, damit sie das Virus nicht von der Arbeit nach Hause brachten. Viele verloren ihre Arbeit, wenn jemand in ihrem Haushalt infiziert war. Nachbarn zogen sich von alten Freunden zurück, Verlobungen wurden gelöst, und Ehen zerbrachen, wenn jemand erkrankte; Häuser und Wohnungen wurden ausgeräuchert, und die Erkrankten waren geächtet.

»Viele Krankenschwestern in der Klinik von Hobart und in Nachbehandlungszentren unterziehen sich extremen Reinigungsprozeduren«, berichtete Dr. Holland seiner Frau. »Und wenn sie verreisen oder Freunde besuchen wollen, müssen sie vorher in stinkendem Karbol baden.«

Es schmerzte Stella, die Müdigkeit und die wachsende Sorge im Gesicht ihres Mannes zu sehen, als aus den Wochen Monate wurden und die Zahl der Toten und der infizierten Kinder immer weiter stieg. Er erklärte, dass vom ärztlichen Personal nur wenige wussten, wie man die neu eingeführten Beatmungsgeräte einsetzte, die den jungen Patienten Angst einjagten.

Nach einem besonders aufreibenden Tag saß Stephen zusammengesunken in seinem Sessel und rieb sich die Stirn. »Es zehrt an den Familien, und inzwischen wissen die Kinder, dass sie vielleicht sterben müssen oder fürs Leben verkrüppelt sind. Wenn ich in der Stadt ins Krankenhaus gehe, sehe ich draußen im Hof, wie die jungen Schwesternschülerinnen Laken in riesigen Bottichen mit starkem Desinfektionsmittel schrubben, weil keine Wäscherei mehr die Bettwäsche erkrankter Patienten annimmt. Heute war eine der älteren Schwestern so erschöpft, dass sie in ihrer Essenspause am Tisch eingeschlafen ist und ihr Schleier in die Suppe hing.«

Stellas Herz flog ihm zu. »Liebling, du leistest so viel über deine Pflicht hinaus. Ständig wirst du nachts gerufen, sodass du nicht mehr genügend Schlaf bekommst. Und ich kann die Geschichte nicht vergessen, dass du Kinder auf den Stufen vor dem Krankenhaus behandeln musstest, indem du sie kopfüber gehalten hast, damit sie abhusten konnten und wieder Luft bekamen. Du schaffst es, deine verängstigten Patienten zu beruhigen, und verlierst nie die Geduld.«

Da auch Stella helfen wollte, so gut sie konnte, engagierte sie sich in Projekten der Gemeinde, die »verkrüppelte Kinder« unterstützten. Sie hatte schreckliche Geschichten gehört, etwa dass Kinder auf andere Familien aufgeteilt wurden und dort vielleicht Jahre bleiben mussten, sobald ihre Mütter ins Krankenhaus kamen. Nach langen Aufenthalten in der Klinik und danach in den Genesungsheimen hatten manche Kinder sogar vergessen, dass sie Geschwister hatten. Etliche Eltern ertrugen es nicht, die schmerzhaften Behandlungen ihrer Kinder mit anzusehen, und besuchten sie nicht mehr. Andere wiederum waren viele Stunden lang mit dem Fahrrad unterwegs, wenn sie ihr krankes Kind am Sonntag besuchten.

Doch da die Schulen monatelang geschlossen waren und sich die Aufmerksamkeit auf die Kranken und Bedürftigen richtete, waren die glücklichen Kinder, die dieser Geißel entgangen waren, sich selbst überlassen und konnten ihre Tage mit Schwimmen, Brombeeren pflücken, Kaninchen jagen und Picknicken verbringen.

An einem Vormittag gönnte sich Stella einige seltene Stunden im Atelier, um aus dem immerwährenden Kreislauf aus Sorgen und Arbeit auszubrechen.

Während sie ohne Hast eine grobe Skizze der alten Eukalyptusbäume weiter ausarbeitete, nahm die friedliche Stille des Raumes sie völlig gefangen. Außer dem Ticken der Uhr auf dem Kaminsims und dem Geräusch ihres Pinsels, wenn sie die Farbe wechselte, war nichts zu hören.

Plötzlich wurde die Tür aufgerissen, und Mrs James stürzte mit angstverzerrtem Gesicht herein. Noch bevor Stella etwas sagen konnte, brach es aus ihr heraus: »Ich muss fort. Es ist Terry … mein Jüngster. Er ist krank, es ist wohl Kinderlähmung …«

Stella sprang auf. »O nein! Hat Dr. Holland ihn schon untersucht?«

»Nein, wir müssen ihn jetzt sofort hinbringen. Könnten Sie derweil ein Auge auf meine anderen Kinder haben, bitte, bis … tja, ich weiß nicht, bis wann.«

Stella ließ den Pinsel fallen. »Aber natürlich! Machen Sie sich deshalb bitte keine Sorgen, Mrs James.«

Schon rannte die Haushälterin den Korridor hinunter und band sich dabei die Schürze los.

In den nächsten sechs Wochen kümmerte sich Stella um den Nachwuchs der Familie James, vom achtjährigen Matty bis zur fast vierzehnjährigen Flora. Für den Fall, dass ein weiteres Kind infiziert war, ließ sie die vier nicht mehr zur Schule gehen und brachte sie zu sich ins große Haus, denn Blackie James pendelte zwischen Arcadia und dem Krankenhaus hin und her und versuchte daneben, mit seiner Arbeit Schritt zu halten. Da auch Stephen lange Arbeitstage hatte, stellte Stella Winsome ein. Die junge Frau aus dem Ort half ihr bei der Zubereitung der Mahlzeiten und beim Waschen und Putzen.

An den Vormittagen half Stella den Kindern beim Lernen. Nachmittags machte sie mit ihnen kleine Ausflüge in die Natur rund um Arcadia, damit sie beobachten, zeichnen, Proben sammeln, Schnabeltiere im Fluss suchen oder nach Wombathöhlen Ausschau halten konnten – alles, was ihr Interesse weckte.

An einem lauen Abend trommelte Stella die Kinder für eine besondere Unternehmung zusammen. Nach einer strikten Unterweisung, was sie zu tun und wie sie sich zu verhalten hatten, folgten sie Stella übers Feld hinunter zum Eukalyptuswald.

Es war schon einige Jahre her, dass sich der Kerl mit der karierten Jagdmütze in dem Wäldchen herumgetrieben hatte, und seit dem Vorfall hatte sie keine Fremden mehr dort gesehen. Zwar verstörte es sie immer noch, wenn sie an seine Zeichnung dachte, doch sie hatte sich davon ihre größte Freude nicht trüben lassen und streifte weiterhin im Eukalyptuswald herum.

Die Kinder hatten sich noch nie hierhergetraut. Vom Haus auf dem Hügel aus gesehen war es ein Ort voller Geheimnisse, die im dunklen Grün lauerten. Man sah hier uralte Bäume, von Lianen aneinandergefesselt, moosbewachsene Stämme, Pilze, Farne und Schösslinge. In einem Bereich war eine Lichtung entstanden, weil ein Sturm einen Teil der Baumkronen weggerissen hatte, sodass Sonnenlicht auf das frische Gras, die kleinen Büsche und die leuchtend bunten Pflanzen fiel. »Hier ist der Spielplatz der Tiere«, wisperte Stella den Kindern zu.

Sie kannte diese Stelle gut und wies nun ihre Schützlinge an, sich an den Rand der Lichtung zu setzen.

»Wenn ihr ganz ruhig sitzen bleibt und geduldig abwartet, gibt es vielleicht eine Überraschung, und wir sehen etwas ganz Besonderes. Also rührt euch nicht und schwätzt nicht. Haltet einfach die Augen offen. Verstanden?«

»Ich habe Angst«, flüsterte Gladys.

»Das brauchst du nicht«, sagte Flora und tätschelte ihrer kleinen Schwester die Hand. »Es ist nur ein ganz besonderes Geheimnis.«

»Ich sehe nichts«, beschwerte sich Matty.

»Was ist da drin?«, fragte Donald, als er sah, wie Stella eine kleine Stofftasche aus ihrem Rucksack nahm.

Doch Stella legte nur den Finger an die Lippen und lächelte. Als die Kinder sich schließlich beruhigt hatten und gespannt warteten, schlich sie lautlos auf die Lichtung und sah zu den gegenüberliegenden Bäumen empor. Leise rief sie: *»Dododo, duduu.«*

Da, ein leises *Wusch,* und ein Schatten rauschte von einem Baum auf die Lichtung. Die Kinder hielten den Atem an, als die prachtvolle Eule mit dem wunderschönen weißen Gesicht wenige Meter vor Stella auf dem Boden aufkam, die Schwingen zusammenfaltete und sie erwartungsvoll mit schräg geneigtem Kopf beäugte.

Stella griff in die Stofftasche, nahm etwas Zappelndes heraus und setzte es auf den Boden. Rasch breitete die Eule ihre Schwingen aus, erhob sich in die Lüfte, wendete dann und schoss pfeilschnell zu der Stelle, wo das kleine Geschöpf hastig nach einer Deckung suchte.

Die Krallen nach vorne gestreckt, die Schwingen ausgebreitet, stieß die Eule in spitzem Winkel zu Boden, schnappte sich die Maus und flog zu ihrem Baum auf der anderen Seite der Lichtung zurück.

»Was war das?«

»Die arme kleine Maus«, jammerte Gladys.

»Oh, war die groß! Mach, dass sie zurückkommt«, verlangte Matty.

»Die Eule isst jetzt zu Abend. Manchmal entwischt ihr die Maus«, sagte Stella, obwohl das erst ein einziges Mal vorgekommen war. Inzwischen wusste sie sehr gut, wie man Mäuse in der Scheune fing.

»Das ist der schönste Vogel, den ich je gesehen habe«, sagte Flora, den Tränen nahe.

»Die Eule ist meine Freundin«, vertraute Stella ihr an. »Sie gibt auf mich acht, also bringe ich ihr ab und zu eine Maus.«

Danach suchten sie abwechselnd mit dem Feldstecher die Gegend ab, immer in der Hoffnung, die Maskenschleiereule zu entdecken, die gut getarnt unbeweglich auf ihrem Ast saß.

Zurück im großen Haus, gab es Abendessen, dann setzten sich die Kinder mit Papier, Stiften und Farben an den Küchentisch und zeichneten, was sie heute gesehen hatten. Jedes malte eine Eule. Außerdem hatten sie inzwischen ein Pflanzen-Sammelalbum angelegt und wechselten sich damit ab, den Standort zu beschreiben, von dem die jeweilige Probe stammte.

Alle waren begeistert bei der Sache. Sogar Matty, der sonst nicht still sitzen konnte, half eifrig mit, die von ihnen gesammelten Federn, Grashalme und Samen zu sortieren und in kleine Schächtelchen und Umschläge zu legen.

Als die Bilder fertig waren und sie die Sachen wegräumten, sah Stella, dass Flora eine blaue Blume in der Hand hielt. Überrascht blieb sie stehen. So etwas wie diese kleine Blüte und die ungewöhnlich geformten Blätter hatte sie noch nie gesehen.

»Wo hast du die denn gepflückt, Flora? Sie ist wunderschön«, sagte Stella.

»Oh«, Flora schien ein bisschen nervös. »Ähm …«

Stella wartete geduldig.

»Ich hab sie sozusagen gefunden.«

»Du liebe Güte. Wo mag das gewesen sein?«

»Sie hat sie aus dem alten Schuppen mitgenommen«, platzte Gladys heraus. »Da waren auch ein paar Säcke mit eklig aussehenden Pilzen.«

»In welchem Schuppen? Einem fremden? Du meinst, du hast sie gestohlen?«, fragte Stella verblüfft.

Alle Kinder schwiegen und funkelten Gladys böse an.

»Wir haben ihm gesagt, dass wir nicht wiederkommen«, murmelte Matty schließlich.

Stella setzte sich und sprach ganz ruhig zu ihnen. »Es ist schon in Ordnung, ihr könnt es mir erzählen. Ich verspreche, dass ich kein Sterbenswörtchen verraten werde. Mir ist einfach nur diese ziemlich ungewöhnliche kleine Blume aufgefallen.«

»Sie wächst gleich neben den Pilzen, an einem besonderen Ort. Und du kannst keine mehr bekommen«, plapperte Matty drauflos.

»Wie schade. Denn sie gefällt mir«, sagte Stella. »Erzählt mir doch, wo dieser Schuppen ist.«

Wieder blieben die Kinder eine Weile stumm.

»Wir sollen es niemandem sagen«, rückte Matty mit der Sprache heraus.

»Es ist flussaufwärts«, setzte Flora an.

»Und wer hat gesagt, dass ihr niemandem davon erzählen sollt?«, fragte Stella behutsam.

Da brach die Geschichte aus ihnen heraus, plötzlich redeten alle auf einmal.

»Der Mann, der hierherkommt. Er hat ein Boot.«

»Er bringt Sachen. Säcke und Flaschen und so.«

»Er hat Pflanzen und Samen.«

»So etwas wie Gemüse? Um es anzubauen?«, fragte Stella nach. »Wo wohnt er?«

Flora schüttelte den Kopf. »Ich glaube nicht, dass er hier wohnt. Er pflanzt auch nichts an. Er hat ein Boot in dem Schuppen.«

»Nur ein kleines. Er fährt damit runter zum Kanal.«

»Er ist unheimlich.«

»Wie habt ihr ihn kennengelernt? Und kennt euer Vater ihn auch?«

»Äh, neei…iin.«

»Wir waren angeln und sind nur kurz reingegangen, um uns umzuschauen.«

»Da hat er uns angeschrien.«

»Aber dann war er in Ordnung. Wir haben versprochen, nicht wieder in seinen Schuppen zu gehen.«

»Wann war das?«

»Gestern.«

»Ich dachte, da wart ihr die Kühe melken? Und Mr Fowler ist vorbeigekommen, um die Nachmittagsmilch abzuholen?« Stella fühlte, wie Ärger in ihr aufstieg. Da hatte sie den Kindern einmal erlaubt, loszuziehen und ihre Pflichten ohne ihre Aufsicht zu erledigen, und dann das.

»Das haben wir auch gemacht. Wir sind nur danach noch runter zum Fluss, um bis zum Abendessen dort zu spielen.«

»Kinder, ihr dürft nicht einfach irgendwohin, und schon gar nicht zum Fluss, ohne dass ich oder Winsome dabei sind«, sagte Stella streng. »Ich bin verantwortlich für euch.«

Winsome, die am Herd stand, drehte sich um. »Der Kakao ist fertig.«

»Also gut. Trinkt euren Kakao, und dann marsch ins Bett«, sagte Stella entschieden, und alle rannten zu Winsome, um ihre

Tassen in Empfang zu nehmen. Offenbar waren sie heilfroh über diese Unterbrechung.

Stella nahm die kleine Blume und hielt sie ins Licht, wobei sie bemerkte, wie ihre Farbe von Lila zu Blau changierte. Sie überlegte, wie sie diese Farbenpracht in einem Aquarell festhalten konnte.

Arcadia, 2018

Als die Sonne unterging, legten sich weiche Nebelkissen in die Senke unter dem Hügel und wogten langsam zu einem Takt, den die Erde darunter vorgab.

Frische Luft strömte in Jessicas Lunge, und sie fühlte sich so lebendig wie noch nie seit … sie konnte sich gar nicht mehr erinnern, seit wann. Vielleicht lag es an den Erinnerungen an ihre glückliche Kindheit auf der Farm, die sie damals nicht wirklich zu schätzen gewusst hatte. Oder es war der Kontrast zu ihrem Stadtleben, ihrer Ehe und der intensiven Arbeit im Labor? Verglichen mit der unbeschwerten Zeit, als sie in einem ländlichen Ort am äußersten Rand eines Inselstaats aufwuchs, den ihre Freunde in Sydney als hinterwäldlerisches Kaff betrachteten?

Zwar hatte sich die Art und Weise geändert, wie hier Landwirtschaft zum Broterwerb betrieben wurde, doch glücklicherweise hatten Teile der Naturlandschaft überlebt, weil sie sich selbst überlassen blieben.

Jessica kam es so vor, als hätten ihr Großvater und davor sein Vater das Land als leere Leinwand betrachtet, die von Unterholz, Bäumen und wucherndem Gras frei gehalten werden musste. Wo Schafe, Rinder und Maschinen die empfindliche Umwelt in Mitleidenschaft gezogen hatten, waren Flussläufe ausgetrocknet, Dürren und Trockenzeiten waren länger und intensiver geworden, und der Ertrag war Jahr für Jahr zurückgegangen. Ihr Vater hatte die alte Farm geerbt, doch da er als Wissenschaftler arbeitete, hatte er einen Verwalter eingestellt, der sie endgültig zugrunde wirtschaftete. Ihrem Gefühl nach war ihr Vater heilfroh gewesen, das Feld räumen zu können und in eine Stadt auf dem Festland zu ziehen.

Nun, beinahe zwanzig Jahre später, fand sich Jessica auf Arcadia in einer idyllischen Umgebung wieder. Voller Bewunderung sah sie, dass Sallys Familie scheinbar ganz und gar an dem Ort ihrer Kindheit zu Hause war und von der Bewirtschaftung ihrer Farm leben konnte, indem sie so wenig eingriff wie möglich. Die uralten Bäume, insbesondere der dichte Eukalyptuswald, das wilde Grasland und der Bach waren unberührt geblieben, hier lebten vermutlich auch noch ausschließlich einheimische Tierarten. Gewiss waren die Ackerpflanzen in Reihen gesetzt, doch diese zogen sich nicht kerzengerade die Hügel hinauf, sondern orientierten sich an den natürlichen Gegebenheiten. Toby hatte ihr erklärt, dass sie hier das Experiment wagten, »in Partnerschaft mit der Natur«, also *mit* ihrem Land und nicht *auf* ihm zu leben.

Während Jessica den Sonnenuntergang beobachtete und zusah, wie die grünen Hügel und alten Bäume immer längere Schatten warfen, erkannte sie eine Sanftheit, die auch Stellas zarte Aquarelle auszeichnete und sich krass von dem unterschied, was sie lange Jahre zu sehen gewohnt war: Highways aus Beton, Hochhäuser aus Glas und Stahl, gesichtslose Häuser von der Stange, in denen man ohne Gärten dicht an dicht lebte.

Als es in ihrer Ehe zu kriseln begann, hatte sie sich hin und wieder an den Strand geflüchtet und versucht, dort zu entspannen. Doch schon die Suche nach einem Parkplatz war ein Albtraum gewesen, und die Menschen waren oft mürrisch, während im Wasser Haie und gefährliche Strömungen lauerten. Daher waren diese Auszeiten wenig erfreulich gewesen und hatten die Gefühle von Stress und Eingesperrtsein nur verstärkt. Egal, was sie tat, nirgends konnte sie einer Atmosphäre entkommen, die sie als stets hektisch, beinahe feindlich empfand. Hier wurde das Leben vom Bildschirm bestimmt, sodass Menschen buchstäblich in Jessica hineinliefen, weil sie auf ihre Handys starrten, anstatt auf ihren Weg zu achten.

Vor einigen Wochen war sie dann an einem langen Wochenende in den Westen an den Rand des Outback geflogen. Doch der Staub, die Hitze, die sie ständig umschwirrenden Fliegen und die versengte Landschaft hatten sie noch mehr deprimiert.

Und da hatte sie Sally angerufen. »Sal, ich bin's. Ich muss dich treffen. Ich komm zurück nach Hause. Allein.«

Im schwindenden Licht betrat Jessica Stellas ehemaliges Atelier neben der Küche. Letzte Sonnenstrahlen beschienen die schönen Holzwände, die bequemen Sessel und die breiten Bücherregale. Jessica stellte die rostige Metallkassette aus der Höhle auf den Eichentisch, über dem zwei Bilder von Stellas Hand hingen.

Während sie auf Sally wartete, betrachtete sie die Gemälde. Zwar war sie keine Expertin, aber sie gefielen ihr außerordentlich gut, und wieder fragte sie sich, warum nicht mehr davon im Haus zu sehen waren.

Die Eule war ihr Lieblingsbild. Aus der weißen Maske starrten sie die dunklen Augen durchdringend und ein wenig spöttisch an. Die weichen Federn wirkten so echt, dass man darüberstreichen wollte; jede lag genau am richtigen Platz, um dieses dramatische Muster zu erzeugen. Eine kleine Plakette auf dem Rahmen verkündete, dass dieses Gemälde 1939 den Ersten Preis des Tasmanischen Kunstvereins gewonnen hatte.

Das andere Bild zeigte die zarten Blattwedel eines Strauchs oder Baums, dazu in der Ecke eine winzige Blume, die zwischen eigenartig geformten Pilzen wuchs. Ganz unten stand in kleiner, flüssiger Schrift: *Unbenannte Spezies. Arcadia, Tasmanien.*

Sally kam herein. »Okay, ich bin so weit. Und bringe dir den versprochenen Gin Tonic.« Damit reichte sie Jessica ein Kristallglas mit einer zart goldfarbenen Flüssigkeit und einem Limettenschnitz.

»Danke. Das ist mein neuer Lieblingsdrink.«

Sie stießen miteinander an.

»Schmeckt extrem lecker, stimmt's? Das liegt allein am Safran und an ein paar anderen hiesigen Zutaten. Die Jungs haben einen großartigen Job gemacht. Hab ich dir erzählt, dass wir bei der Messe für Lebensmittel und Getränke eine Medaille gewonnen haben? Wobei es dort mittlerweile eine Menge Konkurrenz gibt, was aber nur gut ist. Toby will jetzt auch Bier brauen. Allerdings ist das Wasser hier so kristallklar, dass ich finde, wir sollten es lieber mit Whisky versuchen.«

»Jeder in Tasmanien behauptet ja, sein Wasser sei reinster geschmolzener Schnee vom Cradle Mountain!«, lachte Jessica.

»Vielleicht stimmt das. Ich bin ja sehr für Diversifizierung, aber man kann es auch übertreiben. Wahrscheinlich sollte man sich irgendwann zufriedengeben und spezialisieren, wenn man seine Nische gefunden hat. Wir haben den perfekten Boden für Krokusse, sodass wir mit dem Safran hervorragend fahren. Bei den Trüffeln klappt es mal besser und mal schlechter, aber wir lassen nicht locker. Doch lass uns jetzt die Unterlagen durchschauen, solange die anderen noch draußen sind.«

Die Freundinnen stellten ihre Gläser hin, und Jessica hob den verrosteten Deckel von der alten Kassette, während Sally ihr über die Schulter spähte.

Vorsichtig legten sie den Inhalt auf dem Tisch aus, bevor sie sich den einzelnen Schriftstücken widmeten.

Manchmal waren es nur lose Blätter, andere Papiere steckten in zerfledderten Umschlägen, und fast alle waren unleserlich geworden. Außerdem gab es ein kleines Tagebuch, den schwarz angelaufenen Eierbecher, die Fotos, den Zeitungsausschnitt und das veilchenfarbene Kuvert mit dem Abschiedsbrief.

Jessica breitete mehrere Dokumente vor sich aus. »Okay, hier die Urkunde von Thomas William Broadbent. Du bist ganz sicher, dass du nie von ihm gehört hast?«

Sally schüttelte den Kopf.

Jessica blätterte das kleine Tagebuch durch. »Da steht nicht viel drin. Oh, schau mal!« Sie zeigte Sally eine gepresste Blume, ein paar bröselnde Blätter und Samenkörner, die zwischen den Seiten lagen. »Was könnte das sein?« Zart berührte sie die Pflanze. »Kennst du sie?«

»Nein. Aber pass auf, sie zerfällt gleich. Lass mich zuerst ein Foto machen, ehe wir sie genauer untersuchen.« Sally zog ihr Handy hervor und fotografierte die Pflanzenteile. Dann studierte sie die getrocknete Blume. »Irgendwie kommt sie mir bekannt vor. Wo habe ich so etwas schon mal gesehen?«

Unvermittelt überlief Jessica eine Gänsehaut, und sie sah auf. »Da, deine Großmutter Stella, ihr Bild …« Sie wies auf die Wand vor ihnen. »Schau, da auf dem Bild mit den Farnwedeln!«

»Oh, wow!« Sallys Blick wanderte von der Trockenblume zu der detaillierten Darstellung der violett-blauen Blume, die von einer Gruppe von Pilzen und den größeren Blättern umgeben war. »Das ist dieselbe. Aber ich kenne diese Pflanze nicht. Du vielleicht?«

Jessica beugte sich vor und studierte das Bild genauer. »Sieht aus wie eine winzige Orchideenblüte.«

Sally betrachtete die Stelle, auf die Jessica wies. »Ich habe dieses Aquarell bisher noch nie genauer betrachtet, weil die Eule immer mein Lieblingsbild war. Wir sollten herausfinden, was das für eine Pflanze ist. Zwar habe ich sie noch nie gesehen, aber wenn Stella sie gemalt hat, muss sie hier irgendwo gewachsen sein.«

»Was sagt denn das Tagebuch dazu?«

Die Köpfe zusammengesteckt, grübelten die beiden über den Seiten. »Unbekannte Pflanze, von TWB genutzt, um mögliche Eigenschaften …«, las Sally laut.

»TWB. Thomas William Broadbent! Der heimliche Geliebte!«, rief Jessica.

»Ich kann es immer noch nicht glauben«, sagte Sally leise und betastete den veilchenfarbenen Umschlag.

»Möchtest du denn der Frage nachgehen, ob deine Großmutter einen Liebhaber hatte?«, fragte ihre Freundin behutsam.

»Allerdings. Aber ich möchte Mum noch nichts davon sagen, solange wir nicht mehr darüber wissen.«

Als Mollie sich vor dem Abendessen zu ihnen in den Wintergarten setzte, wechselte Sally einen Blick mit Jessica und fragte dann entschlossen: »Mum, wir haben uns vorher die Bilder von Großmutter Stella angesehen. Hatte noch jemand in ihrer Familie eine künstlerische Ader?«

»Keine Ahnung. Ich kannte ihre Angehörigen kaum. Bei unserer Hochzeit in Melbourne waren etliche Cousins und Cousinen dabei. Aber ich kann mich nicht erinnern, dass uns jemand von ihnen mal auf Arcadia besucht hätte – es war ihnen wahrscheinlich zu abgelegen. Doch meiner Mutter hat es hier sehr gefallen.«

»Ich finde ihre Arbeiten fantastisch«, sagte Jessica. »Es überrascht mich, dass nicht mehr von ihr hier hängt. Hat sie ihre Arbeiten verkauft oder nur wenig gemalt?«

»Nein, sie war sogar sehr produktiv. Wenn sie nicht gegärtnert hat, dann hat sie gemalt. Und als sie dann Witwe war, hat sie sich sehr engagiert an verschiedenen künstlerischen Projekten des Kunstvereins beteiligt.«

»Das wusste ich gar nicht«, sagte Sally.

»Sie hat ihnen einige Gemälde vermacht«, erzählte Mollie.

»Und du hattest kein Interesse daran? Wie schade, dass solche faszinierenden Arbeiten nicht in der Familie geblieben sind«, meinte Jessica.

Mollie hob abwehrend die Hand. »Sieh dich um. Dieses Haus ist vollgepfropft mit Erinnerungskram. Und irgendwo stehen noch etliche Kartons. Vermutlich auf dem Speicher.«

Jessica warf Sally einen Blick zu, die das Stichwort aufnahm. »Du meinst, da oben finden sich Familienstücke von früher, Mum? Noch aus Großvaters Zeit?«

»Du liebe Güte, ich weiß es nicht genau. Bevor mein Vater meine Mutter geheiratet hat, hat er bestimmt eine Menge Krempel dort oben verstaut. Schließlich war deine Großmutter damals eine junge Frau, erst knapp dreiundzwanzig. Und er war ein älterer Witwer. Vermutlich hat er Sachen aus seinem früheren Leben weggeräumt. Wie gesagt, befand sich dieses Haus mehrere Generationen in Familienbesitz. Wobei ich von der Familie der ersten Frau meines Vaters kaum etwas weiß. Ich kam ja erst zur Welt, als meine Mutter schon vierzig war, und als mein Vater starb, war ich noch ziemlich klein.« Mollie erhob sich. »Ich kriege allmählich Hunger, also fange ich mal besser mit dem Abendessen an. Toby und Katie müssten bereits die Hühner gefüttert haben und zurück sein.«

Jessica blickte Sally an. »Auf dem Speicher. Nach dem Abendessen. Mit Schokolade und Wein.«

Da die Kerze flackerte und tropfte, klemmten Sally und Jessica zwei Taschenlampen in ein Regal, damit sie die Papiere sichten konnten, die sie um sich herum ausgebreitet hatten. Strom gab es dort oben nicht, und es roch modrig und ein bisschen nach Mäusen. Sally fragte sich, was wohl sonst noch alles in den hier gestapelten Kartons und Koffern liegen mochte, und in welchem Zustand der Inhalt war.

»Je mehr ich lese, umso verwirrter bin ich«, sagte Jessica, die in dem kleinen Lichtkreis saß, und hob das Rotweinglas an die Lippen. »Die Sachen in der Metallkassette aus der Höhle scheinen so gar nichts mit dem alten Kram hier zu tun zu haben.«

»Irgendwo muss es noch Sachen von Stella geben. Mum hat mir mal erzählt, dass ihre Mutter immer einen Skizzenblock bei sich hatte, auch noch als alte Dame.«

»Wir müssen weitersuchen. Was ist in diesen Holzkisten? Und da drüben steht ein Überseekoffer.«

»Himmel, wenn wir in dem Tempo weitermachen, sitzen wir die ganze Nacht hier.«

»Okay. Also, was haben wir bis jetzt? Dieser Mann, Broadbent, hat sich heimlich mit deiner Großmutter getroffen. Aber warum hat er persönliche Unterlagen in der Höhle zurückgelassen?«

Sally legte die Stirn in Falten. »Mir fallen eine Menge möglicher Gründe ein. Vielleicht war ihm dieser Ort besonders wichtig. Oder er war obdachlos. Womöglich hat er sich dort auch vor jemandem versteckt. Vor der Polizei zum Beispiel.«

»Du meinst, er wurde wegen eines Verbrechens gesucht? Vielleicht war er ja einfach nur ein Eigenbrötler. Wo er wohl herkam und ob er noch irgendwo Verwandte hat? Ich google mal nach ihm.« Jessica begann, in ihr Handy zu tippen, während Sally weiter die Metallkassette durchforstete und ein dickes zusammengefaltetes Blatt Papier hervorzog.

»Das ist irgendeine Zeichnung … oh, eine Karte! Wo ist der Schatz vergraben?« Sally lachte, wurde aber gleich wieder ernst, als sie sich darin vertiefte. »Das ist irgendein Grundstück, schau, hier ist ein Fluss eingezeichnet und da oben ein X. Daneben steht *Wald.*« Sie drehte das Blatt. »Du lieber Himmel, das ist ja hier. Unser Arcadia!« Jessica blickte vom Display auf. »Warum hat er das aufgemalt? Hatte er vielleicht einen schlechten Orientierungssinn? Das X muss die Höhle sein!«

»Wenn Stella sich mit einem Mann in der Höhle getroffen hat, wollte er bestimmt nicht auf ihrem Anwesen gesehen werden«, sagte Jessica.

»Mum hat erzählt, mein Großvater sei öfter nach Hobart gefahren und habe dort in seinem Klub übernachtet. Er hat Stella also hin und wieder allein gelassen.«

»War denn die Haushälterin nicht die ganze Zeit hier?«

»Ich bezweifle, dass sie im Wald herumgestreift ist. Mr James allerdings vielleicht schon.« Sally wollte die Karte bereits wieder zusammenfalten, als sie am unteren Rand ein paar Worte in krakeliger Handschrift entdeckte.

»Was ist das? Eine Adresse? *Seawinds, Shelter Bay*.«

Jessica war wieder mit ihrem Handy zugange. »Bei Google finde ich nichts über ihn – außer er ist ein dreißigjähriger Wirtschaftsprüfer in Cairns. Hmm, und hier gibt's noch einen, irgendein Wissenschaftler, aber der hat in England gelebt, kann es also auch nicht sein. Aber lass mich mal in Shelter Bay suchen.«

Jessica tippte eifrig weiter.

»Hm, auch nichts. Ist wohl zu lange her. Aber wir dürfen nicht aufgeben. Komm, lass uns noch etwas aufmachen.« Sie sprang auf und zog den ledernen Schrankkoffer von der Wand weg ins Licht. Gemeinsam öffneten sie die rostigen Schnallen.

Schnüffelnd verzog Sally das Gesicht. »Puh, Kampfer. Na, zumindest hat sich jemand die Mühe gemacht, die Sachen ordentlich einzulagern.«

Jessica fummelte bereits im Inneren herum. »Hier das Fach lässt sich aufklappen. Mensch, das könnte …«

Sally hielt die Taschenlampe hoch, während Jessica eine Rolle größerer Gemälde herauszog, aufband, die einzelnen Blätter glatt strich und auf dem Boden auslegte, wo sie sich sofort wieder zusammenrollten. Jessica kauerte sich nieder, zog eins erneut glatt und betrachtete es. Sally nahm sich ein anderes vor. Und noch eins.

»Stellas geheimes Lager!«, rief sie.

»Sie sind … umwerfend. Wunderschön.«

»Ich kann es nicht fassen. Schau mal dieses hier, das sind offenbar alles Wildblumen. Mit ihren botanischen Namen. Wie toll! Sie sollten gerahmt oder in einem Buch abgebildet sein. Und sieh nur diese Pilz-Aquarelle«, rief Sally begeistert.

»Sie sind in exzellentem Zustand. Lass uns nachschauen, was es sonst noch gibt.« Jessica steckte den Kopf in den Koffer. »Oh! Ölgemälde. Fass mal an der anderen Ecke an.«

Behutsam rollten sie eine große Leinwand aus. Das Ölbild zeigte eine romantische, geheimnisvolle Waldlichtung, umgeben von hohen Bäumen, deren Kronen das Sonnenlicht filterten. Am Boden wuchs zwischen Wurzeln und Pilzen dichter Farn, und verschiedene kleine, zum Teil seltsam geformte Pilze wucherten in Grüppchen auf Stämmen und Flechten.

»Wie im Märchenland«, hauchte Jessica. »Oh, und sieh mal da oben in dem dunklen Geäst – da sitzt die Eule!«

Mit zusammengekniffenen Augen studierte Sally das Bild. »Ich weiß, wo das ist. Unten im Eukalyptuswald, nah beim Bach.«

»In dem Rest Regenwald, den ihr nie angetastet habt?«, fragte Jessica.

»Ja. Er ist nicht offiziell geschützt oder so, aber mein Großvater hat in seinem Testament verfügt, dass dort alles bleiben soll, wie es ist. Warum, das habe ich vergessen …«

»Man sollte es rahmen und aufhängen«, meinte Jessica.

»Mum sagt, wir haben keinen Platz mehr, und ich fürchte, sie hat recht. Das ist wahrscheinlich der Grund, warum man die Sachen hier verstaut und vergessen hat. Aber Stella hatte wirklich Talent, nicht wahr?«

»Was gibt es noch?«

Begierig, aber vorsichtig räumten sie den alten Schrankkoffer weiter aus. Schließlich saßen sie inmitten von Gemälden – hauptsächlich Aquarelle und einige wenige große Ölbilder. Außerdem hatten sie ein paar botanische Nachschlagewerke und Skizzenbücher zutage gefördert sowie mehrere Briefbündel, offenbar Stellas Korrespondenz mit ihrer Familie auf dem Festland. Ganz unten im Koffer lagen Päckchen mit Fotografien und Negativen, Stellas noch mit angetrockneten Farbresten verschmierte Palette, Pinsel, Pastellkreiden, Tuben mit Ölfarben und Aquarellkästen. Alles roch ein bisschen nach Leinöl und Terpentin.

»Sie war gut ausgestattet«, sagte Jessica und blätterte mehrere leere Skizzen- und Notizbücher durch. »Aber hoppla. Hier ist ja noch eins.«

Ganz unten im Stapel lag ein Zeichenblock mit der Aufschrift »Das Skizzenbuch des Künstlers«.

»Es sieht so aus, als hätte sie grobe Bleistiftstudien und Fotos gemacht und beides ins Atelier mitgenommen«, sagte Sally, unterbrach sich aber, als sie Jessicas Gesichtsausdruck sah. »Was ist los?«

Jessica reichte ihr den aufgeschlagenen Skizzenblock.

»Iihh! Wie entsetzlich!«, rief Sally schockiert.

Jessica beugte sich vornüber und starrte noch einmal auf die rohe Zeichnung. »Das soll Stella sein, oder?«

»Es sieht so aus … Aber warum? Was soll das? So ist sie nicht gestorben! Wer malt so etwas Schreckliches?«

»Und die tote Eule … armes Ding«, stieß Jessica stockend hervor. »Was könnte das bedeuten, Sal?« Sie zwang sich, die grässliche Zeichnung noch einmal genau anzusehen.

»Ich habe keine Ahnung. Das ist völlig krank.« Sally blätterte das Skizzenbuch weiter durch. »Guck mal hier, diese Zeichnung. Ein Mann mit Schnurrbart und einer Narbe im Gesicht. Nicht gerade ein griechischer Gott. Warum sie den wohl gezeichnet hat?«

»Es entspricht überhaupt nicht ihrem Stil. Vielleicht war das gar nicht sie?«, überlegte Jessica.

»Es ergibt keinen Sinn.«

Sie betrachteten den Mann mit dem struppigen Schnurrbart und der karierten Jagdmütze auf dem langen dünnen Haar.

Dann schlug Sally das Skizzenbuch zu. »Grauenhaft.«

»Wo hat deine Großmutter diesen Mann wohl gesehen?«

»Du glaubst, sie hat ihn gekannt?«

»Wer kann das schon wissen? Nach allem, was ich früher gehört habe, hat sie ja ein ziemlich behütetes Leben geführt. Und jetzt finden wir all das hier über sie heraus.«

»Tja … Ich erinnere mich, dass Mum einmal erzählt hat, Stella hätte das gesellschaftliche Tamtam in Hobart gehasst. Weshalb mein Großvater normalerweise ohne sie dorthin gefahren ist. Wenn sie in die Stadt fuhr, dann zu Veranstaltungen des Kunstvereins oder Ausstellungen.«

»Also ist sie dem Kerl vermutlich hier in der Gegend begegnet … ob er es auf die Eule abgesehen hatte?«, überlegte Jessica. »Und was ist mit der Blume und den Samen und dem anderen Zeug?«

»Ich weiß es nicht. Aber komm, es ist spät. Lass uns die Sachen wieder wegpacken oder morgen weitermachen«, sagte Sally. »Allerdings habe ich Katie versprochen, als Allererstes mit ihr zur Farm der Hendersons zu fahren, um die neugeborenen Lämmer anzusehen. Das hier kann warten, Katie nicht.«

»Fahr ruhig, und ich räume nach dem Frühstück hier auf. Vielleicht will sich deine Mum das ja auch ansehen?«

»Hmm, eher nicht. Sie beschäftigt sich nicht gern mit der Vergangenheit, obwohl sie hier davon umgeben ist.« Sally nahm eine der Taschenlampen und ging zur Speichertür.

Jessica richtete sich auf. »Sal, wir müssen es tun.«

»Was?«

»Losziehen. Einem Geheimnis nachjagen. Wir machen eine Spritztour nach Shelter Bay.«

Sally starrte sie an. »Ich weiß nicht, ob das eine gute Idee ist.«

»Ach, Sal, hab dich nicht so. Da gibt's diese ganzen Unterlagen aus der Höhle, die einem Fremden gehört haben. Er hat einen Zeitungsausschnitt aufgehoben, in dem es um ein Gemälde deiner Großmutter geht. Und eine getrocknete Blume, die sie gemalt hat. Dann diese Fotos und der Abschiedsbrief. Sie müssen ein Liebespaar gewesen sein. Und nun noch diese schreckliche Zeichnung in ihrem Skizzenbuch. Was, wenn das alles zusammenhängt?«

»Wir können nicht einfach losziehen. Außerdem sind wahrscheinlich längst alle tot, die etwas wissen könnten.«

»Vielleicht hat Broadbent dort ja Nachfahren?«, meinte Jessica. »Wie weit ist es?«

Sally zog ihr Handy heraus und gab Shelter Bay in die Kartensuche ein. »Es liegt im Nordwesten«, sagte sie nachdenklich. »Erinnerst du dich an Chrissie, mit der wir zur Schule gegangen sind? Sie wohnt mit ihrem Ehemann da oben. Vielleicht wäre es ganz nett, sie zu besuchen und dann nach Shelter Bay weiterzufahren …«

»Großartig. Auf dem Weg dorthin sollten wir noch einen Abstecher nach Hobart machen und jemandem in den Botanischen Gärten die getrocknete Blume zeigen mit der Bitte, sie für uns zu bestimmen. Und dann, wer weiß?« Jessica klang aufgeregt. »Sal, irgendetwas an alldem ist merkwürdig. Du kennst meine Intuition. Und ich sage dir, da steckt mehr dahinter, das weiß ich einfach.« Jessica breitete die Arme aus, sie wirkte plötzlich beschwingt. »Bitte, Sal, lass uns schauen, wo uns das hinführt!«

Sally betrachtete ihre Freundin, die mit ausgebreiteten Armen dastand und zu allem bereit schien. »Oh, Jess, du spinnst.«

»Also? Wir fahren. *From the mountains to the sea … Just you and me …*«

Lachend gab Sally nach. »Okay. Ich kann dich wohl kaum allein ziehen lassen.«

4

Arcadia, 2018

So geheimnisvoll und verlockend der staubige Speicher in der vergangenen Nacht auch gewirkt haben mochte, so trist und verlassen lag er im gleißenden Morgenlicht da – ein Ort vergessener Leben und begrabener Träume.

Jessica räumte die Kisten wieder ein und legte Stellas Arbeiten zusammen mit den Briefen und den anderen Sachen sorgfältig in den Schrankkoffer zurück. Doch aus einem Impuls heraus ließ sie den Skizzenblock draußen, in dem sich die grässliche Zeichnung und das Konterfei des Mannes mit der Jagdmütze befanden.

Als Jessica die Küche betrat, brühte Mollie gerade Kaffee auf und begrüßte sie mit einem Lächeln.

»Du kommst genau richtig. Magst du eine Tasse?«, fragte sie und streifte mit einem Blick die Gegenstände, die Jessica in der Hand hielt. »Was hast du denn da mitgebracht? Sal hat schon erzählt, dass ihr zwei gestern Nacht ein paar interessante Sachen gefunden habt. Bisher hat sich ja keiner für den alten Kram interessiert, und in meinem kleinen Cottage ist tatsächlich für überhaupt nichts mehr Platz.«

»Wenn du das gesehen hast, willst du vielleicht anbauen, eventuell sogar eine Galerie mit Teestube, um alles zu zeigen«, erwiderte Jessica und setzte sich an den Küchentisch. »Hast du gewusst, dass eine ganze Sammlung von Arbeiten deiner Mutter in einem Schrankkoffer lagert? Wundervolle Bilder, die unbedingt ausgestellt werden sollten.«

»Ja, Mutter hat ein paar hübsche Blumenbilder gemalt. Ich dachte, sie hätte alle dem Kunstverein geschenkt. Wir haben die

Aquarelle behalten, die in ihrem Atelier hingen – sie scheinen ihr viel bedeutet zu haben.«

»Ja, das Bild mit der blauen Blume und den Pilzen und das von der Eule. Was war mit dieser Eule? Auf den Gemälden, die wir entdeckt haben, kehrt sie immer wieder.«

»Mutter hat diese Eule geliebt. Sie war wild und hat tief im Wald gelebt, aber Mutter hat immer gesagt, dass sie ihre beste Freundin sei. Sie war also kein Haustier, obwohl sie manchmal sogar in den Garten kam, glaube ich. Als ganz kleines Mädchen hatte ich Angst vor ihr, aber später war ich ganz begierig darauf, sie zu sehen.«

»Ist denn irgendetwas … ist ihr etwas Böses zugestoßen?«, erkundigte sich Jessica vorsichtig.

»Nicht dass ich wüsste. Ich habe zwar ein paar Jahre woanders gelebt, bis ich mit Graham hierher zurückkam, aber wenn ihr etwas passiert wäre, hätte meine Mutter es mir garantiert erzählt. Es hätte ihr das Herz gebrochen.«

Als Mollie den Kaffee einschenkte, legte Jessica den Skizzenblock und die Metallkassette auf den Tisch und holte tief Luft. »Sally hat vorgeschlagen, dass ich dir das hier zeige, solange sie mit Katie unterwegs ist.« Ihre Freundin hatte schließlich eingewilligt, dass sie Mollie ein paar Fragen stellte, sofern sie nicht allzu viel preisgab.

Mollie sah Jessicas ernste Miene. »Du liebe Güte, was für dunkle Geheimnisse habt ihr denn im Speicher ausgegraben?«

»Diese Kassette haben wir an eurer Grundstücksgrenze in der Wildnis gefunden. Sie enthält persönliche Papiere von einem Mann, aber auch einen Zeitungsartikel darüber, dass Stella den Ersten Preis für das Eulenbild gewonnen hat. Als wir ihn gelesen haben, ist Sally auf die Idee gekommen nachzuschauen, was Stella noch alles weggepackt haben könnte. Und dabei haben wir diesen Skizzenblock im Speicher entdeckt.«

»Meine Mutter hatte eine Menge zusammengerollte Bilder, manche davon unvollendet, und jede Menge Papierkram. Eigentlich wollte ich das alles irgendwann mal sichten, habe es aber immer vor mir hergeschoben und dann vergessen.« Sie musterte Jessica aufmerksam. »Nun, was wolltest du mir zeigen?«

»Da ist eine Zeichnung in dem Skizzenblock, die ziemlich schockierend ist.«

»Schockierend, weil zu anzüglich für die damalige Zeit, oder …?«

»Nein, sie ist einfach nur entsetzlich.« Jessica schlug die Seite auf und legte sie Mollie hin, die sich an ihrem Kaffee verschluckte und hastig die Tasse abstellte.

»Du lieber Gott, das ist meine Mutter! *Aufgehängt!* Und barmherziger Himmel, die Eule … wer hat das gemalt? Sie doch nicht …«

»Es ist recht unbeholfen gezeichnet, aber es ist eindeutig, wer das sein soll«, sagte Jessica leise. »Wir haben uns gefragt, ob du je etwas davon gehört hast …«

»Um Himmels willen, nein! Nimm es weg, ich kann es nicht ansehen. Meine arme Mutter, warum hat sie so etwas Schreckliches aufgehoben?«

»Nun, es gibt da auch eine Zeichnung von einem Mann …« Jessica blätterte zu der Skizze von dem Mann mit der Jagdmütze vor. »Erkennst du ihn?«

Mollie studierte das Porträt, dann schüttelte sie langsam den Kopf. »Nein, keine Ahnung. Wobei ich bezweifle, dass Mutter fremde Männer kannte, die nicht zum Freundeskreis der Hollands gehörten.« Eine Weile trank sie stumm ihren Kaffee, dann richtete sich ihr Blick auf die Metallkassette. »Und was ist da drin?«

Jessica öffnete sie und zeigte Mollie einiges von dem Inhalt, wobei sie darauf achtete, dass der veilchenfarbene Umschlag nicht zum Vorschein kam. »Persönliche Unterlagen von irgendeinem Burschen, der möglicherweise eine Art Einsiedler war, wenn man bedenkt, wo wir das gefunden haben. Möglicherweise hat dein Vater ihn gekannt, ihn vielleicht behandelt?«

»Das lässt sich kaum herausfinden«, meinte Mollie und schüttelte nachdenklich den Kopf. »Während der Weltwirtschaftskrise sind ja eine Menge Leute obdachlos geworden oder haben in den primitivsten Unterkünften gelebt. Mein Vater hat nie über seine Patienten gesprochen«, setzte sie hinzu, »dagegen durfte ich neben meiner Mutter sitzen und zeichnen, wenn sie gemalt hat. So im Rückblick merke ich, was für eine begabte Frau sie war.«

Jessica nickte und legte den Skizzenblock beiseite. Ganz offensichtlich hatte Stella ihrer Tochter gegenüber nie irgendetwas erwähnt.

»Wir haben außerdem noch ein paar gepresste Blumen und Samen in einem alten Tagebuch gefunden und überlegt, sie in den Botanischen Gärten von Hobart bestimmen zu lassen.«

»Das ist sicher nicht verkehrt, wenn ihr wirklich so daran interessiert seid«, meinte Mollie. »Aber ich komme einfach nicht über diese grässliche Zeichnung in Mutters Skizzenbuch hinweg. Sie wirkt wie eine Drohung oder eine Warnung. Aber Stella hatte ein langes und glückliches Leben, und Nyx vermutlich auch.«

»Wer?«

»Die Eule. In der griechischen Mythologie ist Nyx die Nacht. Sie lebte in einer Höhle irgendwo am Rand des Kosmos. Meine Mutter hat viel von Homer und Hesiod gelesen.«

»Verstehe. Nun, wenn sie sich mit der Eule angefreundet hatte, wusste bestimmt jemand, dass sie ihr viel bedeutete. Aber deine Mutter hatte doch gewiss keine Feinde, die ihr so ein schreckliches Schicksal wünschten?«

Mollie schenkte ihnen Kaffee nach. »Ich kann es mir nicht vorstellen. Sie war eine so liebenswerte Frau. Verträumt, wie

Künstler es oft sind. Wobei sie keine Künstlerin im heutigen Sinne war. Das Malen war mehr ihre persönliche Leidenschaft. Allerdings weiß man ja nie, was im Kopf eines anderen Menschen vor sich geht.« Mollie zuckte die Achseln. »Da glaubt man, in einem kleinen Dorf die Menschen gut zu kennen, und dann stellt sich heraus, dass die nette alte Dame unten an der Straße ihren Mann umgebracht und unter dem Kuhstall verscharrt hat.«

»Nachdem sie ihm mit einer Lammkeule den Schädel eingeschlagen, diese dann gebraten und den Polizisten serviert hat, die nach dem vermissten Ehemann suchen«, lachte Jessica.

»Weshalb die Mordwaffe nie gefunden wird«, schloss Mollie mit einem Lächeln. »Auch ich habe diese alten englischen Kriminalgeschichten gelesen.«

»Vielleicht hat er seine Frau geschlagen und es nicht besser verdient«, gab Jessica noch zu bedenken.

»Jedenfalls weiß ich, dass meine Mutter eine hochintelligente und ziemlich wagemutige Frau war. Immer hielt sie den Feldstecher griffbereit, um Vögel zu beobachten«, erklärte sie.

»Schade, dass ich sie nie kennengelernt habe. Sie hat etwas Geheimnisvolles«, meinte Jessica. »Übrigens würden Sally und ich gern ein paar Nachforschungen anstellen und gleichzeitig eine kleine Auszeit nehmen, wie du und Toby ja angeboten habt.«

»Natürlich, klar. Sal hat das heute Morgen erwähnt, und ich finde es großartig, dass ihr beide ein kleines Abenteuer plant. Es wird Sally guttun, mal ein paar Tage rauszukommen. Wo wollt ihr denn hin?« Mollie ging mit ihrer Tasse zum Spülstein und wusch sie aus.

»Nach Shelter Bay. Der Ort wird in einem der Papiere erwähnt, die wir gefunden haben. Wir haben ihn nachgeschlagen, er ist an der Nordwestküste, mitten im Nirgendwo.«

»Was um alles in der Welt wollt ihr denn ausgerechnet dort? Kennt ihr da jemanden? Die Gegend ist unwirtlich und total abgelegen.«

»Wir hoffen, dass jemand dort etwas über die Person weiß, der all das Zeug hier gehört hat. Außerdem ist das gar nicht weit von der Farm entfernt, die Chrissie und ihr Mann bewirtschaften. Erinnerst du dich noch an Chrissie?«

»Chrissie und Paul? Natürlich erinnere ich mich an sie, aus eurer Schulzeit. Haben sie nicht irgendwas mit dem Fernsehen zu tun? Da gab es diese Werbung für eine neue Kochshow, und Sally hat gesagt, die wäre dort gefilmt worden«, überlegte Mollie. »Tja, wie ich es sehe, seid ihr Mädchen ganz erpicht darauf, euch in eine aussichtslose Suche zu stürzen, also zieht los. Zumindest könnt ihr dabei ein bisschen Zeit miteinander verbringen.« Sie lächelte. »Es ist lange her, dass es hieß: nur ihr zwei. Sally will ja nie ohne Kind und Kegel losziehen, aber sie verdient definitiv eine Pause. Ich bin froh, dass du sie dazu überredet hast.«

Draußen fiel eine Autotür zu, und Mollie legte den Kopf schief. »Ich glaube, Sal und Katie sind wieder da.«

Jessica räumte die Papiere und Stellas Skizzenbuch weg, als Katie auch schon quietschend in die Küche gesaust kam: »Granny! Granny … ich hab die Lämmer mit der Flasche gefüttert!«

Arcadia, 1939

Stella saß in der Abenddämmerung in ihrem Atelier und starrte hinaus auf die Rosen, doch ihr stand eine ganz andere Szene vor Augen. Denn die unerwartete Begegnung am Vormittag beschäftigte sie, ob sie wollte oder nicht.

Nachdem sich Terry, der jüngste Sohn von Mr und Mrs James, auf dem Weg der Besserung befand, auch wenn seine Kinderlähmung weiterhin behandelt werden musste, war seine Familie mit ihm nach Arcadia zurückgekehrt. Winsome blieb als Teilzeithilfe eingestellt, um Mrs James zu entlasten, und Stella widmete sich wieder der Vogelbeobachtung und der Malerei. Auch nahm sie ihre Gewohnheit wieder auf, am Flussufer entlangzustreifen, wo es nach den Jahren der Wirtschaftskrise wieder belebter zuging. Manchmal fotografierte sie dort und überlegte, eine Flussszene zu malen. Doch immer zog sie stärker die eigenartige Schönheit der Natur auf ihrem Grundstück in Bann, die von der Außenwelt kaum beachtet wurde.

Obwohl es nun schon Jahre her war, verstörte sie der Gedanke an ihre Begegnung mit dem fremden Mann im Eukalyptuswald noch immer, vor allem weil sie sich sicher war, dass sie beim ersten Mal *zwei* Männer gesehen hatte.

Doch die Gegenwart von Nyx stärkte ihr den Rücken, wann immer sie im Wald unterwegs war. Die Maskenschleiereule kam ihr vor wie ein Schutzengel, der rätselhafterweise immer genau dann erschien, wenn sie sich nach seiner Gesellschaft sehnte oder Beistand brauchte. Stella war froh, dass die James-Kinder nichts von der Eule ausgeplaudert hatten; wahrscheinlich hatten sie dieses neuartige Erlebnis im Wald bereits vergessen.

Dr. Holland hatte seine nachdrückliche Bitte wiederholt, sie möge nicht allein im Wald umherwandern. Doch Stella hatte inzwischen gelernt, dass es oft klüger war zu schweigen als zu widersprechen. Daher hatte sie nur gelächelt, und die Sache war erledigt.

Zumindest glaubte Stephen das.

Auf ihrem Spaziergang an diesem Vormittag machte Stella bei dem Schuppen am Anlegesteg halt, wo sich die James-Kinder »umgesehen« hatten, als sie in ihrer Obhut waren. Sie hatte oft überlegt herzukommen und mit eigenen Augen anzusehen, wovon die Kinder gesprochen hatten, aber noch nie Zeit dafür gefunden.

Außer einem Boot und ein paar aufeinandergestapelten Kisten erspähte sie einen Mann, der im Eingang des Schuppens stand. Er war blond und schlank, wirkte sportlich und trug Wanderkleidung. Im Gegensatz zu den meisten Männern hatte er weder eine Mütze noch einen Hut auf, stattdessen fiel ihm das dichte Haar in die Stirn. Irgendwie kam er Stella bekannt vor, aber ihr wollte nicht einfallen, woher.

Er lächelte sie an. »Guten Tag, Miss. Was für ein schöner Nachmittag. Aber geben Sie hier bitte acht«, sagte er höflich und mit klarer, wohltönender Stimme. Dabei wies er auf ein paar Baumwurzeln, die sich über den Pfad schlängelten, und ein kleines Erdloch daneben.

»Danke. Warten Sie auf ein Schiff?«, erkundigte sich Stella.

»Ich bringe ein paar Sachen auf die Fähre«, erwiderte er.

»Die ist leider nicht sehr pünktlich. Die Kapitäne sind freundliche Zeitgenossen und plaudern gern bei jedem Halt, oder sie helfen den Leuten, was zu Verzögerungen führt.«

»Ja, das habe ich schon gemerkt. Auch wenn die Gegend ein wenig verschlafen wirkt, gibt es hier doch eine durch den Fluss verbundene Gemeinschaft.«

Stella lächelte. »Wir mögen das sehr.«

»Oh, Sie wohnen hier? Es ist eine ziemlich versteckte Welt, gut abgeschirmt vom wilden Meer.« Er erwiderte ihr Lächeln, und sie bemerkte seine tiefblauen Augen.

»Ja. Allerdings bin ich keine Einheimische. Mein Mann ist der hiesige Arzt. Seine Familie ist schon seit geraumer Zeit hier ansässig.«

Ganz kurz verdüsterte sich das Gesicht des Mannes, doch dann lächelte er wieder. »Sie Glückliche. Ich wäre gern hier zu Hause. Aber ich wohne im Nordwesten.«

Beide blickten auf den ruhigen, trägen Fluss, während die alte Fähre auf sie zutuckerte. Sie durchschnitt die spiegelglatte Oberfläche und schob eine Bugwelle vor sich her, sodass Kräuselwellen aufs Ufer zuliefen.

Er reckte sich. »Noch einen schönen Tag, Mrs Holland. Ich muss mich jetzt wohl um meine Fracht kümmern.«

Irritiert sah Stella ihm nach. Woher wusste der Mann ihren Namen?

Hobart, 2018

In Hobart war es kalt, und ein eisiger Wind peitschte übers Constitution Dock, als Sally und Jess zum Salamanca Place eilten.

»Mittlerweile ist es hier ziemlich touristisch, aber man findet immer ein paar nette Mitbringsel«, meinte Sally. »Mum liebt den Scheinulmen-Honig und alles, was aus dem hiesigen Lavendel gemacht ist. Katie wünscht sich einen Rucksack …«

»Wir können doch nicht jetzt schon Souvenirs kaufen, Sal. Und wir wollten auch nicht zum Shoppen nach Hobart.«

»Salamanca macht auch Spaß, wenn man nichts kauft. Wir können uns trotzdem die Läden anschauen, und man kann dort sehr gut essen. Wenn heute Samstag wäre, könnten wir über den Markt bummeln.«

»He, sieh mal die Ketsch!« Jessica bewunderte einen Traditionssegler, der am Kai festgemacht hatte. »Wow, das ist die *May Queen*. Sie wurde restauriert! Toll!«

Sally las das kleine Schild. »Sie ist 150 Jahre alt, das älteste Handelsschiff Tasmaniens. Man hat sie hier vor Ort gebaut.«

»Aus Steineibe … wäre es nicht großartig, mal mit ihr zu segeln?« Jessica seufzte. »Diese alten Traditionssegler sind so elegant. Schade, dass deine *Charlotte-Ann* nicht größer ist, dann könnte ich sie vielleicht von dir chartern und auf ihr leben.«

»Das ist doch wohl nicht dein Ernst?« Sally starrte Jessica an, während sie weiter übers Kopfsteinpflaster zu der alten Häuserfront am Ufer gingen.

»Ein Mädchen darf doch wohl träumen? Tja, eigentlich könnten du und ich eine Reise machen … eine Abenteuerfahrt.« Jessica grinste.

»So etwas machen wir gerade, schon vergessen?«, gluckste Sally. »Wo würden wir denn überhaupt hin, und warum denkst du, wir sollten plötzlich auf einem Boot leben und irgendwohin segeln?«

»Nun, warum nicht? Wir könnten uns eine winzige Kabine teilen und den Gefahren der Südsee die Stirn bieten, oder?«, neckte Jessica ihre Freundin.

Sally zuckte die Achseln. »Bass und Flinders haben das getan. Die beiden britischen Forschungsreisenden waren gerade mal in den Zwanzigern und beste Freunde, als sie mit einem winzigen Holzboot rund um Van Diemens Land gesegelt sind und entdeckt haben, dass es sich wirklich um eine Insel handelt. Würden wir das aushalten, monatelang auf See, eingepfercht auf einem Boot?«

»Waren sie schwul?«

»Wohl kaum. Matthew Flinders hat seiner Liebsten Briefe geschrieben und sie später geheiratet. Ich habe sie gelesen. Eine wunderbare Liebesgeschichte. All diese langen Jahre getrennt, und dann stirbt er am Tag, nachdem er sein Buch *Die Entdeckungsreise nach Australien* beendet hat. Vor Ewigkeiten ist mal ein Roman über sein Leben erschienen, *Meine Liebe muss warten* von Ernestine Hill.«

»Ist er nicht jung gestorben?«

»Ja, mit vierzig. Und davor saß er jahrelang auf Mauritius im Gefängnis. Hat nie versucht auszubrechen. Dummer Kerl.«

Sie kamen an einem Lederwarengeschäft vorbei. »Sieh dir diese Taschen an!«, rief Sally. »Lass uns ein Geschenk für Toby kaufen.«

Nachdem sie in einem Café am Salamanca Place einen exzellenten italienischen Imbiss genossen hatten, legten sie die lederne Aktentasche mit Schulterriemen, die Sally für Toby erworben hatte, in den Kofferraum. Ebenso weitere Geschenke und »notwendige Kleinigkeiten«, wie Jessica die Leckereien nannte, die sie für ihre Reise besorgt hatten – Wein, handgefertigte Pralinen, Gewürzsalz, Grissini und auch Lavendelseife.

Jessica erblickte ein Kuvert, auf dem »Jess und Sal« stand. »Was ist denn das?«

»Das ist von Mum. Sie hat gesagt, dass sie uns was ins Auto gelegt hat. Was ist drin?«

»Eine CD.« Jessica las die Beschriftung und prustete los. »*Mums Lieblingsmusik on the Road*. O nein! Hat sie die extra für uns gebrannt?«

»Iiih, bestimmt nicht! Das ist alter Kram aus den Achtziger- und Neunzigerjahren. Ein Anschlag auf die Ohren.«

»Warten wir's ab, bis wir keinen Radiosender mehr reinkriegen und unbedingt Musik hören wollen«, meinte Jessica und legte die CD ins Handschuhfach. »Okay, dann auf zu den Botanischen Gärten. Hoffentlich finden wir jemanden, der uns helfen kann.«

Sie parkten vor dem großen schmiedeeisernen Tor der wundervollen alten Parkanlage am breiten Derwent River. Der junge Mann in dem kleinen Informationshäuschen gleich hinter dem Eingang war damit beschäftigt, Broschüren auszugeben und Fragen zu beantworten.

Neben der Informationstafel mit einer großen Karte des Parks stand ein älterer Herr, der einem Paar gerade den Weg erklärte. Um seinen Hals baumelte ein Schildchen mit der Aufschrift *Guide*. Das Paar zog los, und er wandte sich mit einem Lächeln den beiden Freundinnen zu. »Darf ich Ihnen behilflich sein, meine Damen?«

»Ja, gern. Wir möchten eine Pflanze bestimmen lassen. Ein ziemlich altes Exemplar«, sagte Sally.

»Sie meint, dass die Blume schon etwas bröselig ist. Wir haben sie in einem alten Tagebuch gefunden«, erläuterte Jessica.

»Wirklich? Wie aufregend. Im Internet haben Sie schon danach gesucht, nehme ich an?«

»Ja, aber da kamen wir nicht weiter, weil wir ja ihren Namen nicht kennen. Also haben wir sie mitgebracht, damit sie sich hier jemand anschaut. Sie haben doch eine Abteilung, wo Pflanzen bestimmt und gesammelt werden?«, fragte Jessica.

Der Herr nickte. »Ja, hinten bei der Gärtnerei. Kommen Sie, steigen Sie ein. Es ist gerade ein bisschen ruhiger, da kann ich Sie hinbringen.« Er wies auf den wenige Schritte entfernt geparkten Golfbuggy und wandte sich an den Mann in dem Informationshäuschen. »Roly, ich fahr die Mädels schnell rüber zum Saatgutlabor.«

Sally stupste Jessica an, als der ältere Herr nach einem Spazierstock griff und in seinen unförmigen Schuhen zum Buggy humpelte.

Langsam gingen sie neben ihm her.

»Bitte schnallen Sie sich an, meine Damen. Das ist Vorschrift.«

»Ich setze mich vorn neben Sie«, sagte Jessica. Und da sie nun seinen Namen auf dem Schildchen lesen konnte, setzte sie hinzu: »Hi, Terry. Ich bin Jessica, und hinten sitzt Sally.«

Während sie durch den Park fuhren, rasselte Terry die lateinischen botanischen Namen verschiedener Pflanzen herunter und erzählte ihnen einiges über die Geschichte dieser prachtvollen Gärten.

»Es ist der zweitälteste Park Australiens, das Land hat ursprünglich den Muwinina gehört. Später konfiszierte es ein Gouverneur von einem ehemaligen Sträfling, ab da hieß es Colonial Gardens.«

Als sie an einem nebelverschleierten Miniatur-Regenwald mit Wasserfällen vorbeikamen, rief Sally: »Sieh mal den Farn-Dschungel! Wie im Märchenland.«

Terry bremste. »Springt raus und schaut ihn euch an.« Er nannte eine ganze Reihe von Namen und zeigte dabei auf gigantische Farne oder auch winzige, zarte Pflänzchen, die nicht größer als ein Finger waren.

»Sie scheinen den lateinischen Namen von wirklich jeder Pflanze im Park zu kennen, Terry«, staunte Sally.

»Seit wann arbeiten Sie schon hier?«, erkundigte sich Jessica, nachdem sie mit ihren Smartphones genug Fotos gemacht hatten und wieder in den Buggy kletterten.

Er lächelte. »Nun, interessiert habe ich mich schon seit Langem dafür. Aber ein Guide bin ich erst seit sechs Jahren. Als ich achtzig wurde, fand ich es an der Zeit, mich mal nach einem geregelten Job umzusehen.«

»Sie sind jetzt also schon sechsundachtzig?«, rief Sally. »Und wo haben Sie so viel über Pflanzen gelernt? War das Ihr Beruf?«

»Ich war wohl so etwas wie ein Amateurbotaniker. Aber hier sind wir schon, das ist das Tasmanian Seed Conservation Centre, Partner des Internationalen Millennium-Saatgutbank-Projekts. Hier werden Samensammlungen von seltenen und bedrohten Pflanzen unserer Insel angelegt und manche zur Erhaltung in der Gärtnerei ausgesät. Hier steht auch das subantarktische Gewächshaus. Bei einer Exkursion auf Macquarie Island hab ich sogar selbst einmal ein paar Proben dafür gesammelt«, ergänzte er stolz. »Also viel Erfolg. Falls ich euch zurückfahren soll, bittet drinnen jemanden, mich anzurufen. Aber es wäre besser, zu Fuß zurückzugehen und euch Zeit dabei zu lassen. Außerdem kann ich das Restaurant empfehlen.«

»Danke, Terry. Sie sind so nett!«

»Viel Glück mit eurer Pflanze. Ich wüsste ja gern, ob ihr etwas Interessantes darüber herausfindet.«

»Wir sagen Ihnen Bescheid«, versprach Jessica. »Geben Sie mir einfach Ihre Telefonnummer.«

»Ja? Das wäre ganz reizend. Moment.« Er fingerte in seiner Tasche nach seinem Handy. »Ich muss die Nummer nachschauen, ich vergesse sie immer.«

Jessica tippte die Ziffern ein, die er ihr diktierte.

»Alles Gute, Mädels.«

»Danke, Terry«, sagte Sally. Die Freundinnen sahen ihm nach, als er mit dem Buggy eine rasante Kehrtwende hinlegte und dann den breiten Pfad hinunterzischte. »Unglaublich. In diesem Alter!«

»Was wohl mit seinen Füßen nicht stimmt? Sie scheinen ihn nicht stark zu behindern, wenn er auf Macquarie Island herumkraxeln konnte«, überlegte Jessica. »Hast du das Tagebuch dabei?«

Sally klopfte auf ihre Umhängetasche. »Ja. Dann lass uns hoffen, dass jemand da ist, der uns helfen kann. Vielleicht hätten wir uns anmelden sollen.«

»Wie lange kann es schon dauern, eine Blume zu untersuchen?«, meinte Jessica.

»Wie haben Sie uns denn gefunden?«, fragte Denyse Briggs, die Botanikerin, nachdem sie sich vorgestellt hatten. »Die wenigsten Leute wagen sich so weit in den Park hinein.«

»Terry, der Guide, hat uns hergefahren und dabei eine kleine Einführung gegeben«, antwortete Jessica.

»Er scheint sich sehr gut auszukennen«, ergänzte Sally.

Denyse lächelte. »Ach ja, Terry. Ein guter Mann. Und erstaunlich, wo er überall herumgekommen ist.«

»Ja, er hat erwähnt, dass er auf Macquarie Island war«, erwiderte Jessica. »Wissen Sie, was mit seinen Füßen ist?«

Bei dieser unverblümten Frage zuckte Sally zusammen, doch die Botanikerin hob nur resigniert die Schultern.

»Er gehört zu den Tausenden von Kindern, die bei der großen Polio-Epidemie Ende der 1930er-Jahre erkrankt sind. Wir hatten hier den zweitgrößten Ausbruch weltweit, hat er mir erzählt. Lange bevor es den Salk-Impfstoff gab. Doch er hat sich davon nicht unterkriegen lassen. Aber jetzt zeigen Sie mir doch einmal Ihre Pflanze.«

Vorsichtig nahm Sally das Tagebuch und die kleine Plastiktüte mit den Samenproben aus ihrer Tasche. Sie schlug das Tagebuch auf und reichte es Denyse. »Wahrscheinlich hat sie jahrelang in diesem Buch gelegen. Wir haben sie erst kürzlich entdeckt. Meine Großmutter hat auch ein Bild gemalt, auf dem man sieht, wo die Pflanze gewachsen ist.«

»Interessant. Vermutlich nicht in einem Hausgarten«, meinte Denyse, während sie die Blume beäugte. »Oh, es gibt auch Samen. Hmm, darf ich sie herausnehmen?«

Mit einer Pinzette hob sie geschickt die verblichene Blume an und schob sie auf eine Glasscheibe, rückte sich dann ihre Brille zurecht und studierte die Pflanze ein paar Sekunden.

»Die Blätter sind ungewöhnlich, und sie hat eine große Knolle. Die Blüte wird bei der Bestimmung helfen. Gepresste Pflanzen sind die Hauptstütze eines Herbariums. Unser tasmanisches Herbarium besitzt einige der originalen Proben, die Joseph Banks gesammelt hat, als er und Captain Cook bei dessen erster Weltumsegelung Australien erforschten, beziehungsweise Neu-Holland, wie es damals hieß.«

»Tatsächlich? Und was ist mit diesen Samen?«, fragte Sally.

»Es ist nicht immer möglich, etwas nur aufgrund der Samen zu bestimmen. Interessant wäre es, eine Bodenprobe zu haben, in der sich das Wesentliche abspielt. Eine Möglichkeit wäre, den Samen auszusäen, aber eine Menge einheimischer Pflanzen haben komplizierte Keimruhezeiten. Auch wenn sie in der Wildnis problemlos keimen, bedarf es manchmal verschiedenster Behandlungen. Daher kann es Jahre dauern, bis wir eine Spezies im Labor nachzüchten können.«

»Wir haben auch ein Bild, das heißt ein Gemälde von dieser Blume, wie sie in einem kleinen Rest Urwald auf unserem Grundstück wächst. Wäre das eine Hilfe?«, fragte Sally.

»Das kann gut sein. Könnten Sie mir ein Foto davon mailen?«

Sally nickte.

»Wie gehen Sie vor, wenn Sie eine Pflanze bestimmen?«, fragte Jessica.

»Es dauert unterschiedlich lang, bis ich etwas bestimmt habe. Oft kenne ich die Pflanze oder weiß, zu welcher Gattung sie gehört, dann geht es recht schnell. Manchmal kann ich zumindest sagen, um welche Familie es sich handelt, und arbeite mich dann zur Gattung und zur Spezies vor. Dazu nutze ich verschiedene Websites und Bücher und gegebenenfalls Bestimmungsschlüssel. Ich habe festgestellt, dass es häufig einen regelrechten Run auf eine Pflanze gibt. Manchmal brauche ich eine halbe Stunde, um sie zu bestimmen, und dann bringt jemand ein paar Tage später ein anderes Exemplar vorbei und ist total beeindruckt, weil ich ihm auf Anhieb sagen kann, welche Pflanze es ist.« Sie lachte. »Aber meist ist es ziemlich zeitraubend. In diesem Fall werde ich ein paar Tage brauchen, bis ich herausgefunden habe, was es ist. Würden Sie mir dieses Exemplar für diese Zeit überlassen? Es ist hier gut aufgehoben, und Sie bekommen natürlich eine Quittung.«

»Ja, sicher«, willigte Sally ein. »Wir sind sehr gespannt darauf, was Sie darüber herausfinden. Danke.«

Am Empfangstresen gab Sally Denyse ihre Adresse und Telefonnummer.

»Ich melde mich, sobald wir etwas dazu sagen können. Hi, Dan.« Die Botanikerin lächelte einem lässig gekleideten, aber sehr gut aussehenden Mann zu, der gerade eintrat. »Die Damen hier haben uns eine geheimnisvolle Pflanze gebracht. Vielleicht könntest du einen Blick darauf werfen? Dan ist einer unserer Spitzenbotaniker«, erläuterte sie.

»Wir lieben geheimnisvolle Pflanzen, und es ist erstaunlich, wie oft wir welche zu sehen bekommen.« Er strahlte Sally und Jessica an. »Woher stammt sie?«

»Von einem alten Waldstück auf unserer Farm im Südosten«, antwortete Sally.

»Mich interessiert alles, was aus alten Wäldern kommt. Haben Sie zufällig auch Erde oder worauf sie sonst gewachsen ist, mitgebracht?«

»Oh, wir haben sie nicht selbst gepflückt. Sie stammt noch aus der Zeit meiner Großmutter.«

»Das klingt spannend, vor allem weil Denyse sie nicht auf Anhieb bestimmen konnte. Bleiben Sie in Hobart?«

»Nein, wir gönnen uns gerade einen Kurzurlaub«, antwortete Sally.

»Und machen eine Spritztour. Mädchenabenteuer«, grinste Jessica.

»Cool. Dann viel Spaß«, sagte Denyse und händigte Sally eine Quittung aus. »Wenn wir was rausgekriegt haben, sagen wir Ihnen Bescheid. Und falls Sie das möchten, schicken wir Ihnen die Probe per Einschreiben zurück.«

Die Freundinnen spazierten zum großen Eingangstor zurück, als Sally plötzlich stehen blieb. »Lass uns ein Selfie machen – um den Beginn unseres großen Abenteuers festzuhalten.«

Gesagt, getan. »Ich stell's auf Facebook ein. Mit dem Text: ›Sallys und Jessicas Roadtrip, bei dem sie seit Langem verschollene Pflanzen wiederentdecken, Chrissie und Paul besuchen und herausfinden wollen, ob sie in Shelter Bay einem Geheimnis auf die Spur kommen können.‹ Das kann Toby dann Katie zeigen. Sie wird begeistert sein«, meinte Sally.

»Okay, auf geht's«, sagte Jessica, als sie zum Wagen kamen. »Also, was hören wir zuerst?«

»Keinesfalls Mums Musik!«

»Wie bitte? Du stehst nicht auf *Graceland* von Paul Simon oder Shania Twain?«, lachte Jessica. »Dann eben Mia Dyson.«

»Fool!«, riefen sie beide wie aus einem Mund, als Jess die Playtaste drückte und Sally in Richtung Brooker Highway fuhr.

Später tauschten sie die Plätze, um sich beim Fahren abzuwechseln, doch nach einer Weile entschieden sie, dass es Zeit für eine Kaffeepause war. In einem kleinen Ort erblickten sie an der Hauptstraße ein altes steinernes Wohnhaus mit einem Schild, auf dem es als Buchladen mit Café angepriesen wurde.

Als sie eintraten, stellten sie begeistert fest, dass jeder Raum von oben bis unten mit Büchern vollgestopft war, nur Küche und Wohnzimmer hatte man in ein unkonventionelles Café umgewandelt. Auf dem Herd köchelte ein Topf Suppe, daneben lockten frisch gebackene Scones. Es gab etliche Tische mit Stühlen, und vor dem Kamin stand ein langes Sofa. Der Besitzer saß hinter einer Theke voller Bücherstapel, die nur wenig Platz für den altertümlichen Computer und ein Kreditkartenlesegerät ließen. Er musterte die beiden über den Rand seiner Brille hinweg.

»Suchen Sie etwas Bestimmtes, meine Damen?«

»Nein, eigentlich nicht. Aber ich bin sicher, wir finden etwas. Haben Sie auch neu erschienene Bücher?«, fragte Jessica.

»Einige. An was dachten Sie?«

»Hätten Sie denn etwas über einheimische tasmanische Pflanzen da?«, fragte Sally aus einer Eingebung heraus.

»Gute Idee«, sagte Jessica. »So etwas wie alte botanische Bestimmungsbücher?«

Er wies zum Gang. »Dritter Raum auf der rechten Seite. Das meiste dort ist allerdings frühe Lokalgeschichte. Maritimes finden Sie im zweiten Raum, davon gibt's höllisch viel.«

»Du liebe Güte, hier könnte ich den ganzen Tag verbringen«, meinte Jessica.

»Vielleicht finde ich ja auch ein paar Kinderbücher für Katie. Wo haben Sie die?«, fragte Sally den Besitzer.

»Da haben wir Sammlerstücke hier vorn, Erstausgaben von Enid Blyton und sogar ein paar australische … die *Billabong*-Serie von Mary Grant Bruce zum Beispiel.«

Mehr als eine Stunde später setzten sich die Freundinnen bei Kaffee und gebuttertem Bananenbrot hin und schauten die Bücherstapel durch, die sie zusammengetragen hatten.

»Schätze, das war ein erfolgreicher Beutezug. Es gab sogar May Gibbs' *Snugglepot and Cuddlepie!* Faszinierend. Aber ich bringe Katie lieber *Marmaduke the Possum* mit. Sie ist genau im richtigen Alter dafür.«

»Und Pixie O'Harris! Wie habe ich das Buch geliebt. Ich habe noch das Exemplar, das meiner Mutter gehört hat«, sagte Jessica.

Sally betrachtete die gerahmten Fotografien an der Wand, die zum Verkauf standen.

»Schau dir diese erstaunlichen Aufnahmen von Peter Dombrovskis an. Das ist die Tarkine-Region. Auch wenn sie gar nicht so weit weg von uns ist, hab ich mich nie weit in diese Wildnis hineingewagt.«

Der Buchhändler räumte ihre leeren Teller ab. »Sehen Sie es sich an, solange das noch möglich ist. Die Abholzungsindustrie schlägt mal wieder zu. Man will ein paar Abschnitte der uralten Wälder roden, um daraus Hackschnitzel für Asien zu machen.«

»Ich dachte, das sei nur noch bei kommerziellen Holzplantagen erlaubt«, sagte Sally. »Die ökologisch allerdings auch höchst bedenklich sind.«

»Fahren wir hin«, schlug Jessica vor. »Wir können doch die Route durch die Berge nehmen, oder?«

»Ich hab keine Lust, mir gerodeten Regenwald anzusehen«, erwiderte Sally. »Das ist zu deprimierend.«

»Sie sollten durch die Berge fahren. Es ist eine spektakuläre Autofahrt, aber anspruchsvoll«, riet der Buchhändler. »Sie bekommen all diese Bücher?«

Nachdem sie die endgültige Auswahl ihrer Bücher zum Auto getragen hatten, setzte sich Jessica hinters Lenkrad, und Sally legte sich ein paar der Bücher auf den Schoß.

»Ich schau mal die Botanikwälzer durch. Und das Buch über Margaret Hope und ihre Kunst. Sie war eine Zeitgenossin meiner Großmutter.«

»Glaubst du, Stella war von ihr beeinflusst?«

»Die Arbeiten meiner Großmutter sind nicht so zart und in botanischer Hinsicht weniger genau – eher romantisch, ja poetisch. Man hat das Gefühl, sie will eine Geschichte damit erzählen und nicht einfach nur eine Pflanze abbilden«, meinte Sally.

»Ob die Blume wohl noch irgendwo auf eurem Grundstück wächst? Im Wald vielleicht?«, fragte Jessica. »Ich meine damit das Wäldchen mit den alten Eukalyptusbäumen. Weißt du noch, wie wir einmal am späten Nachmittag dort waren und die Fledermäuse um uns herumgeschwirrt sind und uns erschreckt haben? Wir sind gerannt, als ginge es um unser Leben.«

»Ja, und ob! Tausende von Fledermäusen, die hinter diesen Insektenschwärmen her waren. Eine hatte sich in meinen Haaren verfangen, ich konnte gar nicht mehr aufhören zu kreischen!« Sally lachte. »Komisch, es sind nie wieder so viele gewesen. Und die Insekten sind auch verschwunden. Wobei wir danach kaum noch in dem Wald waren.«

»Na ja, wir sind größer geworden und hatten andere Interessen.« Jessica seufzte.

»Katie war höchstens ein- oder zweimal dort. Natürlich haben wir eine Menge anderer Pfade, Bäume und Felder, die sie erkunden kann. Doch ob sie je so abenteuerlustig sein wird wie wir?«, grübelte Sally.

»Gib ihr noch ein paar Jahre Zeit. Und jetzt wieder: *Musik!*«

Sally suchte nach einem Stück. »Hier, Missy Higgins. Die liebe ich.«

Die Straße schraubte sich in Serpentinen nach oben. Auf der einen Seite reckten sich die Bäume aus dem Unterholz gen Himmel, während der mit einigen Bäumen bestandene Abhang auf der anderen Seite unter einem dichten Unterholz aus Farnen und Schösslingen verschwand. Eine ferne, dicht bewaldete Bergkette, an der Wolkenfetzen hingen, erhob sich scheinbar aus dem Nichts, denn das Tal lag zu tief unten, als dass sie es hätten sehen können.

Als es schließlich flacher wurde, sahen sie an einer Abzweigung einen verblichenen Wegweiser mit der Aufschrift *Valley View Township*.

»Noch einen Kaffee?«, fragte Jessica. »Die Fahrerei war ganz schön anstrengend.«

»Unbedingt.« Sally nahm ihr Handy, um sich zu orientieren. »Mist. Kein Empfang.«

Jessica fuhr die alte Straße hinunter, die kaum breit genug für zwei Fahrzeuge war. »Wo zum Teufel ist diese Siedlung?«

»Haben wir eine Abzweigung übersehen? Ah, schau, da steht ein Gebäude.«

»Sieht nach einem Café aus. Na, das ist ja schon was.«

Sie fuhren auf den ungepflegten, halb zugewucherten Parkplatz neben dem alten Holzhaus, von dem eine dünne Rauchfahne in den Himmel stieg. Fröstelnd schauten sie zu den dunkler werdenden Wolken empor.

»Regnet es gleich, oder sieht das nur so aus, weil wir so hoch sind?«

»Egal. Ich brauche einen heißen Kaffee zum Aufwärmen, und ich muss mir die Beine vertreten«, sagte Sally. »Außerdem haben wir keinen Grund zur Eile.«

Sie stiegen aus und gingen über den knirschenden Kies zum vorderen Eingang des Cafés, von dem aus man ins Tal und zu dem hohen Berg sah. Verblüfft starrten sie auf eine Reihe von Cottages mit vernachlässigten Gärten entlang einer Straße. Außerdem waren da noch eine Kirche und eine Art Gemeindesaal.

»Keine Geschäfte, kein gar nichts. Soll das die Siedlung sein? Sieht ziemlich verlassen aus.«

»Dahinten ist ein Spielplatz«, sagte Jessica und zeigte auf die kaputte Schaukel, eine rostige Wippe und den abgestellten Basketballkorb.

»Ein unheimlicher Ort, findest du nicht?«

»Aber offenbar ist das Café offen. Also los. Ich friere.«

Ein gusseiserner Ofen und der köstliche Geruch frisch gebackener Muffins verliehen dem Raum eine einladende Wärme.

Das Café war schlicht eingerichtet – Holztische, Blumensträuße, eine Theke, an der Mitnahmegerichte angepriesen wurden, und eine kleine Souvenirabteilung mit Wollsachen sowie eingelegtem Gemüse und Chutneys in Einmachgläsern.

Eine Frau erschien und wischte sich die Hände an der Schürze ab. Sie war nicht viel älter als die beiden Freundinnen. »Hi. Möchten Sie etwas essen oder nur Tee oder Kaffee?«

»Kaffee, bitte, aber ich glaube, ich esse auch etwas. Hier ist es so gemütlich«, meinte Jessica.

»Es riecht sehr lecker. Nennen wir es ein verspätetes Mittagessen«, schlug Sally vor.

»Ich habe frisch gekochte Kürbissuppe und selbst gebackene Brötchen?«

»Oh, ja«, riefen Sally und Jessica wie aus einem Mund.

Dann setzte sich Sally an einen Tisch, von dem aus man einen schönen Blick auf das breite Tal hatte. Jessica ging in die Souvenirabteilung hinüber.

»He, Sal, komm und schau dir diese tollen Socken aus handgesponnener Wolle an. Und die weichen Paschminas. Es gibt auch entzückende Stricktiere! Ich kaufe eins für Katie.«

»O ja, die sind hinreißend. Und Mum bekommt einen von diesen Schals.«

»Wer hat die gemacht?«, fragte Jessica die Frau, als sie ihnen ihr Essen brachte.

»Eine Freundin von mir. Sie bekommt die Wolle von einem hiesigen Bauern und spinnt und färbt sie selbst.«

»Fantastisch. Aber sagen Sie, was ist mit den Cottages da unten an der Straße? Kann man die mieten, oder stehen sie leer?«, fragte Sally. »Alles wirkt dort ziemlich ausgestorben.«

Die Frau lachte leise. »Ja, das kann man so sagen. Früher war hier mal eine belebte kleine Siedlung, aber als die Leute vom Wasserkraftwerk weggezogen sind, hat alles dichtgemacht. Ab und zu mieten Urlauber die Cottages. Aber man kann hier nicht viel unternehmen.«

»Schade«, meinte Jessica.

»Als das Wasserkraftwerk gebaut wurde, war das die Arbeitersiedlung. Sie können weiter unten am Berg die Rohre, die Pumpen und das Kraftwerk sehen. Aber im Moment überdenkt die Regierung die gesamte Energieerzeugung.« Die Frau zuckte die Achseln. »Die Pläne scheinen sich gerade zu ändern. Befürworter der Erneuerbaren und andere stellen sich gegen die

Kraftwerksmeute und umgekehrt, das Übliche eben. Ich jedenfalls finde es jammerschade, dass dieser kleine Ort so verödet ist. Da gibt es eine Schule, einen Supermarkt, ein kleines Rasthaus, eine Kirche, einen Gemeindesaal. Dort gab es tolle Tanzabende und eine gute Bücherei. Sogar die ist jetzt geschlossen, wobei die Bücher alle noch drin sind. So eine Verschwendung!«

»Es gibt also keine Arbeit hier?«, fragte Jess.

»Nein. Wir haben eine kleine Farm und leben von den Durchreisenden. Niemand bleibt länger hier. Einen Moment, ich bringe Ihnen noch Ihr Brot.« Sie eilte zurück in die Küche.

»Ja, wirklich traurig«, meinte Jessica und fing an, ihre Suppe zu löffeln. »Stell dir nur vor, was eine Gruppe von Flüchtlingen hier oben bewirken könnte. Sie würden diesen Ort in eine florierende Gemeinde verwandeln.«

»Alles ziemlich deprimierend«, sagte Sally und erschauderte. »Ich finde, wir sollten weiterfahren, bevor es dunkel wird, und irgendwo anders übernachten. Vielleicht hätten wir ein Hotelzimmer buchen sollen.«

»Immer einfach der Nase nach, leben im Augenblick, ganz nach Lust und Laune und ohne Verpflichtungen – erinnerst du dich?«

Sally seufzte und trank ihren Kaffee aus. »Lass mich mal schauen, ob ich hier Empfang habe. Ich möchte mich kurz bei Toby melden.« Sie holte ihr Handy heraus und wählte seine Nummer.

Inzwischen bezahlte Jessica das Essen und die Souvenirs. »Wie weit ist es zur nächsten Tankstelle?«, erkundigte sie sich bei der Besitzerin des Cafés.

»Nicht weit, gleich hinter dem nächsten Berg, an der Kreuzung. Auf diese Weise haben sie Kunden aus allen Richtungen.«

»Lass uns noch ein Foto machen, solange die Sonne scheint«, schlug Sally vor, die wieder hereingekommen war.

»Soll ich Sie beide zusammen fotografieren?«, bot die Besitzerin an und machte eine Aufnahme mit Sallys Handy. »Nach vorne raus, das ist auch ein schönes Fotomotiv, und wenn Sie von dort hundert Meter weiter gehen, sehen Sie das Pumpwerk und die Rohre. Das Wasser wird von dem Fluss unten hochgepumpt, das ist ziemlich spektakulär. Es gibt auch sonst noch eine Menge interessanter Dinge hier.« Sie hielt inne. »Haben Sie schon die Mountain Gallery gesehen?«

»Nein, was ist das?«, fragte Jessica.

Die Frau kicherte. »Lassen Sie sich überraschen. Ich zeichne Ihnen auf, wie Sie hinkommen. Nehmen Sie die kleine Straße hier hintenrum, anstatt direkt den Berg hinunterzufahren. Da fahren Sie über Land, bis Sie auf die Straße nach Livingstone stoßen. Dort ist die Auffahrt zum Highway.«

»Und was gibt's da?«, fragte Sally.

»Es ist eigenwillig. Reizvoll. Ein Zeugnis für menschlichen Einfallsreichtum und die Wertschätzung seiner Umgebung«, erwiderte die Frau rätselhaft.

»Aha. Nun, wir ziehen mal los und schauen uns zuerst das Pumpwerk an. Vielen Dank.«

»Sollen wir wirklich die Straße hintenrum nehmen? Und was mag sie mit ›Zeugnis für menschlichen Einfallsreichtum‹ gemeint haben?«, fragte Sally, nachdem sie das Pumpwerk und die riesigen Rohre fotografiert hatten und zum Auto zurückgingen.

»Finden wir es heraus«, erwiderte Jessica fröhlich.

»Das hier war riesig interessant«, meinte Sally, als sie sich auf die Fahrerseite setzte. »Sobald wir wieder Empfang haben, stelle ich die Fotos vom Pumpwerk auf Facebook.«

Wolken und hoch aufragende Bäume verbargen die Nachmittagssonne auf der sich dahinschlängelnden Schotterstraße.

»Wie zu Anbeginn der Zeit«, meinte Sally. »Ob wir wohl je in die Zivilisation zurückkehren werden?«

Sie hatten die CD zu Ende gehört, eine weitere mit fröhlicher Popmusik hätte unpassend gewirkt.

»Wir sollten uns ranhalten«, meinte Jessica. »Allmählich wird es Zeit, dass wir in einen Ort kommen und ein Bett für die Nacht finden. Und ein großes volles Glas.«

»Wahrscheinlich war das nicht die schlaueste Idee – sieht so aus, als wäre es noch ein weiter Weg … hoppla!«

»Was zum Teufel …?«

Sally bremste.

»War das ein Mann?«

»Halt an. Fahr an den Rand.«

»Ich kann hier nicht stehen bleiben, die Straße ist einspurig.«

»Hier kommt doch garantiert kein Auto vorbei«, sagte Jess.

Die Freundinnen reckten die Hälse und spähten in die grüne Düsternis. Zwischen den Bäumen zeichnete sich die Silhouette eines Mannes ab. Sie schauten links und rechts in den Wald – und erblickten mehr als ein Dutzend Gestalten, die sie stoisch zu beobachten schienen.

»Sind das … o Gott, schau dir die Bäume an …«, flüsterte Sally.

Als sie die dickstämmigen hohen Bäume betrachteten, sahen sie Figuren von Naturgeistern und Tieren, Nymphen und Kindern, die geschickt in die Stämme geschnitzt und mit den Bäumen mitgewachsen waren. Dazwischen erhoben sich lebensgroße Figuren.

»Sie sehen so … realistisch aus«, flüsterte Jessica.

»Sind sie wirklich geschnitzt? Mir erscheinen sie wie echte Menschen, die gerade erstarrt sind. Als hätte sie ein Weltraumblitz getroffen.«

»Komm, schauen wir nach.«

»Jess … bist du sicher? Ich bleib lieber hier sitzen, falls ich mit dem Wagen jemandem ausweichen muss.«

»Sally! Wir haben auf dem ganzen Weg hierher nicht einen einzigen Wagen gesehen. Komm schon. Nimm dein Smartphone mit, das müssen wir definitiv fotografieren.«

Die Freundinnen ließen das Auto mitten auf der Straße stehen und stiegen aus, näherten sich den Gestalten aber langsam in einem Bogen, wobei sie das Gefühl hatten, dass Dutzende von Augen auf ihnen ruhten.

Nun ging Jessica zur nächststehenden Holzfigur – und stellte fest, dass der Hirte überlebensgroß war. Auf seiner Schulter lag eine zusammengerollte Stockpeitsche, seine Moleskinhose wurde von einem geflochtenen Ledergürtel gehalten, er trug Reitstiefel und einen verbeulten Akubra-Hut. Und er schaute sie an.

»Guten Tag, Kumpel. Wir sind nur auf der Durchreise«, sagte Jessica. »Wo sind deine Rinder?«

»Hier drüben!«

Sie wirbelte herum. Auf der anderen Straßenseite stand Sally, wedelte mit den Armen und rief: »Hier steht das Vieh! Kühe und Kälber und sogar ein paar Schafe! Jess … sie sehen so echt aus, dabei sind sie alle aus Holz.«

»Wie die Menschen hier! Bestimmt ist das Steineibenholz, das hier draußen Hunderte von Jahren überdauern kann.«

»Ui, komm mal und sieh dir diese Pionierfrau und die Kinder mit dem Milcheimer an«, rief Sally. »Lebensnah bis ins kleinste Detail. Wer das wohl gemacht hat?«

Jessica tauchte in den Wald hinter den geschnitzten Bäumen ein und blieb vor einem Soldaten aus dem Ersten Weltkrieg stehen, der einen verwundeten Kameraden trug – ein Meisterwerk der realistischen Darstellung. Sie musste schlucken und blieb stehen, weil ihr Tränen in die Augen stiegen. Dann streckte sie behutsam die Hand zu dem jungen Soldaten aus.

»Ganz sachte, Mädel.«

Jessica fuhr herum und schnappte nach Luft, als sie einen stämmigen, breitschultrigen Mann vor sich stehen sah. In der Hand hielt er eine kleine Axt, und von seinem Gürtel baumelten mehrere Hacken und Meißel.

»Oh, Entschuldigung. Sie haben mich erschreckt. Haben Sie das geschnitzt?«, stammelte sie.

»Ja, das habe ich.«

»Die Figuren sind atemberaubend. So realistisch.« Sie blickte über die Schulter, konnte Sally aber nicht entdecken.

»Warum haben Sie das gemacht?«, fragte sie stockend.

Der Mann holte tief Luft. »Ich wollte unsere Geschichte erzählen … es ist eine lebendige Geschichte. Das Land, die Menschen dieses Landes … deshalb erzähle ich sie in dem Holz unseres Landes … damit sie nicht stirbt …«

»Mit Steineibenholz?«, fragte Jessica zaghaft. Sie wusste nicht, was sie von diesem seltsamen Mann halten sollte.

»Wenn wir unsere Geschichten nicht bewahren, vergessen wir, wer wir sind.«

»Kommen denn viele Leute her, um sie sich anzuschauen?«, fragte Jessica.

Er zuckte mit den Schultern. »Sie stehen da. Wie haben Sie mich gefunden?«

»Die Besitzerin des Cafés im Ort hat uns den Weg beschrieben, aber nicht verraten, was wir vorfinden würden«, antwortete Jessica.

Er nickte. »Sie erzählt es nicht jedem.«

»Ich bin froh, dass wir es sehen durften«, sagte Jessica leise. In diesem Moment trat Sally zu ihnen.

»Sind Sie der Künstler? Das ist wirklich atemberaubend. Ich habe mir drüben gerade eine Gruppe von Indigenen angesehen.« Ehrfürchtig blickte sie den geheimnisvollen Mann an. »Danke.

Das ist so … etwas Besonderes. Es ist … wie eine lebende Geschichte dieses Landes, dieser Region … wo all diese Menschen und Tiere gelebt haben könnten.«

»Ja. Hier hat sich viel Geschichte ereignet, Gutes und Böses. Aber manche Leute wollen nichts davon wissen, oder es ist ihnen egal.« Der Mann zuckte erneut die Achseln und sah sie durchdringend an. »Ich habe das Gefühl, wir vergessen unsere Geschichten, doch die Bäume waren stets Zeugen unserer Geschichte. Ich habe lediglich ein bisschen was aus jüngerer Zeit in sie eingearbeitet. Es hat mich Jahre gekostet. Denn ich wollte den Bäumen nicht schaden. Frei stehende Werke schnitze ich nur aus umgefallenen Bäumen. Ich achte auf den Wald. Dies kann, dies darf nicht gefällt werden. Nie. Es muss unsere Geschichten lebendig erhalten. Denn wenn wir die Vergangenheit ignorieren, ist unsere Zukunft verflucht.« Er schwieg und wandte sich um. »Eine gute und sichere Reise, meine Damen.« Damit trat er in den Wald und verschwand zwischen den Schatten.

Jessica und Sally sahen ihm nach, viel zu verblüfft, um etwas zu sagen. Da kreischte ein Vogel, und sie fuhren zusammen.

»Ich mache ein paar Fotos, sonst glaubt uns das niemand«, murmelte Jessica.

»Wenn du nicht hier wärst, wäre ich überzeugt, ich hätte mir das nur eingebildet. Was für ein eigenartiger Mann.«

Nachdem sie in einem bescheidenen Motel am Flussufer untergekommen waren, betrachteten die Freundinnen die Fotos von den Baumschnitzereien.

»Wie du gesagt hast, das würde uns keiner glauben. Daneben sehen die Bilder, die ich vom Pumpwerk gepostet habe, ein bisschen langweilig aus«, sagte Sally.

»Weißt du was?«, meinte Jessica plötzlich. »Mein Instinkt rät mir, diese Fotos nicht online zu stellen. Man weiß nie, ob vielleicht jemand auf die blöde Idee kommt, herzufahren und die Figuren zu zerstören.«

»Warum sollte jemand so etwas tun?«

Jessica zuckte die Achseln. »Keine Ahnung. Warum tun Menschen verrückte, grausame Dinge, selbst wenn sie nicht auf Drogen sind? Und jetzt bin ich dafür, die Straße runter zu dem Pub zu gehen. Ich wette, dort gibt's prima Essen.«

Das Buona Vista Hotel war gut besucht. Zwei attraktive Männer spendierten ihnen einen Drink und erzählten, dass sie auf einem der Ausflugsschiffe arbeiteten, die flussaufwärts in die Schlucht und den Regenwald fuhren.

»Ihr solltet die Fahrt einmal machen. Die Landschaft ist umwerfend«, meinte einer der Männer, der aus Kanada zu einem Arbeitsurlaub hier war.

»Wir überlegen es uns«, antwortete Jessica. Eine Einladung zum Abendessen lehnte sie höflich ab.

Im Speiseraum des Pubs genossen sie das Flusskrebse-Stew mit krossem Brot, bevor sie wieder in ihr Motelzimmer zurückkehrten. Dort studierte Sally auf dem Bett die Karte, während Jessica eines der Bücher durchblätterte, das sie gekauft hatten.

»Hier geht es um die ersten Siedler auf einer Insel vor der Nordwestküste. Wie es ist, allem zu entfliehen. Stell dir das mal vor, auf einer Insel als einzige Menschen das Land zu bestellen und eine Familie großzuziehen. Sich auf ein Schiff oder ein klapperiges Flugzeug vom Festland verlassen zu müssen, während in der anderen Richtung zwischen deiner Farm und Südamerika nur der weite Ozean liegt.«

»So abgeschieden könnte ich nicht leben.« Sally musterte Jessica. »Warum hast du eigentlich die Einladung dieses netten Kanadiers abgelehnt?«

»Ich brauche keinen netten Kanadier. Ich will nicht in Kanada leben, und ich wette, er hat nicht vor, sich in Tasmanien niederzulassen.«

»Ich hab nur von einem Abendessen gesprochen«, sagte Sally besänftigend, »und wollte nicht dein restliches Leben verplanen.« Sie war froh, dass ihr Handy klingelte.

»Hallo?« Schweigen am anderen Ende. »Hallo? Ist da jemand?« Sie warf einen Blick auf das Display, doch es zeigte keine Rufnummer an. »Hallo …?« Dann zuckte sie die Achseln. »Aufgelegt. Komisch, denn da war jemand in der Leitung. Ich bin mir ganz sicher.«

»Bestimmt verwählt. Also, morgen geht's hinauf in den Norden?«

»Ja. Zuerst zu Paul und Chrissie, und von dort ist es nicht mehr weit nach Shelter Bay.«

Am nächsten Vormittag fuhren sie eine schmale Straße zwischen Hecken entlang, hinter denen sie ab und zu Koppeln, Weiden und Hügel erspähten. Ein Stück weiter entfernt, von einem Streifen blauem Meer getrennt, lag eine Landzunge.

»Himmel, ist das schön hier!«, rief Jessica.

»Roter Basalt färbt die Schafe rotbraun«, erklärte Sally. »Aber Chrissie und Paul haben hauptsächlich Milchvieh und bauen fabelhafte alte Gemüsesorten an.«

»Sie bogen in eine Auffahrt ein, wo sie über ein Viehgitter holperten. »Ist das nicht ein schönes Haus? Insgesamt gehören drei Gebäude zu ihrem Anwesen.«

»Wow«, sagte Sally, als das Gehöft in Sicht kam. »Aber was ist denn da drüben los?«

Eine kleine Gruppe stand unter ein paar Bäumen neben einem langen Tisch, wo ein Mann eine dicke schwarz-weiße Jersey-Kuh und ein kleines Lamm festhielt. »Ah, sie haben Scheinwerfer aufgestellt, da wird gefilmt.«

»Das ist offenbar das Fernsehteam, von dem Chrissie am Telefon gesprochen hat.«

Als Sally zu dem restaurierten historischen Gebäude weiterfuhr, trat Chrissie auf die Treppe heraus und winkte ihnen zur Begrüßung zu.

»Entschuldigung, mein Handy klingelt.« Sally warf einen Blick auf ihr Smartphone, bevor sie den Anruf annahm.

»Hallo.« Sie sah Jessica an. »Hallo?«

Dann reichte sie Jessica das Handy und legte den Finger auf die Lippen.

Jessica lauschte, und obwohl am anderen Ende Schweigen herrschte, hatte sie den Eindruck, dass jemand in der Leitung war. »He, wer ist da?« Ein leises Schnaufen oder Luftholen, und der Anrufer hatte aufgelegt. »Unterdrückte Rufnummer. Hmmm. Merkwürdig.«

»Hallo, Mädels!« Chrissie öffnete die Wagentür. »Nur hereinspaziert. Ihr kommt genau dann, wenn hier der Teufel los ist.« Sie umarmte Sally. »Jessica! Wir kennen uns ja von der Schule her. Wie schön, dich wiederzusehen. Kommt, wir bringen gleich mal den Rundgang hinter uns und schauen dabei kurz den Filmleuten über die Schulter. Sie treiben Paul noch in den Wahnsinn, weil sie so pingelig sind und deshalb alles ewig dauert.«

»He, den einen hab ich schon mal im Fernsehen gesehen, bei *MasterChef*«, sagte Jessica, als sie sich der Gruppe näherten.

»Vor ein paar Jahren war er einer der Kandidaten, allerdings hat er nicht gewonnen. Er stammt aus unserer Gegend und wurde dadurch sehr bekannt. Das hier wird eine Werbung für die lokalen Gourmet-Touren«, erzählte Chrissie. »Ich kann euch sagen, das Interesse der Touristen an gesundem, schmackhaftem Essen ist überwältigend. Sie kommen in Gruppen von den Ausflugsschiffen, dazu ganze Busladungen, alle möglichen Vereine von Hobbygärtnerinnen et cetera, die sich direkt bei den Erzeugern ein Bild machen wollen. Manche Leute kommen auch auf eigene Faust bei uns vorbei. Es ist unglaublich.«

»Und wie schaffst du daneben noch die Arbeit auf dem Hof?«, fragte Sally.

»Alle Farmen und Erzeuger der Gegend haben sich zusammengeschlossen, sodass wir uns in der Saison abwechseln können und vorab entscheiden, wann welche Farm geöffnet ist. Die Leute hier bauen die tollsten Sachen an: schwarzen Knoblauch, Wasabi, Pfefferbeeren; es gibt Seeigelrogen und jede Menge Geräuchertes – nicht nur Fleisch, auch Lachs und Austern. Freunde von uns ziehen Wessexer Sattelschweine groß oder züchten alte Entenrassen und anderes Geflügel, dazu locken Leckereien wie Eiscreme, Beeren, Feijoas, Oliven, Cider, Bier und Wein.«

»Was sind Feijoas?«, fragte Jessica.

»Diese Früchte stammen wie die Guave von einem Myrtengewächs, sind aber unglaublich süß. Der Geschmack liegt irgendwo zwischen Erdbeeren, Ananas und Guave, mit einer leichten Note von Quitte, Limone und Minze.«

»Ich habe etwas Safran mitgebracht und wollte ihn bei dir gegen Feijoa-Sirup eintauschen«, sagte Sally.

»Wir haben ein Konzentrat, das gut zu deinem Gin passt«, erwiderte Chrissie. »Gleich werdet ihr unsere Freundin Carmen kennenlernen. Sie ist eine Expertin für medizinische Kräuter und essbare Pflanzen und für den Film herübergekommen.«

Sie gesellten sich zum Filmteam und beobachteten die Vorbereitungen für die nächsten Aufnahmen. Gerade streute der Koch zerstoßene Samen auf einen kunstvollen Salat, den er aus regionalen Zutaten zusammengestellt hatte. Der Tisch bog sich unter der Fülle an Gerichten aus hiesiger Erzeugung.

»Ich habe Hunger«, flüsterte Jessica.

»Das Essen sieht toll aus«, sagte Sally. »Aber mir wäre es zu viel Aufwand.«

Eine Frau in den Fünfzigern, deren wilde braune Lockenmähne ein paar graue Strähnen aufwies, stimmte ihr zu. »Das geht mir ganz genauso. Wirf einfach alles zusammen roh in eine Schüssel, dann ein bisschen Zitronensaft und Öl darüber, und fertig.«

Chrissie gab ihnen ein Zeichen, dass sie woanders hingehen sollten, denn das Kamerateam bereitete eine neue Einstellung vor.

»Sally, Jessica, das ist Carmen Vandemeer. Die Königin von Lone Island, wie ich sie nenne. Das liegt da draußen«, Chrissie wies in Richtung Meer.

»Du lebst da draußen? Auf einer Insel? Wie exotisch«, sagte Jessica.

»Das trifft es nicht ganz. Es ist eine karge alte Landschaft. Wild. Windgepeitscht. Aber ich liebe sie. Sie hat auch viel Geschichte. Mit vielen Wracks. Und vielen Geistern.« Carmen lachte fröhlich.

»Lasst uns am Milchhof vorbei zum Haus zurückgehen, da könnt ihr Paul begrüßen«, sagte Chrissie. »Und danach gibt's was zu essen. Willst du mitkommen, Carmen?«

»Gern.«

Während sie weitergingen, lauschten Sally und Jessica dem Geplauder von Chrissie und Carmen.

Offenbar eine reifere Hippiefrau der zweiten Generation, dachte Sally. Carmen hatte ungepflegte Fingernägel und verfilztes Haar, das schon lange keine Bekanntschaft mehr mit einer Bürste gemacht hatte, und ihre Kleidung sollte wohl vor allem praktisch und bequem sein. Sie trug ein langes verblichenes Baumwollkleid mit Fransenschal und festen Sandalen. In Jessicas Augen hatte sie etwas von einem überdrehten Kind, das schulfrei bekommen hatte. Ganz offensichtlich lebte sie ziemlich isoliert, genoss es aber, manchmal unter Menschen zu sein.

»Wohnt noch jemand auf der Insel?«, fragte Sally.

»Nur ich und zwei Helfer. Wenn sich das verdammte Wetter nicht gegen uns verschworen hat, schaut der Bootsführer regelmäßig vorbei. Und das Flugzeug kommt, wenn es gebraucht wird.«

»Was baust du denn dort drüben an? Oder hast du Vieh?«, erkundigte sich Jessica.

»Ich ziehe Touristen.« Carmen lachte schallend, als sie ihre Gesichter sah. »Tatsächlich haben wir eine Kuh. Und ein paar Ziegen. Keine wilden, denn wenn die abhauen würden, wäre die Hölle los. Es würde im Nu von den Viechern wimmeln. Und das Lebensnotwendige wächst bei uns im Garten. Wobei wir unsere Besucher verdammt gut damit durchfüttern. Und da mein Bootsmann Reusen auslegt, haben wir auch immer Meeresfrüchte.«

»Du kümmerst dich großartig um die Leute, Carmen«, bestätigte Chrissie. »Sie hat das alte Farmhaus zu einem Schmuckstück ausgebaut, und die kleinen Hütten für ihre Gäste sind hinreißend«, erklärte sie Sally und Jessica.

»Gott sei Dank kommen zu uns keine pingeligen Gourmetfuzzis, die handgearbeitete Skulpturen aus Gurkenschale und Ähnliches auf ihren Tellern erwarten. Die meisten Leute sind am Abend so erledigt, dass sie sich mit allem zufriedengeben, was ihnen aufgetischt wird.« Wieder lachte sie.

»Was unternehmen die Besucher denn auf Lone Island?«, erkundigte sich Jessica.

»Da gibt's erstaunlich viele Möglichkeiten, es ist eine der spektakulärsten Landschaften der Welt. Rau und wild auf der einen Seite, ein tropisches Paradies auf der anderen. Bis auf die Wassertemperatur. Warum kommt ihr beiden nicht rüber und seht es euch selbst an? Von unserer Landzunge kann man glatt bis Südamerika schauen. Geboten sind einsame Strände, ein interessantes Tierleben, ein paar verblüffende Pflanzen, Wälder, ja sogar eine romantische Lagune.«

»Das solltet ihr machen, es ist ein verwunschener Ort«, schwärmte Chrissie.

»Ja, das ist es«, kicherte Carmen. Dann wandte sie sich an Chrissie und meinte in ruhigerem Ton: »Dein Freund Dan kommt wieder rüber. Sie haben Petroglyphen entdeckt, die bisher noch nicht wissenschaftlich erfasst wurden. Außerdem eine möglicherweise neue Farn-Spezies. Also will er die Botanik vor Ort untersuchen.«

»Ich bin sehr gespannt, was dabei herauskommt. Ah, da ist Paul. Er will euch die neue Melkanlage zeigen. Darauf ist er unheimlich stolz, und die Kühe lieben sie. Kommt mit.« Chrissie ging mit Carmen zu den Trennstangen.

Die Freundinnen blieben zurück.

»Carmen ist ein eigenwilliger Charakter«, sagte Sally. »Eine ziemlich ungewöhnliche Frau.«

»So wird man wahrscheinlich, wenn man allein auf einer Insel lebt. Doch die Beschreibung der Landschaft klang fantastisch. Mein Instinkt sagt mir, wir sollten uns die Insel anschauen«, schlug Jessica vor.

»Warum denn das?«, fragte Sally überrascht.

»Weil Carmen uns eingeladen hat. Und weil du niemals mit Katie und Toby hier Urlaub machen wirst.«

»Ich bin mir nicht sicher, ob ich lange Abende mit Carmen aushalte«, erwiderte Sally.

»Wo bleibt ihr denn?«, rief Chrissie.

»Lass mich darüber nachdenken. Und mit Toby sprechen«, sagte Sally unsicher. Doch das Funkeln in Jessicas Augen verriet ihr, dass die Freundin sich bereits entschieden hatte: Sie würden nach Lone Island übersetzen.

Eine Stunde später saß Sally auf Chrissies Terrasse, von der aus man die Felder überblickte, und telefonierte mit Toby.

»Du weißt ja, wie Jess ist. Wenn sie sich etwas in den Kopf gesetzt hat, ist daran nicht zu rütteln.«

Jessica würde zu der Insel fahren, das war Sally klar, und wie immer würde sie mitkommen. Einmal hatte Mollie sie gefragt, warum sie stets bei allem mitmachte, was Jessica vorschlug, und Sally hatte gelacht. »Mum, ich stehe nicht unter ihrer Fuchtel, aber ich fühle mich verantwortlich für sie. Sie ist immer so spontan, und ich bin die Vernünftige von uns beiden. Jessica denkt immer, dass sie es besser weiß und die Führung hat. Soll sie das ruhig glauben. In Wirklichkeit passe ich auf *sie* auf.«

Tobys tröstliche Stimme brachte Sally zurück in die Gegenwart.

»Tu das, was du für richtig hältst und was *du* willst. Wenn ihr zurück seid, kannst du mir dann erzählen, wie es Paul und Chrissie geht und was sie so treiben.«

»Ich habe Fotos gemacht, und Paul hat mir einiges an Material gegeben. Und du kannst es dir sogar im Fernsehen anschauen, denn gestern haben sie hier eine Kochshow gedreht.«

»Nein, ich will wissen, was hinter den Kulissen abläuft. Paul hat erzählt, dass er nach einem neuen System düngt, eine Bodenverbesserung mit Mikroben oder so? Seitdem geben seine Ziegen und Kühe offenbar mehr Milch.«

»Ja, er hat gesagt, dass er gern mit dir darüber sprechen will. Ihr solltet skypen. Außerdem bin ich ja in ein paar Tagen wieder zu Hause. Ich kann mir kaum vorstellen, dass Jessica mehr als eine Nacht auf dieser Insel verbringen will.«

»Kein Problem. Nimm dir so viel Zeit, wie du möchtest, und genieße sie. Uns geht's gut hier. Aber bleib mal dran, Katie will dir etwas sagen.«

»Hi, Mummy … ich backe mit Granny. Wir machen Cupcakes!«

Sally lächelte, während Katie weiterplapperte und von den bunten Cupcakes erzählte, doch es gab ihr einen Stich. »Du fehlst mir, Schatz. Gib Daddy einen Kuss von mir.«

Nun war Toby wieder in der Leitung. »Sie ist in die Küche zurückgerannt. Deine Mum hat ihr eine neue Schürze genäht, in die sie ganz verliebt ist. Oh, und ehe ich's vergesse, da hat eine Frau für dich angerufen. Denyse Briggs. Sie hat gesagt, sie könne dich am Handy nicht erreichen.«

»Briggs …?«, überlegte Sally. »Ach ja, die Frau von den Botanischen Gärten. Wir waren eine Zeit lang im Funkloch. Haben sie herausgefunden, um was für eine Pflanze es sich handelt?«

»Offenbar nicht. Nur, dass sie sehr selten ist. Sie hat sie einem Burschen gezeigt, der sich gern mehr Proben oder Bilder von dem Gemälde deiner Großmutter ansehen würde.«

»Stimmt. Könntet ihr ihm ein Foto von dem Aquarell mailen? Bitte Mum, ein paar Nahaufnahmen von der blauen Blume in der Ecke von dem Bild zu machen, das im Wintergarten über dem Schreibtisch hängt. Allerdings müsste sie auch in der Saatgutbank der Botanischen Gärten anrufen und sich nach der E-Mail-Adresse erkundigen.«

»Natürlich, ich kümmere mich darum.«

»Du bist ein Schatz. Ich ruf dich morgen wieder an, solange wir noch Empfang haben. Ich liebe dich.«

»Wir vermissen dich. Aber alles ist gut, hab viel Spaß mit Jessica.«

Als Sally gerade aufstehen wollte, um zu den anderen hineinzugehen, klingelte ihr Handy erneut. Sie ging rasch dran, weil sie dachte, dass Toby noch etwas vergessen hatte.

»Hi … Toby?« Sie sah aufs Display, doch wieder war keine Rufnummer zu sehen.

Nachdem sie einen Augenblick gelauscht hatte, war sie sicher, dass es sich um denselben mysteriösen Anrufer handelte wie schon zuvor.

»Hören Sie bitte auf, mich anzurufen. Sie haben eine falsche Nummer.«

Sally glaubte, ein Atmen am anderen Ende der Leitung zu hören. Dann sagte eine tiefe männliche Stimme: »Ich weiß, wo du bist.«

Danach war die Leitung tot.

5

Nordwest-Tasmanien, 2018

Die Scheibenwischer klickten monoton hin und her und malten einen Fächer auf die nasse Windschutzscheibe. Nachdem sie die Wärme und die vertraute Atmosphäre bei Chrissie und Paul genossen hatten, war die Fahrt auf der menschenleeren Straße im kalten, windigen Nieselregen ein nahezu körperlicher Schock.

Sally und Jessica waren nach dem Mittagessen losgefahren, sodass Chrissie und Paul sich wieder ihrer Farm widmen konnten, nachdem inzwischen auch das Filmteam abgereist war. Es hatte sich zugezogen, und die Freundinnen waren froh, dass sie ihre wattierten Jacken mitgenommen hatten. Mit Carmens Wegbeschreibung waren sie nun unterwegs, um sich mit ihr an dem kleinen Hafen zu treffen und von dort aus überzusetzen.

»Mir geht dieser gruselige Anruf nicht aus dem Sinn«, seufzte Sally.

»Nun, laut Carmen gibt es auf der Insel keinen Empfang. Dort kannst du also keine obskuren Anrufe bekommen«, sagte Jessica.

»Glaubst du, dass uns tatsächlich jemand folgt? Der weiß, wo wir waren und wo wir hinfahren?«, fragte Sally stockend. »Natürlich kann jeder anhand meiner Fotos auf Facebook sehen, wo wir sind. Ich werde sie ab jetzt lieber nur an Toby senden.«

»Klar könnte man herausfinden, wo wir sind«, sagte Jessica, »aber warum sollte sich jemand die Mühe machen? Außer deiner Familie weiß niemand von den Papieren und den anderen Sachen, die wir gefunden haben, oder dass wir nach Seawinds fahren möchten. Und selbst wenn – wen sollte das stören?«

»Na ja, wir haben auch mit den Leuten in den Botanischen Gärten gesprochen …«, begann Sally.

»Denen haben wir aber nicht viel erzählt. Und solche Anrufe würden doch gar nicht zu ihnen passen, oder?«

»Ja, schon …«

»Aber …?«, hakte Jessica nach.

»Ich habe einfach das Gefühl, dass irgendjemandem unsere Nachforschungen nicht passen … unsere geplante Suche nach einem Haus, von dem wir nur wissen, wie es heißt und dass es in Shelter Bay steht. Wer mag heute in Seawinds wohnen? Gibt es eine Verbindung zu meiner Familie? Es ist ziemlich verstörend, dass sich die Metallkassette auf dem Gelände von Arcadia befand. Das ist etwas anderes, als wenn wir bei einer Wanderung in der Wildnis zufällig darauf gestoßen wären.«

»Stimmt«, nickte Jessica bedächtig. »Als Kinder haben wir schlicht geglaubt, früher hätte ein Wanderarbeiter oder Landstreicher in der Höhle gehaust. Die Metallkassette muss damals schon dort gewesen sein, aber das Bett hat uns die Sicht verstellt.«

»Diese Anrufe machen mich wahnsinnig«, bekannte Sally. »Ich habe das ungute Gefühl, dass uns jemand beobachtet und wissen will, wohin wir fahren und was wir tun.«

»Gut möglich«, erwiderte Jessica langsam und warf einen Blick in den Rückspiegel. »Nun, zumindest folgt uns kein Wagen.«

In diesem Augenblick klingelte Sallys Handy. »Es ist Carmen«, sagte sie zu Jessica. »Hi, ich hoffe, auf der Insel ist besseres Wetter. Wir sind gerade von Chrissie und Paul losgefahren …« Sally lauschte. »Oh, wie schade. Gut. Sag uns dann so bald wie möglich Bescheid.« Sie legte auf. »Carmen sagt, bei dem Wetter können wir nicht zur Insel übersetzen. Die See ist zu rau.«

»Mist. Was nun?«

Sally sah Jessica an und wusste, dass sie beide dasselbe dachten. Jessica fuhr links ran.

»Gut, ich schau mal, wie wir hinkommen«, sagte Sally und hatte auf ihrem Handy bereits Google Maps geöffnet.

»Gib einfach Shelter Bay ein. Da wir von Seawinds keine Adresse haben, müssen wir sowieso in den Ort und uns dort erkundigen. Falls es einen gibt«, meinte Jessica.

»Okay, ich versuch's. Aber für alle Fälle probiere ich auch Seawinds«, antwortete Sally und tippte. »Ah, der Ort liegt ein Stück abseits von der Straße. Unter Seawinds ist bei Google Maps nichts eingetragen. Um das zu finden, brauchen wir vermutlich Straße und Hausnummer.«

»In so einer kleinen Siedlung weiß bestimmt jemand, wo welches Haus steht und wem es gehört.«

Als sie am Spätnachmittag die kleine und scheinbar verlassene Siedlung Shelter Bay erreichten, hatte der Regen etwas nachgelassen. Schweigend fuhren sie an der stillgelegten Tankstelle mit der kaputten Zapfsäule vorbei, an der ein schiefes Schild mit abblätternder Farbe »Geschlossen« verkündete. Der Eingang des leer stehenden Royal-Lion-Hotels war ebenfalls verbarrikadiert, die Fenster der Imbissstube waren mit Brettern vernagelt, und an dem Wohltätigkeitsladen war auf einem großen Schild zu lesen: »Bitte hinterlassen Sie keine Spenden. Wir schließen.« Trotzdem lagen ein paar Müllsäcke mit alten Klamotten auf der Vordertreppe. Auch das Postamt war verrammelt. Ein Schild vermeldete: »Wir sind umgezogen«, daneben hing ein zerfledderter Plan.

»Du liebe Güte, dieser Ort wurde dichtgemacht, und alle sind mit Kind und Kegel auf und davon«, sagte Sally, als sie an dem Waschsalon mit den staubigen Fensterscheiben vorbeikamen.

»Hier ist nichts. Rein gar nichts.« Jessica hielt an. »Werfen wir einen Blick auf die Karte. Wo ist die nächste Oase der Zivilisation? Mir ist nicht danach, im Auto zu schlafen.«

Sally nickte. »Es wird bald dunkel. Auf keinen Fall sollten wir in der Nacht über die Berge zurückfahren. Das ist viel zu gefährlich. Keine Straßenbeleuchtung, keine Leitplanken in den Kurven, und es geht steil in die Tiefe.«

»Wir können die Küstenstraße nehmen. Schau, wir sind nur etwa einen Kilometer vom Meer entfernt«, meinte Jessica. »Vielleicht haben sie die Stadt ja umgesiedelt? Hier ist eine Bucht eingezeichnet.«

»Huch!«, kreischte Sally plötzlich, weil im Seitenfenster neben ihr unvermutet Kopf und Schultern eines jungen Mannes aufgetaucht waren.

Er klopfte mit fingerlosen Handschuhen an die Wagentür. Seine hochgekrempelten Ärmel legten kunstvolle Tattoos frei.

Jessica ließ das Seitenfenster ein paar Zentimeter hinunter und beugte sich über Sally. »Guten Tag. Wo sind denn alle?«, erkundigte sie sich.

»Sind alle fort. Was suchen Sie denn?«

»Wir wollten nach Shelter Bay.«

Sein breites Lächeln entblößte schlechte Zähne. »Unten an der Küste finden Sie noch ein paar Läden. In der Bucht. Suchen Sie was zu essen? Wohin fahren Sie?«

»Wir machen eine Art Rundfahrt«, antwortete Jessica. »Gibt's am Ufer ein Lokal, wo wir etwas essen können? Ist die Stadt umgezogen?«

»Eher fort. Als die Zinnmine dichtgemacht hat.« Er senkte den Kopf. »Sind zu viele Kumpel gestorben.«

»Wie traurig«, sagte Sally. »Danke für Ihre Hilfe.«

Jessica legte den Gang ein, ließ den Fuß aber auf der Bremse. »Wohnen Sie schon lange hier?«

»Lang genug. Kommt kaum noch jemand her.« Er richtete sich auf. »Fahren Sie einen Kilometer in diese Richtung, dann am alten Anlegesteg auf die Uferstraße. Das Restaurant müsste offen sein.«

»Vielen Dank. Wir essen einen Happen und fahren dann gleich weiter«, sagte Jessica heiter und schloss mit einem Knopfdruck das Fenster. Der Mann trat einen Schritt zurück, und sie fuhren los.

»Weiter wohin?«, fragte Sally. »Da ist doch weit und breit nichts. Wir müssen schon dort unten übernachten.«

»Das wollte ich ihm aber nicht sagen. Wer weiß? Vielleicht haben wir gerade bei einem Drogendeal gestört.«

»Jess! Manchmal strotzt du vor Vorurteilen. Er war doch sehr hilfsbereit«, meinte Sally. »Mit deinen wilden Fantasien machst du mich gerade ziemlich nervös.«

Als sie dann in den kleinen Ort an der Bucht hineinkurvten, waren sie angenehm überrascht.

»He, das sieht doch sehr nett aus«, rief Jessica.

»Wer hätte das gedacht? Ist ja richtig malerisch. Glaubst du, es ist wirklich alt oder nur auf alt gemacht?«, fragte Sally, als sie auf die Hauptstraße einbogen, die von aufgehübschten Geschäften, kleinen Läden, einer Milchbar und einem Restaurant gesäumt war.

»Sieh mal, das Restaurant ist tatsächlich geöffnet. Halten wir an«, sagte Jessica. »Sieht schwer nach Sechzigerjahre aus.«

Hinter der Theke mit frischen Zutaten in der Vitrine – Salate, Fleisch, Käse, aber auch belegte Brötchen, Quiches und Kuchen – gab es Nischen mit Tischen. Auf jedem standen Ketchup, Senf, Salz und Pfeffer, ein Glas mit Papierservietten und ein kleines Blumensträußchen. Die Speisekarte war in Plastik eingeschweißt.

»Ich wette, hier gibt es Milkshakes in Metallbechern«, sagte Jessica.

Sally studierte die Speisekarte. »Vielleicht. Aber sie haben auch frische Jakobsmuscheln, Austernpasteten und Kedgeree, lecker.«

Kaum hatten sie sich in eine Nische gesetzt, erschien eine junge Frau. »Entschuldigung, ich habe gerade einen Obstkäsekuchen aus dem Ofen geholt. Was darf ich Ihnen bringen?«

»Es riecht köstlich. Gibt es denn schon etwas zum Abendessen, oder ist es noch zu früh?«, fragte Sally.

»Gern. Fisch und Meeresfrüchte stammen übrigens alle von hier«, antwortete die Frau. »Möchten Sie vorher etwas trinken? Kaffee? Tee? Wir haben auch ein paar gute Weine aus der Umgebung. Ich bin übrigens Petal.«

»Das Blütenblatt. Was für ein hübscher Name«, lächelte Jessica.

»Meine Mutter, meine Großmutter, alle meine Tanten und Cousinen heißen nach einer Blume. Wahrscheinlich ist ihnen keine mehr eingefallen, als ich zur Welt kam.« Sie warf einen Blick über die Schulter, weil ein Mann aus der Küchentür getreten war. »Oh, da ist Roger. Er wird sich um Sie kümmern. Ich geh besser wieder rein, ich hab was auf dem Herd.«

Roger lächelte freundlich. »Haben Sie sich schon entschieden? Unsere Fisch- und Meeresfrüchteplatte ist sehr beliebt.«

»Wenn wir über Nacht hierbleiben, trinken wir ein Glas Wein«, sagte Jessica. »Können Sie uns eine Übernachtungsmöglichkeit empfehlen? Wir sind gerade erst angekommen und haben uns noch nicht umgesehen.«

»Wir waren völlig schockiert über den Zustand des Hauptortes«, sagte Sally. »Da ist ja alles verriegelt und verrammelt.«

»Ja. Heutzutage fahren die meisten Leute geradewegs durch und landen hier. Zum Übernachten gibt es allerdings nur eine Möglichkeit, Rose Lawn. Ein etwas, ähm, sonderbares Gästehaus. Aber komfortabel und sauber.«

»Das klingt doch gut«, meinte Sally.

»Was meinen Sie mit *sonderbar?*«, fragte Jessica.

Roger zuckte die Achseln. »Hamish Holroyd, der Besitzer, ist ein … ziemlich schrulliger Bursche. Ich bin ihm bisher nur ein- oder zweimal begegnet. Soll ich ihn anrufen und für Sie reservieren?«

Sally nickte. »Ja, danke. In der Not frisst der Teufel Fliegen.«

»Gut. Darf ich Ihnen einen Wein von hier bringen? Rot oder weiß?«

»Wenn wir die Fisch- und Meeresfrüchteplatte nehmen, lieber einen weißen«, sagte Jessica.

Nachdem Roger ihre Bestellung aufgenommen hatte, tippte Sally rasch eine Textnachricht in ihr Handy. »Toby wird erleichtert sein, wenn er erfährt, dass wir wieder in der Zivilisation sind«, sagte sie.

»Ja, und da ist er nicht der Einzige«, grinste Jessica.

Petal überredete sie, zum Nachtisch noch ihre frische Feigentorte zu probieren, und Roger servierte ihnen dazu kleine Gläser mit süßem Wein auf Kosten des Hauses.

»Ich habe für Sie im Rose Lawn reserviert. Das ist nur zehn Minuten die Straße runter. Seit der große Pub dichtgemacht hat, gibt es kaum eine Alternative. Höchstens in dem alten Wohnheim, aber das ist wirklich sehr schlicht. Seit die Mine geschlossen wurde, gibt es so gut wie keine Nachfrage mehr nach Zimmern.«

»Warum hat man die Mine geschlossen?«, fragte Jessica.

»Es gab einen Unfall. Ist jetzt schon ein paar Jahre her. Man hat nie herausgefunden, was wirklich passiert ist.«

»Ganz herzlichen Dank«, sagte Sally zu Petal, als sie die Rechnung beglich. »Es war einfach köstlich. Irgendwann muss ich mal mit meinem Mann und meiner Tochter hierherkommen. Noch eine Frage: Kennen Sie zufällig in dieser Gegend ein Haus mit dem Namen Seawinds?«

»O ja, das ist ein großes altes Gebäude. Ich kann Ihnen eine Skizze machen, wie Sie hinfinden«, bot Petal an.

Sie zeichnete eine Karte, erklärte ihnen den Weg und gab sie Sally. »Sie sollten es problemlos finden. Ich weiß allerdings nicht, ob noch jemand dort draußen wohnt. Passen Sie gut auf sich auf und genießen Sie Ihre Zeit hier im Norden«, verabschiedete sie sich.

Roger lächelte. »Wenn Sie morgen früh auf einen Kaffee kommen, können Sie uns erzählen, wie Ihnen das Rose Lawn gefallen hat. Gute Nacht.«

»Ein nettes Paar. Das Lokal war ein bisschen kitschig, aber das Essen hat großartig geschmeckt«, sagte Jessica, als sie sich anschnallte und den Motor startete. »Okay, dann auf zum Rose Lawn. Wobei mich Roger nicht gerade zuversichtlich gestimmt hat, was diese Unterkunft betrifft.«

Als sie in die Einfahrt bogen, beleuchteten ihre Scheinwerfer eine Vielzahl von Rosenbüschen auf dem Rasen und Kletterrosen über dem Portikus. Über der Tür brannte eine Lampe, und da trat auch schon ein Mann heraus und deutete auf den Kiesplatz mit dem großen Carport. »Parken Sie dort drüben«, rief er laut.

Dann eilte Hamish Holroyd zu ihnen, hob ihre Taschen aus dem Kofferraum und wollte sogar beide tragen, doch Jessica nahm ihm ihre ab. Auf dem Weg zum Haus blieb er stehen und zeigte auf etwas großes Rundes neben dem Haus, das mit grünem Plastik abgedeckt war.

»Ein Whirlpool. Er ist eingeschaltet. Falls ihr Mädels euch noch einweichen wollt.« Er kicherte, und Jessica blickte zu Sally und verdrehte die Augen.

Kaum hatte sie die Türschwelle übertreten, schrak sie kurz zurück, denn Schwaden von Rosenduft trafen sie mit voller Wucht.

Sally hüstelte, wohl um ein Kichern zu unterdrücken, während sie den Flur entlanggingen und Jessica mit der Hand heftig vor ihrem Gesicht herumwedelte.

Sie nahmen die gestreifte Tapete in den vielfältigen Rosatönen, die Trockenblumensträuße aus Rosen mit rosafarbenen Schleifen, die Krüge und Schalen mit frischen Rosen, die Rosenblätterpotpourris und die Rosenduftkerzen kaum wahr, so betäubend war der Geruch.

»Das ist Zimmer 1, für Sie, meine Liebe«, sagte Mr Holroyd in breitem Cockney-Englisch und stellte Sallys Tasche auf den Kofferständer. »Wir nennen es ›Romantische Rose‹. Schräg gegenüber ist Zimmer 2, das Zimmer ›Englische Rose‹. Ob Sie wohl gleich den Unterschied bemerken …?«

Sein Gackern ging in ein röchelndes Husten über. Indessen erstarrten Sally und Jess, als sie der kindergroßen Märchenfiguren ansichtig wurden, die ums Bett herum gruppiert waren.

»Aschenputtel, Schneewittchen und die sieben unartigen Zwerge, Goldlöckchen …«, stellte er sie ihnen vor.

»Wir kennen sie«, brachte Jessica mühsam über die Lippen.

»Mrs Holroyd hat sie gemacht. Wir hatten so viel Freude mit ihnen …«

»Sie starren mich an«, sagte Sally halb erstickt.

Eilig ging Jessica zu ihrem Zimmer und steckte den Kopf hinein.

»O mein Gott!« Sie wusste nicht, ob sie lachen oder laut schreien sollte.

Sally trat neben sie und umklammerte ihren Arm. »Himmel …«

»Sie kennen sie natürlich«, rief Mr Holroyd mit verzücktem Lächeln und kratzte sich an seinem dünnen grauen Schnurrbart.

In der Mitte des Betts lag zusammengerollt mit breitem teuflischen Grinsen die Grinsekatze. Um sie herum lungerten das weiße Kaninchen, der böse Wolf in einem roten Umhang und ein grotesk fettes Schweinchen Schlau. »Geschickt gemacht, nicht wahr? Alles aus Stoffresten.«

»Ob sie auch Laute von sich geben?«, flüsterte Sally, doch Jessica stieß sie in die Rippen.

»Schön. Teilen wir uns das Badezimmer ebenfalls mit … Bewohnern?«, fragte Jessica.

»In Zimmer 2 gibt es ein kleines Bad, Zimmer 1 hat das große Bad zur Verfügung.« Mr Holroyd öffnete schwungvoll die Tür. »Aber wie gesagt, der Whirlpool ist für die jungen Damen bereit. Und dann …« Grinsend legte er den Finger an die Nase, ging ein Stück weiter den Flur entlang und öffnete Flügeltüren mit facettierten Glasscheiben. In dem kleinen Aufenthaltsraum standen ein gemütliches Zweiersofa, zwei Sessel und ein kleiner Tisch neben einem Teewagen mit Karaffe und Gläsern.

»Hübsch«, sagte Sally, die den Staub auf der Karaffe sehr wohl sah.

Gegenüber den Sesseln kauerte ein klobiges Fernsehgerät, das sich offenkundig seines Alters schämte.

»Jetzt noch zum Frühstück …« Mr Holroyd führte sie ans Ende des Flurs zu einer winzigen Essecke mit einem Teeservice auf der Anrichte und einem kleinen, für zwei Personen gedeckten Tisch. Er zeigte auf eine kleine Luke und schob die Abdeckung nach oben, sodass ein dunkles Loch zum Vorschein kam.

»Der gute alte Speiseaufzug! Er bringt Ihnen morgen Ihr Frühstück. Kreuzen Sie auf der Auswahlliste an, was Sie möchten, und legen Sie den Zettel einfach vor Ihre Türen. Handtücher für den Whirlpool liegen in Ihren Zimmern bereit. Soll ich die Plane für Sie runternehmen?«

»Nein danke«, riefen die Freundinnen wie aus einem Mund.

»Es war eine lange Fahrt …«
»Wir sind schrecklich müde …«
»Und müssen früh raus …«
»Danke für Ihre Hilfe …«

Strahlend stand Mr Holroyd da, er schien ihre Anwesenheit zu genießen und machte keinerlei Anstalten zu gehen. Also eilten die beiden Frauen in ihre Zimmer und schlossen rasch die Türen hinter sich. Jessica setzte sich auf die rosafarbene Polyester-Tagesdecke mit Rüschen und sah sich ungläubig um. Ob Handtücher, Bettlaken oder Spitzendeckchen, alles war in Rosa gehalten, und an den Wänden hingen jede Menge Bilder von Rosengärten in rosafarbenen Rahmen. Die Rosenknospensträuße neben ihrem Bett rochen widerlich süßlich. Sie zog die Jalousie herunter, lauschte dann an der Tür und öffnete sie vorsichtig, bevor sie quer über den Flur in Sallys Zimmer flitzte, wo sie gar nicht mehr aufhören konnte zu kichern.

Sally hatte Handtücher, Klamotten und alles mögliche andere, was sie finden konnte, über die Spielzeugfiguren gehängt. »Sie folgen dir mit ihren Blicken«, erklärte sie. »Außerdem haben wir keinen Handyempfang. Ich finde, wir sollten verschwinden. Schau dir nur mal die Toilette an … sogar das Wasser ist rosa! Und dieser Geruch verursacht mir Übelkeit. Dabei habe ich Rosen bisher geliebt!«

»Was mich interessieren würde: Wo ist Mrs Rosegarden?«, flüsterte Jessica. »Hier liegt überall eine Menge Staub, sie ist offenbar schon geraume Zeit nicht mehr da.«

»Jess … hier ist es wirklich gruselig! Ich weiß nicht, ob ich lachen oder weinen soll. Zum Glück haben wir schon gegessen und sind nicht auf etwas angewiesen, was hier zubereitet wird.«

»Ich brauche was zu trinken.«

»Rühr ja nicht den Sherry aus dem Aufenthaltsraum an!«

»Wir haben noch den Wein und das Knabberzeug vom Salamanca Place. Siehst du, ich hab doch gleich gesagt, dass uns das noch gelegen kommen wird.«

»Ja, klar! Glaubst du, der Fernseher geht?«

»Vermutlich. Aber wohl nur schwarz-weiß.«

In rosafarbene handgestrickte Decken gewickelt, schauten sich die Freundinnen einen alten französischen Schwarz-Weiß-Film an und waren froh, dass sie in Hobart eine gute Flasche Wein gekauft hatten.

Als der Film zu Ende war, schaltete Jessica den Fernseher aus. »Gehen wir schlafen.« Sie öffnete die Tür zum Flur – und prallte zurück.

Vor ihr stand Mr Holroyd in einem gestreiften, bis oben hin zugeknöpften Pyjama.

»Fühlt ihr Mädels euch wohl? Habt ihr alles, was ihr braucht?«, fragte er und spähte hinter ihr ins Zimmer. »Das war ein ausländischer Film, oder?« Mit hochgezogener Augenbraue wartete er auf Details.

»Es ist alles gut, danke. Wir sind gerade dabei, zu Bett zu gehen. Gute Nacht, Sal.« Jess rannte den Flur entlang und schloss entschieden ihre Zimmertür hinter sich.

Mr Holroyd zwängte sich durch die Tür, und Sally lief an ihm vorbei in den Flur. »Ich nehme nur rasch die Gläser mit. Oder möchten Sie noch einen Absacker?«, rief er ihr nach.

»Nein danke.« Sally flüchtete sich in ihr Zimmer.

»Bis zum Frühstück«, hörte sie ihn rufen.

Hinter geschlossenen Türen warteten die Freundinnen, bis sie ihn auf dem Flur zurückschlurfen hörten. Nach einer Weile traute sich Jessica heraus und rannte zu Sally hinüber.

»Solange mich diese unheimlichen Gestalten anstarren, kann ich nicht schlafen«, sagte Sally. »Da helfen nicht einmal die Handtücher über ihren Köpfen.«

»Ich hab eine bessere Idee. Pack sie am Schlafittchen.« Jessica packte zwei der Figuren und marschierte damit in ihr Zimmer, wo sie beide aufs Bett warf, sich dann ihre Tasche schnappte und zurück in Sallys Zimmer ging. »Es ist eine Disney-Horrorstory! Die grauslichen Gestalten ziehen bei dir aus, und ich ziehe ein.«

Zusammen häuften sie sämtliche Gestalten auf Jessicas Bett, schlossen die Tür, und Jessica folgte Sally in ihr Zimmer.

»Schließ ab«, bat diese.

»Die Tür hat kein Schloss!«

»Dann klemm einen Stuhl unter die Klinke.«

»Er hat deine Kreditkartennummer bereits eingelesen, nicht wahr?«

»Ja. Wir müssen ihn morgen früh nicht mehr sehen.«

»Und frühstücken werden wir hier ganz bestimmt nicht. Komm, schlaf jetzt. Wir brechen im Morgengrauen auf.«

Schwer lag der Tau auf Rasen und Büschen, als sie in den aufsteigenden Nebel hineinfuhren. Es schien ein sonniger Tag zu werden. Die üppig grünen Wiesen dampften und sahen aus wie mit dem Weichzeichner fotografiert.

»Was für ein Ort! Aber jetzt sollten wir nach dem Schild schauen, damit wir die Abzweigung nach Seawinds nicht verpassen«, sagte Sally, die Petals Kartenskizze studierte.

»Ob der alte Bursche weiß, dass wir schon gefahren sind? Vielleicht macht er uns gerade Frühstück?«

»Nein. Wir haben keine Zettel vor die Tür gelegt. Und so wie der Kies gespritzt ist, hat er bestimmt gehört, dass wir weggefahren sind.«

Sally betrachtete die Berge, die sich auf einer Seite der Straße erhoben. »Man fühlt sich so einsam hier draußen«, sagte sie. »Da ist nichts außer Wald und diesen Nadelbaumschonungen. Ich finde es furchtbar, wenn sie abgeholzt werden und der ganze Hang kahl daliegt. Es sieht immer wie eine grässliche Wunde aus.« Sie seufzte. »Auch aufgeforstet wird es nie wieder wie vorher.«

»Noch ein Grund, die Finger von den alten Wäldern zu lassen«, sagte Jessica.

»Egal, wo du in Tasmanien auch bist, angesichts dieser gewaltigen Berge fühlst du dich sehr klein«, meinte Sally.

»Ja, das stimmt. Man kann sich von ihnen aber auch beschützt fühlen, sich vorstellen, dass sie über einen wachen«, erwiderte Jessica. »Allerdings finde ich es immer schöner, am Meer oder an einem Fluss zu sein.«

»Oh, sieh mal, da ist es!«, rief Sally.

Sie wies auf ein klappriges Hinweisschild. Die Aufschrift *Seawinds* war ziemlich verblasst.

Der schmale Kiesweg wand sich zwischen stämmigen Eukalyptusbäumen den Berg hinauf. Doch als sie die Kuppe erreicht hatten, breiteten sich unter ihnen üppig grüne Weiden aus, und sie sahen, erstaunlich nah, die Klippen der Felsküste. Direkt vor ihnen ragte ein von alten Bäumen umstandener kahler Hügel auf.

»Das Haus liegt wohl hinter den hohen Bäumen«, meinte Jessica. »Und offenbar ist jemand daheim. Ich sehe Rauch aufsteigen.«

Sie fuhren bis zum Fuß des Berges, wo ihnen der Anblick eines Sees den Atem verschlug – das Wasser war tintenblau, und die Morgendämmerung zauberte blassgoldene Lichtreflexe auf seine glatte Oberfläche, in der sich die majestätischen Berge spiegelten. Eine scheinbar undurchdringliche Wand aus Bäumen säumte den See.

»Kamera raus!«, riefen beide im Chor.

»Was für ein großartiger Platz«, staunte Sally, während Jessica sie beide vor dem atemberaubenden Hintergrund für ein Selfie positionierte. »Aber nirgends ein Schild.«

»Wahrscheinlich findet man den Namen auf Google Maps. Lass uns weiterfahren und schauen, wo wir landen.«

Nach einigen Kilometern kamen sie an eine Gabelung. Geradeaus versperrte ihnen ein alter Weidezaun den Weg. Daran hing ein Schild mit der Aufschrift »Privat«, und das Tor war mit einem Vorhängeschloss gesichert. Das öffentliche Sträßchen bog nach rechts ab.

»Oh. Man sperrt uns aus«, sagte Sally.

»Aber da wollen wir hin«, Jessica hielt vor dem Tor. »Dahinter liegt Seawinds. Komm.«

»Das Tor ist abgesperrt.«

»Dann gehen wir zu Fuß.«

»Halt, Jess. Es muss einen anderen Zugang geben. Oder man will dort keine Besucher haben«, sagte Sally.

»Das muss der Weg nach Seawinds sein. Sonst gibt es hier unten nichts. Hör mal, jetzt sind wir hier. Wir können behaupten, dass wir uns verfahren haben. Und wir kennen uns hier ja wirklich nicht aus. Also: jetzt oder nie, Sal.«

»Okay. Aber wir wollen uns erst mal nur umschauen. Es ist zu früh für einen Besuch.«

Sie nahmen ihre Schultertaschen und beäugten das verschlossene Tor.

»Hoffentlich ist kein Strom drauf«, meinte Sally.

Jessica suchte den Zaun nach Kabeln ab und schüttelte den Kopf. »Nein. Wir können einfach drübersteigen.« Sie schwang sich auf das Holztor und sprang auf der anderen Seite hinunter. »Ein Kinderspiel.«

Während sie den Weg entlangwanderten, der sich zu dem Wall aus Nadelbäumen herunterschlängelte, ging die Sonne auf.

Plötzlich rief Sally: »Was steht denn dort zwischen den Bäumen? Ein Haus ist es jedenfalls nicht.«

»Schwer zu sagen. Wir müssen näher ran«, antwortete Jessica.

Die ersten Sonnenstrahlen ließen das Metalldach eines großen Schuppens aufblinken. Er wirkte ziemlich alt, doch dann erspähte Jessica auf dem Dach eine Satellitenschüssel. Außerdem entdeckten sie Sicherheitstüren, ein ausgeklügelt wirkendes Entwässerungssystem und anderes technisches Equipment.

»So etwas habe ich schon einmal gesehen. Das ist absolutes Hightech«, meinte Sally. »Digitale Messtechnik, mit der in den neuen Treib- und Gewächshäusern Temperatur, Feuchtigkeit, Kohlendioxidgehalt und anderes geregelt wird.«

Jessica wies auf eine Zufahrt mit einem großen Wendehammer. »Hier müssen etliche Laster hin- und herfahren.«

»Alles verrammelt und verriegelt«, ergänzte Sally, als sie näher kamen. »Hohe Sicherheitsvorkehrungen. Was mag wohl Kostbares dort drin sein?«

»Drogen«, riet Jessica.

»Du meinst, da ist ein Labor oder eine Destillerie? Vielleicht. Dann gibt es sicher eine Überwachungskamera, gehen wir also nicht zu nah ran. Sooo interessiert sind wir auch wieder nicht.«

»Habt ihr schon mal überlegt, eure Trüffel in dieser Form anzubauen?«, fragte Jessica unvermittelt.

»Nein. Trüffel brauchen eine natürliche Umgebung, sie leben in einer symbiotischen Beziehung mit den Baumwurzeln. Inzwischen können wir allerdings Wirtsbäume mit den Pilzsporen beimpfen, um sie wie Obst in einer Plantage zu züchten.«

»Nur dass eure Früchte unterirdisch wachsen.«

In gebührendem Abstand umrundeten sie den Schuppen.

»Das scheint ein altes Anwesen zu sein. Doch die Technik ist hochmodern.. Ob wohl noch jemand von den Broadbents hier wohnt?«, fragte sich Jessica.

»Wir haben uns nie überlegt, wie wir vorgehen wollen«, sagte Sally. »Einfach unangekündigt an die Tür klopfen ist schon ein bisschen komisch.«

Jetzt konnten sie die Rückseite des Hauses sehen. Mit seinem Giebeldach, den Flügelfenstern und den rostroten Ziegelsteinen schien es aus einer anderen Epoche zu stammen. Aus einem der Kamine stieg Rauch auf.

»Wenn wir zwischen den Bäumen durchschleichen, sieht uns niemand, und wir können vielleicht einen Blick auf die Vorderseite werfen«, schlug Jessica vor.

»Wie früher«, kicherte Sally. »Schau, hier ist ein Pfad«, setzte sie hinzu, als sie die Baumgruppe erreichten.

»Er führt zu dem Hügel zurück, und ich habe keine Lust auf Klettern. Wir könnten doch den Weg entlang der Küste nehmen.«

»Aber dieser Pfad ist total ausgetreten. Wenn er so oft benutzt wird, führt er irgendwohin«, ließ sich Sally nicht beirren.

Ein paar Minuten später rief sie Jessica zu: »Komm und sieh dir das an! Das muss ein alter Stollen oder etwas Ähnliches sein.«

Beide starrten auf die überwachsene Mauer, die vor ihnen aufragte. In der Mitte befand sich ein hoher Torbogen mit einer Metalltür, deren großer Griff mit einem schweren verrosteten Schloss gesichert war.

»Wow, da kommt so leicht niemand rein. Warum riegelt man einen Ort derart ab?«

Jessica rüttelte an dem Schloss, und zu ihrer Überraschung gelang es ihr, es zu öffnen.

»Sollen wir mal einen Blick riskieren? Ich hab eine Taschenlampen-App.« Jessica zog bereits an der Tür.

»Aber nicht weit hinein …« Sally klang unsicher.

Jessica spähte in den Tunnel. »Nein. Lass mich erst mal reingehen, damit nicht etwa die Tür zufällt und wir beide eingeschlossen sind.«

Also wartete Sally draußen, während der dünne Lichtstrahl von Jessicas Handy in der Finsternis verschwand. Schon ein paar Minuten später tauchte sie wieder am Eingang auf.

»Wie tief geht's rein?«, fragte Sally.

»Ziemlich tief. Und es zweigen zwei kleinere Tunnel ab. Aber ich wollte nicht riskieren, mich zu verlaufen. Da drin verliert man leicht die Orientierung.«

Nun ging Sally ein paar Schritte hinein und spähte in die Dunkelheit. Sie schnupperte. »Wonach riecht es hier? Feuchte Erde?«

»Pilze. Es ist eine Art Pilzfarm.«

»Halluzinogene Pilze?«

»Wer weiß? Da wachsen alle möglichen unterschiedlichen Sorten an Holzpfosten und an den Wänden. Und es gibt ein ausgeklügeltes Bewässerungs- und Vernebelungssystem. Genaueres konnte ich nicht erkennen. Willst du rein?«

»Nein, mir reicht, was du erzählst …« Sally hielt inne, und beide drehten sich um und lauschten.

»Ein Auto. Zieh die Tür zu, wir wollen keine Anzeige wegen unbefugtem Eindringen riskieren.«

Als das Motorgeräusch verhallte, gingen sie zwischen den Bäumen zurück.

»Mich würde interessieren, ob sie solche Pilze im Stollen züchten«, sagte Jessica und zeigte auf die Exemplare, die um einige der alten Baumstämme wuchsen.

»Als wir uns überlegten, Trüffel anzubauen, haben wir gehört, dass ein Bursche in der Nähe mit seiner Pilzzucht eine Menge Geld verdient«, erzählte Sally, während sie den Hügel hinaufkletterten. »Zweifellos ein berechenbareres Geschäft als Trüffel.«

»Aber Trüffel sind wie ein Lottogewinn«, erwiderte Jessica. »Machst du dir eigentlich Sorgen, dass mal jemand einfach bei euch reinspaziert und sie stiehlt?«

»Ja, schon. Aber sie sind sogar schwer zu finden, wenn man weiß, wo man suchen muss. Sie wachsen wirklich nur dort, wo sie Lust haben. Und da kommt Jasper ins Spiel.«

Jessica lachte. Dann sah sie auf die Uhr. »Jetzt ist es kurz nach sieben. Lass uns zum Wagen zurückgehen und noch ein bisschen warten. Und dann spazieren wir zum Haus und lassen uns überraschen.«

Aus der Nähe sah das Haus größer aus, doch auch die Spuren seines Alters waren deutlich sichtbar.

»Man hört das Meer«, sagte Sally, während sie auf die vordere Veranda zugingen. »Vom oberen Stock muss man eine grandiose Aussicht haben.«

Jessica betätigte den altmodischen Summer neben dem Namensschild *Seawinds* und hörte den Ton durchs Haus schallen. Sie warteten und wechselten einen Blick.

»Schätze, sie sind alle weggefahren. Andererseits ist es noch recht früh, gerade mal acht Uhr.«

»Warte, ich höre Schritte.« Jessica legte das Ohr an die Tür. »Ein älterer Mensch«, flüsterte sie.

Ein langsames Schlurfen, dann wurde der Schlüssel im Schloss umgedreht, und die Tür öffnete sich. Vor ihnen stand eine ältere Frau im Bademantel und beäugte sie.

»Haben Sie sich verlaufen? Was suchen Sie?«

»Hallo. Wir wollten uns erkundigen, ob noch jemand von den Broadbents hier lebt. Ich bin Sally Sandford, und das ist meine Freundin Jessica Foster.«

»Warum? Wer will das wissen?« Misstrauisch furchte die Frau die Stirn.

»Ich wohne unten im Süden, in der Nähe von Burridge, auf einem Anwesen namens Arcadia. Und wir glauben, dass sich ein Mr Broadbent vor vielen Jahren bei uns in der Nähe aufgehalten hat.«

»Thomas William Broadbent«, präzisierte Jessica.

»Was hat er angestellt?«

»Nichts, gar nichts, soweit wir wissen. Sie kennen ihn also? Wir haben bloß einige Fragen …«, sagte Sally. »Familienforschung, Sie verstehen?«

»Und wir haben einige seiner Habseligkeiten«, fügte Jessica hinzu.

Die Lippen der Frau wurden zu einem schmalen Strich. »Das hat nichts mit uns hier zu tun.«

»Dürfen wir reinkommen?«, drängte Jessica mit gewinnendem Lächeln. »Wir möchten wirklich nur ein paar Fragen stellen. Und da wir nach einer schrecklichen Nacht in einer Pension sehr früh dort abgehauen sind …«

»Wir haben die Rechnung bezahlt, nicht dass Sie denken … es war nur einfach unangenehm dort«, fügte Sally hastig hinzu, um sie zu beruhigen.

»Das hier ist keine Pension.«

»Klar, keine Sorge. Wir sind einfach nur neugierig, was Mr Broadbent angeht. Er hat einige Sachen in einer Kassette auf meinem Grundstück zurückgelassen«, sagte Sally.

»Und warum schnüffeln Sie hier herum? Wie, haben Sie gesagt, heißen Sie?«

»Mein Großvater hieß Dr. Stephen Holland.«

Wieder kniff die Frau die Lippen zusammen. »Mein Sohn mag es nicht, wenn sich Fremde hier herumtreiben.«

»Betreibt Ihr Sohn die Pilzfarm? Wir haben auch eine Farm«, sagte Sally.

Nun wurden die Augen der Frau zu Schlitzen. »Sie haben kein Recht, hier zu sein. Verschwinden Sie besser, bevor er zurückkommt. Wie schon gesagt, er mag hier keine Fremden. Gehen Sie!« Sie klang jetzt ziemlich erregt.

»Nun, danke, Mrs …?«, sagte Jessica mit fragend gehobener Augenbraue. Da die Frau dies ignorierte, setzte sie hinzu: »Wir wollen keinen Ärger machen. Dann schicken wir Ihnen einfach die Sachen von Broadbent mit der Post.«

»Sparen Sie sich die Mühe. Bleiben Sie einfach weg von hier. Gordon weiß, was er tut, und sonst geht es niemanden etwas an.« Sie knallte die Tür zu, und die Freundinnen hörten, wie sie den Riegel vorschob.

»Was zum Teufel war denn das?«, fragte Jessica konsterniert. »Und wer ist Gordon?«

»Ich weiß es nicht, und es ist mir auch egal. Die Frau ist mir unheimlich. Lass uns verschwinden.« Sally machte kehrt.

Jessica blieb noch einen Moment stehen und sah nach oben, wo an einem der Fenster der Vorhang an seinen Platz zurückgezogen wurde.

Nordwest-Tasmanien, 1942

Stellas Seidenschal flatterte in der Brise, die durchs offene Autofenster hereinwehte. Mit einer lederbehandschuhten Hand zupfte sie ihre Baskenmütze zurecht, damit sie fester auf ihrem Kopf saß.

»Ist es zu windig für dich, meine Liebe? Dann mach doch das Fenster auf deiner Seite zu«, sagte ihr Gatte.

»Ich mag die frische Luft. Ich glaube, ich rieche schon das Meer.«

»Ja, wir biegen jeden Moment zur Küste ab.«

Eine Weile herrschte Schweigen.

»Da ist Rauch«, sagte Stella, als eine dünne Rauchfahne im graublauen Himmel zerstob.

»Wahrscheinlich das Pochwerk der alten Zinnmine. Eigentlich war sie geschlossen, aber in diesen schweren Zeiten haben sie ein paar hartgesottene Burschen wieder in Betrieb genommen.«

»Ich kann die winzigen Cottages der Bergarbeiter sehen. Was für ein karges Leben«, sagte Stella. »Und wie kahl diese Hügel sind.«

»Wahrscheinlich ist auch das Wasser kontaminiert«, meinte Stephen. »Ich fürchte, das Erbe dieser alten Minen sind üble Altlasten. Aber die Menschen müssen von etwas leben. Vermutlich sind die Kohlebergwerke sogar noch schädlicher für die Gesundheit.«

»Da vorn ist das Meer. Immer wieder ein erfrischender Anblick. Ich bin so froh, dass wir in der Nähe der Küste wohnen.«

»Man kommt hier schlecht ans Ufer, und einen Strand gibt es auch nicht, aber der Ausblick von den Klippen ist umwerfend. Möchtest du einen Spaziergang machen?«

»Klingt wie aus einem Roman von Charlotte Brontë«, lächelte Stella.

»Hmm. Vielleicht.«

»Wer ist das, den du hier besuchen willst? Du hast dem Mann zuliebe eine ziemlich weite Fahrt gemacht.« Als Stella Stephen am Morgen darauf angesprochen hatte, war er recht vage geblieben. Er war ja auch reichlich verschlossen, wenn es um seine Patienten ging, und sie hatte gelernt, nicht nachzufragen. Ebenso bestand er darauf, sich allein um alle geschäftlichen Dinge und Haushaltsangelegenheiten sowie um die Rechnungen zu kümmern. »Du brauchst dir dein hübsches Köpfchen nicht darüber zu zerbrechen«, pflegte er zu sagen.

»Weitläufige Verwandte. Ich habe versprochen, Kontakt zu halten und ein Auge auf die Familie zu haben. Es scheint ihnen nicht gut zu gehen.«

»Ich habe ein ziemlich schlechtes Gewissen, für ein paar Tage alles den James aufzubürden, nachdem ihr Kleiner doch erst seit Kurzem wieder aus dem Genesungsheim zurückgekommen ist. Er war so lange in Behandlung, und für sie war es eine so schwere Zeit.« Stella wusste, dass Mrs James ihren jüngsten Sohn Terry vergötterte. Sie war sehr verstört gewesen, als sie von den schrecklichen Schicksalen anderer Kinder erfahren hatte, die ebenfalls an Kinderlähmung erkrankt waren. Manche waren ja sogar gestorben. Doch Terry war durchgekommen und erwies sich als bemerkenswert zäh für ein kleines Kind. Er lernte rasch, mit der von der Krankheit verursachten Behinderung umzugehen.

»Der Junge wird bald wieder überall auf dem Grundstück herumtollen. Zum Glück wurden nur seine Füße in Mitleidenschaft gezogen.«

»Oh, dort fahren wir hin?«, fragte Stella und wies auf ein Hinweisschild mit der Aufschrift *Seawinds*.

Ihr Mann nickte.

»Und bleiben wir über Nacht? Oder gehen wir in ein Hotel?«

»In dem Ort gibt es eine Pension, in der wir übernachten werden. Schon um den Leuten keine Unannehmlichkeiten zu bereiten. Ich muss mich mit dem Mann, der in Seawinds wohnt, unter vier Augen unterhalten, und vielleicht auch mit seinem Sohn. Ich habe den jungen Burschen das letzte Mal gesehen, als er noch ein Kind war.«

»Natürlich. Ich verstehe«, sagte Stella.

»Sie haben einen hübschen Garten, der dir bestimmt gefallen wird.«

Stella streifte auf dem Anwesen umher und bewunderte die frisch angelegten Rosenbeete und das große Haus, das an ein traditionelles englisches Landhaus erinnerte. Das Gewächshaus faszinierte sie, und als sie den Kopf hineinsteckte, war sie überrascht von dem Temperaturunterschied. Allerlei Orchideen und Farne standen auf den Regalen, in den Ecken stapelten sich längliche Kisten mit Erde. Ein leicht stechender Geruch, der ihr vage bekannt vorkam, stieg ihr in die Nase.

Stella sah sich um und erspähte eine Seitentür, die ins Haus führte. Ob dahinter wohl die Küche lag? Denn sie war durstig und wusste, dass die Einladung zum Tee mit Stephen und seinem Freund nur eine höfliche Geste gewesen war, da die Männer in ihrer Gegenwart nichts Persönliches oder Geschäftliches besprechen würden. Auch war der Herr des Hauses verwitwet, und sie hatte kein Dienstmädchen gesehen. Ein Glas Wasser würde ihr reichen.

Im trüben Licht einer schwachen elektrischen Glühbirne sah sie zu ihrer Rechten einen Eingang und zur Linken eine Treppe, die vermutlich in einen Keller hinunterführte. Sie wandte sich nach rechts, doch die Tür, hinter der sie die Küche vermutete, war verschlossen. Da die Tür zur Treppe halb offen stand und eine Taschenlampe an einem Haken daneben hing, griff sie spontan danach, schaltete sie an und ging hinunter.

Es roch feucht. Unten angekommen, sah sie eine Schnur von der Decke hängen, und als sie daran zog, ging ein Licht an. Sie befand sich in einer Art Lagerraum, in dem Regale mit Flaschen und Putzmitteln und Kisten mit offenbar selten benutztem Werkzeug standen. Auf der gegenüberliegenden Seite befanden sich Holzkisten und Rupfensäcke. Derselbe stechende Geruch wie im Gewächshaus lag in der Luft. Am anderen Ende des Raums lockte eine weitere schmale Tür. Sie sah sich um, ob es einen Wasserhahn oder einen Wandbrunnen gab, fand aber nichts dergleichen. Plötzlich wurde ihr klar, dass sie sich unbefugt hier aufhielt, und sie wollte wieder nach oben gehen. Doch da hörte sie Schritte auf der Treppe. Rasch zog sie an der Schnur, das Licht ging aus, sie schirmte den Schein der Taschenlampe mit der Hand ab und hastete zu der schmalen Tür. Kaum war sie hindurchgeschlüpft, schaltete sie die Taschenlampe aus. Die Tür ließ sie halb offen stehen.

In der Dunkelheit dahinter presste sie sich an die Wand. Nach dem, was sie noch im Licht erspäht hatte, stand sie in einer Art gemauertem Tunnel. Die Situation war ihr ziemlich peinlich, und sie fühlte sich auch ein wenig beklommen.

Das Licht im Keller ging an.

Jemand suchte etwas. Kisten wurden herumgeschoben. Sie wagte einen kurzen Blick in den Kellerraum und überlegte, ob sie sich bemerkbar machen sollte, wollte aber niemanden erschrecken.

Aus der Dunkelheit heraus beobachtete sie, wie ein schlanker Mann eine der Kisten hochhob, und konnte ein erschrockenes Keuchen nicht unterdrücken.

Er drehte sich um, und sie machte sich hinter der Tür ganz flach und hielt den Atem an. Als sie Schritte in Richtung ihres Tunnels hörte, schloss sie vor Angst die Augen.

Doch dann wurde die Tür mit einem Ruck zugezogen, und sie hörte, wie der Riegel vorgeschoben wurde. An die Wand gelehnt, schnappte sie nach Luft, rieb sich die Augen und versuchte, einen klaren Gedanken zu fassen. Wie? Was? Das war doch nicht möglich?

Es war der Mann mit dem strähnigen Haar, dem schmalen Gesicht, dem struppigen Schnurrbart. Jetzt mit einer Lederweste und ohne Jagdmütze. Aber dennoch war er es, ganz sicher. Und da fiel es ihr wie Schuppen von den Augen. Kannte Stephen den Mann, den sie beim widerrechtlichen Betreten ihres Grundstücks gesehen hatte?

Draußen klackte die Türklinke, und Stella fuhr zusammen. Sollte sie wegrennen, abwarten oder ihm entgegentreten? Jetzt bedauerte sie ihr spontanes und, wie Stephen sagen würde, unglaublich unhöfliches und eigenartiges Benehmen, das sie in den Keller geführt hatte. Dass sie nur ein Glas Wasser hatte trinken wollen, würde wenig glaubwürdig wirken.

Mit geschlossenen Augen atmete Stella langsam ein und aus, um ihre Nerven zu beruhigen. Als sie im Nebenraum nichts mehr hörte, holte sie tief Luft und versuchte, die Tür zu öffnen.

Doch sie war verriegelt. Panik stieg in ihr auf, sie rüttelte daran und zog und drückte, und schließlich rief sie um Hilfe, doch auf der anderen Seite rührte sich nichts. Sie schaltete die Taschenlampe ein und mühte sich vergeblich, irgendwie an den Riegel heranzukommen.

Inzwischen atmete sie stoßweise vor Angst und ließ den Strahl der Taschenlampe über die Wände wandern. Sie befand sich in einem schmalen Tunnel, der am Anfang mit Ziegelsteinen und dann nur noch mit festgeklopfter Erde ausgekleidet war und ins Dunkle führte. Ihr blieb wohl keine andere Wahl, als zu hoffen, dass die Batterie in der kleinen Taschenlampe noch lange hielt. Gebückt machte sie sich auf den Weg durch den kleinen Gang.

Ob sie Minuten oder Stunden dem funzeligen Licht hinterhergetappt war, wusste sie nicht zu sagen. Sie lechzte nach frischer Luft und Tageslicht. Wie spät war es wohl, wie lange war sie schon hier unten eingesperrt?

Sollte sie die Taschenlampe ausmachen, um Batterie zu sparen, und sich blind vorwärtstasten? Schließlich konnte der Tunnel kilometerlang sein. Was die Frage aufwarf: Wozu diente er überhaupt?

Sie ging schneller, stolperte auf dem unebenen Boden und redete sich dabei unentwegt zu, Ruhe zu bewahren und die Sinne geschärft zu halten. Zwar hörte sie nichts, aber sie schöpfte Hoffnung, als sich der Geruch der Erde, des Lehms und von irgendetwas, das sie nicht zuordnen konnte, zu ändern begann. Wurde die Luft frischer, sodass sie leichter atmete, oder gewöhnte sie sich nur einfach daran, wie ein Wombat durch seine Erdhöhle zu tappen? Sie legte den Kopf schief. Alle ihre Sinne waren alarmiert. Hörte sie da in der Ferne ein Geräusch?

»Das Meer! Die Brandung! Der Tunnel führt an die Küste!«, jubelte sie und eilte vorwärts.

Jetzt war kein Irrtum mehr möglich: Die Luft wurde kühler, es lag leichter Salzgeruch darin, und dann vernahm sie ein leichtes Dröhnen. Das war weder ihr Herzschlag noch das in ihren Schläfen pochende Blut – da brandete die See gegen Felsen.

Auch wurde es allmählich heller, das Wellengeräusch wurde immer lauter, und sie sah, dass sie sich in einem grob behauenen Gewölbegang befand, der sich zum Meer hin öffnete und den Blick auf den Himmel freigab. Mit Tränen der Erleichterung in den Augen stolperte sie vorwärts und schaltete die Taschenlampe aus.

Zu ihrer Überraschung endete der Tunnel an einem Felsvorsprung, in den Stufen geschlagen waren. Sie führten zu einem kleinen, geschützten Plätzchen, wo sich das Wasser sanft an einem flachen Felsen brach – eine Landestelle. Der perfekte Ort, um sich vor dem anbrandenden Meer zurückzuziehen. Im Schutz des Felsüberhangs konnte man festmachen und … was? Etwas be- oder entladen? War das ein Schmugglernest? Vermutlich ja. Aber für welche Waren? Und wie kam sie von hier wieder fort, ohne ein Boot und mit keiner anderen Rückzugsroute als der durch einen Tunnel zu einer verriegelten Tür?

Vor sich das wilde Meer, den dunklen Gang hinter sich, stand sie auf dem flachen Fels. Der Wind zauste ihr Haar, doch das Wasser in dieser kleinen geheimen Grotte war seltsam ruhig.

Da ertönte hinter ihr ein Ruf: »Madam, hallo, woll'n Sie an Land?«

Stella drehte sich um und sah, dass ein Mann in einer kleinen gedrungenen Jolle mit Mast, aber ohne Segel, auf sie zuruderte. Er legte sich in die Riemen, dass die hochgerollten Hemdsärmel über den muskulösen Armen spannten.

»Woll'n Sie mit ans Ufer?«

»An Land? Ja, gerne. Unbedingt. Egal wohin!« Stella weinte fast, dabei war das Ganze so lächerlich.

»Halten Sie sich bereit. Ich werf Ihnen eine Leine zu, und Sie legen sie um den Poller.«

Verwirrt sah sie sich um, während er mit leichter Hand aus einer aufgeschossenen Leine eine Schlinge knüpfte, die vor ihren Füßen landete. Und da entdeckte sie den Metallpfosten im Fels und legte die Schlinge darum. Das Boot war festgemacht.

Binnen Minuten schmiegte sich die kleine Jolle an die Landestelle, und der kleine stämmige Mann half ihr, ins Heck einzusteigen.

»Hab hier schon seit mächtig langer Zeit keine Fracht mehr aufgenommen«, grinste er, während Stella die Felsküste und die Klippen über sich betrachtete.

»Ich kann Ihnen gar nicht genug danken. Woher haben Sie gewusst …?«

»Mein Schiff ist draußen auf See; das ist der schnellste Weg rein. Ich frag Sie nich', wie Sie dahin gekommen sind, wo Sie war'n, und Sie fragen mich nich', warum ich hier an Land geh«, sagte er schlicht und konzentrierte sich aufs Rudern.

»Aber wie kann ich Ihnen danken …?«, fragte Stella. Doch als sie seine verschlossene Miene sah, verstummte sie.

Als sie den winzigen Strand erreicht hatten, stoppte er das kleine Boot und hielt ihr den haarigen Arm hin, damit sie sich darauf stützen und an Land gehen konnte. Die nächste Flut würde sämtliche Spuren im Sand verwischen. »Sie gehen den Pfad hoch, Mädel. Und erklären nichts. Nie. Sie ham sich verlaufen und dann zurückgefunden.«

»Ja, ich verstehe«, sagte Stella. »Danke.«

»Und wir sind uns niemals begegnet, Mädel.«

»Nein. Nie.« Beinahe lächelte Stella, als der merkwürdige Seemann sich abstieß und außer Sicht ruderte. Dann schlug sie den Pfad um die Landzunge ein.

Als sie schließlich auf dem Kamm der Landzunge stand und Seawinds erblickte, musste sie erst einmal verschnaufen. Ihr Gatte und ein älterer Mann kamen den Berg herunter auf sie zu.

»Stella! Stella, wo warst du denn?«, rief Stephen.

»Ich habe die Gegend erforscht. Und Seevögel beobachtet.«

»Das ist ein ganz schöner Marsch hierher«, sagte der Mann neben ihm, ohne zu lächeln.

»Joseph, das ist Mrs Stella Holland. Meine Liebe, Mr Broadbent ist der Besitzer von Seawinds. Er lebt hier mit seinen Söhnen.«

Stella zuckte zusammen. Broadbent war der Mädchenname von Stephens erster Frau Hilda. Er sprach fast nie von ihr, und ganz bestimmt hatte er nicht erwähnt, dass er noch Kontakt zu ihrer Familie hatte.

Doch sie biss sich auf die Zunge und vermied es, ihren Gatten anzusehen, bevor sie dem anderen Mann die Hand gab. »Ein reizvolles Heim, Mr Broadbent. Ist es schon lang im Besitz Ihrer Familie?«

»Lang genug, will ich meinen. Es steht hier seit den Tagen der englischen Siedler, als die Insel für ihre bewegte Geschichte bekannt war. Sie hatte viel mit ihrer Geografie zu tun.«

»Ihre Abgeschiedenheit?«, fragte Stella.

»Sie mag zwar abgelegen sein, doch im Lauf der Jahre hat es Archäologen, Erfinder, Quacksalber, Schmuggler, Diebe und

Weiberhelden hierhergezogen.« Er lächelte etwas gezwungen und blickte zu Stephen. »Inzwischen sind die Zeiten ruhiger geworden.«

»Und was machen Ihre Söhne?«, fragte Stella und bemühte sich, unbeschwert zu klingen.

»Sie wissen sich zu beschäftigen, seit ihre Mutter so tragisch ums Leben gekommen ist. Meine Schwester, deine geliebte Hilda, war uns allen ein großer Trost«, fügte er an Stephen gewandt hinzu.

Stella blinzelte, denn dass dieser Mann Hildas Bruder und nicht irgendein entfernter Verwandter war, überraschte sie noch mehr. Davon hatte Stephen keinen Ton gesagt. Doch sie schwieg.

»Ja. Aber nun müssen wir uns verabschieden, alter Knabe.«

»Wie wär's mit einem Tässchen Tee oder einem Sherry als Stärkung für den Weg?«

»Oh, eine Tasse Tee wäre reizend«, antwortete Stella rasch, als die Männer sich bereits umdrehten und zum Haus zurückgingen.

Niemand sonst erschien, als Joseph Broadbent ein kleines Teetablett für Stella in die Bibliothek trug, wo sie Platz genommen hatten. Dann schenkte er sich und Stephen einen Sherry ein.

»Ich weiß es zu schätzen, dass du gekommen bist, Stephen«, sagte er und hob sein Glas.

»Es freut mich, dass du bei guter Gesundheit bist.«

»Haben Sie und Ihre Söhne denn vor, uns bald einmal zu besuchen?«, fragte Stella unschuldig.

»Wir reisen dieser Tage nicht viel.«

»Aha, ich verstehe.« Sie sah zu ihrem Gatten hinüber, der mit gesenktem Blick an seinem Sherry nippte.

»Schade, dass ich Ihre Söhne nicht kennengelernt habe. Ich glaube, ich habe vorhin einen … auf dem Grundstück gesehen«, sagte Stella.

»Sie haben sehr viel zu tun, neben der Arbeit an ihrem Projekt leiten sie dieses Anwesen«, antwortete Broadbent.

Stephen trank seinen Sherry aus.

»Um was für ein Projekt …«, setzte Stella an, doch ihr Gatte gab ihr ein Zeichen aufzustehen.

»Wir müssen aufbrechen. Grüße deine Söhne von mir.« Er folgte dem älteren Mann den Korridor hinunter, und Stella blieb nichts anderes übrig, als sich ihnen anzuschließen.

Als sie ins nächstgelegene Dorf fuhren, wirbelten Stella allerlei Gedanken und Fragen durch den Kopf. Ich bin mir sicher, dass einer der Söhne, wie er auch heißen mag, in Arcadia gewesen ist. Ich habe ihn in unserem Wald gesehen. Mehr als einmal. Er schleicht dort umher, Nyx hat ihn einmal umgestoßen. Und heute wäre ich ihm fast in die Arme gelaufen, zum Glück hat er mich nicht entdeckt. Doch vor allem: Warum hat Stephen mir nicht gesagt, dass wir den Bruder seiner ersten Frau und seine Neffen besuchen? Ihr Instinkt riet ihr jedoch zu schweigen.

»Ich habe am Ufer eine Höhle entdeckt, zu der ein Tunnel führt«, sagte sie stattdessen.

»Du hast gehört, was Joseph erzählt hat. Früher gab es dort Schmuggler. Und vor der Küste sind oft Schiffe auf Grund gelaufen.«

»Was machen denn seine Söhne genau? Was ist ihr ›Projekt‹?«

»Keine Ahnung. Ich habe sie nicht mehr gesehen, seit sie Schuljungen waren. Beide waren dann auf der Universität und haben so was wie Chemie oder irgendwelche anderen Naturwissenschaften studiert, glaube ich. Als Hilda im Sterben lag, habe ich ihr versprochen, ihren Bruder und die Neffen wohlwollend im Auge zu behalten. Ah, da ist ja die Pension.«

Stella wusste, wann für Stephen eine Unterhaltung beendet war. Sie atmete tief durch. Und fühlte sich sehr erschöpft. Ihr

Erlebnis hatte sie körperlich mitgenommen, und sie sehnte sich nach Schlaf. Doch ihre Gedanken wirbelten weiterhin durcheinander.

Nordwest-Tasmanien, 2018

»Diese Frau war reichlich seltsam. Nicht nur, dass sie uns ihren Namen nicht sagen wollte. Sie schien auch Angst vor ihrem Sohn zu haben«, meinte Jessica, als sie und Sally ins Auto stiegen und Shelter Bay den Rücken kehrten.

»Interessanterweise hat sie nicht gefragt, wer Broadbent ist«, überlegte Sally. »Ich hatte den Eindruck, dass sie den Namen schon einmal gehört hat. Wahrscheinlich weiß sie mehr, als sie uns gegenüber zugeben wollte.«

»Vielleicht haben wir ihr Angst eingejagt? Wer, meinst du, ist vorhin weggefahren? Und wer hat uns vom oberen Stockwerk aus beobachtet? Wir müssen da noch einmal hin«, sagte Jessica.

»Auf keinen Fall! Wir sollten diese Familiengeschichte ad acta legen. Was Mum nicht weiß, bricht ihr nicht das Herz. Und ich möchte nicht das Bild zerstören, das sie von ihrer Mutter hat.«

»Es ist allerdings auch wahnsinnig aufregend. Wenn ich mir vorstelle, meine Großmutter könnte einen heimlichen Geliebten gehabt haben!«, sagte Jessica.

Sie fuhren durch Graupelschauer zu dem kleinen Hafen, wo das Boot nach Lone Island ablegen sollte, und mithilfe von Carmens Wegbeschreibung weiter zu dem Motel, das sie ihnen empfohlen hatte. Sally las ihre Handynachrichten.

»Carmen sagt, morgen soll gutes Wetter sein, und sie hat arrangiert, dass uns das Boot übersetzt. Chrissie ist ja überzeugt, dass wir von dem Inselchen hellauf begeistert sein werden.« Nach ein paar nachdenklichen Minuten setzte Sally hinzu: »Lass uns Carmen lieber nichts von dem furchtbaren Shelter Bay oder Seawinds erzählen. Ich möchte die Dinge nicht verkomplizieren.«

Jessica nickte. Nach einer Weile meinte sie: »Übrigens: Ich habe seit unserer Abreise nicht mehr an den grässlichen Hardy gedacht.«

Sally kicherte. »Gut. Dann auf ins nächste Abenteuer. Damit wir später Dinge sagen können wie: ›Als wir damals in Shelter Bay waren … und auf Lone Island … was, davon hast du noch nie gehört? Es ist faszinierend, da musst du unbedingt mal hin!‹«

Mit breitem Grinsen schaltete Jessica den CD-Player ein, und von Mollies CD ertönte Aretha Franklins rauchige Stimme: »You make me feel like a natural woman«.

Südost-Tasmanien, 1949

Eine dünne Staubwolke tanzte im Sonnenlicht hinter Dr. Hollands Wagen her, als er mit Stella auf der River Road nach Arcadia zurückfuhr.

Die Ferien an der Küste, auf der atemberaubenden Freycinet-Halbinsel in den Ferienhütten am Rainbow Beach, waren idyllisch gewesen. Stella hatte die windgepeitschten Spaziergänge am Strand und den spektakulären Ausblick von ihrer kleinen Unterkunft genossen. Noch lieber aber waren ihr die Picknicks am Cooks Landing gewesen, wo sie andere Paare kennengelernt hatten. Manche machten Ferien wie sie, andere hatten sich in dieser malerischen Umgebung niedergelassen.

Stephen hatte von ihren zweiten Flitterwochen gesprochen und Stella für den Vorschlag gedankt, gemeinsam Urlaub an der Küste zu machen. Denn normalerweise erholte er sich beim Forellenfischen in den Bergen.

Auf der Heimfahrt betrachtete Stella den schimmernden Fluss mit den kleinen Holzstegen, die vielen Boote, die um den Fähr- und Frachthafen dümpelten, und die Bootsschuppen vor dem Hintergrund der steilen grünen Hänge. Manche mochten diesen Ort einsam und abgelegen finden, aber sie empfand Arcadia und seine Umgebung als etwas ganz Besonderes. Dies war ihr Zuhause, ihre Inspiration. Sie lächelte versonnen.

Stephen tätschelte ihr Knie. »Glücklich, wieder zu Hause zu sein?«

»Ja, sehr. Es gibt bestimmt unheimlich viel im Garten zu tun.«

Als sie vor dem Haus hielten, erwarteten sie Mrs James und Winsome an der Eingangstür. Mr James war noch im Obstgarten, doch als er sie sah, eilte er herbei, um ihnen mit dem Gepäck zu helfen.

In der Dämmerung ging Stella zum Wald hinunter und rief nach Nyx.

Sie lächelte, als sie ein ungnädiges Kreischen hörte. »Ja, ich weiß, ich war weg. Aber jetzt bin ich wieder da.« Vorsichtig stieg sie im smaragd- und goldfarbenen Licht des Waldes über die Pilze, die sich an die flechtenüberwachsenen Wurzeln und abgebrochenen Äste klammerten, und sog den vertrauten feucht-erdigen Geruch der Sporen und des verrottenden Holzes ein. Neue Pilze, darunter auch die merkwürdigen Blätterpilze, waren auf dem Waldboden geradezu explosionsartig emporgeschossen.

Und da war Nyx. Die Eule saß auf einem Ast, putzte sich das Gefieder und ignorierte sie geflissentlich.

Stella musste kichern. »Hör auf zu schmollen, du albernes Ding. Ich habe dir etwas mitgebracht.« Sie warf dem Vogel etwas zu fressen hin, dann griff sie zur Kamera, um die exotisch aussehenden Pilze zu fotografieren.

Sie würde Terry bitten, ihren Film zum Entwickeln zu bringen, wenn er das nächste Mal nach Burridge fuhr. Nicht nur für Mrs James freute sie sich, dass es ihrem Sohn inzwischen so gut ging und er zu einem strammen jungen Mann herangewachsen war.

Bald kehrte wieder der Alltag ein. Stella stand an ihrer Staffelei und überlegte, eine Strandszene in Angriff zu nehmen. Doch sie war nicht mit dem Herzen dabei, und plötzlich machte ihr der Geruch der Ölfarben zu schaffen. Sie räumte die Farben weg und verbrachte stattdessen einige Zeit in ihrem Rosengarten, wobei sie die meisten Arbeiten Winsome überließ. Denn ihr selbst war nicht danach zu graben, Pflanzen zurückzuschneiden oder Unkraut zu jäten, obwohl sie das bis sonst gern gemacht hatte.

Eines Morgens saß sie leicht angeekelt am Frühstückstisch. »Danke, Winsome, aber ich bringe wirklich nichts herunter.«

Während Winsome die Eier wieder abräumte, musterte Mrs James die Hausherrin. »Das sieht Ihnen aber gar nicht ähnlich, das Frühstück zu verweigern, Mrs Holland. Schon seit Ihrer Rückkehr aus dem Urlaub sind Sie einfach nicht mehr dieselbe. Und Sie sehen auch ziemlich spitz um die Nase aus, wenn ich ehrlich bin. Wie fühlen Sie sich?«

»Ein bisschen wackelig. Und Sie haben recht, ich bin nicht mehr ich selbst.« Stella schaute zum Fenster hinaus, und ihr rollte eine Träne über die Wange.

Mrs James setzte sich neben sie und nahm ihre Hand. »Heute Morgen noch habe ich zu meinem Mann gesagt, dass Sie vielleicht das entspannte Zusammensein mit Ihrem Mann vermissen, das Sie im Urlaub genossen haben. Sie beide haben ja nicht oft Gelegenheit dazu, da seine Patienten ihn und seine Gedanken Tag und Nacht in Anspruch nehmen«, meinte sie sanft. »Doch jetzt sagt mir meine langjährige Erfahrung, dass Sie vielleicht in anderen Umständen sind.«

Stella ließ keine Regung erkennen. Dann nickte sie langsam. »Sie könnten recht haben.«

»Haben Sie schon mit Dr. Holland gesprochen?«

»Noch nicht. Ich wollte sicher sein. Ihm keine falschen Hoffnungen machen.«

»Verstehe.« Einen Augenblick sah sie Stella in die Augen und drückte ihr dabei die Hand. »Es ist nichts, wovor man Angst haben muss.«

Stella nickte, blickte zu Boden und erwiderte den Händedruck.

»Möchten Sie sich vielleicht mit meiner Nichte unterhalten? Sie ist Hebamme. Ein braves Mädel. Das ist vermutlich besser, bevor Sie mit Dr. Holland sprechen. Ich lade sie zum Tee ins Cottage ein«, versprach Mrs James.

Stella mochte Sheilagh Pearson auf Anhieb. Sie war etwa in ihrem Alter, hatte ein fröhliches Gesicht, eine sanfte Stimme und besänftigende Hände. Während Mrs James Tee kochte, untersuchte die Hebamme sie, stellte ihr ein paar Fragen und nickte dann.

»Sie erwarten definitiv ein Kind, und Ihre Verfassung ist zweifellos gut genug, um die Neuigkeit zu verkünden. Gratuliere«, setzte sie mit breitem Lächeln hinzu. »Manchmal geschehen diese späten Wunder. Sie sollten es Dr. Holland sofort erzählen.«

»Danke, das werde ich tun. Noch heute Abend. Er wird ziemlich überrascht sein. Angenehm überrascht, hoffe ich.« Stella klang ein bisschen zaghaft.

»Aber natürlich. Sie sind gesund, doch Sie müssen auf sich aufpassen. Vierzig ist ein ziemlich fortgeschrittenes Alter für das erste Kind. Aber es gibt überhaupt keinen Anlass zur Sorge, dass nicht alles glattgehen könnte.«

Mrs James strahlte übers ganze Gesicht, als sie ihr die Neuigkeit erzählten. »Das waren bestimmt die Ferien in Freycinet. Na, das wird den alten Knaben noch mal aufleben lassen«, sagte sie, und Sheilagh gluckste.

Stella lachte höflich mit und legte beschützend die Hände auf ihren Bauch.

6

Lone Island, 2018

Hinter der Mole war das Meer kabbelig. Durch die gegeneinanderlaufenden starken Strömungen bildeten sich auf der Wasseroberfläche Kreuzseen, und die Wogen krachten gegen die alten Wellenbrecher. Die Landzunge bot dem heftigen Seegang kaum Widerstand und dem kleinen, aber robusten Boot, das durch die Wellen pflügte, keinen Schutz. Unablässig schwappten Gischtkaskaden über den Bug, liefen das Dollbord entlang und erschwerten die Sicht. Der Horizont schien sich zu heben und zu senken, Seevögel standen, nur vom Gegenwind getragen, reglos in der Luft, bevor sie die Flügel seitwärts neigten und entweder höher stiegen oder dicht über die bewegte Wasseroberfläche glitten.

Carmen stand am Ruder. Victor, ihr Helfer, der im Gegenzug für die Erledigung einfacher Arbeiten wie Holzhacken mietfrei auf der Insel wohnte, war im Ölzeug draußen im offenen Heck; von seinem Südwester floss in Strömen das Salzwasser herab. Plötzlich zeigte er nach vorn. »Seht ihr diese Vögel? Herrliche Kreaturen. Die meisten Vögel können ja nicht riechen, Albatrosse aber schon. Auf ihren weiten Strecken über den Ozean suchen sie mit ihrem Geruchsinn nach Nahrung. Wie übrigens auch Geier, und sogar Kiwis haben Nasenöffnungen an der Schnabelspitze, die sie bei der Suche nach Würmern im Boden unterstützen. Und da, sind das nicht majestätische Gestalten?« Er wies auf die Sturmtaucher, die sich neben ihnen in die Lüfte erhoben. »Sie sehen hervorragend und haben lange Flügel, die sie zu fantastischen Fliegern machen. Deshalb müssen sie sich nie verstecken, ihre Flügel schenken ihnen Freiheit.«

»Gibt es viele Vögel auf der Insel?«, fragte Sally.

»Allerdings. Jede Menge Krähenkolonien. Und passt auf, wo ihr hintretet, die Brutlöcher der Kurzschwanz-Sturmtaucher können tückisch sein.«

»Danke für den Hinweis«, sagte Jessica.

»Ich schlage vor, ihr geht unter Deck, hier wird's allmählich etwas feucht«, rief Carmen ihnen zu.

Die beiden Freundinnen kletterten hinunter in den winzigen Salon. »Puh, ist das eng hier«, meinte Sally. »Keine Ahnung, wie Bass und Flinders es monatelang so eingepfercht ausgehalten haben.«

»Verblasst der Reiz der See bereits?« Jessica sah auf ihre Uhr. »Ungefähr noch eine Stunde. Kein Wunder, dass Carmen und Victor die Insel nicht oft verlassen. Diese Pendelstrecke hat es in sich. Ich kann mir nicht vorstellen, dass viele Touristen übersetzen.«

»Chrissie hat erzählt, dass die Touristen meistens bei gutem Wetter mit dem Flugzeug anreisen – Hobby-Naturforscher, Schriftsteller und andere Einzelgänger. Vielleicht noch Paare in den Flitterwochen. Es ist definitiv kein Urlaubsort mit geselligem Treiben.«

»Klingt wie der perfekte Ort für ein Mörderspiel.«

»Wessen Idee war dieser Abstecher noch mal?« Sally hob eine Augenbraue.

»Okay, okay. Es schien eine gute Idee zu sein. Und vergiss nicht, du hast zugestimmt. Wir verlassen damit ausgetretene Pfade. Mir gefällt das.«

Victor steckte den Kopf durch die Luke. »Wir nähern uns der Insel. Kommt raus und schaut euch die Klippen an. Ein spektakulärer Anblick.«

Sie gingen nach oben. Immer wieder von Gischt überspült, sahen die beiden Freundinnen zu, wie das kleine, zerbrechlich wirkende Boot in der Dünung auf die hohen Klippen zurollte.

»Sie sehen aus wie riesige Skulpturen«, brüllte Jessica, um den Wind zu übertönen.

»Wind und Wasser haben sie seit Jahrtausenden geformt«, erwiderte Sally. »Unglaublich, dass es Vulkangestein ist, das vom Meeresboden hochgeschleudert wurde. Und sieh dir all die Spalten und Höhlen an. Ob wohl schon jemand seinen Fuß dort hineingesetzt hat?«

»Sieh mal, da oben wächst eine Pflanze. Wie kann die auf diesem winzigen Felsgesims überleben?«

»Dort drüben nistet ein Seeadler«, sagte Victor, der neben ihnen stand. »In dem Baum, der sich in der Senke zwischen den Klippen an den Felsen klammert. Außerdem gibt es hier Robben. Ihr könnt sie auf der anderen Seite, wo es geschützter ist, am Strand und auf den Felsen beobachten.«

Sally klammerte sich an die Reling, weil sich das Boot nach Steuerbord neigte. »Wie bist du hierhergekommen, Victor? Kaum jemand scheint diese Insel zu kennen.«

Er zuckte die Achseln. »Tja, hier gibt es keine schicken Hotels und nur wenig Menschen. Die einzige Unterhaltung bietet Mutter Natur. Das gefällt nicht jedem, aber ich mag es sehr.«

»Weit und breit keine schwimmende Cocktailbar. Aber ich bin gespannt darauf, was uns hier erwartet«, sagte Jessica.

»Ich werde euch ein Geheimnis verraten«, erklärte Victor. »An einer ganz bestimmten Stelle hat man Satellitenempfang. Wenn ihr zufällig einen Telefonanruf machen müsst, lasst es mich wissen. Übrigens sind noch weitere Besucher da. Wobei Dan kein Tourist ist, sondern ein Freund von Carmen, der hier oft Feldforschung betreibt. Dann noch ein anderer Mann, und ein Fischer schaut regelmäßig vorbei.«

»Danke«, sagte Sally.

Jessica zuckte die Achseln und flüsterte: »Was sind das wohl für Leute, die es auf diesen Felsen spült?«

»Nette Menschen, hoffe ich«, sagte Sally, und beide wussten, dass sie an den anonymen Anrufer dachte.

Carmen steuerte das kleine Boot um die hoch aufragende Landspitze, und urplötzlich legte sich der Wind. In der Bucht mit ihren winzigen unberührten Sandstränden war es viel geschützter.

»Hier muss man wenigstens nirgends anstehen«, sagte Jessica. »Ich sehe kein einziges Haus.«

»Dort ist unser Anlegesteg, oder?«, fragte Sally. »Nach dem wilden Ritt kann ich gar nicht glauben, wie ruhig es in der Bucht ist.«

»Wir sind auf der windabgewandten Seite, und das Kap schützt die Bucht. Hier ist auch die Flugpiste«, erklärte Victor.

»Mensch, sieh mal die vielen Vögel«, staunte Sally.

»Ist immer ein ganz schöner Zirkus, wenn ein Flugzeug kommt«, sagte Carmen. »Wir alle gehen dann mit Besen raus, um sie zu verjagen. Es sind hauptsächlich Hühnergänse. Frühere Bewohner haben hier eine Art Zoo zurückgelassen.«

»Hier hat einmal eine Familie gelebt, die Rinder und Schafe gezüchtet hat«, erzählte Victor. »Und auch ein paar Seefahrer haben hier ihre Spuren hinterlassen.«

Carmen sprang auf den Steg, machte das Boot fest und half Jessica und Sally mit ihren Rucksäcken, während Victor anfing, die Lebensmittel auszuladen.

»Trifft man sich abends irgendwo?«, erkundigte sich Sally, als sie den Rucksack aufsetzte und Carmen auf dem Sandweg folgte, der zu einem Wäldchen führte.

»Manchmal schon, bis auf diesen einen seltsamen Kerl, der glaubt, dass er uns hinters Licht führen könnte.«

»Was heißt das?«, hakte Jessica nach.

»Er behauptet, Geologe zu sein, und hat das letzte Mal blitzblankes neues Werkzeug mitgebracht. Aber wir wissen, wohinter er her ist«, kicherte Carmen.

»Und zwar?«, fragte Jessica.

Carmen drehte sich um und zwinkerte ihnen zu. »Er sucht einen vergrabenen Schatz. Ganz im Ernst. Im 19. Jahrhundert ist ein Schiff auf Grund gelaufen, und es heißt, der Skipper habe ein paar Männer mit Fässern an Land geschickt, die sie wohl unten bei der Ti-Tree-Lagune verbuddeln sollten. Doch dann wurden sie gerettet, und der Skipper kehrte nie zurück, um abzuholen, was er heimlich beiseiteschaffen ließ.«

»War es Rum?«

»Bis in die Fünfzigerjahre wusste das niemand, doch dann tauchte ein alter Strandgutsammler hier auf, und nachdem er wieder aufs Festland zurückgekehrt war, fing er an, seine Drinks mit Goldmünzen zu bezahlen. Er wurde danach noch mehrmals hier gesichtet. Es geht das Gerücht, dass er bei einem Kumpel in Launceston eine Karte hinterlassen hat. Seitdem begegnen wir hier immer wieder mal einem hoffnungsfrohen Schatzsucher wie dem, der sich gerade auf der Insel aufhält.«

Jessica und Sally wechselten einen Blick.

»Ich zeig euch jetzt eure Gästehütte … und wo mein Unterschlupf ist. Victor bringt euch alles, was ihr braucht, auch ein paar Lebensmittel, falls ihr heute Abend kochen wollt. Wenn nicht, kommt nachher zum Essen rüber. Der Geologe bleibt meistens für sich, aber Dan ist wieder da, und Laurie, der Krebsfischer, schaut manchmal vorbei. Haltet das, wie ihr Lust habt. Victor hat auch Wanderkarten in die Hütten gelegt, auf denen die schönsten Plätze eingezeichnet sind.«

Das Cottage, das Carmen ihnen zeigte, lag inmitten von Bäumen, aber in Hörweite des Meeres. In den 1950ern war es das Zuhause einer Familie gewesen, doch inzwischen hatte man es in schlicht rustikalem Stil renoviert.

»Es sind ein paar Grundnahrungsmittel da, saubere Handtücher, Strandzubehör, Angelzeug und Wanderausrüstung. Außerdem stehen Wasser, Softdrinks, Milch, Wein und Bier im Kühlschrank. Falls es kalt wird, liegt dort hinten Holz für den gusseisernen Ofen, und es gibt auch ein paar Bücher, Zeitschriften und Spiele. Ich muss euch ja sicher keine Vorschläge machen, wie ihr euch beschäftigen könnt. Genießt die Insel nach Herzenslust. Ihr werdet feststellen, dass es hier eine Menge zu sehen gibt.«

»Danke, Carmen. Und wo finden wir Victor, wenn wir ihn brauchen?«, fragte Jessica.

Carmen zeigte zur Weggabelung. »Rechts geht's zu meiner Hütte, links zu den anderen Gästehäusern. Victor wohnt in Nummer drei, Dan neben Laurie, und der Geologe in seinem Zelt. In der Mitte der Insel stehen noch eine alte Scheune und ein Bauernhaus, aber da ist im Augenblick niemand. Wenn ihr die anderen kennenlernen wollt, kommt gegen sechs Uhr zu mir.«

Als sie allein waren, fragte Jessica: »Hast du auch das Gefühl, dass wir für eine Weile von der Weltkarte verschwunden sind?«

»Ja. Das könnte auch das richtige Erlebnis für Toby, mich und Katie sein, wenn sie etwas älter ist«, sagte Sally.

»Du meinst, wenn sie alt genug ist, um auch mal spartanisch zu leben, ohne Handy und ohne Internet?«

»Ähm, ja. Ich glaube, es würde ihr gefallen. Sie ist so gern draußen. Erinnere dich, wie wir als Kinder unsere Umgebung erforscht und im Wald und am Bach gespielt haben.«

»Diese Zeit werde ich nie vergessen. Und es gibt keinen Grund, warum wir es jetzt nicht auch so machen sollten. Lass uns Wasser, Brot, Käse und ein bisschen Obst einpacken und losziehen«, schlug Jessica vor. »Deshalb sind wir schließlich hergekommen, oder? Das wird Spaß machen. Allerdings nehme ich die Regenjacke mit. Um diese Jahreszeit kann es schnell abkühlen oder einen Schauer geben.«

Sie studierten die Karte von der Insel und beschlossen, an der Scheune und dem Bauernhaus vorbei zur Landspitze zu wandern. Doch nach drei Stunden stellten sie fest, dass sie nicht weit gekommen waren, weil sie sich von einer wunderschönen, golden schimmernden Lagune hatten ablenken lassen, die von Papierrindenbäumen gesäumt wurde. Das vom Buttongras bräunlich gefärbte Wasser war kühl und erfrischend, also wateten sie im Schatten der Bäume auf dem sandigen Grund durchs seichte Wasser.

»Viele würden ein Vermögen für eine Heilanwendung hier bezahlen«, sagte Jessica. »Sieh dir nur die Farbe des Wassers an. Es ist wie ein Moorbad.«

»Und so erfrischend nach der Wanderung«, seufzte Sally. »Schade, dass es nicht warm genug zum Schwimmen ist.«

»Gut. Und wohin jetzt?« Jessica trocknete sich die Füße ab und zog wieder Socken und Turnschuhe an.

Sie beugten sich gerade über die Karte, als vom Hügel über ihnen jemand rief: »Hallo da unten!«

Überrascht blickten sie hinauf zu dem Mann, der ihnen zuwinkte. Mit Sonnenbrille und Hut, einer Canvastasche über der Schulter und einer klobigen Kamera in der Hand sah er aus wie ein Wanderer. Umsichtig stieg er den Abhang hinunter.

Als er bei ihnen angekommen war, lüftete er den Hut, sodass ihm das helle Haar in die Stirn fiel, und lächelte strahlend. Jessica erkannte den freundlichen gut aussehenden Mann auf Anhieb.

»Ihr habt den schönsten Platz auf der Insel entdeckt. Hi, ich bin Daniel Sullivan. Carmen hat erwähnt, dass sie noch ein paar Gäste abholt.«

»Hi. Wir sind uns kürzlich schon einmal begegnet«, lächelte Jess. »In den Botanischen Gärten. Ich bin Jessica, und das ist Sally.«

»Aber natürlich! Was für ein Zufall.« Er schüttelte ihnen die Hand. »Und Carmen hat euch gekapert, damit ihr diese Insel kennenlernt? Es ist ein ganz besonderer Ort.«

»Sehr ungewöhnlich, diese vielen verschiedenen Landschaften«, sagte Sally. »Wir sind zwar erst kurz da, aber unsere Freundin Chrissie hat uns erzählt, dass es Ackerland, Savannen, Wiesen und Viehweiden, diese Lagune, beachtliche Berge und Felsüberhänge gibt. Sind dort die Höhlen?« Sally zeigte auf die Felsen hinter ihm.

Er nickte. »Ich bin bei Ebbe runter. Seid ihr um das Felsschelf gewandert? Nein? Einfach atemberaubend. Drüben auf der Seite ist eine Sturmtaucherkolonie. Da keine Brutzeit ist, sollte es nicht allzu viele Schlangen geben. Aber jede Menge Pinguine, die rund um die Insel brüten. Soll ich euch hinführen?«

»Ja, gern«, nickten die Freundinnen.

»Zieh dir lieber auch Schuhe an«, sagte er zu Sally. »Die Muschelschalen auf den Felsen sind scharfkantig.«

Langsam gingen sie hintereinander über das breite, frei liegende Felsschelf und staunten, als sie über uralte, von der Natur geschaffene Meereskunst stiegen. Napfschnecken waren wie Blumen verstreut, und die Wirtel und Tümpel und Löcher, die das Wasser in den Stein gegraben hatte, erinnerten an abstrakte Gemälde. Jeder Felstümpel war ein kleines Unterwassertheater, eine Bühne aus sich wiegendem Seegras und Sand mit scheuen Kreaturen und bunten Muscheln. Auf den Bäuchen liegend, warteten sie darauf, dass die kleinen Krabben und eingeschlossenen Fische auf die Hauptbühne flitzten.

»Das sieht fast aus wie ein Ballett«, sagte Sally. »Es fehlt nur die Musik!«

»Habt ihr mal einen klingenden Felsen gehört?«, fragte Dan. Als er ihre verblüfften Mienen sah, erklärte er: »Es gibt an verschiedenen Petroglyphen-Stätten der Ureinwohner einige besondere Felsen. Wenn man mit einem kleineren Stein auf den großen mit den eingeritzten Mustern klopft, fängt er an zu klingeln und zu singen.«

»Faszinierend«, sagte Sally.

»Was gibt es hier noch?«, fragte Jess.

»Jede Menge Dinge. Aber ich kriege Hunger. Sollen wir zuerst etwas essen?«

»Prima Idee«, sagte Sally. »Wir haben ein kleines Picknick eingepackt.«

»Und ich habe das!« Schwungvoll zog er ein Messer aus seiner Schultertasche und lachte, als die Freundinnen zurückzuckten.

Er wies auf die Stelle, wo das Wasser über die Steine schwappte. »Mögt ihr Austern? Frisch vom Felsen – es gibt nichts Besseres!«

»Mmmh, lecker. Und wir haben Brot. Perfekt«, sagte Sally.

»Aber keinen frischen Zitronensaft«, ärgerte sich Jessica.

»Da kann ich aushelfen.« Dan zeigte in einen Felstümpel, wo das Seegras in einem traubenförmigen Büschel wuchs. »Klaubt ein paar Trauben heraus und zerdrückt sie. Es schmeckt salzigsüß, besser als Zitrone.«

»Ich hol das Brot«, sagte Sally.

Dann saßen sie auf einem Felsvorsprung und ließen die Füße im Wasser eines Tümpels baumeln. Das Brot lag auf einer ausgebreiteten Jacke zwischen ihnen, daneben standen die Wasserflaschen, und Dan pflückte die Austern von den Steinen, löste ihr Fleisch von der Schale und reichte sie ihnen abwechselnd.

Jessica seufzte. »Diese kleinen Seegras-Trauben sind köstlich. So saftig!«

»Weißt du eigentlich, ob es irgendwelche Neuigkeiten zu der Pflanzenprobe gibt, die wir euch gebracht haben?«, fragte Sally.

Dan konzentrierte sich gerade darauf, eine fette Auster aus der Schale zu lösen. »Mehr oder weniger. Ich muss vorausschicken, dass ich das Bild großartig finde. Das hat deine Großmutter gemalt, nicht wahr?«

Sally nickte. »Ja. Sie hieß Stella Holland.«

»Weißt du denn, wo sie die Blume gemalt hat?«

»Ich nehme an, auf Arcadia, unserem Familienanwesen. Inzwischen bewirtschaften mein Mann und ich das Land. Unsere Hauptprodukte sind Safran und Trüffel.«

Dan nickte. »Klingt vernünftig. Ihr habt alte Bäume?«

»Wir haben neue gepflanzt.«

»Aber der Eukalyptuswald ist immer noch da«, warf Jessica ein.

»Ja, ein geheimnisvoller Ort. Wahrscheinlich voller Pflanzen, die nie bestimmt worden sind«, sagte Sally.

»Ein uralter Wald, der sich südlich von Sallys Haus über mehrere Hektar erstreckt«, erklärte Jessica. »Ich bin auch in der Gegend aufgewachsen.«

Dan nickte. »Aha, das ergibt Sinn. Denn was uns interessiert, sind die Pilze auf dem Gemälde, von dem uns deine Mutter netterweise Fotos gemailt hat, Sally. Die kleine Blume ist ungewöhnlich, aber ich glaube, dass es sich um eine bekannte Spezies handelt. Doch deine Großmutter hat auch einen Marienkäfer gemalt, der sich von Pilzen ernährt, und eine kleine Gruppe dieser Pilze.«

»Ach. Der Käfer ist offenbar so winzig, dass er mir noch nie aufgefallen ist«, meinte Sally.

»Was ist so interessant daran?«, fragte Jessica.

»Das ist nicht ganz einfach zu erklären. Es hat mit dem Boden zu tun, auf dem diese Pilze wachsen. Habt ihr vom Myzel-Netzwerk gehört?«

»Myzel … ist das nicht das spinnwebartige Geflecht, das sich unter den Pilzen im Boden ausbreitet? Wir haben es bei den Trüffeln und anderen Pilzen im Wald bemerkt«, sagte Sally.

»Genau. Ich stehe jetzt schon eine ganze Weile in Kontakt mit Sean Hyland, einem Mykologen aus den USA. Wir sind dabei, viel über die magischen Kräfte von Pilzen zu lernen.« Dan lächelte.

»Du meinst so etwas wie die Feenringe?«, fragte Jessica.

»Oh, Jess, erinnerst du dich noch an unseren Feenring? Den wir damals in unserem Wald entdeckt haben?« An Dan gewandt, fuhr Sally fort: »Es war ein perfekter Kreis aus Waldpilzen. Jessica wollte sie abschneiden und mit nach Hause nehmen, um sie zu braten, aber ich fürchtete, dass das Pech bringt.«

»Es rankt sich viel Aberglaube darum. Manche Menschen glauben, sie bringen Pech, andere meinen, sie verheißen Glück. Die Pilze sprießen aus der Myzeldecke, die im Inneren abstirbt, sodass sie kreisförmig um diese Leerstelle herum wachsen. Diese Ringe entstehen immer wieder aufs Neue. In Frankreich gibt es einen Feenring, der angeblich mehrere Hundert Jahre alt ist.«

»Und das ist es, was du erforschst?«, fragte Jessica fasziniert.

»Unter anderem. Jedenfalls ist einer der Pilze auf Stellas Gemälde sehr selten, seine Sporen sind also ziemlich wertvoll. Wir erforschen die Anwendungsmöglichkeiten von Pilzen und Myzel schon seit Jahren, aber der Bereich wird immer wichtiger, und so ist es nicht uninteressant, woher wir sie beziehen können.«

Jessica nahm sich noch eine Auster. »Arbeitest du für die Botanischen Gärten oder für ein Museum oder eine Universität?«

»Zurzeit habe ich eine Stelle bei den Botanischen Gärten in Hobart, aber ich arbeite außerdem für eine internationale Organisation, die zwar nicht gemeinnützig ist, aber von einer Stiftung gefördert wird, die ökologische Anbaumethoden in großem Maßstab entwickeln will. Und dann verfolge ich noch ein paar Herzensprojekte auf eigene Faust.«

»Zum Beispiel?«, fragte Sally.

»Es gibt eine Menge Leute, die sich mit Mykologie befassen und den Nutzen von Pilzen erforschen. Sean Hyland ist ein internationaler Experte auf dem Gebiet. Er ist außerdem Carmens Stiefcousin. Normalerweise lebt er in Kanada, aber zurzeit arbeitet er einen Monat lang in Hobart.«

»Warum dieses große Interesse an Pilzen?«, fragte Jessica.

»Äh, nun … das ist geheim.« Er lächelte. »Nur so viel: Es gibt einen Wettlauf, möglichst schnell neue Produkte auf den Markt zu bringen. Alles, was den Boden anreichert, Pflanzenwachstum fördert, Giftmüll, ausgelaufene Chemikalien, landwirtschaftliche und industrielle Abfälle sowie Strahlungsmüll abbaut, bis hin zu Mitteln zur Stärkung des menschlichen Immunsystems und Arzneien gegen Krankheiten.«

»Das alles aus Pilzen? Machst du Witze?«, rief Sally aus.

»Ist euch je aufgefallen, wie Pilze im Wald das Holz verrotten lassen? Pilze atmen Sauerstoff ein und Kohlendioxid aus wie wir, und sie sind auch für viele der gleichen Keime anfällig. Das Myzel-Netzwerk ist wie ein unterirdisches Computersystem. Sean beschreibt es als neurologisches Netzwerk der Natur.«

»Du meinst damit den weißen Schimmel unter den Pilzen, von dem Sally gesprochen hat?«, fragte Jessica.

»Ja. Tatsächlich handelt es sich dabei um dünne, einzellige Fäden, die sich miteinander verbinden und sowohl unter- als auch oberirdisch wie ein gewebtes Netz aus Membranen ausbreiten. Auf jeden Kubikmeter Erde kommt ein Kilometer Myzel darunter.«

»Die Bäume und Pflanzen können sich also miteinander unterhalten«, meinte Jessica lachend.

Dan nickte. »Ja. Es ist ein faszinierendes Forschungsfeld. Pilze sind die Recyclingmeister auf unserem Planeten und sorgen insbesondere für gesunden Boden. Außerdem filtern sie Wasser, helfen Pflanzen und Bäumen beim Wachstum und bekämpfen Schädlinge. Aber sie haben auch biochemische Abwehrstoffe – zum Beispiel Antibiotika – gegen Bakterien und Viren entwickelt, die Krankheiten beim Menschen verursachen. Das Studium der Mykologie ist ein weites Feld und reicht in uralte Zeiten zurück.«

»Wie das?«, wollte Sally wissen.

»Nun, man kann aus Pilzen eine Art Leder herstellen. Die ersten Menschen machten sich dies zunutze und nahmen darin auch die Glut eines Feuers mit, wenn sie weiterzogen. Der Bewahrer des Feuers war ein wichtiger Mann. Wenn das Feuer ausgeht, kann man nicht mehr viel tun. Übrigens kenne ich auch einen Wissenschaftler, der mit aus Pilzen gefertigter feuerfester Kleidung experimentiert.«

»Damit kann man bestimmt ein Vermögen verdienen«, warf Sally ein.

»Daher der Wettlauf?«, fragte Jessica.

»Genau. Menschen auf der ganzen Welt haben Patente für bestimmte Produkte angemeldet. Doch Sean, mit dem ich zusammenarbeite, hält es für den besten und fairsten Weg, die Forschungsergebnisse der Allgemeinheit unter bestimmten Bedingungen kostenlos zur Verfügung zu stellen, damit auch die ärmsten Staaten sie nutzen können und jeder, der will, entsprechende Produkte entwickeln, herstellen und verkaufen kann.«

»Das klingt so … utopisch«, sagte Sally. »Gibt es denn Beispiele, dass diese Idee wirklich funktioniert?«

Dan nickte. »Sean stellt die Forschungsdetails ins Internet, dazu gibt es alle möglichen Versuche und standardisierten Tests durch seriöse Organisationen. Ich bin ins Outback von Queensland gefahren, wo der Boden durch Erdöl- und Erdgasfracking kontaminiert war, um einige Experimente zu beobachten. Wo die faulige und salzige Flüssigkeit austrat, tötete sie alles im Umkreis ab. Aber der ›Pilzkompost‹ reinigte die Erde nicht nur – nachdem die erste Generation von Pilzen darauf gewachsen war, bauten die Leute dort sogar erfolgreich Nutzpflanzen an.«

»Ob meine Großmutter wohl etwas davon geahnt hat, als sie die Pilze malte?«, überlegte Sally.

»Wer weiß?«, sagte Dan. »Zweifellos hatte sie einen scharfen Blick für die Natur. Und es scheint, dass in dem Wald auf deinem Anwesen einige seltene Sorten wachsen. Ich würde gern einmal untersuchen, welche Spezies heute noch vorhanden sind, wenn ich darf?«

»Aber sicher. Auch Toby, meinen Mann, interessiert das bestimmt sehr.«

»Was machst du eigentlich, Jessica?«, fragte Dan.

»Ich habe in einem pharmakologischen Labor in Sydney gearbeitet und bin nie rausgekommen. Was mich fertiggemacht hat«, bekannte Jessica und senkte den Kopf.

»Wo bist du zu Hause, Dan? Stammst du aus Tasmanien?«, fragte Sally, die den Stimmungsumschwung ihrer Freundin spürte und die Unterhaltung von ihr weglenken wollte.

»Ursprünglich komme ich aus dem ländlichen New South Wales, aber jetzt lebe ich in einer kleinen Wohnung in Sydney. Wobei ich viel reise – man könnte sagen, ich habe einen mobilen Arbeitsplatz.«

»Und warum bist du hier auf der Insel?«, wollte Jessica wissen.

»Nun, ich tausche mich immer gern mit Carmen aus, und diesmal bin ich hergekommen, weil ich den Boden und die Pflanzen rund um die alten Felsritzungen untersuchen will, deren Schädigungen wissenschaftlich erforscht werden. Die Debatte, ob sie ein Werk der Ureinwohner sind oder Verwitterung aufgrund von Alter und Wetter, ist in manchen Kreisen immer noch ein heißes Eisen. Und sie sind faszinierend. Manche Wissenschaftler sagen, dass sie auf die Zeit zurückgehen, als Lone Island vom Festland weggebrochen ist. Da die Kolonisatoren die Einheimischen auslöschen wollten, ist nicht viel von der alten Geschichte Tasmaniens dokumentiert. Eingeschleppte Krankheiten haben ganze Stämme ausradiert, und im Black War wurden die Tasmanier natürlich weiter dezimiert.«

»Davon habe ich schon mal gehört«, sagte Sally. »Aber ich weiß nicht genau, worum es im Black War ging … wie kann es sein, dass wir in der Schule nichts darüber erfahren haben?«

»Es war ein Krieg um Land und um das Überleben eines indigenen Volks, das hier auf fast jede erdenkliche Art ausgerottet wurde. Wir alle wissen, wann die angeblich ›letzte Tasmanierin‹ Truganini starb, aber es gibt so viel Geschichte, die wir nicht kennen«, sagte Dan und runzelte die Stirn. »Es ist zutiefst tragisch, dass die Ureinwohner von den Kolonisatoren als überflüssige Spezies betrachtet wurden.«

»Ja, das ist schrecklich und schockierend«, sagte Jessica.

»Die Kolonisatoren hatten weder Respekt vor den Menschen noch vor den Tieren oder der Natur. Denkt nur an den armen Beutelwolf, den ›Tasmanischen Tiger‹«, sagte Sally. »Der letzte starb in den 1930er-Jahren im Zoo von Hobart. Traurig, wenn man darüber nachdenkt.«

»Ja, das finde ich auch. Und man hat es kommen sehen. Nun, zumindest John Gould, der Naturforscher. In meinem Büro hängt eine Reproduktion von seinem Gemälde des Beutelwolfs. Ich habe mir die Bildunterschrift eingeprägt …«, sagte Dan.

»Wie lautet sie?«, wollte Jessica wissen.

»Moment … *Die Population dieses einmaligen Tieres wird rapide zurückgehen, seine Ausrottung ist in vollem Gang, und dann wird es wie der Wolf in England und Schottland als ein Tier der Vergangenheit gelten … John Gould, 1851.*«

Jessica lächelte traurig. »Wie schön wäre es, wenn er zurückkäme. Er ist ein bisschen wie der Dingo auf dem Festland … eine Art tasmanischer Wolfshund.«

»Wissenschaftler versuchen, einen zu klonen«, erzählte Dan. »Sie haben voll entwickelte, konservierte Fötusse des Beutelwolfs entdeckt, die vor hundert Jahren an Sammler ins Ausland geschickt worden sind. Wer weiß …«

»Gibt es irgendwelche Zeugnisse von Höhlenmalereien der Ureinwohner?«, erkundigte sich Sally. »Zum Beispiel Bilder vom Beutelwolf?«

»Die ersten französischen und niederländischen Forschungsreisenden haben Zeichnungen angefertigt und Beobachtungen notiert, und einige der Künstler unter den ersten Siedlern haben in ihren Arbeiten das koloniale Leben festgehalten. Aber wir sind uns erst seit relativ kurzer Zeit bewusst, was hier einst war und was verloren ging«, seufzte Dan. »Hinsichtlich ihres Alters und ihrer kulturellen Bedeutung steht die Felsenkunst im UNESCO-Welterbe-Schutzgebiet Tasmanische Wildnis auf einer Stufe mit der Felsenkunst auf dem australischen Festland.«

»Ist denn die Felsenkunst geschützt?«, fragte Jessica, während sie ihre Picknicksachen zusammenpackten.

»Nicht gut genug«, erwiderte Dan. »Trotz des Schutzstatus als nationales Erbe sind die Stätten von Geländewagen und -motorrädern bedroht, die trotz des Verbots die Strände entlang, über die Sanddünen und durch den Busch brettern und dabei über Hinterlassenschaften der Ureinwohner und Petroglyphen, heilige Orte, fahren. Oft zerstören die Leute sie, ohne auch nur etwas von ihrer Existenz zu ahnen.«

»Sind also Pilze oder die Pflanzen rund um indigene Artefakte dein Hauptforschungsgebiet?«, fragte Sally.

»Sowohl als auch, da in gewisser Weise alles mit Naturschutz zusammenhängt. Der Frage, wie wir unseren Planeten retten können.« Er lächelte.

»Ach so, nur das Übliche«, kicherte Jessica. »Keine allzu große Herausforderung.«

Alle lachten, und Dan erhob sich. »Sollen wir mal weiter?«

Sie kamen nur langsam voran, denn immer wieder blieben sie stehen, weil Dan den beiden Freundinnen Vogelkolonien, kleine Nester und Tierhabitate, ungewöhnliche Pflanzen und seltsame Felsformationen zeigte. Als er auf dem windgepeitschten Kamm eines schroffen Felshangs das Buttongras teilte, blickten sie staunend auf kunstvoll geritzte alte Felsen.

»Wie eine riesige Skulpturengalerie«, sagte Jessica nach einer Weile.

»Oder eine Kirche«, murmelte Sally.

»Auf jeden Fall ist das nicht zufällig hier entstanden«, stimmte Dan zu. »Da war ich mir schon immer sicher. Kunst und Landschaft sind gewissermaßen eins.«

Erst sehr viel später fiel Jessica und Sally auf, dass sie nicht den Drang hatten, diesen sehr besonderen Platz zu dokumentieren, indem sie dort Fotografien und Selfies machten. »Dort zu sein, war genug«, meinte Sally, als sie darüber sprachen.

Dan führte sie querfeldein, vorbei an windgepeitschten, wie Skulpturen geformten Bäumen, hinunter in den alten Wald und die geschützte kleine Bucht, in die sich Carmens Farm schmiegte.

»So etwas ist mein Territorium«, sagte er, als sie im Gänsemarsch zwischen den Bäumen hindurchgingen, denen man ihr stattliches Alter ansah, und das weiche, schwammartige Moos unter ihren Füßen nachgab. »Es sieht hier aus wie in ›Der Herr der Ringe‹«, lachte er.

»Oder wie bei uns im alten Eukalyptuswald«, sagte Sally leise.

Dan drehte sich zu ihr um. »Bei dir zu Hause, Sally, ist es wie hier? Dann möchte ich unbedingt einmal kommen.«

»Gern«, antwortete sie schlicht.

Jessica blickte den attraktiven, unkomplizierten Mann unverwandt an, ging dann rasch an ihm vorbei und eilte voran.

An ihrer Hütte angekommen, verabschiedeten sie sich von Dan.

»Wir sehen uns bei Carmen«, sagte er fröhlich.

»Ja. Bis dann«, erwiderte Sally.

Drinnen zog sie ihre Schuhe aus und ließ sich auf einen Stuhl sinken. »Wow, was für ein Tag. Ich bin erledigt. Ist bei dir alles in Ordnung?« Sie hatte bemerkt, wie blass ihre Freundin war.

»Ein bisschen müde«, seufzte Jessica.

»Ja, so geht's mir auch. Ich bin mir nicht sicher, ob ich wirklich zu Carmen will. Sie kann ganz schön anstrengend sein.« Sally gähnte. »Was Dan alles weiß! Obwohl das, was er über die Pilze erzählt hat, ein bisschen weit hergeholt klang. Oder hältst du das alles für möglich?«

»Wer weiß das schon. Wenn die Studien und Tests eine Peer-Review durchlaufen haben, sind die Ergebnisse vermutlich belastbar. Und wenn Menschen Patente anmelden, riechen sie da viel Geld.«

»Dass Dan und sein Freund das alles der ganzen Welt zur Verfügung stellen möchten, ist eine gute Nachricht«, meinte Sally.

»Ja, sehr altruistisch. Aber ich wette, dass große Konzerne da mitmischen wollen.«

»Oder sie daran hindern«, überlegte Sally.

»Gier«, ergänzte Jessica nachdenklich. »Schwarzgeld. Geheimabsprachen. Zeichen der Zeit. Man will alles zu Geld machen.« Sie bückte sich und zog sich ebenfalls die Schuhe aus.

»Sag, warum warst du so durcheinander?«, fragte Sally und blickte ihre Freundin prüfend an.

»Was meinst du damit?«

»Ach komm. Gerade eben. Ich kenne dich doch, Jess. Du bist vorhin kalkweiß geworden und dann regelrecht losgerannt, kurz bevor wir uns von Dan verabschiedet haben.«

»Da war nichts. Na ja, du weißt doch, ich habe hin und wieder so eine Intuition, ein starkes Bauchgefühl. Irgendetwas an Dan hat mich fasziniert.«

»Ach ja?« Sally ließ die Frage im Raum stehen, sie wartete auf mehr.

»Wahrscheinlich war ich einfach nur überrascht über meine Empfindung. Schließlich kenne ich den Mann nur von unserem heutigen Spaziergang.« Jessica zuckte die Achseln.

»Seine Arbeit klingt hochinteressant«, sagte Sally. »Ach komm, lass uns in den sauren Apfel beißen und zu Carmen gehen. Wir müssen ja nicht lange bleiben.«

»Zumindest müssen wir uns zum Essen nicht auftakeln, das steht fest«, grinste Jessica. »Ich geh mal kurz unter die Dusche.«

Als sie in der Abenddämmerung durch das Wäldchen zu Carmen gingen, rochen sie den Holzrauch, noch ehe sie das Licht in ihrer Hütte sahen. Doch dann blieben beide stehen, denn sie hörten Musik. Jessica legte den Kopf schief. »Chopin?«

»Ich weiß nicht. Aber Carmen ist das bestimmt nicht. Vermutlich eine CD.« Sally eilte zur Tür, die halb offen stand. Sie klopften und warteten.

Das Klavierspiel verstummte, und Carmen rief: »Nur herein.«

Sally sah Jessica verblüfft an.

»Hallo, wie war euer Tag? Kommt, setzt euch ans Feuer.« Carmen kam ihnen entgegen und bat sie mit einem Lächeln ins Haus.

»Du spielst Klavier?«, fragte Jessica. »Es klang wundervoll.«

»Das Instrument müsste mal gestimmt werden. Offenbar verträgt es die salzige Luft nicht.«

»Wie hast du es hierher bekommen?«, erkundigte sich Sally, als Carmen sie ins große Zimmer führte.

»Tja, das war keine leichte Übung. Schade, dass ich es nicht gefilmt habe. So, hier sind wir, setzt euch. Was darf ich euch bringen? Ich habe einen sehr ansprechenden Wein vom Gut eines Freundes an der Ostküste.«

»Danke, das ist jetzt genau das Richtige«, meinte Sally.

»Was für ein schöner Raum«, sagte Jessica und schaute sich um. »Wirklich, dein Cottage ist … einfach toll. Du hast einen erlesenen Geschmack.« Sie blickte zu Sally hinüber, die sie hinter Carmens Rücken mit großen Augen ansah, und Jessica wusste, dass sie beide dasselbe dachten: Wie konnten wir uns in Carmen nur derart täuschen?

Das kleine Haus war ein Spiegel von Carmens Leben und Interessen – Musik, Bücher, ein Spinnrad, eine Staffelei, die Küche vollgestopft mit kupfernen Pfannen, die an einem Gestell baumelten, Kräuterbüschen, Körben mit Obst und Gemüse. Dazu lag ein köstlicher Geruch nach Essen in der Luft. Das Klavier stand im Wohnzimmer in einer Ecke neben den Fenstern, die aufs Meer hinausgingen. Auf einem Notenstapel lag ein Geigenkasten.

»Wie um alles in der Welt findest du nur die Zeit für diese vielen Dinge?«, fragte Jessica und wies auf das Spinnrad, neben dem ein Korb mit Vlies stand, das zur Hälfte schon gesponnen war.

»Es ist erstaunlich, was man alles schafft, wenn man kein Fernsehen hat.«

Sally nahm einen Überwurf aus weicher cremefarbener Wolle von der Sofakante. »Hast du den aus deiner Wolle gemacht?«

Carmen reichte ihr ein Glas Wein. »Ja. Ich überlege, mir auch ein paar Alpakas zuzulegen. Neben Ziegen gibt es auf der Insel ein paar alte Schafe – die ehemaligen Farmer haben Romney- und Polwarth-Schafe gekreuzt, womit sie gut gefahren sind. Ich mag es, wenn Schafe hier herumlaufen. Wolle spinnen ist sehr beruhigend.«

Jessica trank einen Schluck des frisch-fruchtigen Sauvignon blanc, stellte das Glas aber gleich wieder hin, um vorsichtig ein Buch von dem Stapel auf einem Beistelltisch zu nehmen. »Ein sehr beeindruckendes Werk, und dann auch noch eine Erstausgabe«, sagte sie, während sie behutsam umblätterte.

»Ich stamme aus einer Familie von Lesern und Musikern. Zum Glück mag ich meine eigene Gesellschaft. Ah, da kommt noch jemand.«

Als Carmen hinausging, machte Jessica lautlos ein staunendes »Oooh«, und Sally schüttelte den Kopf darüber, dass sie diese Frau so falsch eingeschätzt hatten.

»Guten Abend, Vic. Komm rein und wärm dich auf. Wie steht's da draußen?«, fragte Carmen, als sie mit Victor eintrat.

Er zog die Jacke aus, unter der er ein verblichenes, aber sauberes Hemd trug. »Ich habe alles überprüft und die Tiere versorgt. Wie war euer Tag, Mädels?«

»Wunderbar. Wir sind Dan über den Weg gelaufen, und er hat uns eine Menge gezeigt«, antwortete Sally.

»Ein kluger Bursche, dieser Dan. Hat jemand mitbekommen, was der Schatzsucher treibt?«

»Er reagiert immer noch ziemlich zugeknöpft, wenn man wissen will, wonach er sucht. Hat um einen anständigen Spaten gebeten, weil er angeblich Muscheln ausgraben will«, antwortete Carmen und verdrehte die Augen.

Es klopfte an der Tür, und Dan trat ein. »Bitte entschuldigt meine Verspätung. Habt ihr mit dem Beginn der Party etwa auf mich gewartet?«

»Es gibt keine Party. Nur ein ruhiges Beisammensein, um den Tag gebührend abzuschließen«, entgegnete Carmen und reichte ihm ein Glas Wein.

»Danke, dass du uns heute herumgeführt hast«, sagte Sally.

»Schön, dass ihr es genossen habt.« Sein Blick wanderte zu Jessica. »Was hat dir am besten gefallen?«

»Vieles. Trotzdem könnte ich hier nicht leben.«

»Zu ruhig?«

»Nein. Es ist friedlich und wunderschön.«

»Zu wild?«

»Nein, gar nicht. Ich bin im Südosten aufgewachsen, für mich ist Wildnis nichts Neues.«

Dan musterte sie forschend. »Weil es eine Insel ist?«

»Genau«, lächelte sie. »Du verstehst das?«

»Das ist exakt der Grund, warum ich hier lebe«, sagte Carmen. »Platz zum Atmen. Niemand klopft überraschend an die Tür.«

»Außer Schiffbrüchigen«, warf Victor ein.

»Stimmt. Aber Inseln können kleine Zeitkapseln sein, die hoffentlich noch eine Weile dem Ansturm widerstehen, bevor sie an zerstörerischer Liebe zugrunde gehen.«

»Du meinst den Tourismus?«, fragte Sally.

»Und die Erschließung, die Gier, die Ignoranz«, ergänzte Dan. »Entschuldigung, dass ich so ein Spielverderber bin.«

»Das ist dein Beruf«, sagte Carmen.

Ein lauter Schlag gegen die Tür ließ die Freundinnen hochschrecken.

»Schiff ahoi«, sagte Victor. »Ich geh schon.«

Carmen folgte ihm nach draußen. Nach einer Weile kam Victor wieder herein. »Es ist Laurie, der Fischer, von dem ich euch erzählt habe. Er hat einen verletzten Pinguin gefunden.«

»Oh, hat es ihn schwer erwischt?«, fragte Jessica.

»Nein, nicht so schlimm. Carmen weiß, was zu tun ist.«

Jessica und Sally sprangen auf und eilten zu Carmen, um zu helfen.

Im schwachen Licht einer Glühbirne auf dem Verandatisch untersuchte Carmen geübt den Fuß des Pinguins und sprach beruhigend auf ihn ein, während Jessica seine Flügel still hielt und Sally ihr Pinzette, Desinfektionsmittel und einen schmalen Verband reichte.

»Er hat sich an etwas geschnitten. Lagen irgendwo Glasscherben oder eine Blechdose herum?«, fragte Carmen den Fischer, der erzählt hatte, dass er am Ufer im Schutz der Wellenbrecher geangelt hatte. »Manchmal lassen rücksichtslose Besucher einfach ihren Müll liegen.«

Sally musterte Laurie. Mit seinem von Salz und Wetter gegerbten, gebräunten Gesicht, den Kinnstoppeln, dem gestrickten Troyer, dem ungebärdigen, grau melierten Haar unter einer zerknautschen Kapitänsmütze ist er ein Seemann wie aus dem Bilderbuch, dachte sie.

Der Fischer lächelte verlegen. »Nein, mir ist nichts aufgefallen. Ich hab nur gesehen, dass er humpelt, und ihn einfach mitgenommen. Wusste nicht, was ich sonst tun sollte.«

»Du hast genau das Richtige getan. Ich setze ihn in einen Käfig, den ich für verwundete Wildtiere habe. Bringst du Laurie bitte rein, Vic, und gibst ihm etwas zu trinken?«

Zusammen gingen sie ins Wohnzimmer, wo sich die Freundinnen auf eine kleine Couch setzten und Victor dem Seemann ein Bier einschenkte. Dan lächelte Sally und Jessica zu. »Carmen ist immer für eine Überraschung gut, was? Sozusagen ein Multitalent.«

»Zweifellos. Aber du scheinbar auch«, erwiderte Jessica.

»Nein, eigentlich nicht. Wie ich vorhin gesagt habe, bei mir läuft alles auf ein Thema hinaus: die Natur.« Dan hielt kurz inne. »Lebst du in Tasmanien, Jessica?«

»Ich bin im Moment weder hier noch dort zu Hause und weiß auch nicht recht, wo ich leben will. Aber ich bin in Tasmanien aufgewachsen, und Sally ist meine älteste Freundin.«

»Verstehe.« Er schwieg. »Ich helfe Carmen mit dem Essen, macht ihr mit?«, fragte er dann.

Es gab eine herzhafte Moussaka, grünen Salat, selbst gezogene Tomaten mit Basilikum und frisch gebackenes Brot. Jeder bediente sich selbst und setzte sich dann zwanglos an den Tisch.

Während Victor sich mit Laurie unterhielt und Sally mit Dan über Trüffel sprach, erkundigte sich Carmen bei Jessica, ob ihr der heutige Tag gefallen habe.

»O ja. Es gab so viel zu entdecken. Und es gibt so vieles, von dem ich nichts wusste oder nur eine vage Ahnung hatte. Als ich mich heute mit Sally und Dan unterhielt, wurde mir klar, dass ich kaum etwas über das Leben der indigenen Bevölkerung in Tasmanien vor der Zeit der englischen Besiedelung weiß«, antwortete sie.

»Die Kolonisten haben die ersten Tasmanier, die Palawa, ziemlich gründlich ausgelöscht«, sagte Carmen. »Nun, zumindest glaubten sie das.«

Jessica schüttelte den Kopf. »Wie stehen die Tasmanier eigentlich zu ihrer Geschichte? Ihre Sicht bekommt man nie zu hören.«

Carmen trank einen Schluck Wein. »Du wirst sie hören, auch wenn es noch eine Weile dauern kann«, sagte sie sanft. »Es brauchte schon geraume Zeit, bis die nicht-indigene Bevölkerung überhaupt anerkannt hat, dass die Tasmanier eine eigene Geschichte und eigene Geschichten haben.«

»Die Geschichte der Ureinwohner ist Teil des Welterbes, sie kann zu Stolz auf die eigene Kultur, zu mehr Wissen und mehr Verständnis beitragen. Leider ignorieren viele Politiker diese Tatsache«, schaltete sich Dan ein.

»Glaubst du, es fällt den Nachkommen der Kolonisatoren leichter, an einer tradierten Version der Vergangenheit festzuhalten, anstatt anzuerkennen, was wirklich geschehen ist?«, fragte Jessica.

»Schon möglich«, erwiderte Dan. »Doch an einigen Orten Tasmaniens arbeiten die Ureinwohner heute mit Universitäten und wissenschaftlichen Organisationen zusammen, um ihre Geschichte aufzuzeichnen, und geben dabei die Richtung vor.«

»Großartig! Mir ist klar geworden, dass ich die Herausforderung vermisse, mit anderen Menschen zusammen Rätsel zu lösen. Ich habe in einem pharmakologischen Labor gearbeitet, wo meine Arbeit nur darin bestand, in ein Mikroskop zu starren oder Computerausdrucke zu sortieren«, fügte Jessica an Carmen gewandt hinzu.

»Und jetzt?«, fragte Carmen.

»Ich nehme eine Auszeit. Um mich neu zu orientieren.«

»Da bist du hier am richtigen Ort«, sagte Carmen und strich ihr über die Hand. »Und jetzt gibt's Dessert.« Sie stand auf, und Sally und Victor räumten die Teller ab.

Dan beugte sich zu Jessica. »Heißt das, du stündest morgen früh für etwas Feldforschung zur Verfügung? Ich würde mich über ein bisschen Hilfe freuen, falls du nichts anderes vorhast?«

»Na hör mal, ich bin im Urlaub! War nur ein Scherz. Ich weiß zwar nicht, wie ich dir zur Hand gehen kann, aber wenn du willst, komme ich gerne mit.« Sie musterte Dan. »Warum fragst du mich?«

»Ich hatte den Eindruck, du interessierst dich für meine Arbeit. Sally ist selbstverständlich auch willkommen. Mir wurde der Zugang zu einem Höhlensystem bewilligt, um dort die Pflanzen zu studieren. Es handelt sich um einige der frühesten menschlichen Wohnstätten, die man in Tasmanien entdeckt hat. Als ich das erste Mal dort war, hat uns einer der lokalen Hüter hingeführt. Wir hatten einen jungen indigenen Doktoranden dabei, und er war völlig verstört.«

»Du meinst, er hatte Angst?«

»Ja. Denn plötzlich fühlte, hörte und sah er da drin seine Vorfahren, die in Umhänge aus Possumfell gehüllt um ein Feuer saßen. Er hat geschworen, dass er Gesang und Clapsticks gehört hat. Man ging davon aus, dass vielleicht ein paar Indigene am Rand des Regenwaldes überlebt hätten, die echte Wildnis aber unbewohnbar sei. Aber die Menschen koexistierten mit der Wildnis, die dank der weltweit ersten grünen Bewegung bis heute überlebt hat.«

»Lake Pedder haben wir verloren«, erinnerte ihn Jessica. »Ein unberührter Gletschersee wurde zur Stromerzeugung aufgestaut. Meine Eltern sprechen heute noch darüber, sie hätten ihn zu gern vor der Zerstörung gesehen. Jetzt kommen Touristen nach Tasmanien, weil sie die Wildnis erleben wollen.«

»Was zur Plage wird. Diese hektische Jagd nach Events … wir müssen die Wildnis behutsam beobachten und sie unberührt lassen. Wie diese Höhlen, die Tausende von Jahren vergessen waren.«

»Höhlen bergen Geheimnisse«, sagte Jessica leise. »Was ist denn aus dem Doktoranden geworden?«

Dan lächelte. »Er ist heute Archäologe. Gelegentlich arbeiten wir zusammen. So möchte er ein paar Pflanzenproben, die man hier in den alten Lehmschichten findet. Und inzwischen arbeiten die lokalen Hüter mit Wissenschaftlern zusammen, die versuchen, das riesengroße prähistorische Bild Puzzleteil für Puzzleteil zusammenzusetzen. Dabei helfe ich ab und zu aus.«

Sally kam mit einer Käseplatte herein und stellte sie auf den Tisch. »Was heckt ihr beide denn aus?«

»Dan fragt, ob wir ihn morgen als Forschungsassistentinnen begleiten wollen. Es geht um eine Höhle. Willst du mit?«

Sally hob die Augenbrauen. »Ich dachte, mit Höhlen wären wir durch?« Dann grinste sie und meinte: »Klar. Aber als Erstes will ich morgen Toby anrufen. Victor hat mir erklärt, wo man Handyempfang hat.«

»Ich kenne die Stelle. Sie ist dort ganz in der Nähe, ich kann sie dir zeigen«, sagte Dan. »Gut, dann brechen wir nach dem Frühstück auf. Ist acht Uhr zu früh?«

»Ach, wir hatten eigentlich nicht vor, heute Nacht noch die Szene aufzumischen, oder?«, fragte Jessica ihre Freundin.

Sally kicherte. »Ich helfe Victor noch beim Abwasch, und dann geht's in Richtung Bett. Heute bin ich sogar zu müde, um noch zu lesen.«

Die beiden Freundinnen wünschten Carmen gute Nacht, umarmten sie und dankten ihr für den wundervollen Abend.

»Es ist noch nicht einmal zehn Uhr«, lachte sie. »An manchen Abenden wird stundenlang geredet, oder wir hören Musik. Aber ich freue mich, dass euch der heutige Tag gefallen hat. Und mit Dan erwartet euch ein interessanter Vormittag. Möglicherweise fährt Laurie morgen am Spätnachmittag zurück, aber er kann es noch nicht versprechen. Das hängt einerseits von seinem Fang ab, aber vor allem vom Wetter. Victor bricht tags darauf im Morgengrauen auf, aber auch hier gilt die Einschränkung: Falls das Wetter es zulässt.«

Dan ging mit den beiden Freundinnen zu ihrer Hütte zurück. »Ich habe alles, was wir morgen brauchen. Nehmt aber Hut und Jacke mit und packt Wasser und auch ein paar Snacks ein.«

»Und es macht dir wirklich nichts aus, dass ich unterwegs einen Telefonstopp einlegen will?«

»Nein, kein Problem. Manchmal ist die Verbindung allerdings miserabel, aber einen Versuch ist es wert.« Er sah Sally forschend an. »Was hast du damit gemeint, dass ihr mit Höhlen durch seid? Falls du Platzangst hast, brauchst du dir keine Sorgen zu machen. Das Höhlensystem ist wirklich groß, da bekommst du keine Beklemmungen.«

»Nein. Darum geht es nicht. Jess und ich hatten als Kinder ein Geheimversteck in einer Höhle auf Arcadia.«

»Und vor Kurzem sind wir noch einmal dorthin gepilgert, was uns letztlich zu dieser Spritztour bewogen hat«, fuhr Jessica fort.

»Was ist passiert?«

Jessica stupste Sally an, die bereitwillig antwortete: »Wir haben da einige alte Sachen gefunden, die mit meiner Familie zu tun haben. Aus der Zeit meiner Großmutter. Unter anderem einen Brief … mit dem Namen eines Hauses in Shelter Bay.«

»Da haben wir beschlossen, der Sache mal nachzugehen«, ergänzte Jessica.

»Und was habt ihr herausgefunden?«

»Nicht viel. Es war alles etwas seltsam. Und Sal hat einen Stalker am Hals.«

»Nein! Das heißt, ich hoffe nicht«, rief Sally aus.

»Jemand folgt uns. Anonyme Telefonanrufe, schweres Atmen. Einmal hat er was gesagt …«

»Verdammt … was denn?«, fragte Dan.

»Ich weiß, wo du bist …«, murmelte Sally bedrückt.

»Oje, das volle Programm.« Dan schüttelte den Kopf. »Ihr seid also nach Shelter Bay zu dem Haus gefahren? Was habt ihr dort herausgefunden?«

»Nichts. Da gibt's einfach nur dieses große Haus und eine nervöse ältere Dame, die uns abgewimmelt hat. Dabei bin ich sicher, dass sie den Namen des Mannes, nach dem wir gefragt haben, nicht zum ersten Mal gehört hat«, antwortete Sally.

»Und es war noch jemand im Haus«, setzte Jessica hinzu. »Außerdem steht auf dem Grundstück ein großer Schuppen … also, eher ein riesiges Gewächshaus mit jeder Menge Sicherheitsvorkehrungen … bizarr. Und es gibt eine Art Tunnel mit einem massiven alten Schloss an der Tür, das aber fast auseinandergefallen ist, kaum dass ich es angefasst habe. Der Tunnel hätte dich total interessiert, Dan. Da drin werden Pilze gezüchtet.«

»Wenn ihr möchtet, kann ich der Sache nachgehen. Ein Mitarbeiter in den Botanischen Gärten hat mir von diesem Ort erzählt.«

»Echt?«, riefen die beiden Freundinnen wie aus einem Munde.

»Hört mal, ich fahre demnächst in eure Richtung, um mich mit Sean Hyland zu treffen. Dann würde ich bei dir auf der Farm vorbeischauen, Sally, wenn das in Ordnung geht, und wir können länger darüber reden.«

Sally nickte.

»Schlaft gut, bis morgen früh.« Er strahlte sie an. »Frühstückt ordentlich, bevor wir losziehen.«

In dem kleinen Schlafzimmer kuschelten sich die Freundinnen in die Betten.

»Was für ein interessanter Abend«, seufzte Sally. »Ich werde gleich wegdämmern. Hast du deinen Handyalarm gestellt, damit wir rechtzeitig aufwachen? Wir können uns dann Tee und Toast machen, das sollte reichen.«

»Ja. Lausch mal dem Wind, er ist richtig angenehm, nicht zu stark. Dazu ist es hier so gemütlich und warm, und es gibt keine Ablenkungen.«

»Ist Dan keine Ablenkung«, klang Sallys Stimme gedämpft aus ihrem Kissen.

»Was soll das heißen?«

»Oh, gar nichts … einfach nur, dass er ein netter Kerl ist.« Dann verstummte sie.

Zum ersten Mal seit Langem wusste Jessica, dass sie tief und fest schlafen würde. Die Sorgen vergangener Tage waren erst einmal wie weggeweht. Sie sah aus dem Fenster, wo ein blasser Mond am Himmel aufstieg und durch die Wolken schimmerte. Der feuchte Wind legte sich um die Bäume, und sie stellte sich vor, wie er durch die Wiesen fuhr, über die Felsen, die hohe Landspitze, die sandige Bucht und die Lagune rauschte.

Sie schloss die Augen und ließ sich vom Schlaf übermannen.

Arcadia, 1949

Auf leisen Sohlen ging Stella langsam den Korridor hinunter und klopfte an die Tür von Stephens Arbeitszimmer, das sowohl Büro als auch Bibliothek war.

»Kommen Sie ruhig herein, Mrs James.«

»Ich bin's, Liebling. Mrs James habe ich schon heimgeschickt, sie hatte einen harten Tag. Hier, dein Schlummertrunk.« Sie reichte ihm den Brandy.

»Was für eine reizende Überraschung. Danke, meine Liebe.«

Stella rührte sich nicht vom Fleck, auch nachdem er das kleine Glas auf dem Tischchen neben seinem Ohrensessel abgestellt hatte. Er blickte auf und sah sie fragend an. »Es ist spät. Du pinselst doch hoffentlich nicht mehr an einem Bild herum? Morgen wird ein anstrengender Tag, ich muss früh aufstehen. Aber ich habe überlegt, am Nachmittag mit der *Charlotte-Ann* rauszufahren. Möchtest du mitkommen?«

Sie schüttelte den Kopf. »Nein, ich kann leider nicht. Danke.«

»Oha. Hast du eine Verabredung?«, fragte er mit einem gewissen Sarkasmus in der Stimme. Er war es gewohnt, dass sie zustimmte, wenn er eine gemeinsame Unternehmung vorschlug. Nun griff er abrupt nach seinem Brandy und nahm mit geschürzten Lippen einen kleinen Schluck.

»Ja. Habe ich. Kann ich den Wagen haben? Ich muss nach Burridge.«

»Ins Dorf?«, fragte Stephen überrascht. »Warum denn das?«

»Ich habe einen Termin bei Mrs Pearson. Der Hebamme.«

»Ah. Wozu spannen sie dich denn jetzt wieder ein, meine Liebe? Sollst du bei irgendeinem Fundraising mitmachen?«

Stella setzte sich auf den Fußschemel neben seinem Sessel. Stirnrunzelnd legte Stephen ein Lesezeichen in sein Buch und schlug es zu.

»Es ist ein Termin bei der Hebamme. Für mich. Ich glaube, dass ich ein Kind erwarte.«

Stephen blinzelte. Flüchtig huschte ein Ausdruck der Hoffnung über sein Gesicht, der sogleich beflissener Besorgnis wich. Dann begann er etwas herablassend in väterlichem Ton: »Mein liebes Kind. So willkommen uns ein solches Ereignis wäre, fürchte ich doch, dass du die Zeichen falsch deutest. Manchmal hat man in deiner Lebensphase gewisse Symptome, der Körper verändert sich …«

»Stephen! Ich bin gerade erst vierzig!«

Er beugte sich vor und nahm ihre Hand. »Auch wenn wir uns immer ein Kind gewünscht haben, manchmal soll es eben nicht sein …«

Röte überzog Stellas Gesicht, und sie kämpfte darum, Fassung zu bewahren. Da nahm er auch ihre andere Hand und tätschelte sie besänftigend.

Unwillkürlich entzog sie ihm ihre Hände. »Stephen! Ich habe mich bereits von Mrs Pearson untersuchen lassen, und sie bestätigt, dass ich ein Baby bekomme.« Als sie den bestürzten Ausdruck im Gesicht ihres Mannes sah, setzte sie rasch hinzu: »Ihrer Meinung nach ist das keineswegs unmöglich in meinem Alter.«

»Sie ist kein Arzt!«, explodierte er.

Stella richtete sich auf. »Freust du dich denn nicht, Stephen?«

Etwas perplex griff er erneut nach seinem Brandy und nahm einen großen Schluck. »Stella, Liebes, ich möchte einfach nicht, dass du enttäuscht bist. Natürlich würde mich nichts glücklicher machen … aber diese Frau hat keine medizinische Ausbildung, sie ist keine Ärztin. Ich will verhindern, dass du dir falsche Hoffnungen machst …«

»Sie sagt, es sei eindeutig. Aber natürlich konsultiere ich gern noch einen deiner Kollegen. Und auch Mrs James, die in diesen Dingen ziemlich viel Erfahrung hat, wenn man ihre Kinderschar bedenkt, ist überzeugt, dass ich endlich …«, sie ließ das Wort auf der Zunge zergehen, »*schwanger* geworden bin. Ich hatte gehofft, dass du dich freust.«

Stephen griff etwas hilflos nach ihrer Hand.

»Meine Liebe … ich bin sprachlos. Natürlich weiß ich als Arzt, dass solche Dinge manchmal passieren, aber … das kommt einfach sehr überraschend.« Er erhob sich und zog Stella hoch. »Dann musst du jetzt wirklich ruhen.« Er küsste sie auf die Wange. »Und gut auf dich aufpassen.« Als Stella schon hinausgehen wollte, setzte er hinzu: »Am besten bleibt das unser kleines Geheimnis, wenigstens in nächster Zeit.«

»Natürlich, Stephen.« Mit behutsamen Schritten verließ sie das Zimmer.

In den nächsten Monaten zog sich Stella fast völlig zurück, allerdings malte und arbeitete sie mit einer gewissen Inbrunst in ihrem Atelier. Indessen hatte ihr Stephen jegliche Gartenarbeit sowie lange Spaziergänge verboten. Auch hatte er Mr und Mrs James gebeten, tagsüber ein Auge auf sie zu haben, wenn er Patienten besuchte oder in seiner Praxis war.

Dennoch ging Stella weiterhin in den Wald, rief nach Nyx und zeichnete und fotografierte die Bäume, Pflanzen und Pilze. Auch entspannte sie sich bei Spaziergängen am Flussufer und liebte es, sich beim Bootsschuppen hinzusetzen, um die Boote zu beobachten, die gelegentlich vorbeituckerten.

Stephen bestand darauf, dass sie vor der Geburt nach Hobart zogen, und Stella sorgte dafür, dass Sheilagh Pearson bei ihr war, als der Zeitpunkt der Niederkunft kam.

Es war eine lange und schwierige Geburt, bei der sie schließlich ein gesundes Mädchen zur Welt brachte.

»Ich würde dem Kind gern den Namen meiner Mutter geben – Cecilia«, sagte Stephen. Doch Stella hatte bereits anders entschieden.

»Mollie. Mollie Cecilia Holland. Meine beste Freundin hieß Mollie. Sie starb, als sie sechzehn war.«

»Na schön«, stimmte er mit einem nachgiebigen Seufzer zu.

Mollies Taufe fand in kleinem Kreis in der Kirche von Burridge statt. Und obwohl Mrs James inzwischen etliche Enkelkinder hatte, zeigte sie sich tief berührt, als Stella sie und ihren Mann bat, Mollies Paten zu werden.

Am Taufbecken bemerkte Stella, wie die Haushälterin sich verstohlen eine Träne abwischte. Dann betrachtete sie wieder das Kind in ihren Armen, das ihr mit seinen blauen Augen vertrauensvoll ins Gesicht blickte.

Die kleine Mollie wurde in ein Tuch gewickelt, das Mrs James aus einem feinen Wollstoff genäht und dann an den Rändern umhäkelt hatte. Auch hatte sie eine kunstvolle Bordüre mit Blumen, Farnen und Vögeln darauf gestickt, darunter ein Schutzengel in Gestalt einer Eule.

7

Lone Island, 2018

In ihre Jacken eingemummelt, kauerten die Freundinnen auf einem stoppeligen, trockenen Grasfleck, denn noch hatte die Sonne die von der Nacht ausgekühlte Erde nicht erwärmt. Es war ein Morgen, an dem man die frische, reine Luft tief in die Lungen sog. Dan aber hatte gewarnt: »Das Wetter wird umschlagen. Es ist hier ziemlich wechselhaft.«

Nachdem er die beiden Freundinnen eingewiesen hatte, schnitt Jessica mit übergezogenen Baumwollhandschuhen behutsam Proben eines graugrünen Grases ab, das neben einer Petroglyphe in einer schmalen Spalte wuchs. Sally saß derweil auf einem nahen Felsen und starrte auf ihr Handy. »Dan, ich hab hier nur einen halben Balken. Wird der Empfang noch besser? So reicht es nicht zum Telefonieren«, rief sie.

»Du musst höher den Berg hinauf, Sally«, riet er. »Siehst du die beiden hohen Felsen, die wie ein Bogen aussehen? Daneben gibt es eine gute Stelle, in Richtung Norden.«

»Okay, ich probier's. Danke.«

Nachdem Sally außer Hörweite war, sagte Jessica: »Sal vermisst ihre Familie. Sie hat ein süßes kleines Mädchen, Katie, erst vier Jahre alt.«

»Verstehe. Seid ihr nur zum Spaß losgezogen oder wollt ihr ganz ernsthaft dieser familiären Verbindung auf den Grund gehen?«

»Wir sind uns nicht einmal sicher, ob es tatsächlich eine familiäre Verbindung gibt …«, antwortete Jessica zurückhaltend.

»Entschuldigung, ich wollte nicht neugierig sein. Aber ich hatte das Gefühl, es steckt vielleicht mehr dahinter. Wenn es

Sally recht ist, würde ich gern die Farm in Shelter Bay aufsuchen, von der ihr gesprochen habt. Nach dem, was ihr geschildert habt, könnten sie dort etwas Interessantes herstellen oder anbauen. Uns ist gerüchteweise zu Ohren gekommen, dass jemand in der Gegend Experimente mit unterschiedlichen Böden und Pflanzen macht, die sich mit meinem Fachgebiet Pflanzenphysiologie überschneiden. Aber man war nicht sehr mitteilsam, was die Ergebnisse anging. Falls es überhaupt welche gab.«

»Ich frage mich immer noch, warum sie so geheimniskrämerisch sind«, grübelte Jessica.

»Vielleicht versuchen sie, eine mögliche Geldquelle zu schützen. Indem sie ein Patent anmelden und damit die Ersten am Markt sind. Nicht jeder ist so altruistisch wie mein Freund Sean.«

»Oh, was ist das?«, rief Jessica. Etwas in dem Spalt des alten Felsens, wo sie sorgfältig die Erde um die wilden Graswurzeln herum wegkratzte, fesselte ihre Aufmerksamkeit.

»Halt. Nicht daran ziehen. Warte mal einen Moment, ich will es fotografieren. Wir müssen unser Vorgehen Schritt für Schritt dokumentieren.«

Dan richtete seine Kamera auf die kleine Zacke, die nicht größer als eine Bleistiftspitze war.

»Das sieht nicht wie ein Teil einer Pflanze aus«, sagte Jessica.

»Okay, mach vorsichtig weiter. Es könnte zerbrechlich sein. Vielleicht ein alter Knochen, man weiß ja nie«, sagte Dan, der sich jetzt flach neben sie legte, um bessere Sicht darauf zu haben.

»Meinst du?« Jessica bürstete weiter die Erde mit dem weichen Pinsel weg, den Dan ihr gegeben hatte. Dann hielt sie inne. »Jetzt lasse ich es lieber, sonst geht es vielleicht kaputt.«

»Darf ich mal?« Dan zog eine kleine Kelle aus dem Rucksack und entfernte behutsam noch mehr Erde. »Nein, das ist nichts

Pflanzliches … es sieht hart aus …« Sorgsam grub er ein bisschen tiefer, dann reichte er Jessica die Kelle. »Hier. Grabe ganz vorsichtig weiter, während ich noch ein Foto mache.«

»Es ist Metall! Oder Stein«, sagte Jessica.

»Kannst du es herausheben … so behutsam wie möglich?«

»Was ist das?«, staunte Jessica atemlos, als sie den flachen Stein zuerst auf die Kelle und dann in ihre behandschuhte Hand nahm.

Dan beugte sich dicht darüber. »Feuerstein, würde ich sagen … vielleicht ein Werkzeug zum Schneiden oder Abspanen.«

»Du meinst, es könnte alt sein? Ein Artefakt?«

»Vielleicht.«

»Es ist schwer. Und schau, es hat eine Spitze.«

»Man könnte damit die Zeichnungen auf dem Felsen eingeritzt haben«, überlegte Dan. »Wenn die Wetzspuren an dem Werkzeug zu den schalenartigen Vertiefungen passen, die Capulas also tatsächlich damit gemacht wurden, wäre das ein ziemlicher Coup. Kannst du es bitte hier hineinlegen?«, bat er und reichte Jessica eine kleine verschließbare Dose. »Ich bring es zu den Museumsleuten.«

Da ertönte ein Schrei. »Jess!«

Jessica und Dan rappelten sich auf, als Sally auf sie zustolperte.

»Was ist?«, fragte Jessica.

»Hast du eine Schlange gesehen?«, rief Dan.

»Gibt es hier Schlangen?« Jessica klang alarmiert.

»Kupferköpfe und Tigerottern«, sagte Dan. »Nicht aggressiv, wenn man sie nicht provoziert.«

Sally schwenkte wild ihr Handy, während sie zu den beiden hinunterrannte. Jessica lief ihr entgegen. »Was ist passiert? Ist etwas mit Katie? Oder Toby?«

Sally japste und umklammerte Jessicas Hand. »Die Trüffel. Jasper ist verletzt …«, keuchte sie.

»Was?«

»Setz dich, Sally. Und atme ein paar Mal tief durch.« Dan fasste sie am Arm und führte sie zu einem kleinen Felsbrocken.

Jessica setzte sich neben ihre Freundin und ergriff ihre Hand.

»Die Farm …«, schluchzte Sally.

»Sind Katie, Mollie und Toby okay?«

Sally nickte. Erleichtert atmete Jessica auf.

»Jemand hat die Trüffel gestohlen. Jasper ist verletzt, aber nicht schwer. Wer macht denn so etwas?«, schniefte Sally.

»Sie haben wirklich die Trüffel ausgegraben?«, fragte Dan und hockte sich neben sie.

»Etliche. Jasper muss sie gehört haben, denn er ist ihnen hinterher. Sie haben ihm etwas entgegengeschleudert, wahrscheinlich einen Spaten. Toby sagt, er wird wieder gesund. Aber sie haben einige Trüffel …«

»Fehlt sonst noch etwas?«, fragte Jessica.

»Toby meint, nein. Zum Glück hatte er bereits einen ersten Schwung geerntet und verpackt, um ihn nach Sydney zu schicken.«

»Beruhige dich, Sally. Wahrscheinlich waren es einfach Gelegenheitsdiebe, die sich die Früchte eurer harten Arbeit unter den Nagel reißen wollten. Aber ihr solltet eure Sicherheitsvorkehrungen verstärken«, meinte Jessica.

»Ich will nach Hause.« Sally sah Jessica an. »Gibt es eine Möglichkeit, noch heute zu unserem Auto überzusetzen?«

Dan schaute zum Himmel. »Da braut sich ein Sturm zusammen, die See dürfte zu rau sein. Und ich bezweifle, dass es der Pilot mit seinem kleinen Flugzeug bei schlechtem Wetter riskiert. Aber lass uns Carmen fragen.« Er lächelte Sally aufmunternd an. »Morgen soll das Wetter gut sein.«

»Ich fühle mich so schlecht, weil ich nicht bei ihnen sein kann.«

»Warum rufst du nicht noch einmal deinen Mann oder deine Mutter an und versicherst ihnen, dass du morgen Abend wieder zu Hause bist?«, meinte Dan.

»Gute Idee«, nickte Jessica.

Sally ging wieder den Berg hinauf, um den winzigen Funkverbindungsspot zu nutzen.

»Das ist ziemlich beunruhigend«, meinte Jessica. »Eigentlich ist Arcadia ein geschützter, abgelegener Ort.«

»Ja, schon. Aber eine Menge Menschen wissen davon, und gute Trüffel bringen pro Kilo zweitausend«, erwiderte Dan.

Während Jessica noch sorgfältig das Werkzeug verstaute, mit dem sie gearbeitet hatte, kam Sally bereits zurück. Sie wirkte nicht mehr ganz so aufgelöst.

»Ich habe mit Mum gesprochen. Natürlich ist sie fassungslos. Außerdem macht sie sich Sorgen um Jasper, und auch wegen der Versicherung. Sie glaubt, dass Toby die Sache ein bisschen herunterspielt, damit sie sich nicht ängstigt.«

»Nun, wenigstens besteht keine akute Gefahr«, meinte Dan.

»Ich geh zur Hütte zurück, aber ihr könnt natürlich noch bleiben und weiterarbeiten«, erklärte Sally.

»Ich möchte dich nicht allein lassen«, erwiderte Jess. »Du hast einen ziemlichen Schock erlitten.«

»Das geht schon«, meinte Sally. »Ich hab das Gefühl, ein ruhiger Spaziergang ist genau das Richtige, um wieder einen klaren Kopf zu bekommen.«

Jessica nahm Messungen vor, kennzeichnete Pflanzen und Bodenproben, die sie in kleine Plastiktüten legte, machte Fotos und lauschte Dans Erklärungen und Theorien. Obwohl sie nur einfache Hilfsarbeiten leistete, war sie voll und ganz bei der Sache. Sie genoss es, wieder mit etwas anderem als ihren privaten Problemen beschäftigt zu sein.

Nach einer Weile lehnte sich Dan zurück. »Lass uns eine Pause machen.« Er reichte ihr eine Flasche aus seinem Rucksack. »Frisch gepresster Orangensaft. Ich hab noch einen dabei.«

»Toll, danke.« Jessica trank einen Schluck. »Die arme Sally.«

»Weißt du, wie sie und ihr Mann darauf gekommen sind, Trüffel anzubauen?«, fragte Dan.

»Soweit ich weiß, haben sie in ihrem alten Wald einmal einen wilden Trüffel gefunden.«

»Offenbar ist dieser Wald eine wahre Schatztruhe. Ist dort jemals Holz gemacht worden?«

»Nein, soweit ich weiß, hat ihn nie jemand angerührt. Die Bäume sind Hunderte von Jahren alt. Er würde dir gefallen – man findet dort jede Menge wilde Pilze«, antwortete Jessica.

»Mmmh, klingt, als wäre es die perfekte Umgebung für Pilze«, meinte Dan nachdenklich.

»Könnten diese wilden Pilze denn wertvoll sein? So wie die, von denen du uns erzählt hast? Mit denen diese Experimente gemacht werden?«

»Möglicherweise. Wenn du ihre Sporen hast, kannst du anfangen, sie zu züchten. Sie haben zwar nur eine kurze Lebensspanne, vermehren sich aber schnell. Und manche Pilze sind ziemlich selten. Gibt es noch mehr Bilder von Sallys Großmutter, auf denen Pilze dargestellt sind?«

»Tut mir leid, so genau haben wir sie nicht angesehen. Wir müssen die Bilder noch einmal sichten, sobald wir wieder auf Arcadia sind.«

»Wirklich ein Wald ganz nach meinem Geschmack«, sagte Dan.

»Er war unser Lieblingsspielplatz, als Sally und ich noch Kinder waren. Eigentlich das ganze Anwesen – der Wald, der reißende Bach, die Höhle.«

»Die Höhle, die euch gewissermaßen nach Shelter Bay geführt hat?«

»Ja, genau.« Sie hatte vergessen, dass sie Dan davon erzählt hatten. »Nur dass du nicht die ganze Geschichte kennst«, setzte sie hinzu. Dann erzählte sie ihm alles: von der alten Metallkassette, die sie in der Höhle gefunden hatten, der Kartenskizze, auf der »Seawinds, Shelter Bay« stand, dem Abschiedsbrief, der offenbar von Sallys Großmutter stammte.

Dan pfiff leise durch die Zähne: »Wow. War sie damals nicht verheiratet?«

»Ja. Mit Stephen Holland, dem Besitzer von Arcadia.«

»Ups. Und was hat Shelter Bay damit zu tun?«

»Alles, was wir in der Höhle gefunden haben, auch die Kartenskizze, hat wahrscheinlich dem Mann gehört, der auf einem der Fotos abgelichtet war, die wir im Haus auf dem Speicher entdeckt haben. Sally war erst mal ziemlich schockiert darüber, dass ihre Großmutter einen heimlichen Liebhaber hatte. Auf den Fotos sieht man, wie gut die beiden ausgesehen haben. Und ihr Ehemann, der Arzt, war sehr viel älter, also … Es ist nur zu verständlich, war aber zu der Zeit ein wagemutiges Unterfangen.«

»Stimmt«, nickte Dan. »Glaubst du, sie kannte ihn schon, bevor sie den Arzt geheiratet hat?«

»Eher nicht. Stella stammte vom Festland. Sie hat Dr. Holland in Hobart kennengelernt, als sie dort Kunst studierte.« Jessica schluckte. »Es gibt aber auch noch ein unheimliches Detail.«

Und nun erzählte sie ihm von dem Skizzenblock und der sadistischen Zeichnung mit der aufgeknüpften Stella und der toten Eule.

»Das klingt ziemlich bedrohlich. Vielleicht war der Liebhaber ja wütend, weil sie ihn fallen gelassen hat?«

»Wer weiß? Mir ist nur bekannt, dass Sallys Großeltern ihr Leben lang zusammengeblieben sind, bis ins hohe Alter.«

Jessica gab Dan die Flasche zurück. »Danke.« Sie lächelte ihn zaghaft an. »Bitte sag Sally nicht, dass ich es dir erzählt habe.«

»Ist doch klar. Aber was habt ihr euch eigentlich davon versprochen, einfach unangekündigt in diesem Seawinds aufzutauchen?«

»Na ja, wir hatten einen Namen und wollten so tun, als ginge es uns um Familien- oder Ahnenforschung.«

Dan runzelte die Stirn. »Klingt weit hergeholt. Wie ich schon angedeutet habe, weiß ich ein bisschen etwas über Seawinds – das Haus hat historische Bedeutung, weil es in vergangenen Zeiten Anlaufpunkt für Schmuggler, Walfänger und Seeleute war. Es gibt dort einen Tunnel, der von der Küste bis in den Keller führt. Allerdings ist er sehr alt, und heute ist es bestimmt zu gefährlich, ihn zu benutzen.«

»Woher weißt du das?«, fragte Jessica.

»Der Bursche im Botanischen Garten kennt das Haus. Man hat mal erwogen, es als Touristenattraktion zu vermarkten, wozu es aber nie kam. Die Familie, die dort wohnt, hat den Tourismusverband abblitzen lassen. Und in der Seglergemeinde ist der Schmugglertunnel Legende. Man muss sein Boot verdammt gut beherrschen, um zu der Anlegestelle zu kommen.«

»Klingt spannend.« Jessica seufzte. »Ob das wohl etwas mit dem Geheimnis von Sallys Großmutter zu tun hat? Zuerst war es ja nur eine unangenehme Überraschung für Sally, von dieser Affäre zu erfahren. Aber inzwischen ist sie zutiefst beunruhigt, weil irgendetwas bei alldem ganz und gar nicht stimmt … erst diese anonymen Anrufe und jetzt auch noch die schlechten Nachrichten heute Morgen.« Jessica verstummte.

»Ja, da hast du wohl recht«, nickte Dan. »Ich werde nach Seawinds fahren und rufe dich an, falls ich dort etwas herausfinden sollte. Besucht ihr auf eurem Rückweg noch mal Chrissie und Paul?«

»Nein, ich glaube, Sally will so schnell wie möglich nach Hause.«

Dan fing an, Werkzeug und Proben einzusammeln. »Und wo bist du dieser Tage zu Hause?«

»Eine gute Frage. Diese Entscheidung liegt noch vor mir. Nachdem ich eine Ehe und einen guten Job in den Wind geschrieben habe, gönne ich mir erst einmal eine Auszeit.« Sie übergab Dan ihre Notizen. »Aber seit ich hier bin, habe ich wieder die Natur lieben gelernt. Als ich in Tasmanien aufgewachsen bin, war das alles selbstverständlich für mich. Doch in Sydney …« Sie schauderte. »Betonschluchten, Hochhäuser, Verkehrsstau. Mir tut es immer weh, wenn ich Fotos der dicht bebauten Parzellen sehe, wo es mal eingewachsene Gemüsegärten gab. Und alte, kulturell bedeutsame Gebäude wurden einfach abgerissen. Es ist eine Schande.«

Dan reichte ihr die Hand und half ihr hoch. Sein Händedruck war fest und warm.

Jessica überlief ein Schauder. »Haben wir alles?«, fragte sie hastig.

»Ja. Danke für deine Hilfe.«

»Es war interessant. Du hast einen vielseitigen Beruf.«

»Die Natur ist ein spannender Forschungsgegenstand«, sagte er. »Aber meine Leidenschaft sind die alten Wälder. Sean sieht in den alten Bäumen eine Ressource von unschätzbarem Wert. Diese Habitate haben ein Immunsystem wie wir, und Pilze bilden die Zellbrücke. Seine Forschung zielt auf die medizinische Verbesserung des Immunsystems von Menschen, Bienen und anderen Tieren.«

»Wow. Wann triffst du dich mit ihm?«

»Er hält demnächst einen Vortrag in Hobart, bevor er nach Europa reist. Denn er wird zunehmend von Regierungsbehörden und Organisationen weltweit kontaktiert, die eingesehen haben, dass drastische Maßnahmen zum Schutz der Umwelt dringend erforderlich sind. Das Problem ist, dass das große Geld häufig solche Maßnahmen verhindert.« Er sah Jessica fragend an. »Möchtest du und vielleicht auch Sally zu seinem Vortrag kommen? Ich kann euch Karten besorgen.«

»Oh, unbedingt. Danke. Gib uns Bescheid, wann er stattfindet.«

Nachdem sie eine Weile schweigend nebeneinander hergegangen waren, sagte Dan: »Ich würde noch gern zur Flugpiste rübergehen. Da wächst eine kleine Blume, auch wenn der Platz reichlich ungünstig ist, weshalb wir sie gern im Auge behalten. Es ist eine einheimische Pflanze, die es unseres Wissens nur auf dieser Insel gibt.«

»Ausgerechnet diesen Ort hat sie sich ausgesucht?«, lachte Jessica.

Er blieb stehen und deutete auf den Boden. »Schau … da ist auch eine.«

»Ein stacheliges kleines Ding, aber niedlich«, sagte Jessica, nachdem sie sie näher begutachtet hatten.

»Ich schick dir ein Bild davon. Anstatt sie für dich zu pflücken.« Er lächelte sie an.

»Pflanzen und Tiere sind hier auf der Insel bestimmt sicher. Carmen würde nicht zulassen, dass sich jemand an ihnen vergreift.«

»Sicher, doch diese kleine Blume muss mit demselben Problem fertigwerden, das auch den größten Bäumen überall auf der Welt zu schaffen macht«, warf Dan ein.

»Du meinst den Klimawandel?«

»Leider ja. Selbst wenn wir rasch handeln, wird sich die Situation weiter verschlimmern.«

Dan verabschiedete sich und ging zur Flugpiste, während Jessica gedankenversunken zur Hütte zurückkehrte, um mit Sally Mittag zu essen.

Am nächsten Morgen warf Victor ihre Rucksäcke ins Boot, während die beiden Freundinnen Carmen umarmten.

»Es war wirklich ein besonderes Erlebnis«, sagte Jessica.

»Kommt gern wieder, wann immer ihr eine kleine Flucht aus dem Alltag braucht«, lächelte Carmen.

»Hier ist der perfekte Rückzugsort, keine Frage«, meinte Jess.

Nachdem sie eingestiegen waren, machte Dan das Boot vom Poller los und sprang an Bord. Victor wendete und richtete den Bug aufs offene Meer.

Nun ging Sally nach unten, während Jessica an Deck blieb und Carmen zuwinkte. Die Klippen an der Landspitze wurden immer kleiner.

»Zu schade, dass ihr nicht länger auf der Insel bleiben konntet«, meinte Dan. »Es gibt hier noch so viel zu entdecken.«

»Dank dir haben wir zum Glück eine Menge gesehen. Es war wirklich eine schöne Zeit.«

Einen Augenblick schwiegen beide. Dann sagte Dan: »Du hast einen Abschluss in Naturwissenschaften und Laborerfahrung, Jessica. Vielleicht solltest du ein neues Arbeitsfeld in Betracht ziehen? Ich stelle dich gern ein paar Leuten vor. Du könntest beispielsweise ein paar Tage im Museum und in den Botanischen Gärten verbringen und dir die aktuellen Forschungsprojekte ansehen.«

»Das wäre eine Möglichkeit. Aber ich will nichts überstürzen und lieber noch eine Weile bei Sally und Mollie bleiben. Allmählich gewöhne ich mich an die Freiheit, die die Arbeitslosigkeit mit sich bringt, obwohl ich mir natürlich bald wieder meinen Lebensunterhalt verdienen muss. Meine Ersparnisse reichen nicht ewig.«

Sie ging unter Deck, wo Sally über ihr Handy gebeugt dasaß.

»Immer noch kein Empfang«, sagte sie unglücklich. »Ich wäre jetzt so gern bei Toby und Katie. Das alles hat mich völlig aus der Fassung gebracht. Als würde mir der Boden unter den Füßen weggezogen.«

Dan steckte den Kopf durch die Luke. »Was haltet ihr davon, nach unserer Ankunft mit Victor und mir Mittag zu essen?«

»Wir sollten lieber gleich losfahren …«, sagte Sally zögernd.

»Sprich mit Toby, sobald wir an Land sind und du Empfang hast«, schlug Jessica vor. »Danach fühlst du dich sicher besser. Wenn wir hier etwas essen, müssen wir später nicht irgendwo anhalten.«

Wenige Minuten nach ihrer Ankunft an Land wirkte Sally schon viel fröhlicher. »Toby und Mum geht es gut«, verkündete sie. »Katie hat eine Freundin zum Spielen zu Besuch, und alle freuen sich darauf, Dan kennenzulernen.«

»Entwarnung«, seufzte Jessica erleichtert. »Dann lass uns essen gehen.« Sie spazierten zu viert den Hafen entlang zu einem einfachen Fischlokal, das Victor vorgeschlagen hatte.

»Das ist die beste Adresse für in Bierteig frittierte Plattkopffilets mit Kartoffelecken«, sagte er.

Wie sich zeigte, war er ein glänzender Unterhalter. Die Freundinnen und Dan warfen sich amüsierte Blicke zu, als er sie mit Anekdoten aus seiner Zeit als Landratte auf einer Schaffarm im Outback erheiterte.

»Der Fisch war köstlich, er zerging auf der Zunge. Vermutlich frisch gefangen?«, fragte Jessica.

»Klar doch. Der alte Angelo, einer der hier ansässigen Fischer, kennt alle Stellen, falls man einen Fisch braucht. Von mir bekommt er dafür im Tausch Austern und Krebse.«

»Tja, jetzt sollten wir lieber mal los«, sagte Sally, und die beiden verabschiedeten sich von Victor. Dan begleitete sie noch zu ihrem Auto.

»Habt ihr vollgetankt? Auf der Nebenstraße, die ich euch empfohlen habe, sind Tankstellen eher dünn gesät.«

»Ja, kein Problem. Wir erwarten dich dann also in den nächsten Tagen auf Arcadia«, sagte Jessica.

»Sehr schön. Gute Fahrt, und ich halte euch auf dem Laufenden, falls ich zwischendrin etwas Interessantes herausfinde.« Er öffnete Jessica die Fahrertür und winkte Sally zum Abschied zu. »Verpasst die Abzweigung am River Bend nicht. Die Straße ist zwar ein bisschen anspruchsvoll, spart euch aber Zeit.«

»Bis bald, Dan«, sagte Jess.

Schweigend fuhren sie im weichen Licht des Nachmittags durch die stille Landschaft mit Feldern, Weiden und mäandernden Flüssen.

»Möchtest du Musik hören?«, fragte Sally.

»Eigentlich nicht.«

Als sie weiter in die Berge kamen, sich Kurve um Kurve höherschraubten, neigten sich stattliche Bäume scheinbar wohlwollend über die Straße, als wollten sie das kleine rote Auto beschützen, das durch die goldgesprenkelten Schatten glitt.

»Eine atemberaubende Landschaft. Wie alt diese Bäume wohl sind?«, fragte Jessica.

»Jedenfalls möchte man hier keinen Unfall haben und von der Straße abkommen. Niemand würde einen finden«, murmelte Sally mit Blick auf den Abgrund, der sich neben der Straße auftat.

»Schau nicht hinunter«, riet Jessica. »Immerhin haben wir bisher kein einziges anderes Auto gesehen.«

»Was nur gut ist, weil man nirgends ausweichen kann.«

Da die Sonne immer tiefer stand und ihr direkt in die Augen schien, klappte Jessica die Sonnenblende herunter. Dabei schaute sie in den Rückspiegel. »Ach, wie blöd. Da ist einer hinter uns.«

»Tja, der braucht jetzt ein bisschen Geduld. Wir können nirgends ranfahren und ihn überholen lassen.« Wieder schauderte Sally und blickte seitwärts in die Tiefe.

Jessica tippte kurz auf die Bremse, um dem Fahrer hinter ihnen zu signalisieren, dass er das Tempo verlangsamen und mehr Abstand halten sollte. Das Allradfahrzeug fiel zurück.

»Gut. Er hat die Botschaft verstanden. Wie viele Berge haben wir bei unserer Reise bisher schon überquert?«

Sally zuckte die Achseln. »Ich habe letzte Nacht schlecht geschlafen. Ist es in Ordnung, wenn ich ein bisschen döse? Sag mir Bescheid, wenn ich dich ablösen soll.«

»Okay. Ich bin noch fit.«

Jessica dachte an ihre Gespräche mit Dan und rief sich in Erinnerung, was er über die Umwelt und Seans Arbeit gesagt hatte. Ihre Gedanken schweiften weiter zu ihrem vergangenen Leben in Sydney. Die Jahre waren nahtlos ineinander übergegangen. Hatte sie je innegehalten, um darüber nachzudenken, wie die Zukunft gestaltet werden sollte? Und was für eine Welt ihre Generation Kindern wie Katie hinterließ?

Es dämmerte bereits. Auf einem kurzen, geraden Straßenstück sah sie erneut in den Rückspiegel. Wieder war das Allradfahrzeug hinter ihr, und zwar gefährlich nah. Der Fahrer hatte das Fernlicht eingeschaltet, weshalb sie ihn hinter der getönten Windschutzscheibe nicht erkennen konnte.

Nach der nächsten Kurve wurde das Bankett breiter, sodass sie rasch links ranfuhr und das Auto vorbeibrausen ließ.

Durch den Ruck beim plötzlichen Bremsen wach geworden, richtete sich Sally auf. »Was ist los?«

»Ich hab nur das Auto hinter uns überholen lassen. Offenbar kannte der Fahrer die Ausweichstelle, er ist ziemlich dicht aufgefahren.«

»Es wird ja schon dunkel.«

»Wir sind fast unten. Ups, was ist …«

Das schwarze Allradfahrzeug mit den getönten Scheiben hatte vor ihnen am Straßenrand gehalten, und als Jessica geistesgegenwärtig mit einem Schlenker vorbeifuhr, blitzte ein helles Licht auf.

»Hat der uns gerade fotografiert?«, rief Sally.

»Keine Ahnung, was hier vorgeht.« Jessica gab Gas.

»He, Jess, nicht so schnell. Hier gibt's eine Geschwindigkeitsbegrenzung.«

»Ich hätte im Moment nichts dagegen, von einem Verkehrspolizisten angehalten zu werden. Dieses Auto ist mir unheimlich.«

Sie fuhren weiter, und ein paar Minuten später meinte Jessica leise: »Er ist wieder da.«

Sally drehte sich um und sah die Scheinwerfer. »Da wollen uns wohl ein paar Rowdys einen Schrecken einjagen. Die haben zwei Frauen allein in einem Auto gesehen.«

»Es dauert noch ewig, bis wir in den nächsten Ort kommen, und hier kann ich nirgends anhalten.« Wieder beschleunigte Jessica, dennoch schloss der schwarze Wagen auf.

»Ich weiß, dass du eine gute Fahrerin bist, aber das macht mir Angst!« Mit weit aufgerissenen Augen saß Sally kerzengerade auf ihrem Sitz und trat auf ein imaginäres Bremspedal, während sie die dunkle Straße nach unten kurvten.

»Es wird flacher«, sagte Jessica grimmig, als sie den unteren Bereich der Bergstraße erreichten und an Viehweiden und alten Holzzäunen vorbeifuhren.

»Jess! Da drüben brennt Licht.« Sally zeigte zur Seite. »Eine Farm.«

Ohne zu zögern, bog Jessica an dem Briefkasten in Form einer Milchkanne auf den Feldweg ein. Der Wagen ratterte über das metallene Viehgitter und wirbelte eine Staubwolke auf, als sie die Einfahrt hinaufrasten.

»Folgt er uns immer noch?«, fragte Jessica mit heiserer Stimme.

»Ich weiß nicht, da ist so viel Staub. Fahr langsamer! Ich kann kein Licht sehen … keine Ahnung. He, Achtung!«, kreischte Sally, als die Scheinwerfer plötzlich zwei Kühe erfassten.

Geschickt wich Jessica den aufgeschreckten Tieren aus.

»O nein, er ist auch abgebogen! Pass auf!« Sallys Stimme zitterte. »Fahr zum Haus, schnell. An der Tür brennt Licht.«

»Aber drinnen ist alles dunkel, vielleicht ist niemand da. Verdammt.«

Sally blickte über die Schulter. »Das Auto wird langsamer, er wartet. Wir könnten ins Haus rein, uns verbarrikadieren und Hilfe rufen ... Was tust du da?«, schrie sie, als Jessica den Wagen über den Rasen vor dem Haus und dann nach hinten steuerte, wo Büsche sie abschirmten. Die Scheinwerfer glitten über eine Scheune, mehrere Schuppen und einen Gemüsegarten.

»Mist«, sagte Jessica. »Nimm dein Handy und lauf zur Scheune. Ich versuch's an der Hintertür?«

»Bist du verrückt?«

»Lauf, Sally, und versteck dich! Falls ich nicht sofort nachkomme, schick mir eine Textnachricht.«

Sie stolperten aus dem Auto und stürmten in entgegengesetzte Richtungen, während das Allradfahrzeug über das Viehgitter an der Einfahrt rumpelte.

Jessica rannte die Treppe zum Hintereingang hinauf und drehte den Türknauf, doch es war abgeschlossen. Da sah sie einen Lichtschalter und drückte ihn, worauf die Veranda und der Hinterhof von zwei hellen Lampen erleuchtet wurden. Sie flitzte quer über den Hof in die Scheune. »Sal?«

»Ja, hier ... im zweiten Koben«, kam gedämpft die Antwort.

Jessica schlug die Scheunentür hinter sich zu. »Gibt es eine Hintertür?« Im selben Moment hörte sie, wie eine Autotür ins Schloss fiel. »Mist, er ist da. Sal ...?«

»Hierher. Vorsicht.« In der Scheune herrschte dämmriges Licht. An dem Verschlag angekommen, fiel Jessica die Kinnlade runter.

Denn Sally hatte sich neben eine riesige Sau gequetscht, die auf Stroh gebettet auf der Seite lag, während ein Dutzend fetter Ferkel an ihren Zitzen saugte.

»Was ... Sal ...«

»Mit ein paar Schweinchen obendrauf«, kicherte Sal, sah jedoch völlig verängstigt aus.

Jessica kletterte zu ihr in den Koben. Die Muttersau beäugte sie misstrauisch.

»Sollen wir die Polizei anrufen?«, flüsterte Sally.

»Hmm. Ich habe keine Ahnung, wo wir sind. Und es würde ewig dauern, bis sie kommen.«

»Wer mag uns denn verfolgen?«, fragte Sally nervös. »Ob es der anonyme Anrufer ist? Er hat gesagt, er weiß, wo wir sind …«

»Keine Ahnung. Lass uns nachdenken …«

»Hier können wir nicht bleiben, er wird uns suchen«, meinte Sally. »Puh, es stinkt grauenhaft. Und hinten, wo sie hinpisst, ist es noch schlimmer.«

»Das ist gut … versteck dich dort. Wer auch immer uns verfolgt, wird da nicht nachschauen, außerdem ist es dunkel.«

»Glaubst du, es ist mehr als einer?«

»Das konnte ich nicht sehen, die Scheiben sind getönt.« Jessica richtete sich auf.

»Wohin gehst du, Jess?«

»Wir brauchen ein Foto vom Nummernschild. Ich schleich mich zur Hintertür raus. Gib mir zwei Ferkel – von denen, die schlafen, nicht trinken. Und lass die Tür zum Koben offen, damit die Mama rauskann …«

»Jess, was zum Teufel hast du vor?«

»Ich weiß noch nicht genau. Aber ich brauche etwas als Ablenkung. Wahrscheinlich wird er sich hier drin umsehen, also zeig dich nicht. Los, gib mir die Ferkel. Schnell. Wie schaffe ich es, dass sie ruhig bleiben?«

»Keine Ahnung. Halt ihnen die Schnauzen zu und stopf sie in deine Jacke. Jetzt schlafen sie ja.« Als Sally zwei Ferkel zu Jessica schob, hob die Muttersau den Kopf.

Mit wild klopfendem Herzen steckte Jessica die Ferkel in ihre Jacke und schlich zur Hintertür der Scheune, die in einen kleinen Pferch hinausführte. Die Schweinchen an die Brust gepresst, kletterte sie über die Einzäunung und bewegte sich dann im Dunkeln die Längsseite der Scheune entlang.

Nahe beim Haus stand in einem Lichtkegel ein Mann. Er hatte ihr den Rücken zugedreht und betrachtete die Tür. Vielleicht fragte er sich gerade auch, ob er sie öffnen konnte.

Langsam ging Jessica zur abgewandten Hausseite, wobei sie die Ferkelchen mit einem Arm an sich gedrückt hielt. Mit der freien Hand zog sie das Handy aus der Tasche. Während sie auf Zehenspitzen ums Haus herum zur Vorderseite schlich, betete sie, dass der Mann keinen Komplizen dabeihatte.

Der hoch motorisierte Wagen stand mit offener Fahrertür mitten in der Einfahrt. Von einer weiteren Person war nichts zu sehen.

Jessica schob sich näher heran und machte ein Foto von dem Wagen und dem Nummernschild. Dann eilte sie geräuschlos hinten am Haus vorbei zur Scheune zurück. Inzwischen hatte der Mann an der Hintertür offenbar den Lichtschalter gedrückt, denn jetzt war es dunkel. Doch Jessica konnte seine Gestalt ausmachen und sah, wie er auf die offene Hintertür der Scheune zusteuerte.

Stocksteif blieb sie im Dunkel stehen, als er am Scheuneneingang zögerte, dann die Taschenlampe seines Handys einschaltete und hineinging.

»Tut mir leid, Kids.« Sie zog die verschlafenen Ferkel aus der Jacke, setzte sie am Boden ab und zog beide kräftig an ihren Ringelschwänzen, bevor sie zum Haupttor der Scheune sprintete. Erleichtert hörte sie, wie die Ferkel hinter ihr laut quiekten.

Trotz ihrer massigen Gestalt musste die riesige Sau in derselben Sekunde aufgesprungen sein, in der sie ihre Kleinen rufen hörte. Jessica sah, wie das Tier auf seinen zierlichen Füßen in Höchstgeschwindigkeit zur Hintertür raste. In ihrem Eifer, die herzlos auf dem kalten Boden abgesetzten Ferkelchen zu retten, rannte sie die Gestalt, die ihr den Weg versperrte, um.

Während sich der Mann noch aufrappelte, flitzte Jessica zu dem Koben und bahnte sich ihren Weg an einem Futtertrog vorbei nach hinten. »Sal, bist du da?«, flüsterte sie.

»Was ist passiert?«, fragte Sal leise. »Du hast doch die Ferkel nicht verletzt?«

»Pscht«, machte Jessica. Sie hörten Flüche und erspähten draußen die humpelnde Gestalt eines Mannes, während das zornige Quieken und Kreischen der Ferkel und ihrer Muttersau im Hof widerhallten.

»Bäh, stinkt das hier. Lass uns abhauen.«

»Wo ist er?«

»Vermutlich auf dem Weg zu seinem Wagen.«

»Pssst. Ist das ein Motorgeräusch? Fährt er weg?«, fragte Sally.

»Nein, da kommt ein Auto …«, murmelte Jessica.

Bremsen quietschten, laute Rufe ertönten, dann schoss das Allradfahrzeug davon. Weitere Rufe, und die Sau fing laut zu grunzen an, während ihre Ferkel wütend quiekten. Als die beiden Freundinnen zur Scheunentür gingen, war der Hof taghell erleuchtet. Jemand nahm die Ferkel hoch, trat in die Scheune, schaltete das Licht ein und stapfte zum Koben. Verstört trottete die Muttersau hinterher.

Es war ein Paar im mittleren Alter, das sich jetzt über die Ferkel beugte. »Die anderen sind alle da. Wie zum Teufel ist Sheila nur rausgekommen …?«, überlegte die Frau.

Sally und Jessica traten vor. »Entschuldigung, das waren wir«, sagte Jessica mit sanfter Stimme. »Ist mit den Ferkelchen alles in Ordnung?«

Die Frau schrie auf, und der Mann starrte sie verblüfft an.

»Wer zum Teufel sind Sie? Was haben Sie hier zu suchen?«, fragte er aufgebracht.

Sally machte eine besänftigende Geste. »Kein Grund zur Aufregung, wir können alles erklären. Macht es Ihnen etwas aus, wenn wir draußen reden? Mir macht der Geruch zu schaffen.« Sie eilte aus der Scheune.

»Es tut uns leid, dass wir Sie erschreckt haben. Ich bin Jessica Foster, und das ist Sally Sandford … Der Mann in dem Allradfahrzeug hat uns verfolgt, das heißt, er hat uns gefährlich bedrängt, als wir den Berg hinuntergefahren sind. Wir wollten hier um Hilfe bitten, doch als niemand da war, haben wir uns ein Versteck gesucht. Es ist eine längere Geschichte. Würde es Ihnen etwas ausmachen, wenn wir uns zuerst ein bisschen waschen und Ihnen dann alles erzählen?«

Die Frau hatte die Fassung wiedergewonnen und wirkte nun nicht mehr ängstlich, sondern besorgt. »Ach, ihr Armen, das klingt ja schrecklich. Ja, ja, kommt rein und duscht, wenn ihr wollt. Roger, kannst du bitte Sheila und die Kleinen versorgen und wieder absperren? Ich bin Barb. Barbara Brown.«

»Wir sind so froh, dass ihr nach Hause gekommen seid. Es war keine Minute zu früh«, sagte Sally, während sie zum Haus gingen.

»Wir haben ein Alarmsystem, das uns warnt, wenn sich jemand unserem Haus nähert. Als es losging, sind wir sofort zurückgefahren, wir waren nur bei den Nachbarn. Warum wurdet ihr denn verfolgt?«, fragte Barbara.

»Wenn wir das wüssten«, seufzte Sally.

Nachdem sie sich Gesicht und Hände geschrubbt hatten, lieferten sie bei einer Tasse Kaffee eine knappe Zusammenfassung der Ereignisse dieses Nachmittags und erwähnten auch die anonymen Anrufe sowie den Einbruch auf Sallys Farm. Die Browns zeigten viel Mitgefühl.

»Möchtet ihr vielleicht zum Abendessen bleiben und hier übernachten?«, bot Barbara ihnen an.

»Danke, aber lieber nicht. Ich möchte schnellstmöglich nach Hause«, lehnte Sally ab. »Ich habe meinen Mann bereits angerufen und ihm gesagt, dass wir eine Kaffeepause einlegen, aber bald weiterfahren.«

»Was hast du ihm erzählt?«, fragte Jessica.

»Ach, nichts. Ich wollte ihn nicht beunruhigen. Er nimmt einfach an, dass wir müde sind und deshalb eine Pause brauchen.«

»Sollen wir die Polizei verständigen?«, fragte Roger.

»Das ist eure Entscheidung«, sagte Jessica, nachdem sie einen Blick mit Sally gewechselt hatte. »Ich verstehe, wenn ihr euch bedroht fühlt, aber wir sind uns sicher, dass der Mann es auf uns abgesehen hatte und euch nicht mehr behelligen wird.«

»Ja, gut. Hier ist unsere Nummer. Ruft an, sobald ihr angekommen seid, damit wir wissen, dass alles in Ordnung ist«, sagte Roger und begleitete die Freundinnen zum Wagen hinaus.

»Bitte entschuldige uns bei Sheila, weil ich einfach ihre Babys ausgeborgt habe«, sagte Jessica noch.

Jetzt setzte sich Sally ans Steuer. Jessica rief Dan an und erzählte ihm, was vorgefallen war.

»Ich kann es nicht fassen«, sagte Dan entgeistert. »Schick mir das Foto mit dem Nummernschild, ich gehe dem nach. Ein Freund von mir kann den Fahrzeughalter feststellen.« Er schwieg einen Moment. »Hör mal, ich fahre morgen oder spätestens übermorgen nach Seawinds und rufe dich an, sobald ich etwas erfahre.«

»Danke, Dan. Sally und ich wollen jetzt einfach nur nach Hause. Ob wir die Polizei informieren, überlegen wir uns später. Bis bald.«

Als sie auf Arcadia eintrafen, war Katie schon im Bett, doch als Sally in ihr Zimmer schlich, setzte sie sich auf und streckte ihrer Mutter die Ärmchen entgegen. Sally küsste sie, deckte sie zu und legte Mr K, ihren Lieblingskoala, zu ihr. »Bis morgen früh, Zuckerschnute«, flüsterte sie.

Mollie hatte schon geschlafen, war aber aufgewacht, als sie den Wagen kommen hörte, und vom Cottage herübergeeilt. Inzwischen hatte Jessica geduscht und sich in einen Bademantel gewickelt. Mit einem Drink in der Hand erzählte sie Mollie und Toby von der Insel, bis Sally sich zu ihnen ins Wohnzimmer gesellte. Das kleine Feuer im Kamin schuf eine heimelige Atmosphäre.

Händchen haltend saßen Toby und Sally nebeneinander. Die beiden Freundinnen waren immer noch ziemlich durcheinander, hatten aber vereinbart, der Familie das Geschehene möglichst schonend beizubringen. Doch Mollie und Toby waren trotzdem entsetzt.

»Wir müssen die Polizei rufen!«, rief Mollie.

»Aber wir haben nur wenig in der Hand«, gab Toby zu bedenken. »Natürlich können wir die Polizei bitten, das Kennzeichen zu überprüfen. Aber es dürfte schwer werden zu beweisen, was der Mann im Sinn hatte.«

»Lass uns abwarten, was Dans Freund herausfindet«, meinte Jessica.

Da sie und Sally völlig erledigt waren, erwähnten sie die anonymen Anrufe und ihren Abstecher nach Seawinds nicht.

»Wie geht's denn dir?«, fragte Sally schließlich ihren Mann. »Dass jemand auf unser Anwesen eingedrungen ist und hier rumgebuddelt hat, macht mir noch mehr zu schaffen. Es ist ein gruseliges Gefühl.«

Toby nahm sie in den Arm. »Lass uns morgen darüber reden. Es ist schon spät, und du musst todmüde sein.«

Am nächsten Morgen ging Toby mit Sally und Jessica die Reihen der mit Trüffelsporen geimpften Bäume ab. »Schau, sie haben einige übersehen. Es gehört ein gutes Näschen dazu, sie zu finden.«

»Wie geht's denn dem armen Jasper?«, erkundigte sich Jessica.

»Körperlich ganz gut. Jasper ist ein so treuer Hund und nimmt seine Aufgabe sehr ernst. Wir haben ihn bellen gehört, und als er nicht damit aufgehört hat, bin ich aufgestanden und hab ihn aus dem Zwinger gelassen. Dann hat er plötzlich gejault, ein Auto ist weggefahren, und er kam zu mir gehinkt. Etwas hatte ihn getroffen, ich denke, ein Spaten. Zum Glück heilt sein Bein bereits. Es hätte ihn viel schlimmer erwischen können.«

Sally schauderte. »Genug davon. Wie macht sich der Safran?«

Während Toby und Sally miteinander fachsimpelten, betrachtete Jessica die hohen Bäume. »Ich geh mal runter in den alten Eukalyptuswald und schau mich ein bisschen um«, sagte sie.

Sie lief den Berg hinunter und tauchte aus hellem Sonnenschein in die weich konturierten Schatten des kühlen, dunstigen Waldes ein. Tief sog sie den süßlich erdigen Geruch ein. Sie genoss die angenehme, feuchte Luft, und ihr war, als würden Millionen Blätter gemeinsam mit ihr atmen. Ein und aus, ein und aus – das tropfnasse Laub und das schwammige Moos wirkten reinigend und erfrischend und besänftigten sie auf eigenartige Weise. Außer dem leisen Gurgeln des Bachs war kein Laut zu hören. Hier fehlte das Unheimliche einer Anderswelt, das sie manchmal in den großen alten Wäldern der Nationalparks gespürt hatte, aber dennoch schuf die Stille eine ganz eigene Atmosphäre. Ihre Schritte wurden von den Flechten, dem Laub und dem verrottenden Holz unter ihren Füßen gedämpft. Ihr war, als könne sie die geschäftigen Insekten und Kleintiere hören, wenn sie nur ganz reglos stehen blieb, und wahrnehmen, wie die Bäume Kohlendioxid aufnahmen und langsam Sauerstoff abgaben.

Wie gut kannte sie diese riesigen Bäume! Hier würde sie sich nie verlaufen. Nachdem sie jahrelang in diesem Wald herumgestreunt war und mit Sally gespielt hatte, waren diese Bäume vertraute, alte Freunde.

Wieder atmete Jessica tief ein, und plötzlich glaubte sie, unter ihren Füßen die flimmernden Membranen des Myzels zu sehen, die Dan ihnen beschrieben hatte; sie schienen zu vibrieren und wie winzige unterirdische Stromleitungen Nachrichten von den Wurzeln und der fermentierenden Erde weiterzuleiten, von Baum zu Baum, von Pflanze zu Pflanze, von Berg zu Berg.

Jessica hielt Ausschau nach den Pilzen, die hier immer gewachsen waren, und stellte verblüfft fest, dass es keine gab. Sehr ungewöhnlich. Also bückte sie sich und bemerkte, dass der Boden zwischen den riesigen Wurzeln aufgewühlt war. Je tiefer sie in den Wald eindrang, der sich vom Bach heraufzog, umso deutlicher wurde, dass jemand alle abgeerntet hatte.

Da die Pilze immer da gewesen waren, hatte Jessica sie früher kaum wahrgenommen. Erst Stellas Gemälde hatte ihr deren einzigartige Schönheit vor Augen geführt, und dann hatte Dan ihr Interesse an ihnen geweckt, weshalb sie nun unbedingt mehr darüber wissen wollte.

Ein beunruhigender Gedanke überkam sie, und sie lief eilig zur Lichtung.

Dort atmete sie erleichtert auf. Der Feenring, dieser große Kreis aus breiten Pilzen, war noch da. Dank Dans Erklärungen wusste sie nun, dass es sich hier um den äußeren Rand einer Myzelmatte aus Pilzfäden handelte – wie der Spitzensaum an einem Rock. Sie kniete sich hin und bohrte ihren Finger in die Erde, die feucht und krümelig war und intensiv roch. Hatte der Eindringling, der die Pilze geraubt hatte, nichts von dem Feenring gewusst? Oder glaubte er wie viele andere, dass es Unglück brachte, sich an einem Feenring zu vergreifen?

Jessica spürte, dass sie beobachtet wurde, und blickte über die Lichtung. Um die Bäume auf der anderen Seite besser zu sehen, stellte sie sich auf die Zehenspitzen. Bildete sie es sich nur ein, oder hockte da ein kräftiger, gedrungener Vogel? Sie sah hinüber zum Bach, der vor der regnerischen Jahreszeit noch friedlich dahinplätscherte, und zu den Bäumen und Pflanzen darüber, die den Pfad zur Höhle verbargen. Was war passiert? Gut möglich, dass die Trüffelräuber auch diese Pilze gestohlen hatten.

Tief in Gedanken versunken ging Jessica denselben Weg zurück. Zum ersten Mal seit Langem fühlte sie wieder eine nagende wissenschaftliche Neugier – das Bedürfnis, mehr herauszufinden, das Fragengeflecht zu entwirren und zu sehen, wohin dies führte.

Schon immer hatte diese ruhige, grüne Welt der uralten Riesen sie angezogen. Es gab einen Grund, dass diese Bäume seit Jahrhunderten Wache standen, und dieser ging weit über das Schulwissen hinaus, dass die großen Regenwälder »die Lunge des Planeten« waren. Dennoch waren viele Millionen von ihnen durch menschliches Handeln und den Klimawandel innerhalb einer kurzen Zeitspanne gestorben. Wir haben so wenig gelernt, dachte sie.

Sally und Toby waren draußen auf dem Safranfeld, und Mollie kümmerte sich zusammen mit Katie um Jasper. Also machte sich Jessica einen Kaffee und ging damit ins Wohnzimmer, wo ihr die Mappe mit Stellas ungerahmten Bildern ins Auge fiel. Sie nahm sich viel Zeit, um erneut die wunderschönen Gemälde zu betrachten, die den Wald darstellten, in dem sie gerade gewesen war, und die vor Lebendigkeit und Atmosphäre sprühten. Ihr kam der Gedanke, dass Stella intuitiv seinen Wert erfasst hatte. Sie hatte um die magische Bedeutung dieses Ortes gewusst, wenn auch vielleicht den Grund dafür nicht gekannt. Während sie noch darüber nachdachte, klingelte ihr Handy.

»Ihr seid gut nach Hause gekommen?«, fragte Dan. »Wie geht es dir heute Morgen?«

»Hervorragend. Ich hatte so etwas wie eine Erscheinung.«

»Wirklich? Eine gute oder eine schlechte?«

»Tja, wer weiß«, lachte sie. »Ich erzähle dir mehr darüber, wenn du hier bist. Gibt es irgendwelche Neuigkeiten?«

»Ja, deshalb rufe ich in erster Linie an. Mein Kumpel bei der Polizei hat sich gemeldet. Wir wissen jetzt, zu wem das Kennzeichen gehört.«

»Ja?«

»Das Fahrzeug ist auf einen gewissen Gordon Broadbent, wohnhaft in Seawinds, Shelter Bay, zugelassen.«

Jessica schnappte nach Luft. »Was? Das muss der Gordon sein, den die alte Dame in Seawinds erwähnt hat. Und der ziemlich sicher mit unserem Mann aus der Höhle verwandt ist. Uhh, ich kriege Gänsehaut.«

»Viel mehr weiß ich nicht, er hat jedenfalls kein Vorstrafenregister. Allerdings konnte ich im Internet nichts über ihn finden, was wiederum interessant ist. Heutzutage muss man sich wirklich Mühe geben, um dort nicht auffindbar zu sein. Aber sag, gibt es irgendwelche Hinweise auf den Trüffeldieb?«

»Nein. Wobei ich mich bei Toby nicht genauer erkundigt habe. Aber … ich war gerade unten im Wald. Was du uns über die Pilze und den Pilzspezialisten erzählt hast, war so spannend, dass ich einmal genauer hinschauen wollte. Doch rund um die alten Bäume waren sämtliche Pilze ausgerissen. Es ist keiner mehr da.«

Dan sog hastig die Luft ein.

»Es wird immer sonderbarer, nicht wahr?«, meinte Jessica.

»Mir wird jetzt einiges klar. Ich komme so bald wie möglich zu euch.«

Arcadia, 1951

An einem sonnendurchfluteten Vormittag saß Stella im Rosengarten auf einer Picknickdecke und sah zu, wie Mrs James mit Mollie »Kuckuck« spielte. Die Kühle im Schatten erinnerte Stella an die seligen Tage, die sie im Eukalyptuswald verbracht hatte.

Vor Mollies Geburt waren die regelmäßigen Besuche im Wald für Stella das Wichtigste gewesen. Die Bäume hatten sie zu ihrem künstlerischen Schaffen inspiriert, sie hatte seit jeher ihre Größe und ihre kraftvolle Ausstrahlung bewundert. Doch jetzt hielt die kleine Mollie sie derart auf Trab, dass sie kaum mehr in den Wald kam. Manchmal ließ sie ihre Gedanken schweifen und malte sich aus, wieder dort zu sein. Und wenn es eine Erinnerung gab, die sich für immer in ihr Gedächtnis eingebrannt hatte, an die sie sich all die Jahre klammerte und die sie in ihrem Herzen bewahrte, dann die an jenen besonderen Tag vor noch gar nicht so langer Zeit.

Zwei Jahre zuvor …

Stella hatte bemerkt, dass Mrs James ihr nachsah, als sie in den Wald ging, und schritt nun zügiger aus. Ein paar Minuten später warf sie einen Blick zurück, und sah, dass die Haushälterin gerade die Tür des Haupthauses zuzog und sich auf den Weg zu ihrem Cottage machte.

Mit einer Strickjacke um die Schultern, dem Feldstecher um den Hals und der Ledertasche quer über der Brust war Stella bestens gerüstet und hatte wie immer Skizzenblock, Bleistifte, Füller und Kamera griffbereit. Als sie vor dem Verlassen des Hauses ihr Spiegelbild überprüfte, hatte sie ihm zugelächelt und ein bisschen Parfüm auf die Handgelenke und in die Halsbeuge getupft.

Der Wald stand reglos da, nicht der leiseste Windhauch störte die frühsommerliche Ruhe. Dennoch spürte Stella, wie Leben und Energie hier brodelten.

An der Lichtung angekommen, stellte sie den Korb ab, pfiff kurz und wartete.

Da, eine Bewegung an der Kiefer. Eine Gestalt löste sich aus den Schatten. Stella lächelte. Er überquerte die Lichtung, und als er bei Stella ankam, breitete sie die Arme aus und drückte ihn an sich.

»Wie ich dich vermisst habe«, murmelte er. Er küsste sie innig, hob dann den Kopf, legte einen Finger unter ihr Kinn und betrachtete ihre funkelnden Augen und den lächelnden Mund.

»Halt, Tommy, schön der Reihe nach«, sagte Stella. »Sonst haben wir keine Ruhe.«

Er gluckste und trat einen Schritt hinter sie. Stella pfiff abermals und hielt dabei eine sich windende Maus in den Händen.

Völlig geräuschlos flog die Eule zu dem Baum, der unweit von Stella stand.

»Sie lässt dich nicht aus den Augen«, sagte sie.

Tommy lächelte. »Ich glaube, sie gewöhnt sich an mich.«

Mit schmeichelnden Worten legte Stella den Kopf schief, worauf die Eule ihrem Beispiel folgte, ohne sie aus den Augen zu lassen. Doch als Stella sich bückte, machte sich der Vogel, den Blick auf Stellas gewölbte Hände geheftet, abflugbereit. Und kaum versuchte die Maus, in die Freiheit zu entkommen, stieß die Eule von ihrem Ast herab, nahm den Nager auf und flog zu einem anderen Baum.

»So schnell, so leise. So tödlich«, sagte Tommy.

»So bleibt ein kleines Beuteltier mehr aus diesem Wald vor Nyx' Krallen verschont. Ich muss von meinem freundlichen Farmer noch mehr Mäuse besorgen. Aber schön, dass Nyx dich allmählich akzeptiert. Ihr Vater wäre wohl weniger nett gewesen.«

Er lachte. »Freut mich auch. Als ich dich hier zum ersten Mal traf, fürchtete ich, sie zerfetzt mich.«

»Nyx' Vater war mein Beschützer, und Nyx hat nun diese Rolle übernommen. Aber sie ist wohl eifersüchtig auf dich.« Lächelnd breitete Stella die Decke aus, auf der sie sich niederließen, und bettete ihren Kopf in Tommys Schoß.

»Ich habe dich vermisst, mein Liebling. Wie viel Zeit haben wir?« Er strich mit dem Finger über ihre Wangen und wickelte sich eine ihrer Haarsträhnen um den Finger.

»Stephen ist bis morgen Abend weg.«

»Ich hasse es, getrennt von dir zu sein. Wie gern würde ich dich mit an die Küste nehmen. Und mit dir fortsegeln, damit wir immer zusammen sein können«, flüsterte er heiser und beugte sich über ihr Gesicht. Doch sie legte einen Finger auf seine Lippen, damit er schwieg.

Manchmal wünschte sie sich dasselbe. Hier in diesem Wald und in der Höhle, die Tommy entdeckt hatte, waren sie in ihrer eigenen Welt, wenn auch immer nur für einige gestohlene Stunden.

Es war jetzt beinahe zwei Jahre her. An einem frühen Morgen, noch bevor die Sonne den dichten Wald durchdrungen hatte und der Tau auf Flechten und Pilzen getrocknet war, hatte sie ihre Staffelei aufgebaut, um ihren Lieblingsbaum zu malen. Zwar meinte sie, am Bach Geräusche zu hören, aber wer sollte hier schon in aller Frühe unterwegs sein?

Nyx putzte sich das Gefieder und machte sich zum Schlafen bereit, nachdem sie in der Nacht gejagt und ihr Revier bewacht hatte. Die Eule hatte ihr Nest in der tiefen Höhle eines uralten Baumes, der einst bei einem Blitzeinschlag gespalten worden war. Doch offenbar lenkten knackende Zweige und eine Bewegung die Aufmerksamkeit des Vogels auf sich, denn Nyx stieß einen durchdringenden Warnlaut aus.

Stella hielt inne und sah sich, plötzlich ängstlich geworden, um. Da entdeckte sie eine Gestalt zwischen den Bäumen und ließ den Pinsel fallen.

»Wer ist da?«, rief sie. Erinnerungen an den Mann mit der karierten Jagdmütze stiegen in ihr auf, so heftig wie damals vor vielen Jahren packte sie die Angst. Sie hatte den Mann zuletzt in dem Haus mit dem Tunnel zum Meer gesehen, als sie mit Stephen bei seinen Verwandten gewesen war. Hatte er es gewagt, wieder hierherzukommen? Doch der Mann, der jetzt auf die Lichtung trat, schien überrascht, sie zu sehen, und hob die Hand.

»Ahoi, erschrecken Sie nicht. Entschuldigung, ich hatte keine Ahnung, dass jemand da sein könnte … Oha!«, schrie er gellend auf und duckte sich, als Nyx dicht über seinen Kopf fegte.

»Entschuldigung! Nyx, komm zurück«, rief Stella und hob den Arm, um die große Eule zu beruhigen. Lautlos flog sie zwischen ihnen hindurch, setzte sich auf einen niedrigen Ast und beäugte wachsam den großen, blonden Mann.

»Was für eine prachtvolle Eule!«

»Bleiben Sie möglichst ruhig stehen«, riet sie dem Mann. »Darf ich fragen, wer Sie sind und was Sie herführt?« Sie richtete sich auf und bemühte sich, selbstsicherer zu klingen, als sie sich fühlte. Als sie dann den Mann genauer musterte, erinnerte sie sich, dass sie ihn vor Jahren schon einmal unten am Fluss gesehen hatte. Er hatte sich ihr nicht vorgestellt, aber sie wusste noch, dass er ihren Namen gekannt hatte.

»Verzeihung. Mein Name ist Tommy, und ich bin mit meinem Kanu den Bach heruntergepaddelt, der zurzeit wenig Wasser führt. Ich wollte mir die Pilze ansehen, die hier wachsen.« Er spähte auf ihre Staffelei. »Sie malen sie?«

»Ja, ich male sie. Warum interessieren Sie die Pilze?«

»Ich studiere sie. Mein Bruder hat eine Farm, auf der wir welche züchten. Die selteneren Sorten, so wie die wilden hier.«

»Sie befinden sich auf einem Privatgrundstück, Sir.«

Der Mann schien ehrlich bestürzt. »Wirklich? Mein Bruder hat mir etwas anderes erzählt. Dieser Wald soll an ein großes Anwesen grenzen …«

»Ja, Arcadia, aber dieser Teil gehört noch dazu. Mein Mann ist der Besitzer.«

»Ach ja …?« Er runzelte die Stirn. »Mein Bruder … nun, er ist ein ziemlicher Taugenichts«, meinte er schließlich.

»Es tut mir leid, aber Sie dürfen die Pflanzen hier nicht anrühren«, sagte Stella mit fester Stimme.

Der Mann lächelte etwas gezwungen, und unwillkürlich fiel Stella auf, wie gut er doch aussah. Er trat ein Stück näher und betrachtete das Bild auf ihrer Staffelei. »Sie sind eine sehr begabte Künstlerin«, sagte er nach einer Weile.

»Danke. Was interessiert Sie eigentlich an diesen Pilzen?«

»Wir glauben, dass sie wichtige Eigenschaften haben, heilende und auch andere.«

»Tatsächlich? Verstehe …« Sie zog die Brauen zusammen. »Ich werde meinen Mann fragen, Dr. Holland. Ich bin Stella Holland, aber das wissen Sie natürlich längst.« Dabei lächelte sie ein bisschen verschmitzt und blickte dann empor zu Nyx, die den Eindringling finster anstarrte. Leise klatschte Stella in die Hände. »Auf Wiedersehen, Nyx.«

Tommy sah zur Eule. »Ein wunderschönes Geschöpf. Mein Bruder hat mir erzählt, dass er hier einmal von einer Eule angegriffen wurde. Passen Sie also gut auf sich auf.«

»Oh, Nyx und ich sind alte Freunde«, erwiderte Stella. »Aber sagen Sie mir, waren Sie und Ihr Bruder schon einmal hier … Pilze sammeln?«

»Ich war nur einmal da. Aber mein Bruder John hat sich öfter hier umgesehen. Er hat mir gezeigt, wie ich herkomme. Und ich entschuldige mich noch einmal, aber ich war überzeugt, dass es sich um, ähm, Urwald handelt. Und nicht um Ihren Besitz.«

»Urwald stimmt sogar. Diese Fläche wurde niemals angerührt, die Familie meines Mannes hat sie immer geschützt. Manche der Bäume sind Hunderte Jahre alt.«

»Die Familie Ihres Mannes?« Er hob die Augenbrauen.

»Ja«, antwortete Stella, die sich bei seiner Frage unbehaglich fühlte. »Er war Witwer, als ich ihn kennenlernte«, fügte sie hinzu.

»Er ist Arzt, nicht wahr?«, fragte der Mann, der schätzungsweise nur wenig älter war als sie.

»Sie kennen ihn?«

»Nein. Aber mein Bruder.«

Stella überlegte kurz, dann fragte sie: »Ihr Bruder trägt nicht zufällig eine karierte Jagdmütze?«

»Doch. Und er hat einen struppigen Schnurrbart.« Er lächelte, doch als er Stellas Gesichtsausdruck sah, setzte er hinzu: »Entschuldigung, Mrs Holland, gibt es da ein Problem?«

In diesem Augenblick fegte Nyx erneut über sie hinweg und landete in ihrem Baum, wo sie den Kopf um fast hundertachtzig Grad drehte und einen Blick zurück auf Stella warf. Dann hüpfte sie in die Baumstammhöhle.

»Stella … Liebling, wo warst du gerade?« Tommy strich ihr über die Wange. »Woran denkst du?«

»Ich habe mich an unsere erste Begegnung hier erinnert … wie schockiert ich war, als mir klar wurde, wer dein Bruder ist.«

»Bitte, vergiss John.« Tommy hatte ihr erzählt, dass er vor einigen Monaten einen heftigen Streit mit seinem älteren Bruder gehabt hatte. Denn John war über irgendetwas verärgert und verbittert, was mit ihrer Tante zu tun hatte, und hegte einen Groll gegen Stephen Holland. Tommy wollte jedoch keinesfalls, dass sich John mit Stephen anlegte, weil er wusste, dass daraus Probleme für Stella erwachsen würden. Worauf John mit ihm gebrochen hatte.

Tommy schloss seine Hand fester um ihre. »Bitte, Liebling, lassen wir uns die gemeinsame Zeit nicht von so etwas vergällen.«

»Ich kann einfach nicht fassen, dass er dich vom Hof geworfen hat.« Sie schüttelte den Kopf. »Vielleicht kann ich dir irgendwie helfen?«

»Keine Sorge, ich komme schon zurecht. Gib mir einfach Zeit, Stella, ich bin überzeugt, dass ich es zu etwas bringen kann.«

»Du glaubst so fest an das, was du tust. Aber du hast auch erzählt, dass John deine Experimente für sich vereinnahmt hat.«

»Ich habe ihm nicht alles erzählt.« Er sprang auf. »Genug davon. Die Sonne scheint, also lass uns schwimmen gehen und dann in unserer Höhle picknicken.«

Sie musste über seine Energie lachen. Was war er doch für ein schöner Mann, der sich manchmal wie ein spitzbübischer Knabe benahm. Bei ihm war sie eine andere. Sorglos, glücklich, geliebt und begehrt. Außer an jenem Tag am Fluss hatte sie Tommy immer nur im Wald gesehen, der ihre magische Welt geworden war. Hin und wieder fragte sie sich, ob sie das alles träumte oder sich wie Alice im Wunderland einbildete, durch ein Kaninchenloch gefallen zu sein. Es war nicht richtig, was sie taten, aber sie konnte ihn nicht aufgeben. Wohin er ging und was er zwischen ihren Rendezvous tat, daran verschwendete sie kaum einen Gedanken.

Wie frei sie sich doch fühlte, wenn sie ihre Kleider ablegte, um ins klare, kalte Wasser zu steigen, wo sie sich zitternd in seine Arme schmiegte und ihre Körper sich nahe waren, während sie sich küssten und aneinanderschmiegten.

Lachend stieg Tommy aus dem Wasser und kletterte die Böschung hinauf. Dann blickte er zurück und betrachtete Stellas schlanken, milchweißen Körper. Sie strahlte ihn an.

»Bleib dort.« Er holte ihre Kamera aus der Tasche und machte ein Bild von ihr, während sie sich dicht unter der Wasseroberfläche dahintreiben ließ.

Den Picknickkorb in der einen und ihre Hand in der anderen Hand, stapfte Tommy voran und half ihr zu der Höhle hinauf, die er entdeckt und zu ihrem Liebesnest gemacht hatte.

Sie hatte nie gefragt, wann er eigentlich allein hierhergekommen war und die kleinen Annehmlichkeiten heraufgeschafft hatte. Vermutlich suchte er diese Höhle ab und zu auf, wenn sie in ihrem Alltag auf Arcadia gefangen war. Doch sobald sie wusste, dass Stephen wegfahren würde, steckte sie eine Notiz in den kleinen Hohlraum eines Baumes nahe am Bach.

Sie teilten das mitgebrachte Essen. Dann fielen sie, wieder nackt, auf dem improvisierten Bett übereinander her, erkundeten lustvoll und träge ihre Körper, bis ihre Leidenschaft befriedigt war und sie eng umschlungen einschliefen.

Fröstelnd erwachte Stella. Die Sonne musste inzwischen untergegangen sein. Sie erhob sich und betrachtete einen Augenblick den schlafenden Mann, dem eine blonde Strähne ins Gesicht fiel. Leise machte sie nun ein Foto von ihm. Dann zog sie sich rasch an und richtete sich das Haar.

Als sie sich lächelnd neben ihn kniete, griff er schlaftrunken nach ihr.

»Tommy, ich muss gehen«, flüsterte sie.

»Warte, ich komme mit.«

»Nein, es ist besser, wenn du bleibst. Ich schaff das schon.« Sie gab ihm einen flüchtigen Kuss und nahm den Korb.

Als sie durch den Höhleneingang hinausschlüpfte, rief er ihr nach: »Ich liebe dich, Stella …«

Mit einem versonnenen Lächeln auf den Lippen überquerte sie den Bach an der Stelle, wo einige große, flache Steine lagen, und ging dann das Ufer entlang. Da hörte sie eine Stimme: »Mrs Holland, wo sind Sie?«

»Hier, Mr James. Ich komme …«

Die Stirn in Falten gelegt, eilte Blackie James ihr entgegen und nahm ihr den Korb ab. »Es wird schon dunkel, und wir haben uns ein bisschen Sorgen gemacht. Sie waren offenbar den ganzen Tag unterwegs …«

Stella bemühte sich, unbefangen zu wirken. »Tut mir leid, dass Sie meinetwegen beunruhigt waren. Ich habe im Wald nicht an die Zeit gedacht. Sie wissen ja, wie gern ich dort bin …«

Ohne ihr zu antworten, machte Mr James kehrt und trottete den Berg hinauf. Die letzten Sonnenstrahlen brachen sich in den Fenstern des großen Hauses von Arcadia, sodass sie wie ein Leuchtfeuer blinkten.

Dieser Tag war eine Erinnerung von vielen, die für Stella bis ans Ende ihrer Tage nicht verblassen sollten.

8

Arcadia, 2018

Vier Frauen und ein Wald«, flüsterte Jessica. »Klingt wie ein Filmtitel!«

»Und es wirkt auch wie eine Szene aus einem Film«, pflichtete Mollie ihr ebenso leise bei. »Es ist lange her, dass ich hier war – mitten im Herz des Waldes.«

»Ich fühle mich hier immer geborgen«, sagte Sally. »Als würde der Wald mich beschützen und umarmen. Kein Wunder, dass Stella ihn so geliebt hat.«

»Wer ist Stella?«, meldete sich Katie, die sich an die Hand ihrer Mutter klammerte.

»Deine Urgroßmutter, meine Süße. Grannys Mum.«

»Die mit dem Vogel?«

»Wow, sie vergisst wirklich nichts.« Mollie schmunzelte. »Ich habe ihr einmal von Nyx erzählt und auch das Gemälde gezeigt.«

»Hey, Süße, bist du müde?«, fragte Jessica die Kleine. »Ich könnte dich huckepack nehmen.«

»Ich bin nicht müde«, widersprach Katie. »Wo sind denn die Feen?«

»Sie schlafen. Aber wir können dir zeigen, wo sie miteinander spielen«, antwortete Jessica.

»Und tanzen«, ergänzte Katie.

»Genau. Aber sie kommen nur im Mondlicht zum Tanzen auf die Lichtung. Wenn du längst im Bett bist«, erklärte Sally.

Sie überquerten die sonnige Lichtung und blieben bei einem uralten Eukalyptusbaum stehen.

»Als ich so alt war wie du, hat mich meine Mutter hierher mitgenommen, Katie«, erzählte Mollie. »Es ist ein ganz besonderer Ort.«

»Schau, da sind die Stühlchen der Feen, von denen du mir erzählt hast, Mummy!«, krähte Katie und deutete auf den großen Ring aus Pilzen vor ihnen. Sie ließ Sallys Hand los, rannte zu einem hohen Baum und spähte hinauf in die Zweige. »Sind die Feen dort oben?«

»Schon möglich. Vielleicht sitzen sie unter den Blättern oder in den Hohlräumen im Stamm oder hinter den dicken Wurzeln«, sagte Sally. »Aber du weißt ja, sie sind unsichtbar.«

»Und nachts wagen sie sich dann heraus und tanzen für alle Wesen im Wald, auch für die Nachtvögel«, fügte Jessica hinzu.

»Wie Nyx, die Eule?«, fragte Katie.

»Vielleicht hat Nyx ja auch Enkelkinder«, warf Mollie ein. »Eulen können sehr alt werden. Wegen Nyx habe ich mich hier immer sicher gefühlt. Wenn ich daran zurückdenke, muss ich sagen, dass zwischen meiner Mutter und dieser Eule und auch ihren Nachkommen immer eine ganz besondere Bindung bestand.«

»Der gesamte Wald ist etwas Besonderes«, stellte Jessica fest. »Hoffentlich wird das immer so bleiben.«

»Mein Großvater wollte es so, nicht wahr, Mum?«, erkundigte sich Sally.

Mollie nickte. »Es hat mit unserer Familiengeschichte zu tun, aber Genaueres weiß ich nicht. Dad hat kaum darüber gesprochen. Vermutlich wusste auch er nur bruchstückhaft Bescheid.«

»Echt?« Sally horchte interessiert auf.

»Dad hat immer zu mir gesagt, dass Arcadia einmal mir gehören würde und dass ich es niemals verkaufen oder den Wald anrühren dürfe«, fuhr Mollie fort. »Als Graham und ich geheiratet haben, bin ich weggezogen. Nach Vaters Tod hatte Mum wenigstens noch Mrs James, aber dann ist die treue Seele ebenfalls verstorben, und Mums Gesundheitszustand hat sich verschlechtert. Also haben wir uns entschieden, wieder hierherzuziehen.«

»Und Graham hatte nichts dagegen?«, fragte Jessica. »Er besaß doch eine eigene Farm?«

»Graham kam gern hierher, und sein Bruder hat die elterliche Farm übernommen. Mein Mann war total unkompliziert. Freundlich, liebenswürdig. Ich vermisse ihn immer noch schrecklich«, seufzte Mollie.

»Ich auch«, setzte Sally leise hinzu.

Katie wurde ungeduldig. »Ich möchte zu den Feenstühlchen gehen!«

»Gute Idee.« Jessica streckte die Hand aus. »Komm, Katie.« Das Mädchen hüpfte zu ihr, und die beiden gingen voraus.

Sally hakte sich bei ihrer Mutter unter. »Du musst in all den Jahren ohne Dad einsam gewesen sein.«

»Ja, ich vermisse ihn. Aber dich, Toby und Katie um mich zu haben, entschädigt mich für vieles. So ganz allein wäre ich wohl nicht zurechtgekommen.«

»Du hast nie das Bedürfnis nach einem neuen Partner verspürt?«

»Nein. Mit euch und mit der Farm führe ich ein erfülltes Leben. Verglichen mit einigen meiner Freundinnen, die sich sehr einsam fühlen, habe ich großes Glück. Wenn mir danach ist, kann ich mit dir, Toby und Katie zusammen essen oder fernsehen. Ich kann meiner Enkelin Geschichten vorlesen oder mit dir und Toby bei einem Gläschen Portwein plaudern … und wir haben ja auch häufig Gäste! Ich bin mit meinem Leben zufrieden. Ich arbeite auf der Farm mit, bin geistig noch fit und einigermaßen gesund … was brauche ich mehr?« Mollie lachte. »Sal, ich mag zwar über siebzig sein, aber im Herzen bin ich immer noch Mitte dreißig. Und ich kann aus einem wahren Schatz an

Erinnerungen schöpfen, darunter auch einige, von denen du nie erfahren wirst«, scherzte sie. »Man muss das Leben nehmen, wie es kommt, und das Beste daraus machen, solange man es kann.«

»Schau, Granny!«, quietschte Katie, und lachend sahen die Frauen zu, wie Katie um den Feenring herumtanzte.

»Erinnerst du dich, was ich dir von dem Pilzexperten Sean Hyland erzählt habe?«, fragte Sally. »Wir wollen uns seinen Vortrag in Hobart anhören. Er scheint ein interessanter Mann zu sein.«

Mollie nickte. »O ja. Nachdem du ihn erwähnt hattest, habe ich im Internet ein bisschen über ihn und seine Arbeit recherchiert. Er ist nicht der Einzige, weißt du. Es ist ja oft so – in dem Moment, in dem jemand etwas in die Welt hinausschickt, kommen zehn andere unabhängig voneinander zu derselben Schlussfolgerung. Offenbar besitzen diese Pilze mit ihrem unterirdischen Netzwerk viele erstaunliche Fähigkeiten, die man noch gar nicht alle erforscht hat. Dein Vater sagte immer, dass das Wichtigste an unserer Farm der Erdboden ist. Neben den Bäumen natürlich. Es bricht mir das Herz, wenn ich daran denke, wie viele Millionen uralte Bäume hier und überall auf der Welt sterben. Da stimmt etwas ganz und gar nicht. So viele wurden abgeholzt, und nun kommt auch noch der Klimawandel dazu.«

»Das ist wirklich tragisch, denn wir könnten sehr wohl noch etwas dagegen tun.« Sally sah zu, wie Katie um den Feenring herumwirbelte.

»Lasst uns unten am Bach picknicken«, schlug Mollie vor.

Als sie dann zum zweiten Frühstück im Gras saßen, vor sich ein Geschirrtuch, auf dem sich eine Thermoskanne Kaffee, Fruchtsaft für Katie und frisch gebutterte Scones und Honig befanden, meinte Mollie versonnen: »Ich kann gut verstehen, warum ihr Mädels früher immer so gerne hierhergekommen seid.«

»War das nicht auch einer deiner Lieblingsplätze, als du jung warst?«, fragte Jessica.

»Hmmm, eigentlich nicht. Meine Mutter war gerne hier, aber es war auch so etwas wie ihre private Pilgerstätte. Und natürlich hat sie dann stundenlang Skizzen angefertigt und gemalt, was ich als Kind langweilig fand. Deswegen habe ich sie nur selten begleitet.«

Sally und Jessica wechselten einen Blick. »Hat sie jemals eine Höhle erwähnt?«, wollte Sally wissen.

»Eine Höhle? Hier? Nicht, dass ich wüsste. Und sie war nicht besonders sportlich.« Mollie lachte. »Wir haben nie Wanderungen gemacht, obwohl Dad ein Freund zügiger Spaziergänge war. Ich kann mir also nicht vorstellen, dass sie hier das Gelände erkundet hat.«

Jessica runzelte leicht die Stirn, und Sally wechselte das Thema.

Sie teilten sich die Scones, und die Frauen plauderten, während Katie ein paar Krümel für die Vögel unter den Bäumen verstreute. Sally und Jessica beschlossen, nach Dr. Hylands Vortrag in Hobart zu übernachten und bei dieser Gelegenheit auch den Experten in den Botanischen Gärten einen Besuch abzustatten.

»Aber vielleicht hat Dan vorher schon Neuigkeiten. Wie er wohl dort oben an der Küste vorangekommen ist? Hat er sich bei dir gemeldet?«, fragte Sally.

»Ja, er hat angerufen und gesagt, dass er voraussichtlich morgen oder übermorgen zurück sein wird. Anscheinend hat er gerade mehrere Projekte am Laufen«, meinte Jess. »Auf jeden Fall hat er keinen alltäglichen Job.«

»Da wir gerade von Arbeit sprechen – wir sollten besser zurückgehen«, warf Mollie ein. »Ich muss heute Nachmittag noch das Hühnerhaus ausmisten.«

»Katie kann dir helfen, sie liebt die Hühner«, sagte Sally und wandte sich um. »Katie, Liebling, möchtest du Grandma helfen … Katie?«

»Katie?«, rief auch Mollie.

»Wo ist sie denn hin? Füttert sie immer noch die Vögel?«, murmelte Sally und sprang auf. »Komm, Katie, wir gehen nach Hause … Katie?«

Jessica steckte zwei Finger in den Mund und ließ einen schrillen Pfiff ertönen. »KATIE!«, rief sie.

»Sie kann nicht weit sein. O Gott, der Bach!« Sally rannte zum Wasser. Mollie und Jessica liefen in den Wald, während sie den Namen des kleinen Mädchens riefen.

Einige Minuten später kam Katie plötzlich angerannt. Laut weinend stolperte sie mit ausgestreckten Armen auf Sally zu.

Sally fing sie auf, hob sie hoch und küsste ihr blasses, tränenüberströmtes Gesicht.

»Sie ist hier«, rief Jessica Mollie zu. »Bei Sally. Sie ist unverletzt!«

Mollie und Jessica eilten zu Sally, die sich auf einen Baumstamm gesetzt hatte, Katie in den Armen wiegte und beruhigend auf sie einredete. »Du bist in Sicherheit, mein Liebling …«

Jessica hob die Hände und zog die Augenbrauen in die Höhe, eine stumme Frage auf den Lippen: Was ist passiert? Doch Sally schüttelte den Kopf. Nicht jetzt.

»Nun, das war gerade ein bisschen aufregend«, sagte sie. »Katie ist okay. Sie ist nur ein wenig tiefer in den Wald gegangen.«

»Ich habe sie noch nie so aufgelöst erlebt«, wisperte Mollie.

Sally kuschelte mit der wimmernden Katie, während Jessica und Mollie die Picknickreste zusammenpackten.

»Geh und frag Granny nach dem letzten Scone. Bestimmt ist noch einer da«, ermunterte Sally die Kleine.

Während Mollie einen Scone herausholte, nahm Sally Jessica beiseite. »Sie sagt, sie hat einen Mann gesehen, der ihr Angst gemacht hat.«

»Was?!«

»Und als wir alle gerufen haben, ist er weggelaufen.«

»Glaubst du wirklich, dass sie jemanden gesehen hat? Dass sie es sich nicht nur eingebildet hat? Könnte sie so etwas erfinden?«

»Dann wäre sie nicht so außer sich. Es muss also etwas dran sein«, antwortete Sally. »Aber ich möchte sie nicht drängen. Gehen wir erst mal nach Hause, vielleicht kriege ich dann noch ein bisschen mehr aus ihr raus. Glaubst du, der Typ mit dem Geländewagen ist uns bis hierher gefolgt? Womöglich hat er ja auch die Trüffel gestohlen?«

»Ich sehe mich mal im Wald um«, sagte Jessica entschlossen, doch Sally hielt sie zurück. »Nein, bitte nicht. Ich möchte Mum und Katie nicht beunruhigen.«

Mollie war mit Katie an der Hand bereits vorausgegangen. Sally beeilte sich, sie einzuholen, und nahm Katies andere Hand. Jessica hingegen blieb zurück, zog ihr Handy aus der Hosentasche und schickte Dan eine kurze Nachricht.

Seine Antwort kam prompt.

Tut mir leid zu hören, dass die Kleine sich so erschreckt hat. Für Sally und ihre Familie ist das alles sicher sehr belastend. Breche morgen früh nach Arcadia auf. Bis bald.

Zurück im Haus, berichtete Jessica Sally, was Dan geschrieben hatte. Erleichtert stellte sie fest, dass Katie sich inzwischen beruhigt hatte und schon wieder mit ihren Spielsachen beschäftigt war. »Anscheinend hat sie sich von dem Schrecken erholt«, bemerkte sie mit einem Lächeln.

»Ja, aber sollten wir nicht lieber die Polizei benachrichtigen?«, meinte Mollie. »Nach dem Trüffeldiebstahl hieß es, wir sollten uns melden, sobald uns irgendetwas Verdächtiges auffällt.«

»Ich habe gleich nach unserer Rückkehr beim Polizeirevier angerufen, während du dich um Katie gekümmert hast«, berichtete Sally. »Die Polizistin, mit der ich sprach, war sehr nett und mitfühlend, aber sie hat mir erklärt, dass sie allein aufgrund von Aussagen einer Vierjährigen nichts unternehmen können, auch wenn wir uns sicher sind, dass Katie sich das Ganze nicht bloß eingebildet hat. Allerdings hat sie eine Aktennotiz gemacht. Wenn wir den Mann mit eigenen Augen sehen, wäre das etwas anderes, dann sollen wir es sofort melden.«

Als sie am nächsten Morgen im Wintergarten saßen, lasen und arbeiteten, kam Toby mit Dan im Schlepptau herein. »Schaut, wen ich vorne am Tor aufgegabelt habe«, schmunzelte er.

Dan begrüßte die beiden Freundinnen und schüttelte Mollie herzlich die Hand.

»Sally und Jessica haben mir schon so viel von Ihnen erzählt, dass ich das Gefühl habe, Sie bereits zu kennen«, hieß Mollie ihn willkommen.

Nachdem Dan auch Katie ausgiebig begrüßt hatte, folgte er Tobys Einladung zu einem Rundgang über die Farm.

»Ein beeindruckender Ort«, sagte er nach dem Mittagessen zu Sally und Toby. Mollie hatte sich in ihr Cottage zurückgezogen und Katie mitgenommen, während die anderen drei am Esstisch sitzen geblieben waren.

»Ja, es ist ein wunderbares Anwesen. Abgesehen von dem Rückschlag durch den Trüffeldiebstahl läuft die Farm prächtig«, stimmte Toby zu. »Und natürlich hat sie für uns auch emotionalen Wert, weil Sallys Familie schon so lang hier lebt.«

»Also, Dan, was hast du in Shelter Bay herausgefunden?«, fragte Sally.

»Nicht viel, aber dort wird definitiv etwas produziert. Ich habe mir den Tunnel angesehen, den ihr entdeckt habt, und eine Probe aus dem dortigen Zuchtlabor mitgehen lassen. Wenn ich wieder in Hobart bin, lasse ich sie in den Botanischen Gärten untersuchen. Die ältere Dame, die Mrs Broadbent sein muss, habe ich auch angetroffen, aber sie war auch zu mir reichlich unfreundlich. Sie meinte barsch, ihr Sohn sei ›unterwegs‹. Das heißt, er kann überall sein.«

»Beispielsweise hier?«, warf Jessica ein.

»Wie hat Katie denn den Schreck überstanden?«, erkundigte sich Dan. »Ich wollte nicht fragen, solange sie dabeisaß.«

»Na ja, wir haben die Sache heruntergespielt«, antwortete Sally, und erklärte, dass die Polizei die Sache zwar ernst nehme, aber vorerst nichts unternehmen könne.

Toby rieb sich die Augen. »Das alles raubt mir buchstäblich den Schlaf! Wenn das der Mann war, der euch verfolgt hat, dann hält er sich womöglich immer noch in der Gegend auf.«

»Was will er nur von uns?« Sally überlegte. »Vielleicht hat er die Trüffel nur gestohlen, um von seinem eigentlichen Ziel, den Pilzen in unserem Wald, abzulenken?«

»Apropos – wenn du möchtest, Dan, kann ich dir heute Nachmittag den alten Eukalyptuswald zeigen«, schlug Jessica vor. »Ist das in Ordnung, Sally?«

»Na klar. Ich habe zu tun und kann euch daher leider nicht begleiten«, erwiderte sie. »Wir haben ein paar Freunde zum Abendessen eingeladen, also seid bitte bis spätestens um sechs Uhr zurück.«

Im grünlichen Licht des alten Waldes musterte Jessica Dan verstohlen von der Seite, während er den Blick schweifen ließ. Dann strich er über den Stamm eines riesigen rutenförmigen Eukalyptus.

»Ein großartiger Anblick. Diese *viminalis* sterben zu Tausenden ab, überall im Land. Aber der hier sieht gesund aus. Das ist wirklich ein besonderer Ort …«

Als sie zu den Bäumen kamen, auf deren Wurzeln und Stämmen normalerweise massenhaft Pilze sprossen, zeigte ihm Jessica die Stellen, wo der Boden aufgewühlt war.

Dan hockte sich hin, zerkrümelte die Erde und schnupperte daran.

»Ein Teil des Myzels ist noch da. Diese Bäume sind so alt und vermutlich das Habitat etlicher seltener Pilzarten. Für ein Zuchtprogramm benötigt man die Originalsporen, also wären sie für jemanden, der sich damit auskennt, von großem Nutzen. Schau, hier ist ein Stück von einem Pilz, wahrscheinlich ist es bei dem Raubzug abgebrochen. Ich nehme es mit, falls ein Test nötig wird«, sagte er und wickelte das Stückchen sorgsam in ein Papiertaschentuch.

»Wer auch immer die Pilze mitgenommen hat, er hat sich nicht an den Feenring gewagt … da ist wohl jemand abergläubisch.«

Sie spazierten zum Bach und genossen das friedliche Bild.

»Wunderschön. Und Sally und Toby haben diese fantastische Landschaft gleich vor der Haustür«, meinte Dan.

»Ja, mir ist erst in der Rückschau so richtig bewusst geworden, wie großartig es war, hier aufzuwachsen.«

Dan musterte sie. »Würdest du wieder hierherziehen?«

»Ich weiß nicht. Sally und Mollie waren immer sehr großzügig und haben mir das Gefühl gegeben, dass dieser Wald auch mein magischer Ort ist und dass ich jederzeit herkommen darf, wenn ich das Bedürfnis habe … wie jetzt.«

»Geht es dir wieder gut?«, fragte er behutsam. »Du lässt dich ja nicht so leicht unterkriegen. Ich zum Beispiel würde niemals einer übellaunigen Muttersau die Ferkel klauen. Eine geniale Idee übrigens.«

Jessica lachte. »Not kennt kein Gebot. Ja, mir geht es gut, aber ich habe das Gefühl, mein Leben liegt auf Eis.«

»Das ist hart, aber ich bin sicher, dass sich etwas Neues ergeben wird.« Er blickte über den Bach. »Gehört das Land da drüben auch noch zu Arcadia?«

»Ja. Und dort unten kann man den Bach überqueren. Außer er führt Hochwasser«, fügte sie hinzu. »Drüben ist auch die Höhle.«

»Wo ihr das brisante Material gefunden habt? Könnten wir jetzt reingehen?«

»Wir haben alles, was von Interesse war, mitgenommen. Es war bloß diese Metallkassette.«

»Ach, komm schon, keine Lust auf ein kleines Abenteuer?«, lockte Dan.

»Na gut.«

»Ich würde die Höhle nämlich gern mal sehen – so etwas fasziniert mich. Obwohl ich mir ein bequemeres Liebesnest vorstellen könnte.«

Sie folgten dem kaum erkennbaren Pfad ohne Mühe. Jessica musste daran denken, wie aufgewühlt sie und Sally nach ihrem letzten Besuch in der Höhle gewesen waren.

Als sie sich dem Felsüberhang näherten, wies Jessica auf den schmalen Spalt im Gestein. »Man muss sich hier durchquetschen.« Sie krabbelte hindurch, und Dan folgte ihr in die Höhle.

»Im hinteren Teil hat man zur Linken eine tolle Aussicht«, erklärte Jessica, als sie sich wieder aufrichten konnte.

»Das ist ja fantastisch.« Bewundernd sah Dan sich um. »Was ist los?«, fragte er, als er Jessicas erschrockene Miene bemerkte.

»Es ist jemand hier gewesen. Als wir die Höhle verlassen haben, herrschte noch Chaos … O nein … der Mann, den Katie gesehen hat … was, wenn er es ist?«

»Was meinst du?«

»Hier wurde aufgeräumt. Jemand hat hier übernachtet … und …« Sie schnupperte und deutete auf den Boden.

»Ups.« Dan bückte sich und musterte eine frische Zigarettenkippe, die jemand auf dem lehmigen Boden ausgetreten hatte. Er zog erneut ein Papiertaschentuch hervor und nahm den Zigarettenstummel vorsichtig damit auf.

»Das ist gruselig«, sagte Jessica. »Warum sollte jemand hierherkommen? Woher weiß derjenige überhaupt von dieser Höhle? Als Sally und ich vor einigen Wochen hier waren, sah es so aus, als wäre seit unserer Kindheit niemand mehr hier gewesen, also seit über zwanzig Jahren. Und jetzt …« Sie schauderte.

»Glaubst du, es besteht eine Verbindung zu Shelter Bay? Etwas anderes kann ich mir eigentlich nicht vorstellen«, meinte Dan.

»Ja, das ist das Einzige, was Sinn ergibt«, erwiderte Jessica bedächtig. »Und die Frau in Seawinds sagte doch, ihr Sohn Gordon sei unterwegs, oder? Dieser Gordon Broadbent, dem der Geländewagen gehört, der Sal und mir gefolgt ist.«

»Ja, das stimmt.« Dan runzelte die Stirn. »Was ist denn dahinten?« Er deutete auf die Rückwand der Höhle, wo eine schmale Öffnung ins Dunkel führte.

»Noch mehr Höhlen, glaube ich. Man kommt nicht weit, weil es so eng wird, und außerdem ist es nass da drin. Wir haben es einmal versucht, das hat uns gereicht.«

»Es könnte sich lohnen, ein Stück weit reinzugehen«, murmelte er und zwängte sich geduckt durch den Spalt.

»Hier, nimm mein Handy als Taschenlampe.«

Jessica blieb dicht hinter Dan, als er in den schmalen, feuchten Nebentunnel vordrang und den Strahl von Jessicas Smartphone über die Höhlenwände wandern ließ. Es roch nach Erde, und zwischen ihren Füßen plätscherte ein Rinnsal.

»Sieht aus, als führte der Gang einfach tiefer in den Berg hinein«, meinte Dan.

»Ich fühle mich schon wie eine Schwimmratte«, gestand Jessica. »Wenn es noch schmaler wird, können wir uns vielleicht nicht einmal mehr umdrehen. Wir sollten umkehren. Weiter kommt hier sowieso kein Mensch.«

»Ja, okay.«

»Kann ich das Handy haben …?« Jessica drehte sich um, bis sie wieder einen dünnen Streifen Tageslicht ausmachen konnte, und langte nach hinten. Doch als Dan sich aufrichtete, um ihr das Telefon zu geben, stieß er fast mit dem Kopf an die Tunneldecke.

»Ups … was zum Teufel ist das?« Er fuchtelte mit den Armen, aber Jessica gelang es trotzdem, sich das Handy zu schnappen. Im gleichen Augenblick spürte sie, wie ihr etwas auf den Kopf fiel.

»Igitt, sag nicht, dass es hier drin Fledermäuse gibt.« Sie schlug um sich, der Lichtstrahl tanzte wild über die Wände.

»Hey! Teufel noch mal … Leuchte hierher, Jess!«, schrie Dan.

»Auf mir sitzt irgendwas …« Jessica fuhr sich mit den Händen übers Haar. »Hier, nimm das Handy.«

Dan richtete den dünnen Lichtstrahl auf sie. »Oh, Mist, nicht bewegen, Jess …«

Jessica erstarrte. »Was denn? Was ist da?«

»Augenblick, ich mach's weg.« Dan beugte sich vor und leuchtete von oben auf sie herab. Jessica spürte, wie sich etwas in ihrem Haar bewegte. Sie schrie auf, zwang sich jedoch, nicht danach zu schlagen. Dan wischte mit der Hand über ihren Kopf, es ziepte leicht. Unwillkürlich fasste sie an die Stelle.

»Es ist weg, Jess. Aber halt lieber still!«

Wieder blieb sie reglos stehen und tastete mit spitzen Fingern auf ihrem Kopf herum. Als sie nichts fand, strich sie sich mit beiden Händen übers Haar. Dan richtete das Licht nach oben.

Jessica blickte auf und schrie gleich noch einmal auf.

»Ganz ruhig … sie haben mehr Angst vor uns als wir vor ihnen …« Der Lichtschein erfasste mindestens ein Dutzend tellergroße Spinnen, die von der Decke des Tunnels herabhingen. »Tasmanische Höhlenspinnen … eine unserer hiesigen Besonderheiten.«

»So was habe ich noch nie gesehen.« Jessica schüttelte sich. »Grässliche Biester.«

»Ja, das kann man wohl sagen. Wenn die Männchen nicht aufpassen, werden sie bei der Paarung von den Weibchen verspeist.«

»Komm, Dan, nichts wie raus hier.«

Beim Höhleneingang angelangt, warf sie einen Blick zurück. »Ich habe das Gefühl, ich sollte denjenigen, der hier wohnt, vorwarnen … Obwohl, vielleicht schlägt ihn ja der Anblick einer solchen Höhlenspinne in die Flucht.«

»Hoffentlich. Wer auch immer es ist, er hält sich jedenfalls unbefugt hier auf.«

»Dieser Ort ist schon lange vergessen. Aber jetzt kennt ihn wohl doch jemand. Oder hat ihn vielleicht schon immer gekannt«, überlegte Jessica.

»Sollen wir Sal davon erzählen?«, fragte Dan.

Jessica dachte nach. »Lieber nicht, zumindest jetzt noch nicht. Die Sache mit den Trüffeln hat sie ziemlich verstört. Bevor wir Genaueres wissen, ist es besser, sie nicht noch mehr zu beunruhigen.« Sie seufzte. »Komm. Für heute hatte ich genug Aufregung. Gehen wir zurück.«

Arcadia, 1968

Mrs James hielt beim Fegen der Vordertreppe inne und sah Stella nach, die den Hügel hinunter zum Wald ging. Stella war diesen Weg schon unzählige Male gegangen, doch in letzter Zeit bewegte sie sich langsamer und vorsichtiger und stützte sich dabei auf einen dicken Stock. Mrs James seufzte tief.

»Mum, lass mich das machen. Ruh dich ein bisschen aus.« Ihr jüngster Sohn wollte nach dem Besen greifen.

»Ist schon in Ordnung, Terry. Es tut mir gut, mich ein wenig nützlich zu machen. Schließlich kann ich nicht den lieben langen Tag nur herumsitzen und Däumchen drehen.« Sie musste lächeln, als er ihr ungeachtet ihres Protests den Besen aus der Hand nahm, und merkte, dass auch er Stella nachblickte.

»Mrs Holland fühlt sich bestimmt einsam, seit Dr. Holland gestorben und Mollie auf Reisen gegangen ist«, sagte er. »Gut, dass sie dich hat, Mum.«

»Und ich bin froh, dass ich dich habe, mein lieber Junge. Aber du solltest auch reisen, das wolltest du doch immer. Denk nicht, dass du meinetwegen hierbleiben müsstest. Deine Geschwister sollten nicht immer alles dir überlassen.«

»Sie haben doch alle ihre eigenen Familien, Mum. Und Arcadia für Mrs Holland zu verwalten, ist ein guter Job, der mir Freude macht.« Er lächelte und begann mit Schwung zu fegen, wobei er sich auf seinen verkrümmten Füßen flink fortbewegte.

Mrs James seufzte. »Ich wüsste nicht, wie ich ohne dich zurechtkommen sollte, nun, da dein Vater nicht mehr unter uns ist.« Sie lächelte ihrem erwachsenen Sohn zu, doch innerlich zerriss es ihr fast das Herz. Obwohl sie froh war, dass er sich um sie und Stella und Arcadia kümmerte, empfand sie es als ungerecht, dass ihm damit die Chance auf ein eigenes Leben und neue Erfahrungen verwehrt wurde. Ein paarmal war er in den Urlaub gefahren, aber sie wusste, dass er sich für sie und auch für Arcadia verantwortlich fühlte.

»Wenn sich Mollie hier niederlässt, kannst du endlich auf Reisen gehen und tun und lassen, was du willst, mein Sohn.« Schließlich war Mollie in dem Bewusstsein aufgewachsen, dass Arcadia etwas Besonderes war und immer ihr Heim und das ihrer Kinder sein würde.

»Das wird schon noch ein Weilchen dauern. Aber ich bin es zufrieden, hier bei dir zu sein.« Er räumte den Besen weg. »So, jetzt kümmere ich mich um die Tiere, solange es noch hell ist.«

Bedrückt betrat Mrs James ihr Cottage. Stella ließ sie dort mietfrei wohnen, seit Mr James kurz nach Dr. Holland gestorben war.

In Mrs James' Augen war Stella zu jung für ein Witwendasein, auch wenn sie durch ihre künstlerische Arbeit und die Malkurse, die sie gab, genügend Ablenkung hatte. Wenn doch Mollie bald zurückkommen würde, wenigstens für eine Weile! Sie wusste, dass Stella ihre Tochter nun, da sie allein war, schmerzlicher vermisste als früher.

Bedächtig, aber mit festem Schritt betrat Stella den alten Wald und atmete den vertrauten erdigen Geruch nach Pilzen und feuchtem Moos ein. Sie suchte sich ein Plätzchen zum Sitzen, nicht weil sie müde war, sondern weil es sie beruhigte, einfach dazusitzen und den vertrauten Geräuschen des Waldes zu lauschen. Dies war ihr Kraftort, ein Ort, an dem sie zur Ruhe kam und ihren Erinnerungen nachhängen konnte.

Wieder einmal saß sie im Geist am Bett ihres todkranken Gatten und streichelte ihm die Hand. Nur sein verkrampfter Kiefer verriet, wie verbissen er sich ans Leben klammerte. Leise kam Mrs James ins Zimmer und stellte sich mit gefalteten Händen hinter Stella. Da stieß Stephen mit pfeifendem Atem ein Wort hervor: »Hilda …«

Mrs James legte Stella sacht die Hand auf die Schulter, als Stephen die Augen aufschlug, blicklos an die Decke starrte und dann den Kopf zu Stella drehte. Sein Gesicht nahm einen friedlichen Ausdruck an, er atmete ein – und nicht mehr aus.

Erst Wochen später, als Mrs James und ihr Sohn Terry mit Stella beisammensaßen, erzählte ihnen Mrs James vom langsamen Sterben Hildas, Stephens erster Frau.

Stella wusste nicht, warum ihr das ausgerechnet jetzt in den Sinn kam, doch sie grübelte nicht weiter darüber nach und ließ die Erinnerung vorüberziehen. Dann stand sie auf und ging zum Bach, durchwatete ihn vorsichtig mithilfe ihres Stocks und schritt dann zielstrebig auf dem überwucherten Pfad voran.

Langsam kletterte sie hinauf zur Höhle. Oben angekommen, holte sie tief Luft. Sie hatte nicht gewusst, was sie hier erwartete, doch das kleine Fünkchen Hoffnung in ihrem Herzen wurde rasch erstickt. Alles sah noch genauso aus, wie sie es vor langer Zeit verlassen hatte. Oder? Um sicherzugehen, öffnete sie die Metallkassette und griff hinein. Alles war noch da – der kleine silberne Eierbecher mit dem Wappen von Arcadia, der hübsche Kiesel aus dem Bach, eine getrocknete Blume, die sie im Wald gepflückt hatte. Sie schloss die Augen, hörte im Geist wieder ihr gemeinsames Lachen, spürte die sanfte Berührung seiner Hand auf ihrer Wange, sah in die schmerzerfüllten blauen Augen, die sie niemals vergessen würde.

Eigentlich wollte sie alles so liegen lassen, wie es war, doch dann besann sie sich eines anderen. Mit aller Kraft schob sie die Metallkassette tief in einen Hohlraum in der Felswand und verdeckte die Öffnung mit Rupfensäcken, die auf dem Bett gelegen hatten. Danach zerrte sie das Bettgestell davor und klemmte die Rupfensäcke damit fest. Zufrieden betrachtete sie ihr Werk. Nun war die Kassette gut versteckt.

Von Traurigkeit überwältigt, machte sich Stella auf den Rückweg, querte den Bach und ging hinein ins Herz des Waldes.

Dort setzte sie sich auf den Baumstamm an ihrem Lieblingsplatz und hing ihren Gedanken nach. Da verspürte sie einen Luftzug, und sofort hob sich ihre Stimmung. Sie drehte den Kopf.

Nyx der Dritte saß auf einem Baumstumpf neben ihr und tat so, als würde er sie nicht bemerken.

»Hallo, alter Freund«, sagte Stella leise. »Ich fürchte, heute habe ich nichts für dich.«

Die alte Eule begann, langsam und methodisch ihr Gefieder zu putzen, das ein wenig schütter geworden war, aber immer noch glänzte.

»Ich vermisse sie, Nyx.« Stella seufzte tief. »Alle.« Eine Träne rollte ihr über die Wange. »Habe ich richtig gehandelt? Sag du es mir, weiser Vogel.« Sie stockte, und ihre Tränen begannen zu fließen. »Wenn ich in die Vergangenheit zurückkehren könnte … würde ich es tun? Nyx, woher weiß man, ob man die richtige Entscheidung getroffen hat?« Sie biss sich auf die Unterlippe. »Immer wieder frage ich mich, was hätte sein können …« Sie holte tief Luft und schluckte. »Aber jetzt ist es zu spät, es gibt kein Zurück, ich kann nichts mehr ändern. Und werde es niemals wissen …« Stella betrachtete das so vertraute herzförmige Gesicht, die dunklen, intelligenten, seelenvollen Augen, die markante weiße Maske – dieses weise Geschöpf, ein Nachkomme der Eulen, die sie kennenlernen durfte und lieb gewonnen hatte. Drei Generationen dieser Vögel hatten sie begleitet und ihre Geheimnisse gehütet. Mit jeder Eule hatte sie so vieles geteilt …

Der Vogel blinzelte. »Na, na, kein Grund zum Weinen, Nyx«, versuchte Stella zu scherzen. Und wie jedes Mal beugte sich die Eule vor und hob einen Flügel, damit Stella sie an der bevorzugten Stelle kraulen konnte.

»Sehen wir uns in einem anderen Leben wieder, Nyx? Können wir noch einmal von vorne anfangen und alles anders machen?«

Seufzend richtete Stella sich auf. Die Eule schüttelte das Gefieder, damit jede Feder wieder ordentlich an ihrem Platz lag, legte die Flügel an und schenkte ihr einen unergründlichen Blick.

»Also gut, lieber Freund.« Mit einem tiefen Atemzug stand Stella auf und nahm ihren Stock. »Danke. Danke, dass du all die Jahre auf mich aufgepasst hast. Du und deine lieben Vorfahren.«

Stella wandte sich um und ging langsam zur Lichtung. Bevor sie unter dem Blätterbaldachin hervortrat, spürte sie eine Bewegung in der Luft, als Nyx über sie hinwegstrich und eine Flügelspitze zart ihre Wange berührte. Sie blickte nicht zurück. Sie ahnte, dass sie ihren Beschützer nie mehr wiedersehen würde.

»Es ist, als hätte sie aufgegeben, als wäre sie bereits in einer anderen Welt«, flüsterte Mrs James ihrem Sohn zu. »Ich mache mir Sorgen um sie. Sie wohnt praktisch in ihrem Atelier. Und immer hat sie Mollies Tuch umgelegt.«

»Das du zu ihrer Taufe gemacht hast?«

Mrs James nickte. »Ich weiß gar nicht mehr, wie ich es geschafft habe, diese winzigen Blumen zu sticken, ganz zu schweigen von der kleinen Eule, die sie sich gewünscht hat. Inzwischen sind meine Finger viel zu steif für so eine filigrane Arbeit. Ich habe das Tuch für Mollie gemacht, und ich hoffe, dass sie eines Tages auch ihre eigenen Kinder darin einwickeln wird.«

»Na ja, sie ist erst achtzehn, das hat noch Zeit«, meinte Terry.

Mrs James nippte an ihrem Tee. »Mein Sohn, du bist doch ein vernünftiger junger Mann. Bitte versprich mir, dass du auf Mollie aufpasst.«

»Aber natürlich, Mum.« Er beugte sich zu ihr und drückte ihre zerbrechlich wirkende, von der vielen Arbeit rau gewordene Hand.

Arcadia, 2018

Jessicas Blick wanderte den langen Tisch entlang, an dem Sally und Toby üblicherweise größere Mengen von Gästen bewirteten. Hier hatte sich ein interessantes Grüppchen zusammengefunden, und es herrschte eine entspannte Atmosphäre. Dan unterhielt sich angeregt mit zwei Paaren, die Sallys und Tobys Nachbarn waren. Mollie hatte einen Freund aus ihrem Buchklub eingeladen, einen Rechtsanwalt im Ruhestand, der laut Mollie nur selten in den Genuss einer hausgemachten Mahlzeit kam. Katies Babysitter, ein Mädchen im Teenageralter von einer nahe gelegenen Farm, hatte Katie bereits ins Bett gebracht und half nun in der Küche und beim Servieren der Speisen.

»Wann findet der Vortrag dieses Professors an der Uni statt?«, fragte Juliet, ihre Nachbarin von der westlich angrenzenden Farm. »Er hat ja recht ungewöhnliche Ansichten.«

»Ich hatte schon von ihm gehört«, fügte ihr Mann hinzu, »und einen seiner Clips im Internet gesehen. Dieses Pilz-Thema ist hochinteressant und faszinierend, aber auch besorgniserregend.«

»Der Vortrag ist übermorgen. Ich freue mich darauf«, antwortete Jessica.

Eine Weile drehte sich die Unterhaltung um Dr. Hylands Arbeit, die Umwelt und die Arbeit auf ihren jeweiligen Farmen, bis Sally und Toby das Dessert auftischten. Teller wurden herumgereicht, Weingläser nachgefüllt.

Später, als die Gäste gegangen waren und Mollie sich in ihr Cottage zurückgezogen hatte, versammelten sie sich zu viert auf einen Schlummertrunk um das Feuer. »Du fährst also morgen nach Hobart, Dan?«, fragte Sally.

»Mit einem kleinen Umweg. Ich habe einen Anruf von einem Freund bekommen«, erwiderte Dan und nahm einen Schluck von seinem Drink. »Er wird morgen in einer ziemlich entlegenen Gegend filmen, wo ich schon immer mal hinwollte, und hat arrangiert, dass ich dabei sein kann. Es wäre noch Platz für eine weitere Person – Jess, hättest du vielleicht Lust, mitzukommen? Dann sind wir zu fünft im Heli – Full House.«

»Wo geht's denn hin?«, wollte Jessica wissen.

Er grinste. »Das ist ein Geheimnis. Aber komm doch einfach mit, es wird bestimmt ein interessanter und aufschlussreicher Ausflug. Abends könnten wir in Hobart zusammen essen, und dann kannst du dich am nächsten Tag mit Sally und Toby treffen ... Gestern habe ich mit Carmen gesprochen, sie bietet dir an, in ihrem Haus in der Stadt zu übernachten. Sie kommt auch zu Seans Vortrag.«

»Das klingt ja reichlich mysteriös!«, warf Sally ein.

»Es hat mit meiner Arbeit zu tun, so viel darf ich euch verraten. Und es ist eine einmalige Gelegenheit, etwas sehr Seltenes zu Gesicht zu bekommen«, erklärte Dan.

»Okay, du hast mich geködert.« Jessica lächelte.

»Pack eine dicke Jacke ein, es könnte kalt sein dort oben. Und neblig. Wir fliegen in eine bergige Gegend, deswegen der Heli.« Mehr gab Dan nicht preis.

»Okay, dann geh ich mal lieber packen.« Jessica stand auf. »Es war ein wunderschöner Abend, Sal. Gute Nacht zusammen. Wir sehen uns dann beim Frühstück, Dan.«

Sally folgte Jessica, während Dan und Toby ihre Gläser leerten. »Klingt so, als würdest du morgen in den Genuss eines ganz besonderen Erlebnisses kommen«, sagte sie zu Jessica. »Ist dir wohl dabei, mit einem Hubschrauber in die Wildnis zu fliegen?«

»Wird schon gut gehen. Dann sehen wir uns also abends beim Vortrag.« Jessica umarmte Sally. »Und schlaft ruhig aus, Dan und ich kümmern uns selbst ums Frühstück.«

Die Sonne war aufgegangen, und der frühmorgendliche Nebel hatte sich aufgelöst, als Dan den Wagen an einem einsam gelegenen Rollfeld parkte. Die einzigen Gebäude in Sichtweite waren ein Wellblechschuppen und ein Hangar.

»Wem gehört das hier?«, fragte Jessica.

»Der staatlichen Umweltbehörde. Ein Beamter der Behörde begleitet uns. Und da ist mein Kumpel Leo, der Kameramann.«

Dan winkte einem Mann zu, der vom Hangar aus auf sie zukam. »Wir haben schon ein paarmal zusammengearbeitet. Ich habe sogar als sein Tontechniker fungiert.«

»Warum ist ein Beamter dabei?«, wollte Jessica wissen.

»Das ist streng geheim!«, scherzte Dan. »Im Ernst, du wirst es bald herausfinden. Übrigens bist du für heute meine Assistentin.«

»Glaub bloß nicht, dass ich dir irgendwas hinterhertrage«, konterte Jessica.

Inzwischen war Leo bei ihnen angelangt und klopfte Dan auf die Schulter. »Lange nicht gesehen, Kumpel.« Lächelnd streckte der ältere Mann Jessica die Hand hin. »Leo Andrews.«

»Jessica Foster.«

»Dr. Foster unterstützt mich heute«, erklärte Dan.

»Freut mich, Sie kennenzulernen, Dr. Foster.« Leo nickte ihr zu.

»Nennen Sie mich einfach Jessica«, entgegnete sie lächelnd. »Niemand hier in meiner alten Heimat spricht mich mit Dr. Foster an.«

»Wie läuft's bei dir so, Leo?«, erkundigte sich Dan.

»Ach, mal so, mal so. Ich habe was Interessantes für *National Geographic* gemacht und für eine der Streaming-Plattformen. Von der Sache heute wären sie bestimmt begeistert.«

»Es ist nur ein Kontrollbesuch. Ich glaube nicht, dass wir irgendetwas besonders Spektakuläres zu Gesicht bekommen. Aber ich freue mich trotzdem drauf.«

»Was Helikopterflüge angeht, wäre es mir ganz recht, wenn es nicht allzu spektakulär wird«, stellte Jessica fest. »Ich will einfach nur den Rundblick genießen.«

Leo hob eine Augenbraue. »Daraus wird wohl eher nichts«, erwiderte er kryptisch und gluckste.

Der Pilot, kenntlich an seinem kakifarbenen Hemd mit einem Abzeichen auf der Brusttasche, trat aus dem Hangar und kam auf sie zu. »Hallo. Machen wir uns fertig, es ist gutes Flugwetter gemeldet.« Er schüttelte allen die Hand. »Tony Lord.«

»Auch bekannt als ›Seine Lordschaft‹«, schmunzelte Leo.

Der Pilot schmunzelte. »Der Typ von der Umweltbehörde ist verhindert, also sind wir heute nur zu viert. Okay, dann verstaue ich mal die Ausrüstung. Leo, du kümmerst dich um deine Technik besser selbst. Bitte schön. Und gleich die Schuhe ausziehen, hier tun wir uns leichter als am Ziel.«

»Barfuß?«, wunderte sich Jessica.

»Nee, wir tragen Socken mit speziellen Gummisohlen.« Er reichte jedem ein Paar weiche Stoffschuhe. »Und hier sind die Augenbinden. Sorry, aber so lauten nun mal die Vorschriften. Ich sage euch, wann ihr sie anlegen sollt.«

»Augenbinden?« Jessica sah Dan an, der nur mit den Schultern zuckte.

»Sorry. Es wäre fatal, wenn jemand Unbefugtes herausfindet, wo genau das Gebiet liegt, und vielleicht einfach reingeht und es kontaminiert. Es handelt sich hier um etwas sehr Seltenes und Kostbares. Okay, alles einsteigen.«

Tony zeigte ihnen, wo sie sich hinsetzen sollten; er platzierte Leo neben sich und Dan und Jessica auf die hinteren Sitze. Dann spulte er die Sicherheitseinweisung ab und fügte hinzu: »Kurz nach dem Start werde ich euch bitten, die Augenbinden anzulegen. Es ist nicht für lange.«

Die Sicherheitsgurte klickten, dann hob der Helikopter ab. In einem Bogen stieg er in den klaren blauen Himmel auf und flog in Richtung Bergkette.

Knisternd ertönte Leos Stimme in ihren Kopfhörern. »Die Landschaft hier im Südwesten ist ziemlich rau und zerklüftet.«

»Wo um alles in der Welt gibt es denn hier eine Landemöglichkeit?« Zweifelnd betrachtete Jessica den Teppich aus dichtem Grün unter ihnen.

»Man hat einen handtuchgroßen Streifen Busch für uns gerodet«, sagte Leo und wandte sich dann an Tony: »Kann ich von hier aus ein paar Bilder machen?«

»Ja, aber beeil dich. Und fotografiere nichts, woran man die Gegend wiedererkennen könnte.«

Nur wenige Minuten später – zumindest kam es Jessica so vor – wies Tony sie an, die Augenbinden anzulegen.

Es war seltsam, in dem vibrierenden Hubschrauber zu sitzen und zwar zu spüren, wann er die Richtung wechselte, sich aber nicht neu orientieren zu können. Als sich der Helikopter neigte, klammerte sich Jessica unwillkürlich am Sitz fest.

»Alles okay dahinten, Leute?«, hörten sie Tonys Stimme in den Kopfhörern. »Wir gehen jetzt runter.«

Plötzlich gab es ein knirschendes Geräusch und einen leichten Ruck, als die Kufen auf dem Boden aufsetzten. »Bleibt noch sitzen. So, jetzt könnt ihr die Augenbinden abnehmen.«

Jessica atmete hörbar aus. »Alles in Ordnung mit dir?«, fragte Dan.

»War das wirklich notwendig? Die Augenbinden?«

Er deutete auf die Umgebung. »Irgendeine Ahnung, wo wir hier sind?«

»Nein. Ich sehe nur Gestrüpp und in der Ferne einen Gipfel.«

»Das ist der Sinn der Sache. Wir könnten überall in Tasmanien sein.«

Als die Rotorblätter zum Stillstand kamen, sprangen Tony und Leo aus dem Hubschrauber. Mit der Kamera in der Hand lief Leo ein Stückchen voraus, drehte sich dann um und filmte, wie Jessica und Dan ausstiegen und sich umsahen.

»Was macht Leo denn da?«

»Ach, er möchte dem Ganzen wohl ein wenig persönlichen Touch geben. Ist das okay für dich?«

Jessica zuckte die Achseln. »Für wen ist der Film gedacht?«

»Wahrscheinlich für die Universität oder die Botanischen Gärten. Er arbeitet oft für sie.«

»Fertig?«, rief Tony zu ihnen herüber. »Mir nach. Warst du schon einmal hier, Dan?«

»Nein. Aber ich habe ein Exemplar im Saatgutlabor gesehen und weiß daher, wonach ich Ausschau halten muss.«

»Wir suchen nach Samen, nach einer Pflanze? Warum dann die ganze Geheimniskrämerei?«, fragte Jessica.

»Die Pflanze ist sehr selten.«

»Offenbar«, murmelte sie und wäre in den dünnen Spezialsocken beinahe auf dem unwegsamen Pfad gestolpert. Dann blieb sie stehen und blickte auf die vor ihnen aufragenden, vollständig mit Regenwald bewachsenen Gipfel und das dichte Unterholz. »Wir sind nicht sehr hoch, oder?«

»Nein, wir sind in einem Flusstal. Gehst du gern wandern?«, wollte Dan wissen.

»Nicht unbedingt. Ich bin lieber auf dem Wasser. Und diesen Wind hasse ich.«

»Ich bin auch ein Wassermensch. In Sydney hatte ich ein Boot. Ich habe davon geträumt, einmal um die Welt zu segeln. Aber das habe ich erst einmal ad acta gelegt.«

»Ja, wir segeln auch gern.«

»Wir?«

»Sal und ich. Wir sind früher mit dem Boot ihres Großvaters rausgefahren. Ein klassisches Segelboot aus Steineibe. Die *Charlotte-Ann*.«

»Wie schön.«

Tony, der vor ihnen ging, wandte sich an Dan. »Leo ist schon vorgegangen, um eine gute Position zum Filmen zu finden. Er möchte, dass du mit ein paar Worten beschreibst, worum es geht.«

»Und das sagt er jetzt?« Dan lachte. »Ich unterhalte mich einfach mit dir darüber, Jess, ist das in Ordnung?«

»Ich habe jedenfalls keine Ahnung von nichts, das ist schon mal sicher.«

»Die Stelle ist ziemlich zugewuchert, und es ist feuchter als bei meinem letzten Besuch vor ein paar Jahren«, meinte Tony.

Sie gingen langsamer, als sie sich einem Dickicht aus Büschen und Bäumen näherten, wo Leo bereits eifrig filmte.

»Okay, lass uns einfach improvisieren«, rief er und gab Dan ein Zeichen.

Dan führte Jessica zum nächstgelegenen Strauch und deutete auf die glänzenden, gezahnten grünen Blätter. *»Lomatia tasmanica«,* erklärte er feierlich. »Diese Pflanze und ihre durch vegetative Vermehrung entstandenen Klone – die alle miteinander verbunden sind – wachsen hier seit mindestens 43 000 Jahren.«

Jessica schnappte nach Luft. »Diese Pflanze? Die ganze Zeit? Hier?«

Dan nickte lächelnd. »Es ist die älteste bekannte lebende Pflanze der Welt. Man nennt sie auch King's Holly.«

»Sie erinnert an eine Stechpalme. Trägt sie rote Beeren?«, fragte Jessica ehrfürchtig.

»Wir haben noch nie Samen gefunden, und von der Blüte existiert nur ein Exemplar. Das Gewächs wurde 1937 von Deny King entdeckt, einem sehr engagierten Mann hier aus der Gegend. Er hat nach Zinn gegraben und war eine Art Hobby-Naturforscher. Aber erst 1967 konnte man sie offiziell bestimmen.«

»Kaum zu glauben!«

»Wir sind hier, um den Zustand der Pflanze zu überprüfen. Sie leidet nämlich unter Wurzelfäule. Vielleicht wurde sie zu sehr vom Oberholz verschattet, aber der Klimawandel trägt sicher auch dazu bei.«

»Darf ich sie anfassen?« Als Dan nickte, strich Jessica sanft mit der Fingerspitze über eines der Blätter.

»Wie die Welt wohl ausgesehen hat, als dieser Strauch jung war?«, meinte Dan versonnen.

Jessica hatte einen Kloß im Hals, und Tränen stiegen ihr in die Augen. »Das ist … das ist wirklich etwas ganz Besonderes«, brachte sie schließlich heraus.

»Ich nehme Proben für die Botanischen Gärten in Hobart. Die Wissenschaftler dort haben sie mit hohem Aufwand aus Gewebeproben nachgezüchtet, was ein sehr ungewöhnliches und schwieriges Verfahren ist. Aber im Moment haben sie in der Aufzuchtstation an die fünfzig Pflanzen.«

Leo zoomte das seltene Exemplar mit seiner Kamera näher heran, während Dan in seiner Schultertasche nach seinem Probenzubehör kramte.

»Danke, Dan«, sagte Jessica leise.

Er erwiderte ihren Blick. »Ich dachte mir, dass es dir gefallen würde.«

Als sie auf dem Heimflug waren und die Augenbinden abnehmen durften, fiel Jessica auf, dass es bereits später Nachmittag war. Während des Filmens schien die Zeit stillgestanden zu haben.

»Tut mir leid, dass wir kein Mittagessen hatten. Was hättest du gern zum Abendessen?«

»Ich esse alles. Aber als Erstes spendiere ich dir ein Glas Champagner, um mich für heute zu bedanken. Es war einfach unglaublich.«

Nach dem Essen fuhren Dan und Jessica zu Carmens Haus. Carmen war gerade erst von Lone Island herübergekommen. Die Einrichtung ihres Stadthauses war genauso geschmackvoll wie die ihres Cottage auf der Insel, jedoch eindeutig luxuriöser. »Die Möbel stammen von meinen Eltern und Großeltern«, erklärte sie mit einer ausladenden Geste zu den wunderschönen Antiquitäten und dem Stutzflügel, den Jessica bewunderte.

Bei Kaffee und Kuchen wandte sich Carmen an Dan: »Bitte vergiss nicht, dass Sean morgen mit dir zum Mount Field Nationalpark fahren will. Er trifft sich dort mit einem der Wissenschaftler. Wärst du gern mit von der Partie, Jessica?«

»Na klar, unbedingt!«, begeisterte sich Jessica. »Dort gibt es Gletscherseen, nicht wahr?«

»Ja, die Tarns, dazu spektakuläre Wasserfälle. Und man kann wunderschöne Wanderungen durch den Regenwald machen. Es war der erste Nationalpark Tasmaniens«, fügte Carmen hinzu.

»Ist das nicht auch der Ort, wo der letzte Beutelwolf gefangen wurde?«, fragte Jessica.

Dan nickte. »Ja. Allerdings kennt Sean Leute, die behaupten, vor ein paar Jahren einen Beutelwolf gesehen zu haben. Aber zu dieser Zeit hatte man dort Giftköder ausgelegt, die sie sowieso ausgerottet hätten, zusammen mit den Wallabys und allen anderen Tieren.« Er zog eine Grimasse.

»Warum will Sean dorthin?«

»Pilze«, antworteten Carmen und Dan wie aus einem Mund.

»Dort gibt es besonders viele Arten. Wir wären rechtzeitig zurück, damit du dich vor dem Vortrag noch ein bisschen ausruhen kannst«, ergänzte Dan.

»Ich bin dabei«, bekräftigte Jessica.

»Dann sehen wir uns morgen früh gegen acht. Ich hole erst Sean ab und komme dann hierher.«

»Wunderbar, ich freue mich darauf, ihn kennenzulernen. Und vielen Dank noch mal für den heutigen Tag, Dan.«

Nachdem Dan gegangen war, führte Carmen Jessica nach oben. »Komm, ich zeige dir dein Zimmer, du bist sicher müde«, meinte sie. »Victor lässt dich übrigens grüßen.«

»Danke.« Jessica gähnte.

»Wie war das Abendessen mit Dan?«

»Sehr schön. Ich bin immer noch überwältigt von unserem Ausflug heute … diese uralte Pflanze … es war so nett von ihm, mich dazu einzuladen.«

»Er mag dich. Und er meint, du solltest draußen vor Ort arbeiten. Raus aus dem Labor, rein in die Botanik.« Carmen reichte Jessica lächelnd ein frisches Handtuch.

»Pflanzenkunde? Ich weiß nicht, ob meine bisherigen beruflichen Erfahrungen mich dazu befähigen würden. Aber so langsam muss ich wohl darüber nachdenken, was ich mit meinem weiteren Leben anfangen will.« Sie seufzte. »Und mir einen Job suchen.«

»Halte dich an Dan«, schlug Carmen vor. »Er kennt eine ganze Menge Leute aus den unterschiedlichsten Bereichen. Und außerdem macht es Spaß, mit ihm zusammen zu sein.«

»Ja, das stimmt.«

»Hier ist dein Zimmer. Bis morgen früh. *Bonne nuit,* Jessica. Träum was Schönes.«

»Dan ist da!«, rief Carmen.

Jessica nahm Jacke und Tasche und verabschiedete sich an der Tür mit einer kurzen Umarmung von Carmen. »Danke für alles. Bis später.«

»Viel Spaß auf dem Berg.«

Dan hielt ihr das Gartentor auf, während Sean Hyland aus Dans Auto sprang. Er war groß und kräftig, und sein gekräuseltes, nach allen Seiten abstehendes Haar umgab sein wettergegerbtes Gesicht wie ein rot-grauer Heiligenschein – er sieht aus, als hätte er in eine Steckdose gelangt, dachte Jessica. Beim Sprechen strahlte er übers ganze Gesicht. »Großartig, wundervoll. Sie sind also Jessica. Sehr nett, Sie kennenzulernen.« Er packte ihre Hand und hob und senkte ihren Arm mehrmals wie einen Pumpenschwengel.

»Dies ist der berühmte Professor Dr. Sean Hyland«, verkündete Dan.

»Nennen Sie mich einfach Sean. Nachdem Sie nun wissen, dass ich ›berühmt‹ bin.« Er lachte. »Hier, setzen Sie sich nach vorn.«

Dan zwinkerte Jessica zu, als er sich hinters Steuer klemmte, und Sean machte es sich auf der Rückbank gemütlich.

Die einstündige Fahrt zum Mount Field verging wie im Flug. Sean erzählte und lachte die ganze Zeit. Gelegentlich schimpfte er auch über etwas, aber selbst seine Verzweiflung überspielte er mit ironischer Distanz. Und dies sogar, als er beschrieb, wie frustriert er über das Vorgehen der Tourismusindustrie in der Wildnis war.

»Im Moment setzen alle auf Ökotourismus. Man garniert das Ganze mit Gourmetspeisen und erlesenen Weinen und verführt die Leute dann dazu, exorbitante Preise für Erlebnisse zu zahlen, die sie – schöner – umsonst haben könnten!« Jetzt war er in Fahrt. »Die Regierung und die Tourismusbranche wollen diesen Markt unter allen Umständen weiter ausbauen. Dabei unterscheiden sie nicht, ob etwas geschmacklos oder stilvoll ist, Hauptsache, es bringt Touristen. Auch bei nachhaltigem Tourismus wird mehr zerstört, als den meisten klar ist.«

»Heute Abend wird er noch ausführlicher darüber sprechen«, sagte Dan, als er den Wagen parkte.

Sie stiegen durch einen dichten Wald aus hohen Königs-Eukalyptusbäumen den Berg hinauf, als sich Sean plötzlich in Samurai-Pose warf.

»Ah! Seht, welche Schönheiten!« Er deutete auf eine Ansammlung leuchtend gelber Pilze. »*Cortinarius sinapicolor*. Auch Senfgelber Schleimkopf genannt«, erklärte er Jessica und gluckste.

»Man sieht sofort, warum«, erwiderte sie trocken. »Und hier drunter befindet sich ein Geflecht aus Myzelfäden, das sich über einen Quadratkilometer erstrecken kann, stimmt's?« Sie deutete auf die Wurzeln der Bäume.

»Bravo!«, lachte Sean. »Ja, Pilze sind hervorragende Netzwerker. Und einzigartig, denn sie übernehmen in unserem Ökosystem Aufgaben, zu denen andere Organismen nicht fähig sind. Das Myzel ist eine tragende Struktur, im konkreten Sinn für die Natur, aber auch im übertragenen Sinn für die menschliche Existenz auf diesem Planeten. Pilze produzieren Humus und bieten uns Nahrung und Medizin. Sie sind beispielhaft für eine Vernetzung auf jede nur vorstellbare Weise. Wunderbar, magisch und geheimnisvoll, hm?«, frohlockte er.

Zwei Wanderer waren auf sie aufmerksam geworden und traten neugierig näher. Der Mann meinte: »Die sehen nicht so aus, als ob sie essbar wären!«

»Und sie sind auch viel zu hübsch, um sie zu sammeln«, fügte die Frau hinzu.

»O ja. Diese Pilze sollen Sie definitiv nicht essen«, warnte Dan.

»Sie erfüllen hier an ihrem Standort eine wichtige ökologische Aufgabe«, sagte Sean fröhlich. »Wissen Sie denn überhaupt, woran man erkennt, ob ein Pilz essbar ist?«

Als sie die Köpfe schüttelten, lachte er. »Dann sollten Sie lieber nichts riskieren. Gehen Sie auf die Webseite von Fungimap, dort erfahren Sie alles Wissenswerte über Pilze. Werden Sie Mitglied! Diese Organisation leistet tolle Arbeit, Sie werden staunen. Allein in diesem Nationalpark gibt es ungefähr dreihundert Pilzarten. Vielleicht betätigen Sie sich ja als Bürgerforscher und entdecken noch mehr davon!«

Seine Begeisterung wirkte ansteckend, und die Wanderer mussten ebenfalls lachen. »Wirklich? Das klingt fantastisch. Gut, wir schauen uns das mal an.« Das Paar verabschiedete sich herzlich und ging seines Weges.

Sean klatschte in die Hände. »Na, das war doch toll! Kommt, wir haben noch einiges vor. Es steht ein Treffen mit der Parkverwaltung an. Wir wollen für die Pilze hier oben werben, sie zu einer Attraktion machen. Die Leute sollen erfahren, dass Pilze die heimlichen Herrscher sind!«

»Haben wir Zeit, die Wasserfälle zu besichtigen?«, fragte Jessica. »Ich werde nie vergessen, wie spektakulär die Horseshoe Falls sind.«

»Ja, sie liegen auf unserem Weg«, sagte Sean. »Los geht's.«

Auf der Rückfahrt zu Carmen schwirrte Jessica der Kopf von all dem Wissen, das aus Sean heraussprudelte, von seinem schier unaufhörlichen Redefluss und seinem dröhnenden Gelächter. Sicher würde sein Vortrag an diesem Abend auch so unterhaltsam und erhellend werden.

»Ich hoffe, mit Sean war es nicht zu anstrengend?«, erkundigte sich Carmen bei Jessicas Rückkehr, als könnte sie Gedanken lesen. »Hättest du gern einen Kaffee oder lieber was Stärkeres?«

»Danke, Carmen, ein Kaffee wäre toll. Na ja, ich bin einfach erstaunt, was für ein weites Feld die Mykologie ist, wie viele Wissenschaftszweige sie abdeckt und wie gering trotz allem das Bewusstsein dafür ist.«

»Ihre Zeit wird kommen. Du weißt doch, wie das ist, wenn du etwas hinaus in den Äther schickst und es zum Selbstläufer wird. Plötzlich wird über eine Sache, von der du dachtest, dass nur du sie kennst, überall geredet und geschrieben. Sean ist nicht der Einzige, viele andere Menschen beschäftigen sich seit Jahrzehnten damit und sind auf den unterschiedlichsten Wegen zu derselben Erkenntnis gekommen. Es gibt da einen jungen Kanadier um die dreißig, der mit Sean zusammenarbeitet und mit seinen Büchern über Pilze ein großes Publikum erreicht.«

»Sean hat erzählt, dass man bereits damit begonnen hat, Produkte aus Pilzen herzustellen«, sagte Jessica.

»Das stimmt. Substanzen, die Giftstoffe abbauen und somit unsere Böden, die Bäume und das Wasser dekontaminieren können. Sean experimentiert mit solchen Substanzen, und er ist der Typ Mensch, der seine Forschung anderen zugänglich machen möchte, der andere motiviert und sich dafür einsetzt, dass die Ergebnisse gemeinnützigen Organisationen kostenlos zur Verfügung gestellt werden.«

»Aber irgendjemand muss doch die Kosten von Forschung, Entwicklung und Herstellung dieser Produkte übernehmen«, gab Jessica zu bedenken.

»Sean hat sich einiges patentieren lassen und dann festgestellt, dass es seine Schattenseiten hat: Es gibt eine ganze Menge Leute oder Unternehmen, wie beispielsweise Pharmakonzerne, die nur ihren eigenen Profit im Auge haben und auf die Rettung unseres Planeten pfeifen … Nun, er hat ihnen sozusagen einen Strich durch die Rechnung gemacht, indem er so vielen Menschen wie möglich Zugang zu seinen Forschungsergebnissen gewährt.«

»Ja, Dan hat es erwähnt. Das ist bewundernswert!«

»Es hat ihm den Ruf eines verrückten Professors eingebracht. Aber die Tatsache, dass mächtige Chemiekonzerne, Bergbauunternehmen, Pharma- und Agrarfirmen, Nahrungsmittelhersteller und so weiter ihn ausspionieren, sich in seine Computer einhacken, in sein Labor einbrechen, seine Studenten bestechen …« Seufzend lehnte sich Carmen zurück. »Das zeigt doch, dass er auf der richtigen Spur ist, hm?«

»Ehrlich? Gleichzeitig wirkt er so unbeschwert«, wunderte sich Jessica.

»Das ist wohl seine Art, mit Problemen umzugehen. Er ruht in sich selbst. Wobei ich ihn gar nicht so gut kenne – er ist mein Stiefcousin, und mit seinem Familienzweig in Kanada hatte ich bisher wenig zu tun. Ich gehe mit den Problemen in meinem Leben ganz anders um. Sean segelt mit Optimismus und Selbstvertrauen hinaus in den Sturm. Ich ziehe mich auf meine Insel zurück.«

»Die Besuche bei dir auf der Insel tun ihm sicher gut«, meinte Jessica.

»O ja. Zwar habe ich ihn nie bedrückt oder mutlos erlebt, aber ab und zu muss er seine Batterien wieder aufladen, wie er sagt. Und dann kommt er zu mir. Wahrscheinlich brauchen wir alle so einen Ort, nicht wahr?«

»Ja. Ich bin Sally und ihrer Familie unglaublich dankbar für ihre Gastfreundschaft, denn Arcadia ist mein Ort zum Auftanken. Seit ich wieder hier bin, empfinde ich es als heilsam, am Bach oder im Eukalyptuswald zu sitzen.«

»Wunden können dadurch tatsächlich heilen. Mir hilft die Musik«, sagte Carmen leise.

Eine Weile saßen die beiden in beschaulichem Schweigen da und hingen ihren Gedanken nach. Jessica drang nicht weiter in Carmen, aber sie fragte sich, was ihr wohl widerfahren sein mochte.

Jessica zog sich gerade für den Vortrag um, als ihr Handy klingelte. Es war Dan.

»Hallo. Ich hoffe, du hast dich von unserem Ausflug erholt! Unser berühmter Professor kann manchmal ein bisschen anstrengend sein.«

»Ha, Carmen hat genau dasselbe gesagt«, gluckste Jessica. »Mir geht's gut. Ich habe meinen toten Punkt mithilfe eines starken Kaffees überwunden.«

»Soll ich Carmen und dich abholen? Der Vortrag findet auf dem Sandy Bay Campus der Uni statt. Und danach gibt es noch einen kleinen Umtrunk.«

»Danke für das Angebot. Ich muss nur kurz Carmen fragen.«

Carmen trug ein langes Top mit einer auffälligen Halskette zu schwarzen Leggings und darüber einen bodenlangen bestickten Mantel. Als Jessica in die Küche kam, wand sie sich gerade einen Seidenschal wie einen Turban um den Kopf.

»Wow, du siehst toll aus! Dan ist am Telefon – er möchte uns abholen.«

»Gerne. Wie lieb von ihm. Nach Hause komme ich dann allein, weil ich mich danach noch mit jemandem treffe …«, antwortete sie lächelnd. »Sag Dan, wir sind in ungefähr einer Dreiviertelstunde fertig.«

Am Eingang des Stanley-Burbury-Hörsaals herrschte dichtes Gedränge.

»Danke, Dan, wir sehen uns dann drin«, sagte Carmen, als sie und Jessica ausstiegen und Dan weiterfuhr, um den Wagen zu parken.

»Da sind Sally und Toby.« Jessica winkte ihnen zu.

»Ich komme später nach, Jessica. Hier sind ein paar Leute, mit denen ich kurz reden möchte. Hast du den Hausschlüssel eingesteckt? Für den Fall, dass wir uns heute Abend aus den Augen verlieren.«

»Ja, hab ich. Danke, Carmen.«

»Bis gleich. Viel Spaß!«

Jessica grinste. »Ja, bis morgen früh.« Zusammen mit Sally und Toby ging sie in Richtung Hörsaal.

Sean unterhielt sich mit einer Gruppe im Foyer, sein dröhnendes Lachen war nicht zu überhören. Pullover und Jeans vom Vormittag hatte er gegen ein mitternachtsblaues Samtjackett, eine locker gebundene rote Seidenkrawatte und eine Weste aus Brokatstoff vertauscht. Dazu trug er eine dunkle Hose und auf Hochglanz polierte Schuhe. Sein wilder Haarschopf war zwar zurückgekämmt, aber nicht vollständig gebändigt. Ohne seinen Redefluss zu unterbrechen, winkte er Jessica zu.

»Ganz schön was los«, war Tobys Kommentar beim Anblick der vielen Zuhörer.

Während sie ihre Plätze einnahmen, stupste Sally Jessica in die Seite und deutete auf Carmen, die sich ein paar Reihen vor ihnen mit einem hochgewachsenen Mann mit grau meliertem Haar und einem ordentlich gestutzten Bart unterhielt.

»Er wirkt wie ein Uni-Prof«, flüsterte sie.

»Und so attraktiv! Ich freue mich für Carmen.«

Die Beleuchtung im Saal wurde gedimmt, und nachdem eine junge Frau ein Glas und eine kleine Wasserkaraffe auf das Rednerpult gestellt hatte, betrat eine elegante, weißhaarige Dame die Bühne.

In diesem Moment schlüpfte jemand auf den leeren Platz neben Jessica. Es war Dan.

»Hallo«, flüsterte er.

»Hallo. Wer ist die Frau da vorn?«

»Die Dekanin der Fakultät für Umweltwissenschaften, Doris Pyke. Eine äußerst beeindruckende Dame und große Wohltäterin«, wisperte er zurück.

In der nächsten knappen Stunde lauschte das Publikum wie gebannt Sean Hylands Vortrag. Er hatte eine PowerPoint-Präsentation vorbereitet und zeigte einige Folien auf der Leinwand hinter sich, aber die Zuhörer hingen an seinen Lippen. Ohne auch nur einmal in seine Notizen zu blicken, sprach er über zahlreiche Themen und unterstrich seinen Vortrag mit dem Jessica inzwischen vertrauten Gelächter, mit ausladenden Gesten und theatralischen Seufzern.

Wie eine kluge, freundliche Spinne im Zentrum der Aufmerksamkeit spann Sean aus Ideen, Beobachtungen, Geschichte, Wissenschaft, Albträumen, Träumen und Tatsachen ein Netz, das

Vergangenheit, Gegenwart und Zukunft zu einem beängstigenden, aber glaubwürdigen Szenario zusammenführte.

»Alles auf diesem Planeten ist miteinander verbunden. Und wir sind leider Meister darin, unser Aussterben voranzutreiben«, sagte er.

Sean erinnerte daran, dass die Aborigines seit mehr als 60 000 Jahren hier siedelten, ohne den Kontinent zu zerstören, während die weißen Siedler bereits in der ersten Generation damit begonnen hatten, die Ureinwohner und die einheimische Tier- und Pflanzenwelt auszurotten. Und die Zerstörung der Umwelt war nicht nur bis heute eine Konstante, sie schritt rascher voran als in jedem anderen Land der Welt.

»Bäume … jetzt sind die alten Wälder, die es noch gibt, unser aller Rettung. Nichts kann einen uralten Baum ersetzen. Zusammen mit den Mangroven an unseren Küsten sind diese Wälder Australiens Lebenselixier, denn sie sorgen für saubere Luft und sauberes Wasser. Wenn man diese Wälder rodet, wird das verheerende Folgen haben: steigende Temperaturen, Dürren, Brände, Insektenplagen, mehr Kohlendioxid in der bereits überhitzten Atmosphäre. Der Wasserkreislauf wird durcheinandergeraten – weniger Verdunstung bedeutet weniger Wolken und letztendlich weniger Regen. Wenn wir die Regenwälder verlieren, berauben wir uns unserer Lebensgrundlage. Bäume stabilisieren das Klima, doch weltweit schreitet ihre Zerstörung in noch nie gekanntem Tempo voran.« Er hielt inne, im Saal herrschte beklommenes Schweigen. Dann hob er einen Finger. »Aber wenn wir die Wälder bewahren, bewahren wir auch noch weitere Retter der Menschheit, und das sind … die Waldpilze! Neuer Boden, neues Leben!«

Sean lieferte einen mitreißenden Überblick über das Myzel-Netzwerk, stellte verschiedene Pilze vor und erläuterte deren positive Auswirkungen auf den Boden, die Pflanzenwelt und schließlich den Menschen. Er schloss seinen Vortrag mit einem eindringlichen, von Herzen kommenden Appell, der das Publikum berührte. Die Menschen jubelten und spendeten frenetisch Beifall.

»Jetzt würde man doch am liebsten sofort eine Demo organisieren, oder?«, flüsterte Dan Jessica ins Ohr.

Sie nickte. »Allerdings. Es erscheint einem alles so verdammt offensichtlich. Seit über dreißig Jahren, hat er gesagt, ist das Phänomen der globalen Erwärmung bekannt … und doch ist bisher so wenig dagegen getan worden!«

»Die Politiker setzen die falschen Prioritäten«, ergänzte Dan.

Toby beugte sich zu ihnen. »Wow, das war fantastisch. Und ich bin so froh, dass wir auf Arcadia überall Pilze und alten Waldbestand haben!«

»Auf zum Sektempfang.« Sally hakte sich bei Toby unter. »Wie schön, dass wir nicht wie sonst fluchtartig nach Hause eilen müssen, weil der Babysitter wartet.«

»Ihr könnt alle mit mir fahren«, bot Dan an.

»Wo genau findet der Empfang statt?«, erkundigte sich Jessica.

»Bei der Professorin. Doris Pyke besitzt ein wunderschönes altes Haus in Battery Point mit Blick auf den Hafen.«

»Da bin ich aber gespannt«, meinte Sally aufgeregt.

Dan fuhr die kreisförmige Auffahrt zum Anwesen der Professorin hinauf, wo zwei Studenten, die als Einparkservice fungierten, ihren Wagen übernahmen. Unter einem hell beleuchteten Portikus hakten zwei weitere Studenten Namen auf einer Gästeliste ab und dirigierten die Gäste zur Garderobe. Von dort wurde man über einen langen Korridor zum Empfangssaal geleitet.

»Wie viele Leute wohl da sind?«, überlegte Sally.

»Ungefähr sechzig, glaube ich«, erwiderte Dan.

»Wird es noch mehr Reden geben?«, fragte Toby.

»Vielleicht eine noch. Die Professorin wird Sean danken und ihm auch irgendeinen Preis überreichen. Kommt jetzt mit raus auf die Terrasse! Den Ausblick muss man gesehen haben.«

»Fantastisch«, rief Sally, als sie durch die offene Terrassentür traten.

»Bist du oft hier?«, wandte sich Toby an Dan.

»Ja. Ich habe mit dem Bookend Trust zu tun, den die Professorin fördert.«

»Was für eine Organisation ist das?«, fragte Jessica, als sie über die Natursteinterrasse schlenderten, auf der bequeme Sofas, Stühle und Tische auf die Gäste warteten. Kerzen in hohen Gläsern und gedimmte Lampen sorgten für eine angenehme Beleuchtung.

»Das erzähle ich dir später. Ich glaube, der Bookend Trust könnte interessant für dich sein«, antwortete Dan.

»Da drüben ist die Bar, was darf ich euch bringen?«, Toby hatte einen langen Tisch mit weißer Husse erspäht, auf dem ein Eisbehälter, Gläser sowie Wasser- und Weinflaschen standen.

»Für mich nur Wasser, bitte. Ich geh mit und helfe dir. Was möchtest du, Jess?«, fragte Dan.

»Ein Glas Weißwein wäre schön.«

»Für mich etwas Exotisches, Toby. Ich lasse mich überraschen.« Sally lächelte. »Ob ein Foto was werden würde? Die Boote mit ihren Lichtern sehen so wunderschön aus.« Sie zog ihr Smartphone heraus und ging an den Rand der Terrasse.

Als alle mit Getränken versorgt waren, wandte sich Dan an Sally und Toby. »Okay, Leute, mein Freund aus den Botanischen Gärten hat Neuigkeiten. Ich habe ihn getroffen, als wir vorhin auf den Einlass zum Vortrag gewartet haben, und er hat mir in groben Zügen erzählt, was er weiß. Seine Informationen passen zu einigem, was in letzter Zeit vorgefallen ist.«

»Wie dem Trüffeldiebstahl?«, warf Toby ein.

»Möglicherweise. Inzwischen frage ich mich, ob die Trüffel nicht einfach ein Gelegenheitsraub waren. Denn wie du neulich schon vermutet hast, Sally, waren sie wohl nicht das eigentliche Ziel. Ich habe mit meinem Freund über Shelter Bay gesprochen, da er den Ort gut kennt. Als ich Seawinds erwähnte, meinte er, er habe von der Familie dort bereits viel gehört.«

»Von den Broadbents?«, fragte Sally.

»Ja. Mein Freund hat gesagt, die Frau, der wir begegnet sind, müsse die Mutter von Gordon Broadbent sein. Sie war mit einem gewissen John Broadbent verheiratet, der einen Bruder namens Thomas hatte.«

Sally und Jessica sahen sich erstaunt an.

»Sally, Thomas Broadbent! Der Mann aus der Höhle!«, rief Jessica aus.

»Natürlich!«, stimmte Sally zu. »Was kannst du uns sonst noch über die Broadbents erzählen, Dan?«

»Seawinds wird jetzt von Gordon geführt, und er gewinnt dort ganz heimlich, still und leise irgendeine Substanz aus seltenen Pilzen. Keiner weiß etwas Genaueres. Und noch etwas: John und Tommy hatten eine Tante namens Hilda. Hilda Broadbent.« Dan hielt inne. »Kommt euch der Name bekannt vor?«

»Hmmm, ich kenne den Namen, aber ich kann mich nicht erinnern, woher«, sagte Sally. »Wer war sie?«

»Hilda Broadbent war mit Stephen Holland verheiratet – deinem Großvater, Sally. Arcadia gehörte einst, wie auch Seawinds, der Familie Broadbent. Anscheinend gab es Streit in der Familie, weil Hilda in ihrem Testament Arcadia Dr. Holland vermacht hatte.«

Sally starrte Dan mit großen Augen an. »Das ist ja unglaublich. Davon hatte ich überhaupt keine Ahnung. Die erste Frau meines Großvaters wurde nur ein- oder zweimal erwähnt, und dann auch nur mit Vornamen.«

»Ich bin sicher, deine Mum kann dir mehr dazu sagen«, meinte Toby.

»Ja, ich frage sie. Komisch, dass es mich nie interessiert hat, mit wem mein Großvater vor meiner Großmutter verheiratet war. Vielleicht, weil er und seine erste Frau keine Kinder hatten.«

»Was weiß man noch über diesen Gordon? Wie alt wird er wohl sein?«, fragte Toby.

»Keine Ahnung, vermutlich über sechzig. Sally, könntest du bei deiner Mutter nachfragen, ob sie irgendwas über ihn weiß?«, bat Dan.

»Mach ich. Aber ich glaube nicht, dass sie mir etwas erzählen kann. Sie hat nie eine Verbindung unserer Familie in den Norden erwähnt. Und Stellas Familie stammte aus Victoria«, entgegnete Sally.

»Also ist, oder besser war, die Familie Broadbent eng mit Arcadia verbunden«, warf Jessica ein. »Das könnte einiges erklären.«

»Du denkst, weil das Anwesen einst ihrer Familie gehört hat, nehmen sich die Broadbents das Recht heraus, hier herumzuschleichen und uns zu bestehlen?«, rief Sally aufgebracht.

»Beruhige dich, Sal«, sagte Toby sanft. »Wir wissen doch noch überhaupt nicht, ob es einer von ihnen war.«

»Hört mal, wir sollten langsam reingehen. Die Professorin will bestimmt ein paar Worte sagen«, meinte Dan. »Aber eins muss ich euch schnell noch erzählen.«

»Ja?« Sally trank aus.

»Ich habe mit Denyse vom Saatgutlabor gesprochen. Sie ist durch das Gemälde deiner Großmutter auf eine heiße Spur gestoßen. Und war ziemlich aufgeregt deswegen.«

»Warum?«, fragte Jessica.

»Die Pilze auf dem Gemälde waren relativ leicht zu bestimmen. Aber die kleine Blume ist selten, es handelt sich um eine lange unbekannte mykotrophe Art, das heißt, dass sie ihre Nährstoffe von einem Pilz bezieht. Als ich das Bild gesehen habe, ist mir nicht aufgefallen, dass es diese Pflanze ist, denn die Fotos, die Mollie geschickt hat, waren ein bisschen unscharf. Doch Denyse hat die Fotos vergrößert und konnte erkennen, dass es eine *Thismia* ist – gemeinhin Feenlaterne genannt, weil sie unterirdisch wächst und nur auftaucht, wenn sie blüht. Wobei die vermutlich aus Arcadia stammende Blume eine noch nie beschriebene Farbe hat. Falls sich deine Großmutter keine künstlerische Freiheit erlaubt hat, wäre dies der allererste Nachweis für ihr Vorkommen.« Dan stand auf.

»Konnte euch die getrocknete Blume, die wir gefunden haben, bei der Bestimmung helfen?«, erkundigte sich Sally.

»Die Farbe ist zwar verblasst, aber sie könnte trotzdem von Nutzen sein. Denyse ist noch dabei, alle Pflanzenteile zu untersuchen.«

»Wächst sie immer noch auf eurem Grundstück?«, fragte Jessica. Sie konnte sich nicht erinnern, eine solche Blume im Wald gesehen zu haben.

»Keine Ahnung«, erwiderte Sally. »Um ehrlich zu sein, beschäftigt mich eher diese Verbindung zwischen den Broadbents und unserer Familie und Arcadia. Darüber würde ich gern noch mehr erfahren.«

Toby legte den Arm um Sally. »Ein Gespräch mit deiner Mum bei einem Tässchen Tee wird dir vielleicht ein paar Antworten liefern.«

Als sie hineingingen, drehte sich Sally zu Jessica um und raunte ihr zu: »Ich muss dauernd an Stellas Skizzenbuch denken, an diese grässliche Zeichnung … Was ist, wenn die Broadbents etwas damit zu tun hatten?«

Nach der Veranstaltung ergab es sich ganz natürlich, dass Sally und Toby ein Taxi nahmen, während Dan Jessica zu Carmens Haus zurückfuhr. Schließlich lag es auf seinem Weg.

»Sally schien ziemlich verstört über die Sache mit den Broadbents. Seltsam, dass sie nichts von dieser Verbindung wusste«, sagte Dan während der Fahrt.

Jessica schüttelte den Kopf. »Eigentlich nicht. Mollies Mutter hat einen einsamen Witwer geheiratet, der, soweit ich mitbekommen habe, wenig über seine Vergangenheit gesprochen hat.«

Sie schwieg einen Moment und sagte dann: »Wirklich toll, dass du mir die *Lomatia* gezeigt und mich mit Sean bekannt gemacht hast, und dann die Wanderung und der heutige Abend … Ich komme gar nicht mehr raus aus dem Staunen. Eigentlich war mein gesamter Aufenthalt hier in Tasmanien schier unglaublich. Mir ging es ziemlich schlecht, als ich vom Festland geflüchtet bin, aber zu meiner besten Freundin zu fahren, an einen Ort, der immer mein zweites Zuhause war, war das Beste, was ich tun konnte. Und jetzt spielt der ganze Mist, der mich belastet hat und vor dem ich davongelaufen bin, gar keine Rolle mehr.«

Dan nickte lächelnd. »Es tut einfach gut, im Wald zu sein. Und gute Freunde um sich zu haben, ist eine große Hilfe.« Er hielt vor Carmens Haus. »Alles dunkel. Carmen ist entweder schon im Bett oder hat sich ins Nachtleben gestürzt. Bei der Professorin habe ich sie gar nicht gesehen.«

»Nein, sie hatte eine Verabredung.«

»Lass es krachen, Carmen!«

Eine Sekunde lang überlegte Jessica, ihn hereinzubitten, aber schließlich war es nicht ihr Haus. »Noch einmal vielen Dank, Dan.«

»Ich mach dir die Tür auf.« Er ging um den Wagen herum und öffnete die Beifahrertür.

»Danke auch für alles, was du für Sally tust«, sagte Jessica. »Ich rufe dich morgen an.«

»Ich freue mich darauf.« Er beugte sich vor und gab ihr einen flüchtigen Kuss. »Schlaf gut.«

Jessica kramte nach dem Schlüssel in ihrer Handtasche und schloss die Haustür auf. Dann drehte sie sich um und sah Dan neben seinem Wagen stehen. Die Arme vor der Brust verschränk, wartete er, bis sie sicher im Haus war.

Es war ein schönes Gefühl. Lächelnd verriegelte sie hinter sich die Tür.

9

Arcadia, 1976

Stella saß an ihrem Lieblingsplatz im Rosengarten mit Blick auf den unberührten Eukalyptuswald. Mittlerweile herrschte auf der Straße reger Verkehr, ganz anders als damals, als sie frisch verheiratet hierhergekommen war. In dem immer noch recht abgelegenen, aber wachsenden Städtchen hatten inzwischen neue Läden eröffnet. Auch der Verkehr auf dem Fluss hatte zugenommen, man sah mehr Vergnügungsschiffe, Jachten des Segelklubs, Fischerboote und gelegentlich einen Ausflugsdampfer. Die Farmen im Umkreis expandierten, viele traditionelle Apfelplantagen wurden durch Äcker mit den unterschiedlichsten Feldfrüchten oder Schaf- und Rinderweiden ersetzt.

Arcadia hatte sich nicht verändert, und doch war das Anwesen ohne Mrs James nicht mehr dasselbe. Die gute Seele war gestorben, wie sie gelebt hatte – still und bemüht, niemandem zur Last zu fallen. Sie hatte sich um Stella gesorgt, weil diese nach Mollies Heirat und Wegzug allein zurückgeblieben war.

Stella versuchte, sie zu beruhigen: »Ich habe doch Ihren Terry, er ist ein wundervoller junger Mann. Außerdem gibt es noch andere Menschen, an die ich mich wenden kann, wenn ich Hilfe brauche. Und eines Tages wird Mollie mit ihrer Familie nach Arcadia zurückkehren.«

Mrs James hatte gelächelt. »Ja. Das klingt gut. Ich hoffe, sie lässt sich nicht zu lange Zeit damit.«

Dann hatten sie sich an den Händen gefasst, und Stellas lange Finger streichelten die von der Arbeit rauen Hände der alten Frau.

Zwei Monate später hatte Graham seine Farm in die Obhut seines Vaters und seines Bruders gegeben und war mit Mollie nach Arcadia gezogen.

Stella bewohnte weiterhin ihr altes Zimmer, und auch ihr Atelier blieb unverändert. Mollie strich das große Schlafzimmer und hängte neue Vorhänge auf, konzentrierte sich aber ansonsten auf die Arbeit im Garten und kaufte noch einige Kühe hinzu. Graham trat eine Stellung als Rektor der kleinen Grundschule von Burridge an, was ihm wenig Zeit für die Farm ließ.

Das Cottage der James wurde zur Unterkunft für Gäste. Stella versicherte jedoch allen James-Kindern, dass ihnen und ihren Familien das Cottage jederzeit für einen Besuch zur Verfügung stünde.

Seit dem Tode ihres Mannes hatte sich Stella stärker im Kunstverein engagiert. Sie genoss die sozialen Kontakte ebenso wie die Ausstellungen, die Vorträge, die Malexkursionen und gelegentlichen Meisterklassen bei namhaften Gastkünstlern.

Eines Abends kam Mollie ins Atelier, wo ihre Mutter geräuschvoll herumräumte. Sie hatte die breiten Schubfächer herausgezogen und sah Stapel mit Leinwänden und ungerahmten Bildern durch.

»Das Abendessen ist fertig, Mutter. Wonach suchst du denn?«

»Ich wurde gebeten, ein Werk bei einer Ausstellung einzureichen.«

»Möchtest du dafür ein neues Bild malen?«

»Ach, Mollie, Liebes, du weißt ja, meine Augen lassen inzwischen zu wünschen übrig. In dem Brief bat die Vorsitzende des Kunstvereins um ein botanisches Werk, und für so etwas benötigt man eine ruhige Hand und ein scharfes Auge. Also dachte ich, ich reiche eine frühere Arbeit ein. Das Aquarell von Nyx oder das mit der blau-violetten Blume und den Pilzen.«

»Gute Idee«, pflichtete Mollie bei. »Aber lass uns erst einmal essen, und später helfe ich dir beim Suchen.«

Nach dem Abendessen gingen Mollie und ihre Mutter gemeinsam die Bilder durch. »Mutter, ich finde, du solltest irgendwas mit deinen Arbeiten anfangen. Verkauf oder verschenk sie oder lagere sie wenigstens in einem temperaturgeregelten Raum, damit sie keinen Schaden nehmen.«

»Vielleicht hast du recht, aber ich habe sie gern um mich. Sie sind für mich wie liebe alte Freunde.«

»Ist es das?« Mollie zog ein großes Gemälde mit fein gezeichneten Farnwedeln, Pilzen und einer kleinen violetten Blume in einer Ecke hervor. »Es ist sehr gelungen. Genau wie das von der Eule.«

»Ja, danke, Liebes! Das ist es! Ich erinnere mich auch noch gut an den Tag, an dem ich die Skizzen für das Bild von Nyx angefertigt habe.« Stella lächelte. »Es war 1935. Ausgestellt wurde es 1939, und es hat sogar einen Preis gewonnen, eine schöne Überraschung. Doch das Bild mit den Farnwedeln habe ich aus irgendeinem Grund nie gezeigt.«

»Für diese Ausstellung ist es bestimmt das Richtige. Gibt es diesmal auch einen Preis?«

»Ich glaube nicht. Eine Urkunde vielleicht. Und die Ehre, den Kurator persönlich kennenzulernen; es ist, glaube ich, ein Künstler aus Amerika.«

Mollie betrachtete das Aquarell genauer und fragte dann: »Was ist das überhaupt für eine Blume?«

»Das konnte ich nicht herausfinden. Sie blüht fast jedes Jahr unter einem der alten Eukalyptusbäume und scheint aus den Pilzen zu sprießen. Jetzt war ich schon eine ganze Weile nicht mehr dort. Ich sollte mal nach ihr sehen.« In Stellas Stimme schwang Wehmut mit.

»Meinst du wirklich, Mutter? Bitte geh nicht allein, du könntest stürzen. Warte, bis Graham oder ich dich begleiten können. Komisch, ich habe den Wald nie so romantisch oder faszinierend gefunden wie du.«

»Ich habe das Gefühl, ihn in- und auswendig zu kennen. Ich nehme meinen Stock mit«, versprach Stella.

Mollie und Graham war gar nicht wohl bei dem Gedanken, dass Stella stundenlang allein durch den Wald streifte, ohne sie in einem Notfall verständigen zu können. Wenn Stella draußen war, um zu malen, zu zeichnen oder einfach nur Vögel zu beobachten, ging immer mal jemand mit einer Tasse Tee oder einem Imbiss zu ihr, um sich zu vergewissern, dass alles in Ordnung war. »Es ist mir schleierhaft, wie sie stundenlang mit Skizzenbuch und Feldstecher dasitzen kann«, hatte Mollie einmal ihrem Mann anvertraut.

Am nächsten Tag machte sich Stella mit Kamera und Skizzenblock bewaffnet auf den Weg in den Wald. Vorsichtig folgte sie dem Pfad, der sich in ihrem Herzen eingeprägt hatte. Wie immer blieb sie bei einem bestimmten alten Baum stehen und fasste in den Hohlraum in seinem Stamm. Sie wusste, dass er leer sein würde, doch mit diesem Handgriff rief sie sich die kleinen Nachrichten in Erinnerung, die dort versteckt gewesen waren, und ihr Herz machte einen Sprung.

An dem Abend, an dem der Kunstverein seine Ausstellung eröffnete und das Programm für das kommende Jahr ankündigte, fuhr Mollie ihre Mutter nach Hobart zu dem neoklassizistischen Sandsteinbau in der Grünanlage an den Ausläufern des Wellington Park. Ancanthe, wie der Tempelbau ursprünglich geheißen hatte, war in den 1880er-Jahren von Sträflingen erbaut worden und hieß nun nach seiner Gründerin, der Frau des damaligen Gouverneurs John Franklin, Lady Franklin Gallery.

»Der Kunstverein hat wirklich Glück, in so einem eindrucksvollen Gebäude residieren zu dürfen«, bemerkte Stella, als sie davor parkten. »Nachdem die Franklins Tasmanien verlassen hatten, ließ man den Bau verkommen. Wusstest du, dass man ihn als Lagerhaus für Äpfel und Viehfutter genutzt hat? Was für ein Glück, dass er gerettet und restauriert wurde. Dein Vater und ich waren bei der Wiedereröffnung. Wenn ich mich recht erinnere, war das 1948.«

»Diese Lady Jane war eine ziemlich bemerkenswerte Frau. Erst jetzt wird allmählich mehr über ihr Wirken bekannt«, sagte Mollie. »Das ist doch mal wieder typisch. Die Rolle der Ehefrauen wird in den Geschichtsbüchern einfach unterschlagen. Wie bei Elizabeth Macarthur in Sydney, die so großen Anteil an der Entwicklung der Wollindustrie hatte.«

Stella hakte sich bei ihrer Tochter unter. »Ich bin so aufgeregt, dass heute Abend wieder etwas von mir ausgestellt ist!«

»Hoffentlich sind auch Fotografen da. Von dir sollte unbedingt ein Foto in die Zeitung kommen, du siehst so schön aus.« Mollie drückte den Arm ihrer Mutter und betrachtete anerkennend ihren eleganten Hosenanzug aus Seide und die Spitzenbluse. Das mit Silber durchzogene Haar war zu einem Dutt gebunden, einige lose Strähnen umrahmten ihr Gesicht; dazu hatte sie dezentes Make-up aufgelegt und trug glitzernde Ohrringe.

Stella wurde tatsächlich neben ihrem Gemälde fotografiert. Als die Vorsitzende des Kunstvereins sie bat, ein paar Worte zu sagen, erklärte sie sich mit verlegenem Lächeln dazu bereit. In ihrer zurückhaltenden Art dankte sie dem Kunstverein für seine treue Unterstützung bei der Förderung der Künste in der Gemeinde.

»Ich bin überzeugt, dass Künstler vor ihrem inneren Auge bereits das fertige Meisterwerk sehen, an dem ihr Herz und ihre Seele hängen. Sie möchten anderen ihre Vision der Welt vermitteln, und die Übertragung des inneren Bildes auf die Leinwand kann zu einer ungewöhnlichen, geheimnisvollen Reise werden«, sagte Stella und fügte mit leisem Lächeln hinzu: »Wir Künstler neigen dazu, eine einzelgängerische Spezies zu sein. Daher sind wir bei Gelegenheiten wie dieser nicht nur dankbar für die uns gewährte Anerkennung, sondern auch für die Möglichkeit, unsere Leidenschaft mit anderen zu teilen. Ich danke Ihnen von ganzem Herzen.«

Beifall brandete auf, und die Vorsitzende reichte Stella bewegt die Hand.

Mollie hielt sich im Hintergrund und beobachtete stolz, wie ihre Mutter gefeiert und von der Vorsitzenden zwischen den Gästen herumgeführt wurde. Sie nippte gerade an ihrem Sherry, als ein fremder Mann zu ihr trat.

»Sind Sie Mrs Hollands Tochter?« Auf ihr Nicken fügte er hinzu: »Wohnen Sie immer noch auf Arcadia? Das Gemälde Ihrer Mutter hat mein Interesse geweckt. Sie wissen nicht zufällig, ob es sich um ein Fantasiebild oder um eine naturgetreue Abbildung handelt?«

Mollie fühlte sich ein wenig überrumpelt. »Das kann ich Ihnen leider nicht mit letzter Sicherheit beantworten, Mr …?« Fragend sah sie ihn an. Da er nicht reagierte, fuhr sie fort: »Ich glaube, sie malt einfach, was sie in ihrer Umgebung sieht.«

»Eine sehr interessante Komposition. Vor allem die Pilze«, bemerkte er mit einem unangenehmen schiefen Lächeln.

»Sind Sie Künstler?«, fragte Mollie.

»Nein, überhaupt nicht. Eher ein Sammler.« Er nickte ihr zu. »War nett, Sie kennenzulernen.« Damit entfernte er sich, und Mollie sah voller Unbehagen, wie er quer durch den Raum auf ihre Mutter zusteuerte.

Stella schenkte ihm ein argloses Lächeln, das jedoch rasch schwand. In ihrem Gesicht malte sich Verwirrung, bevor sie sich brüsk von dem Mann abwandte. Mollie eilte zu ihr, doch ein Fotograf war schneller als sie und redete sogleich auf die verstört wirkende Stella ein.

»Alles okay?« Mollie hakte ihre Mutter unter.

»He, das sieht großartig aus. Dürfte ich bitte ein Foto von Ihnen beiden für *The Mercury* machen?«, fragte der Fotograf. »Danke. Tolles Gemälde, Mrs Holland.«

»Danke, gern«, brachte Stella mühsam heraus.

»Okay, dann schauen Sie hierher. Bitte lächeln! Und noch eins.«

Als er fertig war, drückte Stella den Arm ihrer Tochter. »Ich würde gern gehen. Ich bin nun mal nicht der gesellige, extrovertierte Typ.«

Sie bedankten sich bei der Vorsitzenden und gingen zum Ausgang.

»Wer war dieser Mann?«, wollte Mollie wissen.

»Ich weiß es nicht genau, aber ich fand ihn unangenehm. Er hat mich an etwas erinnert, woran ich seit Jahren nicht mehr gedacht habe«, meinte Stella. »Ich habe wohl albern reagiert. Wahrscheinlich sollte ich mehr unter Leute gehen.«

»Nein. Er wirkte unheimlich«, widersprach Mollie. »Trotzdem war es ein schöner Abend. Hat dich die Veranstaltung inspiriert, wieder mehr zu malen? Kurz bevor die Reden anfingen, habe ich mich mit einer Frau unterhalten, der eine Galerie außerhalb von Hobart gehört. Sie meinte, sie würde sehr gern Werke von dir verkaufen.«

»Ach, ich weiß nicht. Nicht nur, dass ich inzwischen schlecht sehe – im Grunde male ich zu meinem eigenen Vergnügen. Es würde mich blockieren, wenn ich das Gefühl hätte, ich müsste für den Geschmack etwaiger Käufer malen.«

Einige Tage nach der Vernissage hinterließ Stella Mollie eine Notiz auf dem Küchentisch und machte sich dann auf den Weg in den Wald. Auf den robusten Stock gestützt, den Mr James einst für sie geschnitzt hatte, ihre bewährte Tasche mit Kamera und Skizzenbuch quer über die Brust geschlungen, folgte sie vorsichtig, aber zügig dem vertrauten Weg.

Im dunstigen Licht des kühlen, frischen Morgens überquerte sie die Lichtung und genoss dabei den Anblick des mit Tau benetzten Grases. Sie ging zu ihrem Lieblingsbaum und betrachtete seine ausladenden Wurzeln. Genau wie sie es in Erinnerung hatte, wuchsen dort Pilze, Moos und Farne. Die besonderen Pilze jedoch, die sie gemalt hatte und die eigentlich hätten da sein sollen, fehlten, genau wie die kleine Laternenblume, die immer nur so kurz blühte und sich dann wieder ins Erdreich zurückzog – dieselbe, die die kleine Flora James ihr vor vielen Jahren zum ersten Mal gezeigt hatte. Stella hatte auch orange blühende Blumen gesehen, doch diese blau-violette hatte sich nur ab und zu gezeigt, weshalb Stella damals beschlossen hatte, sie zu malen. Bei ihrem letzten Besuch vor der Ausstellung des Kunstvereins hatte sie die blasse blau-violette Knospe durch die Erde spitzen sehen, und nun sollte sie eigentlich zu ihrem kurzen oberirdischen Dasein erblüht sein.

Stella wusste, dass es sich bei dem, was sie immer wieder beobachtete, um eine Seltenheit oder sogar um eine Anomalie handelte. Deshalb wollte sie die Blume für einen Mitarbeiter der Botanischen Gärten fotografieren, der darum gebeten hatte, nachdem er ihr Gemälde in der Ausstellung betrachtet hatte. Und nach all den Jahren wollte Stella jetzt auch endlich den Namen dieser kleinen Blume mit der laternenförmigen Blüte erfahren, die da zwischen den Pilzen wuchs.

Wie schade, sie war nicht aufgeblüht. In all den Jahren auf Arcadia hatte sie nirgendwo sonst eine solche Blume entdeckt, es gab nur diese eine am Fuß ihres Lieblingsbaums. Nur ein einziges Mal vor langer Zeit hatte sie die kleine Blume gepflückt, um sie bei besserem Licht in ihrem Atelier malen zu können. Nach Fertigstellung des Bildes hatte sie sie in ihr Skizzenbuch gelegt, als eine besondere Erinnerung, die sie später einem Freund geben wollte.

Mit einem enttäuschten Seufzer wollte sie sich abwenden, doch da fiel ihr etwas auf. Reglos blieb sie stehen und musterte den Boden. Irgendetwas stimmte nicht. Die Flechten und ein Zweig auf dem verrottenden Laub wirkten für ihren künstlerisch geschulten Blick … unnatürlich. Wie arrangiert. Sie bückte sich und fegte behutsam einige Blätter beiseite. Die oberste Erdschicht war angedrückt und glatt gestrichen, nicht feucht und krümelig wie üblich. Da sie wusste, dass sich die Zwiebel und die Wurzeln der Pflanze darunter ausbreiteten, kratzte sie vorsichtig etwas Erde weg, bückte sich und begann, mit der Spitze eines Asts zu graben. Rasch stellte sie fest, dass das Netzwerk aus Rhizomen und Pilzgeflecht, das die unterirdischen Pflanzenteile und die Zwiebeln versorgte, verletzt worden war. Die Blume, die nur so kurz und selten geblüht hatte, war verschwunden. Herausgerissen, getrennt von ihrer Wirtspflanze. Das war kein Zufall, wie die sorgfältig wieder angedrückte Erde bestätigte. Diese einzigartige Blume war fort. Wahrscheinlich war sie leicht zu finden gewesen, ein kleiner violetter Fleck vor leuchtend smaragdgrünem Hintergrund, wenn man den richtigen Zeitpunkt erwischte. Sie konnte nur in den letzten zwei oder drei Tagen verschwunden sein.

Ein Gesicht, eine Gestalt, eine vertraute Stimme tauchten in ihrer Erinnerung auf. Schwankend richtete sie sich auf, drehte sich um und floh, so rasch sie ihre zitternden Beine trugen. Ihre Gedanken rasten, und in ihrem sonst so sanftmütigen Gesicht lagen Wut und Trauer.

Hobart, 2018

Jessica lehnte sich mit geschlossenen Augen zurück und hielt ihr Gesicht in die Sonne. »Es geht doch nichts über den Duft von frischem Kaffee, Croissants und Autoabgasen.«

Sally und Toby lachten. Sie saßen an einem Tisch vor einem trendigen Szene-Café in der Nähe von Carmens Haus.

»Also, was habt ihr heute Vormittag vor? Ich muss ein paar Sachen von einem Obst- und Gemüselieferanten abholen«, sagte Toby.

»Nichts Besonderes«, erwiderte Sally. »Vielleicht schaue ich mich nach einem Geschenk für Katie um. Hier in der Gegend gibt es ein paar hübsche kleine Läden.«

»Da meine Nichte bald Geburtstag hat, komme ich mit«, meinte Jessica. »Sie wird drei. Mum meint immer, wir sollten sie und Katie mal zusammenbringen, wenn beide in Sydney sind. Apropos – habt ihr beiden vor, demnächst mal wieder nach Melbourne oder Sydney zu fahren?«

Toby zuckte mit den Schultern. »Puh, höchstens Sally. Demnächst steht der sechzigste Geburtstag meines Vaters an, da brauche ich jede freie Minute für die Vorbereitungen.«

Sally trank einen Schluck Kaffee. »Mal sehen, was Mum vorhat. Sie war schon eine ganze Weile nicht mehr auf dem Festland und hat Freunde in Melbourne, die sie gern wiedersehen würde.« Sie hielt inne. »Ich will dich bestimmt nicht drängen, Jess, aber was ist mit dir? Hast du irgendwelche Pläne?«

Jessica stellte ihre Tasse ab. »Keine Pläne. Aber so langsam ploppen ein paar Ideen auf.«

»Natürlich kannst du bei uns bleiben, solange du möchtest, das weißt du«, versicherte Toby.

»Danke, ihr seid so lieb. Die Auszeit hier war wundervoll. Ich habe mein Leben sozusagen auf Eis gelegt, und das hat gutgetan. Ich kann euch gar nicht genug danken.«

»Wir wollen dich nicht rauswerfen, Jess«, sagte Sally rasch.

»Ich weiß. Mir ist klar geworden, dass ich einfach mal eine Atempause gebraucht habe, eine Erholungszeit, um meine Wunden zu lecken und mein Leben neu auszurichten. Die Vorstellung, nach Sydney zurückzugehen, mit dem ganzen Bauwahn, dem Verkehr und der Ressourcenverschwendung, ist so …« Sie schauderte. »Aus der Distanz wird mir das alles viel stärker bewusst. Die Gier der Menschen ist so deprimierend. Seit der Begegnung mit Sean Hyland habe ich das Gefühl, dass ich, na ja, etwas Sinnvolleres tun will …«

Toby nickte. »Genau so ging es uns, als wir nach Arcadia gezogen sind, stimmt's, Sal? Wir haben die ausgetretenen Pfade verlassen und etwas ganz anderes probiert. Ich habe diese Entscheidung nie bereut.« Er lächelte Sally an, die zustimmend nickte.

»Viele Menschen denken so, es ist irgendwie ansteckend. Vielleicht liegt es an der Umgebung hier – ganz Tasmanien ist etwas Besonderes. Die Leute, die hierherkommen, wollen raus aus dem Hamsterrad, der Familie wieder Vorrang einräumen und ihren Traum von einem gesunden, nachhaltigen Leben verwirklichen«, meinte sie.

Jessica trank ihren Kaffee aus und stellte die Tasse ab. »Ich treffe mich nachher mit Dan zum Mittagessen in den Botanischen Gärten. Er möchte mich mit ein paar Leuten bekannt machen, die dort arbeiten. Habt ihr schon mal früher vom Bookend Trust gehört?« Als Sally und Toby die Köpfe schüttelten, fuhr sie fort: »Laut Dan ist es eine nicht auf Profit ausgerichtete Initiative von Lehrenden, Akademikern und Wissenschaftlern, die Studenten dazu motivieren will, sich für einen Beruf im Umweltschutzbereich zu entscheiden. Der Trust wurde hier in Tasmanien gegründet, arbeitet jedoch inzwischen in ganz Australien und auch im Ausland. Eine tolle Idee. Dan meinte, vielleicht möchte ich mich dort engagieren.«

»Das klingt sehr ehrenwert, aber du brauchst doch einen Job, mit dem du Geld verdienen kannst«, gab Sally zu bedenken.

»Klar. Aber vielleicht könnte ich dort interessante Leute kennenlernen.«

Sally und Jessica stürzten sich ins Einkaufsgewühl und zogen durch die hübschen kleinen Läden an der Hauptstraße. Nachdem sie Geschenke für die beiden kleinen Mädchen gekauft hatten, beschlossen sie, ein wenig in einem Modegeschäft zu stöbern.

»Ach, was für ein tolles Oberteil!« Seufzend hielt Jessica eine Seidenbluse mit gerafften Ärmeln, breiten Manschetten aus Spitze und einem spitzenbesetzten Dekolleté in die Höhe.

»Probier sie doch mal an, dieser fließende Stoff hat etwas sehr Feminines«, ermunterte sie Sally. Als Jessica den Vorhang der Umkleidekabine aufzog, klatschte ihre Freundin in die Hände. »Wirklich atemberaubend! Wenn du dazu die Haare aufsteckst, siehst du aus wie die Heldin in einem Brontë-Roman! Du musst sie einfach kaufen!«

»Ich bin arbeitslos und verarmt«, wandte Jessica halbherzig ein.

»Ja, vielleicht, aber du siehst fabelhaft aus. Wie lange ist es her, dass du dir etwas so Umwerfendes geleistet hast?«

»Ich muss zugeben, ich fühle mich auch umwerfend darin. Was soll der Geiz. Ich nehme sie. Du hast einen schlechten Einfluss auf mich, Sal.« Sie lachte.

»Lass sie gleich fürs Mittagessen an. Und steck die Haare hoch.« Sally machte sich an Jessicas Haaren zu schaffen und zupfte ein paar Strähnen zurecht, sodass sie ihr Gesicht umrahmten. »Genau, das passt hervorragend zu dem viktorianischen Look.«

»Es ist kein Date, Sal«, wehrte Jessica ab, aber insgeheim war sie mit ihrer Wirkung sehr zufrieden und froh, dass sie elegante Freizeithosen trug und ihre Tennisschuhe gegen Lederballerinas getauscht hatte.

»Das spielt keine Rolle. Du fühlst dich fantastisch darin, und nur das zählt.«

Jessica schlenderte durch die Stadt und stieg den Hang zu den Botanischen Gärten hinauf. Dort blieb sie stehen, um den Ausblick über den Derwent River zu genießen. Sie versuchte sich vorzustellen, wie die Gärten und die Weiden und Felder um den Regierungsbezirk zur Kolonialzeit ausgesehen hatten.

Dann durchschritt sie das schmiedeeiserne Tor und folgte dem Pfad, der zum Saatgutlabor führte. Vor dem Gebäude stand Dan und unterhielt sich mit der Frau, die sie bei ihrem ersten Besuch empfangen hatte. Als Jessica näher kam, winkte Dan ihr zu. »Hallo, Jessica. Du erinnerst dich an Denyse?«

»Natürlich. Wie geht's?«, fragte Jessica.

»Sehr gut, danke«, erwiderte Denyse. »Wir sind total aufgeregt, weil wir Ihre *Thismia* bestimmen konnten. Die Pflanze ist sehr selten und wächst nur in Tasmanien. Und bis jetzt wurde sie noch nicht wissenschaftlich beschrieben.«

»Vielleicht wird sie dann ja nach Sallys Großmutter benannt«, schmunzelte Dan.

»Wow, das wäre ja was«, meinte Jessica.

»Gibt es noch andere Gemälde oder Skizzen davon?«, wollte Denyse wissen.

»Keine Ahnung. Allerdings besitzt Sally noch eine ganze Reihe von Stellas Werken.«

»Wir würden gern mal einen Blick darauf werfen. Und wir interessieren uns auch sehr für den Standort der Pflanze. Wächst sie dort immer noch? Hat sie noch einmal geblüht?«

»Keine Ahnung. Wahrscheinlich hat bisher niemand darauf geachtet«, erwiderte Jessica.

»Und selbst wenn sie noch dort war, wurde sie vermutlich beschädigt oder zerstört, als die Pilze gestohlen wurden«, warf Dan ein.

Jessica nickte bedrückt.

»Da wir gerade von Pilzen sprechen«, fuhr Dan fort, »ich glaube, es können dieselben sein, die in Seawinds genutzt werden.«

»Wie kommst du darauf?«

»Ich habe ja ein Exemplar mitgehen lassen, als ich mich in Seawinds umgesehen habe. Und auf Arcadia haben wir doch ein Stückchen von einem Pilz unter einem Baum gefunden. Daher habe ich Denyse gebeten, beides zu untersuchen.«

»Diese Proben haben uns neugierig gemacht«, schaltete sich Denyse ein. »Aufgrund der Analyse sieht es so aus, als könnten die in Seawinds angebauten Pilze eine medizinische Wirkung haben, aber auch für andere interessante Zwecke eingesetzt werden.«

»Was meinen Sie damit?«, fragte Jessica.

»Bei Pestiziden, tödlichen Giften«, erklärte Dan. »Aber wie wir ja von Sean wissen, ist die Fähigkeit der Pilze, giftige Chemikalien unschädlich zu machen und industriellen Abraum zu säubern, ein völlig neues Gebiet. Genau wie ihr Einsatz in der Medizin bei verschiedenen schweren Krankheiten.«

»Wahrscheinlich wird dazu bereits sehr viel im Geheimen geforscht«, meinte Denyse. »Sobald die Wirkstoffe einmal isoliert sind und massenhaft reproduziert werden können, kann man mit solchen Geschäftsideen das große Geld machen.« Sie warf einen Blick auf ihre Armbanduhr. »Die Arbeit ruft. Hat mich gefreut, Sie wiederzusehen, Jessica.«

»Ebenfalls. Und danke für die gründliche Untersuchung des Gemäldes und der Proben«, verabschiedete sich Jessica.

»Komm, lass uns Mittag essen«, sagte Dan. »Das Restaurant hier hat eine wunderbare Sonnenterrasse.«

Dan und Jessica ließen sich beim Essen Zeit und plauderten ausgiebig. Sie unterhielten sich über Konzerte, die ihnen gefallen hatten, und Orte, die sie bereist hatten oder noch bereisen wollten, sowie über ihre Lieblingsfilme und Politik.

Jessica war erfreut darüber, dass sie in vieler Hinsicht auf einer Wellenlänge waren. Als sie das Thema Sport anschnitt, rümpfte Dan die Nase. »An der Uni war ich in der Rudermannschaft, und ich glaube, ich habe dir ja schon erzählt, dass ich begeistert segle. Das war's dann aber auch schon mit dem Sport in meinem Leben. Jetzt erzählst du mir bestimmt, dass du ein Ass im Netball warst, oder?«

Jessica lachte. »Nein, ich war bei der Schwimmmannschaft. Aber als ich sechzehn war, habe ich aufgehört. Ständig vor und nach der Schule zum Training, das habe ich einfach nicht mehr gepackt.«

»Bist du hier oder in Sydney zur Schule gegangen?«

»Sowohl als auch. Wir sind aufs Festland gezogen, als ich vierzehn war. Dort habe ich Sally und das Leben hier total vermisst. Irgendwann hat das Heimweh nachgelassen, aber Sally und ich sind immer in Kontakt geblieben, und es ist so schön, sie endlich einmal für längere Zeit wiederzusehen und auch Tasmanien neu kennenzulernen.«

Dan hob seine Kaffeetasse und blickte ihr direkt in die Augen. »Du siehst heute umwerfend aus, Jess. Wie eine Frau auf einer edlen Kameenbrosche.«

»Danke, Dan«, lachte sie. »Das liegt vermutlich an meiner neuen Bluse. Als Sally und ich vorhin shoppen waren, meinte sie, ich müsste sie mir unbedingt gönnen.«

»Sie steht dir fantastisch. Okay, jetzt möchte ich dir jemand ganz Besonderen vorstellen.«

Sie zahlten und gingen quer über den Rasen.

»Ich müsste mir eigentlich ein Taxi zu Sallys und Tobys Hotel nehmen. Wir fahren demnächst zurück nach Arcadia. Toby möchte zu Hause sein, bevor es dunkel ist«, wandte Jessica ein.

»Okay. Wir gehen sowieso zum Haupteingang«, erklärte Dan. »Das haben wir als Treffpunkt ausgemacht. Und danach fahre ich dich zum Hotel.«

Als sie an dem Informationshäuschen am Eingang ankamen, erblickte Jessica den alten Mann, dem sie und Sally bei ihrem ersten Besuch begegnet waren. »Ach, da ist ja Terry. Er hat uns neulich zum Saatgutlabor gefahren. So ein netter und hilfsbereiter Mann.«

»Na, das passt ja. Mit ihm wollte ich dich bekannt machen. Ich würde Terry gern einmal nach Arcadia mitnehmen. Natürlich würde ich das vorher noch mit Sally besprechen.«

»Warum sollte er dort hinwollen?«, fragte Jessica verdutzt.

Bevor Dan antworten konnte, hatte Terry sie erspäht und winkte ihnen zu. »Ich erinnere mich an Sie, junge Dame.« Er schüttelte Jessica herzlich die Hand und wandte sich an Dan. »Wie geht's Ihnen? Kommt, setzen wir uns.« Er deutete auf eine Bank in der Nähe des Tores.

»Schön, Sie wiederzusehen.«

»Ganz meinerseits. Dan hat mir erzählt, dass eure Pflanze bestimmt werden konnte. Und dass sie von Arcadia stammt.«.

Jessica sah ihn neugierig an. »Sie kennen Arcadia?«

»Aber sicher doch. Ich bin dort aufgewachsen. Mein Nachname lautet James. Meine Mutter war Haushälterin auf Arcadia, und Dad hat sich als Verwalter um das Anwesen gekümmert. Wir haben dort in einem Cottage gewohnt. Meine Geschwister und ich hatten eine schöne Kindheit, bis die Polio-Epidemie kam.« Er hob einen Fuß. »Zum Glück war ich der Einzige in der Familie, der krank wurde. Und ich habe mich trotz der Lähmung nie von irgendwas abhalten lassen.«

»Ich bin fassungslos, Terry«, stammelte Jessica. »Haben Sie auch dort gearbeitet?«

»Ja. Nachdem mein Vater gestorben war, habe ich die Farm geführt und dann meiner Mutter geholfen, als sie älter wurde.«

»Dann kennen Sie auch Mollie, Sallys Mutter?«

»O ja, natürlich. Ich musste Mum versprechen, immer auf sie aufzupassen. Aber nachdem Mollie und ihr Mann wieder nach

Arcadia zogen und die Farm übernahmen und auch Mrs Holland gestorben war, hatte ich das Gefühl, jetzt wäre der richtige Zeitpunkt zu reisen und mir ein eigenes Leben außerhalb von Arcadia aufzubauen. Verstehen Sie?«

»Natürlich«, stimmte Jessica zu.

»Ich bin mit Mollie in Kontakt geblieben, habe zu Weihnachten immer eine Karte geschickt. Nachdem sie zurück auf Arcadia war, war es für mich, als habe sich der Kreis geschlossen. Ich wusste, diese Familie würde auf Dauer bleiben. Und so ging ich auf Reisen, habe im Lauf der Jahre in den unterschiedlichsten Berufen gearbeitet und bin auf Macquarie Island gewandert«, erzählte er stolz. »Dort habe ich dann ein paar Wissenschaftler getroffen und bin schließlich hier, in den Botanischen Gärten, gelandet.«

»Terry, ich habe mich gefragt, ob du Arcadia vielleicht gern einmal wiedersehen würdest«, meinte Dan. »Es ist doch schon ziemlich lange her, dass du dort warst? Ich würde Mollie und Sally fragen, ob es in Ordnung wäre.«

»O ja«, entgegnete Terry begeistert. »Es wäre wunderbar, diesen Ort noch einmal zu sehen. Ich werde ja auch nicht jünger.«

»Ich glaube, Sally würde Ihnen gern ein paar Fragen zu ihrer Familiengeschichte stellen«, sagte Jessica behutsam. »Dinge, über die ihre Mutter wenig weiß.«

»Aber sicher, wenn ich irgendwie helfen kann …«

»Und Sie würden ihre kleine Tochter kennenlernen. Katie. Sie ist vier«, fügte Jessica hinzu.

Die Augen des alten Mannes verschleierten sich. »So alt war Mollie damals, als ich sie auf Spaziergänge mitnahm … Sie war wie meine kleine Schwester.«

Jessica und Dan verabschiedeten sich von Terry und gingen dicht nebeneinander zu Dans Wagen.

»Ich fasse es einfach nicht! Was wohl Sally sagen wird, wenn ich ihr erzähle, dass der alte Mann von den Botanischen Gärten auf Arcadia aufgewachsen ist!«

»Er ist noch recht rüstig für einen Mann in den Achtzigern, findest du nicht auch?«, meinte Dan.

»Ja, ganz erstaunlich. Und vermutlich weiß Terry mehr über Sallys Familie als irgendein Verwandter.«

Als sie vor dem kleinen Boutique-Hotel hielten, in dem Sally und Toby abgestiegen waren, sprang Dan aus dem Wagen und hielt Jessica die Tür auf.

»Ich rufe dich heute Abend oder morgen an«, versprach sie beim Aussteigen. »Meine Güte, was für ein Tag – danke für das leckere Mittagessen und dass du ein Treffen mit Terry arrangiert hast. Mir schwirrt der Kopf.«

Dan beugte sich vor und gab ihr einen flüchtigen Kuss auf die Wange. »Sag mir Bescheid, ob Sally und Mollie einverstanden sind, dass ich mit Terry nach Arcadia komme.«

Spontan streckte Jessica die Arme aus und umarmte ihn. »Ich kann dir gar nicht genug danken. Es war so … magisch.«

Einen Augenblick lang hielten sie sich umschlungen. Beide spürten, dass sie nicht nur ein besonderes Erlebnis geteilt hatten, sondern dass in dieser Umarmung ein verheißungsvoller Beginn mitschwang.

Dan löste sich zuerst, blieb jedoch dicht vor ihr stehen, legte ihr die Hände auf die Schultern und sah in ihre strahlenden Augen. »Magisch, ja, das stimmt. Du bist wirklich unglaublich.«

Jessica dachte schon, er würde sie küssen, und ihr Herz schlug schneller, aber Dan ließ die Arme sinken. Doch bevor er sich umwandte, strich er ihr noch einmal sanft über die Wange.

Nach dem Abendessen ging Jessica früh zu Bett. Mollie war auf einer Versammlung im Städtchen, wurde aber bald zurückerwartet.

Nachdem Sally Katie ins Bett gebracht hatte, kuschelte sie sich mit einem Schlaftrunk neben Toby aufs Sofa.

»Mum hat angekündigt, dass sie den Stadtrat wegen irgendeinem Bauvorhaben in die Zange nehmen will«, sagte sie.

»Ah, es geht wohl um diesen Tourismuskomplex, der an der Küste hochgezogen werden soll? Ja, der scheint etwas überdimensioniert für unsere Insel.«

»Sie vermutet, dass man sogar eine Glücksspiellizenz durchdrücken will. Jedenfalls gut, dass sie sich engagiert«, sagte Sally und trank einen Schluck.

»Toby, wir kommen doch hier finanziell über die Runden, oder?«, fragte sie nach einer Weile und sah ihn an. »Ich meine, wir haben alles in unsere neuen Produkte gesteckt, und du hast deine Heimatfarm verlassen, um hier auf Arcadia zu leben. Jetzt mache ich mir Sorgen, ob wir wirklich das Richtige getan haben. Denkst du manchmal an deine Familie und eure Farm zurück?«

Toby nahm ihre Hand. »Wie kommst du jetzt darauf? Das haben wir doch schon vor Jahren durchgesprochen. Robert führt die Farm hervorragend, auch wenn Dad glaubt, dass noch immer er das Sagen hat.«

»Diese ganzen Vorfälle haben mich etwas verunsichert. All diese Familiengeheimnisse und der Diebstahl machen mir Angst. Und ich merke, dass ich nicht einfach sagen könnte: ›Okay, verkaufen wir‹, falls sich die Lage zuspitzt. Mir ist klar geworden, wie stark unsere Familie hier verwurzelt ist. Ich kann mir nicht mehr vorstellen, irgendwo anders zu leben.«

»Ich auch nicht.« Er küsste sie. »Und die Farm wirft ja genug ab, es geht uns gut.«

Erleichtert seufzte Sally auf. »Du bist wundervoll. Was habe ich doch für ein Glück mit dir.« Sie schmiegte sich enger an Toby, doch kurz darauf hörte sie, wie die Haustür aufgeschlossen wurde, und richtete sich auf. »Bist du das, Mum? Wir sind hier drin.«

Mollie steckte den Kopf herein. »Ihr nehmt einen Dämmerschoppen? Ich habe gesehen, dass Licht brennt, und wollte nur kurz Guten Abend sagen. Ich brüh mir rasch ein Tässchen auf und geh dann gleich zu Bett.«

»Setz dich zu uns, Mum. Wir haben uns nur unterhalten.«

»Nein, ihr beide sollt mal ein bisschen Zeit für euch haben. Ich zieh mich zurück. Mir platzt fast der Kopf nach all diesen Diskussionen und Streitereien bei der Ratssitzung.«

»Hast du was erreicht, Mollie?«, fragte Toby.

»Noch nicht. Aber unsere Gruppe wird keinesfalls zulassen, dass ein Megaprojekt ausländischer Investoren hier an der Küste entsteht. Diese Gier nach Dollars und Erschließung erstickt uns. Sie planen ein Ferienresort mit 18-Loch-Golfplatz, einen Golfplatz mit neun Loch, eine Flugzeugpiste, ein Wolkenkratzerhotel mit 120 Zimmern, Restaurants, Villen und Reihenhäuser, eine Spa&Wellness-Anlage, eine Kunstgalerie und schlussendlich auch noch eine Palliativstation und einen Tempel. Von einem Friedhof habe ich allerdings nichts gehört. Noch nicht«, empörte sich Mollie. »Genug für heute, ich bin todmüde. Gute Nacht.«

»Gute Nacht, Mollie«, sagte Toby, als sie durch die Tür rauschte. »Lass uns auch zu Bett gehen, Sally.«

Als Sally vom Feld hereinkam, hatte Jessica den Tisch fürs zweite Frühstück gedeckt.

»Pause, Mum!«, rief Sally zu ihrer Mutter hinüber, die am Computer saß.

Mollie trank genüsslich ihren Tee und lächelte die beiden Freundinnen an. »Habt ihr eure kleine Auszeit genossen? Wann kommt Dan denn wieder zu Besuch?«

»Wahrscheinlich übermorgen. Er fragt, ob er einen Freund mitbringen darf?«, antwortete Jessica.

»Aber natürlich. Wen denn?«

Jessica warf Sally einen Blick zu. »Sie kennen sich aus den Botanischen Gärten. Und wie sich herausgestellt hat, kennst du ihn auch. Er hat mal hier gewohnt.«

»In Burridge?«

»Nein, auf Arcadia. Es ist Terry James«, verriet Sally.

»Nein!« Verblüfft klatschte Mollie in die Hände. »Der liebe alte Terry! Leider haben wir uns aus den Augen verloren, obwohl wir uns zu Weihnachten immer noch Karten schicken. Das Letzte, an das ich mich erinnere, ist, dass er das ganze Land bereist hat und auf Macquarie Island gewandert ist. Und das mit seinen Füßen, der Teufelskerl! Er muss an die neunzig sein.«

»Ja, er ist weit in den Achtzigern und ausgesprochen fit. Ich habe ihn gestern in den Botanischen Gärten getroffen«, erzählte Jessica. »Er würde dich liebend gern wiedersehen und deine Familie kennenlernen.«

»Tja, was es alles gibt!« Mollie schüttelte den Kopf. »Wie schön.«

»Das ist noch nicht alles, Mum«, fügte Sally vorsichtig hinzu. »Da gibt es doch dieses Aquarell von Großmutter Stella mit den Pilzen und der seltsamen kleinen Laternenblume, das uns so gefällt. Nun, die Leute von den Botanischen Gärten konnten die Blume bestimmen.«

»Wie aufregend! Wie heißt sie?«

»Es ist eine *Thismia*, man kennt sie als Feenlaterne. Offenbar ist es eine endemische, aber höchst seltene Pflanze. Sie wächst unterirdisch und steckt nur für kurze Zeit das Köpfchen aus dem

Boden, um zu blühen, dann verschwindet sie wieder. Die Pflanze wurzelt in Pilzen, verrottetem Holz, Baumwurzeln und Ähnlichem.«

»Da man ihr nie einen botanischen Namen gegeben hat, könnte sie eventuell nach Stella benannt werden«, ergänzte Jessica.

»Ach du liebe Güte! Ich weiß gar nicht, was ich sagen soll. Das hätte Mutter so stolz und glücklich gemacht.« Mollie klang ein bisschen gerührt.

»Mum«, wagte sich Sally zögernd weiter vor. »Jess und ich haben versucht, eine Verbindung zwischen Arcadia und diesem Haus in Shelter Bay, Seawinds, zu finden. Denn es wurde in den Sachen, die wir gefunden haben, erwähnt. Hast du jemals von Seawinds oder den Broadbents gehört?«

Mollie legte die Stirn in Falten. »Ich weiß nicht. Broadbent klingt irgendwie bekannt … Ach, natürlich! Hilda. Hilda Broadbent, Dads erste Frau. Sie ist gestorben, lange bevor er meine Mutter kennengelernt hat. Leider weiß ich gar nichts über sie. Warum fragst du?«

Jessica und Sally wechselten einen Blick. »Wir haben herausgefunden, dass Arcadia den Broadbents gehört hat und sie nicht gerade glücklich darüber waren, dass Hilda das Anwesen Großvater hinterließ. Ihre Verwandten, Gordon Broadbent, und eine ältere Frau, offenbar seine Mutter, wohnen noch immer in Seawinds. Und es war Gordon Broadbents Geländewagen, der Jess und mich verfolgt hat, zumindest ist der Wagen auf ihn zugelassen.«

»O nein, Sally, das ist ja schrecklich!« Mollie schlug sich die Hand vor den Mund. »Hilda und mein Vater hatten keine Kinder«, fuhr sie fort. »Ich war eine ziemliche Überraschung, denn Dad und Mutter waren schon eine gute Weile verheiratet, als sie schwanger wurde. Manchmal habe ich es bedauert, keine Geschwister zu haben, denn mein Vater war nicht gerade der Typ, der mit mir spielte oder zelten ging. Er war war ja viel älter als die Väter meiner Freundinnen und auch ein bisschen förmlich. Etwas steif, könnte man sagen. Aber ich liebte ihn.« Mollie versank in Gedanken.

»Du hast also nie jemanden von den Broadbents kennengelernt?«

»Meine Güte, nein! Der alte Mr Stanthorpe, unser Familienanwalt, hätte wohl mehr gewusst. Er hat den Papierkram erledigt und alles geklärt, was mit dem Anwesen zusammenhing, als Dad gestorben ist.«

»Mum, wo sind denn diese Unterlagen? In einem Safe?«, fragte Sally. »Du musst ja vielleicht einmal was nachschauen.«

»Einiges davon ist auf dem Speicher.« Mollie seufzte. »Ich weiß, dass ich eines Tages alles durchsehen muss. Immerhin habe ich eine Mausefalle aufgestellt und eine Menge Kampfer draufgesprüht, sodass bestimmt alles unversehrt ist. Aber erzählt mir mehr über die Broadbents, die jetzt in Seawinds leben. Warum mag euch der Mann verfolgt haben?«

»Wir vermuten, dass er eine Geschäftsidee verfolgt oder wissenschaftliche Forschung betreiben will, die mit dem Eukalyptuswald hier zu tun hat …« Da Mollie völlig irritiert wirkte, setzte Jessica hinzu: »Mit den Pilzen. In den Urwäldern wachsen seltene Pilze, so auch in eurem Eukalyptuswald.«

Mollie schüttelte besorgt den Kopf. »Was hat euch eigentlich dazu bewogen, all das zu recherchieren? Waren es die alten Briefe im Schrankkoffer und Mutters Bilder?«

»Es kam einiges zusammen«, antwortete Sally vage und fügte rasch hinzu: »Wenn Dan da ist, könnten wir mit ihm ja über die Pilze sprechen. Er kennt sich damit so viel besser aus als wir. Vielleicht eröffnen sich ungeahnte Möglichkeiten zu einem Nebenerwerb, indem wir selbst etwas entwickeln und zugleich das Bewusstsein für die wertvollen Pflanzen in den alten Wäldern schärfen?«

Mollie wirkte skeptisch. »Ich finde ja, die Trüffel reichen. Außerdem hast du mit Toby ein großes Feld mit Kurkuma angelegt. Was denn noch alles, Sally?«

»Oh, damit wollen wir vor allem unseren Milchbauernfreunden helfen. Sie machen Kefir und setzen Curcumin zu. Das soll sehr gesund sein«, erwiderte Sally.

»Mir reicht ja ein einfacher, frisch aufgebrühter Tee.«

Mollie stand entschlossen auf. »Danke für den Imbiss, Jess. Ich widme mich jetzt besser wieder meinen Tabellen.«

Nachdem sie gegangen war, seufzte Sally leise und sagte: »Ich glaube nicht, dass sie viel über die Familie weiß. Außerdem scheint mir, dass ihr das Ganze ein bisschen auf die Nerven geht.«

»Ich finde, wir sollten dem Speicher einen weiteren Besuch abstatten«, meinte Jessica.

Sally nickte. »Vielleicht finden wir ja die alten Papiere und Dokumente, die Mollie dort verstaut hat.« »Lass uns doch deine Mutter fragen, ob sie damit einverstanden ist«, schlug Jessica vor.

Nach dem Abendessen lasen Sally, Katie und Toby zusammen Gutenachtgeschichten, und Mollie telefonierte mit einer Freundin. Währenddessen wanderte Jessica langsam durch das etwas überladene, aber gemütliche Wohnzimmer, das früher Stellas Atelier gewesen war. Dabei vergegenwärtigte sie sich alle Facetten, die sie nun von dieser Frau kennengelernt hatte: die Braut; die Künstlerin; die genügsame Ehefrau; der freie Geist mit einer ganz besonderen Beziehung zu einer wilden Eule; und die leidenschaftliche Elfe aus dem Wald, die nackt mit ihrem Liebhaber schwamm und sich ihm in einer geheimen Höhle hingab. Jessica dachte an ihre eigene Großmutter und konnte sich einfach nicht vorstellen, dass diese unerschütterliche, tüchtige und pragmatische Frau je etwas so aus dem Rahmen Fallendes getan hatte wie Stella.

Doch was wiederum wusste man schon von dem pulsierenden Leben, das Menschen in jüngeren Jahren geführt hatten, deren alternde Körper zu einer verblichenen Hülle ihres früheren Selbst geworden waren und die sich nun schweigend in der Vergangenheit verloren. Denn sie wussten, dass sie sich besser nicht äußerten, nicht von den alten Zeiten sprachen. Keiner war wirklich daran interessiert oder konnte sich vorstellen, dass diese schwachen, gebrechlichen Menschen je wild und leidenschaftlich, sorglos und heiter, tapfer und leichtsinnig gewesen waren.

Doch bei Stella war es anders. Vielleicht weil Jessica und Sally im Eukalyptuswald in ihre Welt hineingestolpert und so der schönen, begabten jungen Frau begegnet waren, die – verheiratet mit einem älteren, gesetzten Mann und weitab vom Schuss im Süden Tasmaniens zu Hause – gegen die starren Konventionen ihrer Zeit aufbegehrt hatte. Davon ahnte Mollie nichts. Denn Mütter schützten ihre Töchter.

Jessica hatte eine leise Ahnung, wie Stella sich gefühlt haben musste, und konnte ihren Schmerz nachempfinden. Zwei Generationen nach ihr hatte Jessica einen Schlussstrich unter ihre unglückliche Ehe gezogen und konnte nun einen Neubeginn wagen – eine Möglichkeit, die Stella verwehrt geblieben war. Sie hätte einen zu hohen Preis dafür gezahlt.

Während sich Jessica in dem bezaubernden Zimmer umsah, das immer leicht nach Blumen duftete, überlegte sie, was dieses Atelier einst für Stella gewesen war.

Auf einem Bücherregal stand ein gerahmtes Foto von Stella neben ihrer Staffelei. Jessica betrachtete es sehr genau und verglich das damalige Atelier mit dem wohnlicheren Raum von heute. Der Einrichtungsstil in den 1930er-Jahren war definitiv Shabby Chic – ein Chintzsofa, das Mollie inzwischen neu bezogen hatte, ein Lieblingssessel und ein Schaukelstuhl, auf dem ein bestickter Seidenschal lag. Dann die alte Kommode, die jetzt auf dem Speicher stand; Bücher, Malutensilien und Stapel von Bildern. Einige Gemälde hingen an der Wand – so auch das von der Eule, das sich immer noch am selben Platz befand. Jessica vertiefte sich immer mehr in die alte Schwarz-Weiß-Fotografie und entdeckte in einer dunklen Ecke einen chinesischen Lackschrank, an dem mehrere schwere Bilderrahmen mit üppigen Holzschnitzereien lehnten und ihn zum großen Teil verdeckten.

»Was tust du da?« Sally war hereingekommen.

»Ich studiere dieses alte Foto aus Stellas Zeit. Was für ein wunderschöner Lackschrank. Wo steht er denn heute?«

»Keine Ahnung. Er ist mir nie aufgefallen. Hoffentlich haben wir ihn noch. Aber im Speicher habe ich ihn nicht gesehen.«

»Nein, da stand er nicht.«

»Ich werde Mum danach fragen, sie müsste es wissen. Vielleicht hat sie ja noch andere Sachen von Stella dort hineingepackt.«

Da es ein windstiller, sonniger Tag war, deckten sie in der Laube neben dem Rosengarten zu Mittag und warteten dann auf Dan und Terry James. Wie Sally auffiel, hatte sich Jessica mit ihrer Frisur und ihrem Make-up mehr Mühe als sonst gegeben, auch wenn es immer noch dezent war und sie natürlich wirkte.

Dan hielt Terry die Autotür auf, damit der alte Mann bequem aussteigen konnte. Als sich Terry dann umsah, staunte er über die Baumreihen, die sich den Hügel hinaufschlängelten, die gepflegten Felder und den Rosengarten vor dem Haus. »Großartig, was ihr hier alles gemacht habt! Mum und Dad wären schwer beeindruckt. Es ist ja noch schöner, als ich es in Erinnerung hatte«, sagte er zu Mollie, die ihn gerührt umarmte. »Ach, die alten Zeiten, Mollie.«

»Ja. Hatten wir nicht ein Riesenglück, hier aufzuwachsen?«

Jessica umarmte Dan, während Sally den alten Mann herzlich willkommen hieß und ihm Toby vorstellte. Als sie ihm Katie vorstellte, überreichte Terry dem kleinen Mädchen ein Geschenk, für das ihm die Kleine schüchtern dankte, bevor sie sich umstandslos auf den Boden setzte, um es auszupacken.

»Kommt, setzen wir uns«, sagte Mollie. »Falls du dich frisch machen willst, Terry, geh einfach rein.«

»Mummy, Mummy, Granny …!« Katie rannte zu ihnen. »Schaut mal …«

»Ach du meine Güte, was hast du denn da?«, fragte Mollie, als ihr Katie auf den Schoß krabbelte. Mit Tränen in den Augen sah sie Terry an. »Das ist … wo hast du das gefunden?«

»Ich bin am Wochenende bei einem Kunsthandwerkermarkt darüber gestolpert, gleich nachdem mich Dan gefragt hat, ob ich heute mitfahren möchte. Sie hat mich sofort an Mrs Holland erinnert, und so habe ich sie für die kleine Katie gekauft.«

»Das ist Nyx!«, rief Katie und zeigte nun allen die handgestrickte Eule mit dem schicken Federkleid, einer Drahtbrille auf dem Schnabel und wachen Glasaugen im weißen Gesicht.

»Wie schön! Terry, das ist reizend von dir«, dankte ihm Sally.

Nach dem Essen erhob sich Toby. »Ich hab heute Nachmittag einiges zu erledigen. Hilfst du mir, Katie?« Sie nickte und ging, Nyx fest im Arm, zu ihm. »Wir kommen nachher zu einem Nachschlag von deinem köstlichen Kuchen wieder, Mollie«, sagte Toby und ging Hand in Hand mit Katie davon.

Sally sah ihnen nach und lächelte. »Katie ist so ein liebes, hilfsbereites Mädchen.« Dann wandte sie sich an Terry. »Erinnerst du dich an das Aquarell, das meine Großmutter von ein paar Farnwedeln und einer violetten Blume inmitten von Pilzen gemalt hat?«

»O ja. Und jetzt wissen wir, dass die Pflanze erstmals wissenschaftlich beschrieben wird. Denyse und ihre Kollegen möchten zu gern alle Bilder von Stella sehen, für den Fall, dass es noch mehr zu entdecken gibt«, berichtete Terry.

»Sie interessieren sich nicht nur dafür, weil es eine ganz neu zu bestimmende Pflanze ist, sondern auch wegen der Umgebung und den Pilzen dort, wo sie gewachsen ist«, ergänzte Sally.

Terry nickte. »Genau. Ich habe gehört, dass jetzt viel mehr über Pilze geforscht wird. Auch von anderen Leuten.«

»Stimmt. Dir sagt doch Seawinds etwas, Terry. Warst du jemals dort?«, fragte Dan.

»Nein, aber Mum hat es erwähnt.« Er machte eine kurze Pause. »Die Familie, die in Seawinds gewohnt hat, war laut Mum ein bisschen schwierig. Doch Doc Holland hat den Kontakt nicht abreißen lassen. Alle diese alten Kolonialfamilien haben ja so ihre Geschichte. Ihr wisst, dass Seawinds ein Schmugglernest war? Kann gut sein, dass es in der Familie bereits Spannungen gab, als man noch Sträflinge hierhergebracht hat. Diese alten Familien sind ja ganz schön nachtragend«, meinte Terry.

»Über Generationen hinweg«, bestätigte Mollie. »Mein Vater hat von Familien erzählt, die seit ewigen Zeiten miteinander verfeindet waren, obwohl sich niemand mehr an den eigentlichen Grund erinnern konnte. Verrückt, nicht wahr?«

Eine Weile schwiegen alle und genossen den Sonnenschein. Dann fragte Mollie: »Terry, hat mein Vater je über seine erste Frau gesprochen?« Ihre Direktheit erstaunte Sally.

»Nein, nicht dass ich mich erinnern könnte«, antwortete Terry bedächtig. »Aber du weißt ja, dass Mum deiner Familie sehr nahestand, und sie erfuhr so einiges, was auf Arcadia vor sich ging.« Wieder machte er eine Pause. »Im Alter, als ich mich um sie gekümmert und das Anwesen verwaltet habe, hat sie mir manches erzählt.«

»Was hast du von deiner Mutter über Hilda gehört?«, fragte Sally.

»Hilda Broadbent hat mit ihren Eltern auf Arcadia gelebt. Und soweit ich mich erinnere, wohnte ihr Bruder Joseph in Seawinds. Als Hilda dann Dr. Holland heiratete, zog Dr. Holland hierher, und er war es auch, der meine Mutter als Haushälterin einstellte. Hildas Eltern hat Mum wohl nur flüchtig gekannt, denn sie sind schon bald nach der Eheschließung von Dr. Holland und Hilda gestorben. Und offenbar war Hilda schon immer ein wenig kränklich.« Er hielt inne. »Dann gab es einen Streit mit Hildas Familie wegen der beiden Anwesen, die den Broadbents gehörten: Seawinds und Arcadia.«

»Wir haben kürzlich herausgefunden, dass Hilda Arcadia ihrem Mann hinterlassen hat«, sagte Jessica. »Davor hat es den Broadbents gehört.«

»Genau«, nickte Terry. »Soweit ich weiß, hat Joseph Broadbent Seawinds seinen beiden Söhnen vererbt. »Mum hat erzählt, dass der ältere geheiratet und wiederum einen Sohn bekommen hat. Allerdings weiß niemand, was aus dem anderen Bruder geworden ist. Mit dem Vater, Joseph, stand Dr. Holland lose in Kontakt. Mum hat zwar gesagt, dass die Broadbents nie hier zu Besuch waren, der Doc und Mrs Holland jedoch mindestens ein Mal nach Seawinds gefahren sind. Wobei es Mrs Holland dort offenbar gar nicht gefallen hat.«

»Oh, warum denn nicht?«, fragte Mollie.

»Ich weiß es nicht, aber laut Mum ist sie ziemlich aufgelöst zurückgekommen.«

»Das glaube ich gern, es ist irgendwie gruselig dort«, meinte Jessica.

»Dann war die unfreundliche Alte, die uns aufgemacht hat, bestimmt die Frau von einem der beiden Brüder«, vermutete Sally.

»Was, glaubt ihr, mag dieser Gordon Broadbent im Schilde führen?«, fragte Mollie.

Alle Augen richteten sich auf Dan.

»Wir können noch nichts beweisen, aber für mich sieht es so aus, als ob diese Broadbents Pilze aus dem Eukalyptuswald gestohlen haben.«

»Auch unsere Trüffel?«, rief Mollie.

»Damit wollten sie wohl verschleiern, dass es ihnen um die möglicherweise wertvollen Pilze im Wald auf Arcadia ging. Ich vermute, dass sie diesen Wald schon seit zwei Generationen plündern«, antwortete Dan. »In Seawinds steht eine ziemlich ausgeklügelte Pilzverarbeitungsanlage, sie waren ihrer Zeit damit weit voraus. Jemand von ihnen muss Mykologie studiert haben.«

»Was?«, entfuhr es Mollie. »Und weder mein Vater noch meine Mutter haben etwas davon geahnt?«

»Dem müssen wir einen Riegel vorschieben!«, rief Sally.

»Ich brauche eine Pause.« Mollie wirkte fassungslos. »In meinem Kopf dreht sich alles. Und du möchtest dich sicher auch ausruhen, Terry?«

»Ja, gerne, ich bin ein wenig müde.«

Dan warf Jessica einen Blick zu. »Ich würde mir gern noch mal den Wald ansehen, bevor wir zurückfahren.«

»Aber ihr fahrt doch nicht schon heute zurück?«, mischte sich Mollie ein. »Bleibt zum Abendessen und über Nacht. Hier im Haus und drüben im Cottage ist genug Platz.« Sie wandte sich an Terry. »Dort kannst du auch einen Blick in dein altes Zimmer werfen. Ach, es tut so gut, dich wiederzusehen! Ich möchte gern noch länger mit dir plaudern«, setzte sie hinzu.

»Danke, Mollie. Was meinst du, Terry?«, fragte Dan.

»Nun, wenn es nicht zu viel Mühe macht. Und ich hätte jetzt wirklich nichts gegen ein Nachmittagsschläfchen einzuwenden.«

Nachdem Jessica und Dan Terry in sein Zimmer begleitet hatten, gingen sie zusammen in den Rosengarten. Jessica setzte sich auf die Holzbank und lächelte Dan zu.

»Als wir hergefahren sind, hat mir Terry erzählt, wie viel es ihm bedeutet, Arcadia wiederzusehen. Ich bin sehr froh, dass Mollie uns eingeladen hat, über Nacht zu bleiben«, sagte er und nahm neben ihr Platz. Ihre Beine berührten sich. Als Jessica seinen muskulösen Oberschenkel spürte, hätte sie sich am liebsten an ihn geschmiegt und den Kopf auf seine Schulter gelegt.

Dann musste sie wieder an das Gespräch beim Mittagessen denken. »Ich kann Mollie wirklich gut verstehen. Auch mir schwirrt der Kopf nach alledem, was du und Terry erzählt haben.«

Dan nickte und überlegte eine Weile. Dann sagte er: »Wahrscheinlich können Sally und Toby nicht viel tun, um die Eindringlinge von ihrem Grundstück abzuhalten. Außer vielleicht die Sicherheitsvorkehrungen zu verstärken.«

»Sie haben doch schon alles: die Trüffel und die Pilze aus dem Wald. Und jetzt machen sie ein Geschäft damit, ohne sich darum zu scheren, ob das rechtmäßig ist.«

»Die Pilze kommen wieder, Jess. Allerdings weiß ich nicht, wie lange es dauert, bis sie nachgewachsen sind«, erwiderte Dan. »Falls meine Vermutung richtig ist und die Broadbents schon seit Jahrzehnten stehlen, müssen sie immer wieder aufs Neue gewachsen sein.«

»Gott sei Dank wenigstens das«, meinte Jessica.

»Ich habe ein bisschen im Patentamt recherchiert, aber nichts in dieser Richtung entdeckt«, berichtete Dan. »Ärgerlicherweise kann eine Patentanmeldung natürlich auch unter einem anderen Namen oder von einer Firma beantragt werden, von der ich noch nie gehört habe.«

»Danke, dass du dir die Zeit dafür genommen hast.« Jessica strich ihm leicht über den Arm.

Woraufhin Dan ihre Hand nahm. »Na ja, mich treibt gewissermaßen ein starkes persönliches Interesse. Ich würde zu gern wissen, woran dieser Kerl forscht, denn das scheint sich mit meinem Gebiet zu überschneiden. Außerdem hat Carmen mich gebeten, mich um dich und Sally zu kümmern, als ihr auf der Insel wart, und ich nehme meine Pflichten sehr ernst«, lachte er.

»Danke, aber wir können allein auf uns aufpassen«, erwiderte Jessica schelmisch. »Wie ich dir erzählt habe, sind Sally und ich seit Kindertagen ein eingespieltes Team und unterstützen uns gegenseitig«, setzte sie ernster hinzu.

»Ja, das sehe ich. Aber Sally hat sich ihr Nest gebaut und ist in ihrem früheren Zuhause sesshaft geworden. Du hingegen …«

»Sag jetzt nicht, ich würde noch ziellos herumflattern, sonst steh ich auf und geh!«

Scherzhaft hob Dan schützend die Arme vor sich. »Nie würde ich das wagen. Nein, du bist nicht flatterhaft. Du bist eine Kämpferin, und das gefällt mir.« Wieder nahm er ihre Hand.

»Oh.« Sie war um eine Antwort verlegen. »Ähm, danke. Sollen wir jetzt in den Wald gehen?«

Er drückte ihre Hand und zog sie hoch.

Zuerst hielten sie sich noch an den Händen, doch dann fiel Dan zurück, weil er immer wieder stehen blieb, um eine Pflanze zu betrachten oder etwas zu fotografieren.

»Dan, wenn wir in diesem Tempo weitergehen, sind wir frühestens bei Anbruch der Dunkelheit im Wald«, lachte Jessica.

»Es gibt eben überall etwas Interessantes, was sich anzusehen lohnt. Das ist meine Vorstellung vom Paradies.« Als sie die Lichtung erreichten, diese Oase aus wogendem Gras und offenem Himmel mit dem uralten Wald dahinter, blieb er erneut stehen. Dann tauchten sie ins dunkle Grün des Eukalyptuswaldes ein.

Dan hielt erneut inne und sog die Luft ein. »Es ist so schön hier«, sagte er leise. »Danke, dass du mich noch einmal hergeführt hast. Ich liebe solche Orte.«

»Mir geht es genauso. Deshalb ist es ja so niederschmetternd, dass jemand hier eingedrungen ist und die Pilze gestohlen hat.« Jessica fuhr zögernd fort: »Ich kann sehr gut verstehen, dass eine Frau sich hier wie ein anderer Mensch gefühlt hat … Wie gut wäre es, wenn Politiker und Bürokraten und gierige Unternehmensmanager hierherkommen und sich darauf einlassen und lernen würden, was wirklich im Leben wichtig ist. Dadurch könnte sich einiges verändern.« Jessica sah sich um. »Das ist Wunschdenken, ich weiß.« Unvermittelt breitete sie die Arme aus und rief in den schweigenden Wald hinein: »He, Premierminister, schaff all die Leute her, die dir immer ins Ohr kläffen, damit sie die Wahrheit erkennen. Hier habt ihr sämtliche Antworten vor Augen … Geld, Macht, Rang, Luxus sind bedeutungslos, wenn wir keine saubere Luft atmen, kein reines Wasser trinken, keine gesunde Nahrung essen können, wenn wir nicht für unsere Familien sorgen und unser Land mit all seiner Schönheit bewahren können … erfahrt, was wirklich zählt …«

Sie ließ sich auf einen Baumstamm sinken und sah mit tränennassen Augen zu Dan empor. »Wahrscheinlich denkst du jetzt, die Frau ist völlig durchgeknallt. Aber ich habe das Gefühl, wie Dornröschen eben erst aufgewacht zu sein und zu sehen, was passiert. Doch niemand wird es mir glauben. Wer zum Teufel würde mir zuhören?«

»Ich.« Dan drückte sie an sich und wiegte sie in seinen Armen. »Ich höre dich, Jess. Ich höre dich.«

Dann küsste er sie. Und küsste sie wieder. Und wieder. Bis Jessica, zuerst noch beklommen und leicht widerstrebend, sich seiner Umarmung ergab. Und seine Küsse erwiderte, überwältigt davon, dass sie akzeptiert und verstanden wurde. Dass sie eine Einheit waren. Und dass ein gemeinsamer Weg vor ihnen lag.

10

Arcadia, 1985

Es gab keine Rosen mehr. Nur noch verkümmerte, abgestorben wirkende Stängel in einem kalten, von Raureif überzogenen Beet. Ein trostloser Anblick.

Während Stella aus dem Fenster sah, fragte sie sich, wie es jetzt wohl in den Tropen war – in den fremden Ländern mit blauen Lagunen, immerwährendem Sonnenschein und sanften Brisen. Kindheitserinnerungen an Melbourne wurden wach, und sie dachte an Ausflüge zum Strand auf der Mornington-Halbinsel. Sie war zu ängstlich gewesen, um sich weiter ins Wasser hinauszuwagen, weil sie nicht schwimmen konnte, doch die intensiven Farben hatten es ihr ebenso angetan wie das sinnliche Gefühl der Sonne auf der Haut und das um ihre Beine strömende Salzwasser, wenn sie ein paar Schritte hineinwatete. Das war in einem anderen Leben gewesen. Eine Erfahrung aus sorglosen Kindertagen, die sich nie mehr wiederholt hatte, seit sie südwärts gezogen war.

Doch im Lauf der Zeit hatte sie Tasmanien lieben gelernt. Ihr Körper hatte sich an die hiesigen Jahreszeiten gewöhnt, an die Luft, die Feuchtigkeit und den Nebel, den Wind vom Meer her und die fröhlichen sonnigen Tage. Und das Beste von allem war der erste Schauder, wenn man an einem heißen Tag in den kristallklaren Wildbach stieg und das Wasser auf der nackten Haut kribbelte.

Und wenn man sich dann an einen anderen Menschen schmiegte und zwei nackte, warme Körper miteinander verschmolzen. Die Erinnerung daran zauberte ein Lächeln auf ihr Gesicht.

Inzwischen fühlte sich Stella zu gebrechlich, um noch einmal hinunter in den Eukalyptuswald zu gehen. Jetzt war das Atelier ihre Welt, ein Ort, an dem sie weit mehr an die Vergangenheit dachte als an die Zukunft. Auch hatte sie lebhafte Träume und erwachte oft in einer anderen Zeit, sodass sie Mühe hatte, wieder in die Gegenwart zurückzufinden. Ihr Alltag plätscherte ruhig und friedlich dahin, seit Mollie und Graham auf Arcadia die Zügel in die Hand genommen hatten.

Bevor Mollie und Graham hergezogen waren und aus Arcadia eine bewirtschaftete Farm gemacht hatten, hatte Stella das Anwesen als ihre Oase betrachtet. Stephen hatte das Haus an jedem Werktag und oft auch am Samstag verlassen, um in seiner Arztpraxis in Burridge zu arbeiten. Überdies war er regelmäßig nach Hobart gefahren. Außer dem Gemüsegarten hinterm Haus und der kleinen Viehweide hatte Stephen das Anwesen weitgehend sich selbst überlassen. Die Kühe hatten zusammen mit ein paar Hühnern und Lämmern das Gras kurz gehalten und sie mit Nahrung versorgt. In dem alten Obstgarten hatten sich die Äste der Apfelbäume unter der Last der Früchte gebogen, und bis auf die paar Körbe, die Mrs James zum Marmelade- und Kompottkochen erntete, waren die Äpfel auf dem Boden liegen geblieben und verfault.

Die Aktivitäten, die Energie und die neuen Ideen von Mollie und Graham, der tagsüber zudem als Rektor einer Schule arbeitete, hatten Stella dazu bewogen beiseitezutreten. Die Jahre seit dem aufregenden Tag, als ihr Gemälde beim Kunstverein ausgestellt worden war, verschmolzen immer mehr ineinander.

»Ich hab dir einen Tee gekocht«, sagte Mollie, während sie ins Atelier trat und eine zierliche Tasse auf den Beistelltisch stellte. »Und hier ist deine Post und die Zeitung. Möchtest du auch einen Keks?« Sie musterte die fragile Gestalt ihrer Mutter.

»O nein, danke. Aber Tee ist reizend. Trinkst du ein Tässchen mit?«

»Ja, warum nicht? Bin gleich wieder da.«

Als Mollie aus dem Atelier ging, dachte Stella über das Baby nach, das unterwegs war, und lächelte. Das hieß, dass eine neue Generation auf Arcadia aufwachsen würde. Es machte sie glücklich zu wissen, dass ihre Familie weiterhin an diesem wundervollen Ort das Leben genießen würde, auch wenn sie nicht mehr da war.

Sie sah beiläufig die Post durch: ein Katalog, den Mollie bestellt hatte; die neueste Ausgabe von *The Australian Women's Weekly;* ein Rundschreiben des Kunstvereins; die Lokalzeitung.

Mollie kam mit einem dampfenden Becher zurück, und Mutter und Tochter plauderten beim Tee. Auch Mollie waren die verkümmerten Rosenstöcke aufgefallen. »Sie sehen wirklich schrecklich aus, wie dahingemetzelt. Ich bezweifle, dass unser neuer Helfer irgendeinen Schimmer von Gartenarbeit hat.«

»Zumindest weiß er nicht, wie man Rosen zurückschneidet«, nickte Stella.

»Ich werde mal ein Wörtchen mit ihm reden. Geht es dir gut, Mutter? Ich sollte mich jetzt wieder an die Arbeit machen, aber vielleicht möchtest du noch etwas? Kann ich dir etwas bringen?«

»Nein danke, Liebes. Ich komme gut zurecht, und du sollst dich nicht überanstrengen. Es dauert nicht mehr lange, bis das Baby kommt. Zerbrich dir wegen mir nicht den Kopf. Jetzt habe ich hier noch ein paar Kleinigkeiten zu erledigen.«

»Gut. Wenn du etwas brauchst, klingle einfach an der Hintertür. Bis später, Mum.« Mollie küsste ihre Mutter auf die Wange und entfernte sich.

Vorsichtig stellte Stella die Royal-Albert-Tasse auf den Unterteller. Dann griff sie nach der Zeitung, doch als sie sie aufschlug und die ersten Seiten überflog, fragte sie sich, warum sie sich überhaupt die Mühe machte. Mittlerweile gab es nicht mehr viele Nachrichten, die sie interessierten. Auf Seite sieben blieb ihr Blick an einem kurzen Artikel über den Tod eines Mannes hängen, der seiner wissenschaftlichen Arbeit zuliebe Tasmanien verlassen hatte. Doch dann stockte ihr der Atem: Es ging um Thomas Broadbent – um Tommy –, der »vor Kurzem friedlich in seinem Londoner Zuhause entschlafen ist. Der angesehene Wissenschaftler hinterlässt einen Bruder, eine Schwägerin und einen Neffen in Tasmanien, hat allerdings selbst keine Nachkommen.«

Stella ließ die Zeitung sinken und vergrub das Gesicht in den Händen. Dies war die Nachricht, die sie nie hatte lesen wollen.

Seit dem Tod von Mrs James, die etliche Jahre nach Stephen gestorben war, fühlte sich Stella wie eine Sylphe, die ein zielloses Schattendasein führte. Terry war auf Reisen; und Mollie und Graham hatten auf der Farm alle Hände voll zu tun. Außer ihr erfüllte jeder eine Aufgabe, war auf seine Weise nützlich, dachte sie. Wobei sie keinesfalls über verpasste Gelegenheiten jammern wollte. Doch jetzt waren andere Zeiten angebrochen. Frauen waren bereit, eine Rolle auszufüllen und dafür zu kämpfen. Mollie und Graham waren gleichberechtigte Partner. Auch Mrs James war ja recht selbstbewusst gewesen, und dies trotz der begrenzten Chancen und Möglichkeiten, die ihr das Leben bot. Stella überlegte, wie ihr Leben verlaufen wäre, wenn sie mit ihrem klugen, hinreißenden Geliebten durchgebrannt wäre. Hätten sie eine große Familie gehabt, wären sie in seiner Welt ein gefeiertes Paar gewesen, wären sie viel gereist? Doch ihre Welt war stets Arcadia gewesen. Sie liebte es zu malen, ihre Eule zu besuchen … es war ihr nie bestimmt gewesen, ein anderes Leben zu führen.

Und es war ein gutes Leben gewesen. Auch wenn sie die Intimitäten mit Stephen nicht in Entzücken versetzt hatten. Aber manche Männer waren eben so, sagte sie sich, sie forderten, und die Frauen fügten sich. Stephen hatte sie geliebt und war immer darauf bedacht gewesen, dass sie glücklich war und ihr das Leben auf Arcadia gefiel.

Schließlich erhob sich Stella und schloss die Tür zur Küche. Dann setzte sie sich an ihren Schreibtisch und nahm Briefpapier und einen Umschlag zur Hand.

Sie schrieb rasch, denn sie fürchtete, dass sie ihren Entschluss bereuen könnte.

Meine geliebte Tochter,
da Du nun Dein erstes Kind erwartest, muss ich Dir ein Geheimnis offenbaren, das mich schon lange quält …

Nachdem sie den Brief beendet hatte, faltete sie ihn, steckte ihn ins Kuvert, schrieb *Mollie* darauf und versiegelte ihn. Dann lehnte sie sich gedankenversunken zurück.

Wie war es Tommy in den Jahren vor seinem Tod wohl ergangen? In ihrer kleinen Welt hatte sie nur wenig von seinem Leben in England erfahren. Ab und zu hatte sie etwas über ihn in der Zeitung gelesen, wo einige Male über die wissenschaftlichen Leistungen der Broadbent-Brüder berichtet worden war. Beide waren hochintelligent, wenngleich der eine Bruder, wie ein Journalist einmal bemerkte, ziemlich unberechenbar wirkte – ein unstetes Genie mit Theorien, die erst noch bewiesen werden mussten. Der andere, Thomas, arbeitete in einem hoch geheimen Labor der britischen Regierung. Von ihrem jeweiligen Privatleben hatte man weiter nichts erfahren, obwohl viel Aufhebens darum gemacht wurde, dass die aus einem hinterwäldlerischen Kaff stammenden Brüder auf unterschiedlichen und bisher unerforschten Gebieten brillante und hoch angesehene Wissenschaftler geworden waren.

Langsam stand Stella auf und zog den Tisch mit den Malutensilien, der vor dem alten chinesischen Lackschrank stand, ein Stück beiseite. Dann räumte sie noch die Bilderrahmen und Gemälde weg, die dagegen lehnten, öffnete die lackierten Türen und bückte sich, um die untere Schublade herauszuziehen. Darin tastete sie nach dem großen, braunen Umschlag und nahm ihn heraus. Ungelenk richtete sie sich wieder auf und legte ihn auf den Tisch mit den Malutensilien.

Es war schon viele Jahre her, seit sie diese Dinge zuletzt gesichtet hatte.

Ihre Geburts- und ihre Heiratsurkunde. Ein paar Briefe ihrer Eltern; die letzte Postkarte ihres Bruders, bevor er im Krieg gefallen war; und eine Geburtstagskarte, gemalt von ihrer besten Freundin Mollie, die bereits mit sechzehn Jahren gestorben war. Sie hatten sich so nahegestanden, dass Stella ihre Tochter Mollie genannt hatte. Langsam nahm sie die Unterlagen nacheinander zur Hand und dachte dabei an die alte Metallkassette, die weitere, für sie unendlich kostbare Andenken enthielt. Niemand würde je aus diesen Kleinigkeiten schließen können, woran ihr Herz mit jeder Faser hing: Blumen und Blätter, die er ihr geschenkt hatte; ein paar Fotos; ein, zwei Notizen; und etliche von Tommys Dokumenten. Sie hatte ihm ein Bild geschenkt, einen silbernen Eierbecher mit dem eingravierten Wappen von Arcadia; eine wunderschöne Eulenfeder … und ihr Herz.

Mit einem Seufzer schob sie den Brief an ihre Tochter in den großen Umschlag und stopfte ihn zurück in die Schublade. Sie hatte keine Ahnung, wann Mollie ihn finden würde, aber nachdem sie nun die Wahrheit niedergeschrieben hatte, empfand sie Frieden.

Da sie völlig erschöpft war, beschloss sie, sich hinzulegen. Und statt wie sonst ein Nickerchen auf dem Sofa zu machen, ging sie in ihr Schlafzimmer. Bei jedem Atemzug spürte sie einen krampfartigen Schmerz in der Brust. Nachdem sie sich dann auf dem Bett ausgestreckt hatte, wurde sie ruhiger. Sie sah aus dem Fenster, wo ein grün belaubter Ast leise raschelte, seine Blätter winkten ihr sachte zu.

Als sie erwachte, fühlte sie sich besser. Ganz als hätte sie eine lange Reise gemacht und nun zu ihrer alten Stärke zurückgefunden. Um sie herum war es dunkel. Hatte sie tatsächlich bis zum Einbruch der Nacht geschlafen?

»Sie rührt sich. Mutter …?«

Stella spürte, wie Mollie ihre Hand ergriff und leicht darüber strich.

»Wir sind hier, Mum. Graham und ich und auch unser Baby«, sagte Mollie und legte Stellas Hand auf ihren Bauch. »Und wenn er oder sie geboren ist, werde ich dem Kind alles über dich erzählen. Wir lieben dich so sehr …«

Mollies Stimme klang fern und wurde immer leiser, verhallte im plötzlichen Brausen vom Wind, und es wurde sehr hell.

Und dann merkte Stella voller Freude, dass sie in ihrem Wald im Gras lag und von den wärmenden Sonnenstrahlen geblendet wurde, während sich die Bäume über sie beugten, und dann … Stella spürte, wie sie emporgehoben wurde, von weichen Federn ummantelt, immer höher, immer schneller, hinein ins Licht …

»Sie ist von uns gegangen.«

»Bleib bei ihr, Mollie. Bleib so lange bei deiner Mutter, wie du möchtest. Ich bringe dir einen Tee«, sagte Graham sanft. Er strich über das tränennasse Gesicht seiner Frau, die ihren Kopf auf die jetzt reglose Brust ihrer Mutter sinken ließ, sodass ihre Wange auf Stellas zartgliedrigen Händen ruhte. Händen, die sie liebkost hatten, die sie zu magischen Orten geführt hatten, die Bilder zu ihren Geschichten gemalt, ihr das Haar gekämmt und den Hochzeitsschleier gerichtet hatten.

Draußen hallte der lange, traurige Schrei einer Eule durch die nächtliche Stille.

Am frühen Morgen fuhr Dan nach Hobart zurück und setzte Terry zu Hause ab. Anschließend rief er Jessica an.

»Jess, ich habe gerade meine E-Mails durchgesehen. Denyse von der Saatgutbank weiß Neues über die Machenschaften in Seawinds.«

»Wirklich? Was denn?«

»Ich hatte dir doch erzählt, dass ich eine Probe von dort mitgenommen und gesagt habe, möglicherweise hätte sie interessante Eigenschaften? Nun, wie sich herausstellt, testen sie in Seawinds verschiedene Arzneimittel – hergestellt aus einem ganz bestimmten Pilz. Gordon Broadbent hat eine Forschungsarbeit bei einer wissenschaftlichen Zeitschrift eingereicht, die in Melbourne erscheint. In ihrer E-Mail schreibt Denyse, dass die Studie zur Begutachtung an ihren Freund Kevin geschickt wurde. Schon nach wenigen Seiten hatten sie beide eine ziemlich klare Vorstellung davon, was Broadbent in Seawinds treibt. Und Denyse ist fast sicher, dass der seltene Pilz, den Broadbent nutzt, ursprünglich aus Arcadia stammt. Es geht um die Entwicklung eines Produkts, das das Immunsystem stärkt, also nicht um eine Arznei gegen eine bestimmte Krankheit …«

»Und Broadbent hat die Hauptzutat gestohlen! Von hier!«, empörte sich Jessica.

»Ich weiß. Leider können wir das nicht eindeutig nachweisen. Aber vielleicht sollten Sally und Toby sich rechtliche Schritte überlegen? Sag ihnen doch bitte Bescheid.«

»Okay, mach ich.« Jessica dachte kurz nach. »Eigenartig, dass alles, was mit diesem Broadbent zusammenhängt, irgendwie aus heiterem Himmel und innerhalb weniger Tage passiert ist: die Anrufe bei Sally, der Trüffel- und Pilzdiebstahl, das Auto, das uns verfolgt hat …«

»Du hast recht. Was diese hektische Aktivität wohl ausgelöst haben mag? Wie ist Broadbent überhaupt an Sallys Handynummer gekommen?«

»Oh, das war kein Kunststück, sie steht auf der Homepage der Arcadia Farm. Das heißt, da stand sie, Sally und Toby haben sie gelöscht. Und wo wir unterwegs waren, konnte er ebenfalls leicht herausfinden, weil Sally von Beginn unserer Reise an Fotos mit kurzen Texten auf Facebook gepostet hat, damit Katie sieht, wo wir unterwegs sind und was wir tun.«

»Man rechnet ja auch nicht damit, dass jemand sich das zunutze macht und der Fährte folgt«, meinte Dan.

»Natürlich nicht. Meistens waren es nur alberne Selfies. Aber ich bin ziemlich sicher, dass er Sally deshalb angerufen und uns verfolgt hat. Es ist so gruselig.« Sie schwieg. »Erinnerst du dich an den Zigarettenstummel, den wir in der Höhle gefunden haben?«, fragte sie dann. »Ich wette, der stammt von Broadbent. Wahrscheinlich wollte er sicherheitshalber mal nachschauen, was auf Arcadia vor sich geht.«

»Gut möglich«, stimmte Dan zu. »Seine Pilzforschung könnte sich für ihn als äußerst lukrativ erweisen. Folglich reagiert er ziemlich paranoid auf alles, was sein Vorhaben gefährden könnte.«

»Aber wenn für ihn so viel auf dem Spiel steht, warum handelt er so waghalsig? Falls er die Pilze aus dem Eukalyptuswald schon seit Jahren stiehlt, ohne dass es jemand mitbekommen hat, wieso klaut er plötzlich auch noch die Trüffel?«

Eine Weile herrschte Schweigen, dann antwortete Dan: »Wahrscheinlich ging es ihm ums Geld. Du hast gesagt, Toby und Sally haben kein Geheimnis daraus gemacht, dass sie eine hervorragende Ausbeute erwarten. Broadbent hat sich wohl ausgerechnet, dass er damit nebenbei noch ein hübsches Sümmchen einstreichen und in seine Forschung stecken kann. Offensichtlich wird er immer gieriger und ist daher bereit, größere Risiken einzugehen.«

»Das ist nicht gerade beruhigend. Lass uns lieber das Thema wechseln«, meinte Jessica. »Ich habe auch Neuigkeiten.«

»Oh, hoffentlich sind es gute Nachrichten. Du fährst doch nicht etwa nach Hause zurück?«

»Wo soll das sein?«, lachte sie. »Wobei ich nicht ewig hier kampieren kann, so gut mir das auch gefällt. Nein, ich glaube, es könnte da einen Job für mich geben. Ich habe die Stellenausschreibung heute im Internet gelesen, ein bisschen recherchiert und wollte gern mit dir darüber reden.«

»Klar. Worum geht's?«

»Es handelt sich um ein Umweltinstitut, das größtenteils durch öffentliche Fördergelder und die Unterstützung von Stiftungen finanziert wird – basierend auf dem Modell des amerikanischen Schweitzer-Fellowship-Programms. Laut Stellenbeschreibung würde ich je nach Projekt an verschiedenen Orten arbeiten – gegen Rodungen vorgehen oder untersuchen, welche Auswirkungen der Abfluss von nährstoffreichem und schadstoffbelastetem Wasser und die Erschließung der Küstenregion auf das Great Barrier Reef haben. Mich lockt vor allem ihr Programm, alte Wälder zu schützen und zu belegen, wie wertvoll sie sind.«

»Nicht ganz das, was Sie an der Uni in Sydney gemacht haben, Dr. Foster. Aber mit Ihrem Enthusiasmus und Ihrer Ausbildung …« Er lachte. »Meiner Meinung nach bist du die ideale Bewerberin. Also keine weißen Kittel mehr, keine Laborarbeit am Mikroskop und mit ellenlangen Berichten?«

Jessica lachte. »Hoffentlich sehen die das auch so. Denn mein Aufenthalt hier hat mich wirklich geerdet. Und die Begegnung mit dir und so vielen anderen spannenden Menschen war sehr inspirierend.«

»Hast du schon mit jemandem darüber gesprochen?«

»Nein, noch nicht. Ich wollte erst mit dir darüber reden. Und Mum und Dad möchte ich es erst erzählen, wenn ich mich beworben habe und Konkreteres weiß. Sie fragen sich, wie ich zurechtkomme und was ich mit meinem Leben künftig anfangen will. Letzte Woche wollten sie sogar wissen, ob ich Geld brauche, was doch sehr fürsorglich von ihnen ist.«

»Wann kommst du wieder nach Hobart? Wir könnten mittags oder abends zusammen essen.«

»Sobald ich zu einem Vorstellungsgespräch eingeladen werde, bin ich da. Aber jetzt genug von mir. Wie steht's bei dir?«

Als Jessica beim Mittagessen den anderen von Denyse' E-Mail und Dans Vorschlag erzählte, eventuell rechtliche Schritte einzuleiten, sagte Sally spontan: »Das ist keine schlechte Idee. Der Mann hat unbefugt unser Grundstück betreten und uns bestohlen.«

Mollie wirkte skeptisch. »Wie wollen wir denn beweisen, dass dieser Broadbent überhaupt auf unserem Grundstück war? Ich weiß, es klingt weit hergeholt, aber es wäre doch möglich, dass jemand dieselben Pilze in einem anderen Wald gefunden hat.« Sie zuckte mit den Achseln. »Wir brauchen mehr Sicherheitsmaßnahmen, um Leute fernzuhalten. Ihr wisst schon, Überwachungskameras und so. Außerdem Schilder an der Grundstücksgrenze, damit Unbefugte – insbesondere Broadbent – wissen, dass sie gefilmt werden, falls sie eindringen.«

»Ein Anwaltsbrief mit einer Unterlassungserklärung käme uns billiger«, meinte Toby.

»Lasst es uns überlegen«, sagte Sally, die müde und abgespannt aussah. »Ich habe jedenfalls die Nase voll davon, dass dieser Gordon Broadbent mich einschüchtert und auf Arcadia herumschleicht. Mein Magen rebelliert schon wegen all dem Stress.«

Später am Nachmittag fanden Sally und Jessica ein ruhiges Plätzchen und diskutierten die Idee noch einmal.

»Ich wollte vorher deine Mum nicht beunruhigen, Sal«, sagte Jessica, »aber als Dan das erste Mal hier war, bin ich mit ihm zur Höhle gegangen. Dort haben wir einen Zigarettenstummel gefunden. Jemand war kürzlich drin, und ich schätze, dass es Broadbent war.«

Das gab den Ausschlag. »Alles klar. Ich mach einen Termin beim Rechtsanwalt«, erklärte Sally.

Am nächsten Abend tänzelte Jessica beschwingt mit einer Flasche Champagner ins Wohnzimmer, wo Toby sich gerade ein kaltes Bier einschenkte. »Ich hab echt französisches Prickelwasser, falls dir das lieber ist. Wo sind denn Sally und Mollie?«

»Mollie steht am Herd, und Sally badet Katie. Gibt es etwas zu feiern?« Toby klang bedrückt.

»Ist alles in Ordnung?« Jessica sah ihn besorgt an.

»Entschuldigung, Jess. Ich wollte dir keinen Dämpfer versetzen. Geht's um deinen Job?«

»Allerdings. Ich habe heute Morgen dort angerufen und mit der Geschäftsführerin gesprochen. Wir haben uns lange über die Stelle und meine Qualifikation und Erfahrung unterhalten. Nun, und eben hat sie mich zu einem Vorstellungsgespräch am nächsten Mittwoch eingeladen. Es klang sehr vielversprechend«, antwortete Jessica und ließ den Korken knallen.

»He, gratuliere. Das sind tolle Neuigkeiten. Aber sie wären auch verrückt, wenn sie dich nicht nehmen würden.«

»Wahrscheinlich war es hilfreich, Sean Hylands Namen zu erwähnen«, sagte Jessica. »Da wurde der Geschäftsführerin klar, dass ich nicht nur ziemlich gut darüber informiert bin, was in Tasmanien vorgeht, sondern auch auf internationaler Ebene.«

»Lass mich das machen.« Toby nahm ihr die Flasche aus der Hand und goss ihr ein Glas Champagner ein, um dann mit ihr anzustoßen. »Viel Glück. Ich finde es toll, dass du einen ganz neuen Weg einschlägst, Jess.«

Nachdem Jessica einen Schluck getrunken hatte, beäugte sie ihn über den Rand des Glases hinweg. »Was ist passiert, Toby?«

»Etwas ziemlich Erschreckendes.« Er zog ein Kuvert aus der Tasche und hielt es ihr hin.

Sie las den Absender und fragte erstaunt: »Ihr wart bereits beim Anwalt?«

»Nein, nicht wir. Er. Broadbent ist zuerst zum Angriff übergangen.«

»Du machst Witze! Womit?«

»Broadbents Anwalt schreibt, das Testament von Hilda Holland sei laut seinem Mandanten eine Fälschung, möglicherweise von Stephen Holland angefertigt. Broadbent behauptet, er könne das echte vorlegen, in dem Hilda alles dem ältesten überlebenden Broadbent hinterlassen habe.«

»Und das heißt?«, stammelte Jessica.

»Wenn seine Behauptung stimmt, wäre Gordon Broadbent der rechtmäßige Besitzer von Arcadia.« Toby fuhr sich mit der Hand über die Augen.

»Was? Das kann doch nicht sein.«

Toby wedelte mit dem Kuvert. »Tja, wir wissen nicht, auf welche Dokumente er seine Behauptung stützt, aber wir können das nicht auf die leichte Schulter nehmen. Laut dem Anwalt ist Broadbent ›gewillt zu verhandeln, um ein kostspieliges Gerichtsverfahren zu vermeiden‹. Nötigenfalls werde er jedoch Klage einreichen.«

»Nötigenfalls?«

»Der Anwalt will, dass wir Broadbent ein ›angemessenes‹ Angebot unterbreiten; er sei bereit, sich mit uns über eine Aufteilung von Arcadia zu einigen.«

Verwirrt schüttelte Jessica den Kopf. »Falls es tatsächlich ein weiteres Testament gibt, warum ist Broadbent damit nicht schon vor Jahren zum Anwalt gegangen?«

»Keine Ahnung. Vielleicht hat er erst kürzlich davon erfahren?«

»Wie viel weiß Mollie darüber?«

»Nichts. Ihr ist nie zu Ohren gekommen, dass jemand die Echtheit von Hildas Testament angezweifelt hätte. Jetzt ist sie nicht nur entsetzt, sondern auch ungeheuer wütend.«

»Himmel, das ist ja auch kein Wunder. Ich schau mal nach ihr.« Jessica eilte in die Küche, wo Mollie am Herd in einem Topf rührte. »Kann ich dir helfen, Mollie?«

»Mit dem Abendessen werde ich schon allein fertig«, antwortete Mollie knapp.

Jessica strich ihr sacht über den Arm. »Toby hat mir gerade von dem Anwaltsbrief erzählt. Das ist ja ein ganz schöner Schock für euch.«

»Wenn diese entsetzliche Anschuldigung wahr ist, hätte ich Arcadia schon vor Jahren verlieren können. Jetzt könnte das Sally und Toby drohen.« Mollies Augen funkelten zornig. »Aber das werde ich nicht zulassen. Ich möchte nur wissen, warum Broadbent jetzt damit ankommt. Glaubst du, er hat erst kürzlich etwas Wertvolles in diesen Pilzen entdeckt und will nun ständig Zugriff auf sie haben?«

Jessica nickte. »Sieht ganz so aus.«

Mit geröteten Augen kam Sally in die Küche. »Ich habe Katie vor eine DVD gesetzt. Nur für ein halbes Stündchen, während wir essen. Damit ich Zeit zum Nachdenken habe. Das alles macht mich völlig fertig.«

Jessica nahm sie in den Arm. »Oh, Sal. Bestimmt ist an diesen Behauptungen nichts dran. Das kann doch gar nicht sein.«

»Danke, Jess. Ich kann es tatsächlich nicht glauben. Und das gerade, als wir ihm eine Verwarnung wegen unbefugten Betretens des Grundstücks schicken wollten.«

Als sie sich schließlich an den Esstisch setzten, hatte niemand Appetit. Sally nahm noch einmal den Brief zur Hand und las ihn still durch, dann schob sie ihn weg.

»Ich wette, er will den Wald haben, es geht ihm bestimmt nicht um das Haus«, sagte sie.

»Ich werde ihm weder unser Zuhause noch auch nur einen einzigen Quadratmeter Land in den Rachen werfen«, entgegnete Mollie entschlossen.

Toby musterte sie. »Sally und ich haben morgen einen Termin bei unserem Anwalt. Ich habe ihn sofort angerufen, nachdem der Brief gekommen ist. Kannst du bitte in den Unterlagen nachsehen, ob du eine Kopie vom Testament deines Vaters und vielleicht noch etwas anderes findest, was wichtig sein könnte?«

Mollie nickte. »Natürlich. Mein Vater hat alles sehr ordentlich hinterlassen. Allerdings befinden sich die wichtigsten Dokumente bei unserem alten Familienanwalt. Hier lagern vor allem die Sachen meiner Mutter.«

Mit der Eule im Arm erschien eine schläfrige Katie in der Tür.

Sally hob sie hoch. »Zeit, ins Bett zu gehen, Schätzchen. Geh schon mal vor, Daddy und ich kommen gleich und decken dich zu.« Sie warf Toby einen Blick zu, und er stand auf.

»Ich fange dann mit dem Abwasch an«, sagte Mollie.

»O nein, lass mich das machen«, entgegnete Jessica.

»Nein, ist schon gut, Jess. Dabei kann ich ein wenig nachdenken.«

Als Jessica allein war, klingelte ihr Telefon. Erleichtert sah sie, dass Dan anrief.

»Du klingst wie drei Wochen Regenwetter«, meinte er.

Rasch berichtete sie ihm von den verheerenden Neuigkeiten.

Dan dachte nach. »Womöglich weiß Terry noch mehr, was sich jetzt als nützlich erweisen könnte? Vielleicht solltest du mit

Sally herkommen und mit ihm sprechen? Ich kann ihn gern anrufen und ein Treffen ausmachen. Wobei ich dabei noch einen Hintergedanken habe – ich möchte, dass du nach Hobart kommst, weil ich dich vermisse.«

»Wirklich?« Jessica wurde ganz warm ums Herz. »Du fehlst mir auch«, sagte sie ein bisschen scheu. »Aber wie es aussieht, bin ich sowieso bald in der Stadt. Ich habe am Mittwoch ein Vorstellungsgespräch wegen der Stelle.«

»Ich wusste, dass es klappen würde!«, rief Dan. »Gratuliere. Du wirst brillieren.«

»Hoffen wir es«, seufzte Jessica. »Hör mal, ich geh jetzt lieber rüber zu Sally und spreche mit ihr wegen Terry. Danke für all deine Hilfe.«

»Fühl dich umarmt.«

»Danke, Dan. Du dich auch.«

»Ich freu mich drauf, es am Mittwoch live zu erleben.«

Inzwischen waren die Verletzungen, die der Trüffeldieb Jasper zugefügt hatte, weitgehend geheilt, und Mollie machte mit ihm den üblichen Vormittagsspaziergang. Dabei nahm sie die Post aus dem Briefkasten an der Eingangspforte und sah sie kurz durch. Neben Rechnungen und Werbung befand sich ein mit krakeliger Schrift an sie adressierter, unfrankierter Umschlag darunter. Kurz stutzte sie, dann riss sie ihn auf und las:

Dein Vater hat meine Großtante Hilda ermordet und dann ihr Testament gefälscht, um Arcadia in die Finger zu kriegen. Deine Familie hat meine über Generationen hinweg übervorteilt. Jetzt will ich dieses Land, das von Rechts wegen mir gehört. Und ich werde es bekommen.

Mollie zitterte vor Schreck, dann eilte sie ins Haus. Den Kopf in die Hände gestützt, saß sie noch so da, als Sally und Toby von dem Anwaltstermin zurückkehrten.

»Mum, was ist los?«, fragte Sally. »Du bist ja bleich wie ein Gespenst.«

Stumm reichte Mollie ihr den Brief.

Sally las die Zeilen und ließ sich schwer auf einen Stuhl fallen. »O mein Gott. Ich koche uns mal eine Kanne Tee.« Sie reichte das Schreiben Toby, der es kopfschüttelnd las.

»Es ist entsetzlich, einfach nur entsetzlich«, stammelte Mollie. »Warum sagt er so etwas über meinen Vater? Es ist nicht wahr, also kann er es auch nicht beweisen.«

»Mum, ich glaube auch kein Wort davon. Aber du weißt nicht, was in Großvaters erster Ehe vorgegangen ist«, gab Sally leise zu bedenken.

»Du hast recht. Ich weiß nichts über diese Ehe, aber ich kannte meinen Vater. Er hat sich mit aller Kraft der Aufgabe gewidmet, Leben zu *retten!* Diesem Broadbent scheint jedes Mittel recht zu sein, um sich unser Land unter den Nagel zu reißen.« Mollie klang verbittert.

»Sieht ganz so aus«, nickte Toby. »Dieser Brief klingt fast ein bisschen wahnhaft. Möglicherweise kann er uns nützlich sein, weil er das belegt.«

»Ich brauche dringend frische Luft«, sagte Mollie. »Mach dir wegen mir keine Mühe, Liebes. Statt Tee zu trinken, gehe ich lieber eine Weile in den Garten.« Sie schob den Stuhl zurück und rauschte zur Hintertür hinaus.

»Eigentlich hätte ich ihr gern erzählt, was der Anwalt gesagt hat«, seufzte Sally.

»Oh, hallo, ihr seid zurück?«, begrüßte sie Jessica beim Hereinkommen, doch als sie die Mienen der beiden sah, stutzte sie. »Was ist los?«

»Mum hat das hier heute Morgen im Briefkasten vorgefunden.« Sally reichte ihr das Schreiben, und Jessica überflog es.

»So eine Unverschämtheit! Wie kann er es wagen?« Jessica ließ den Brief fallen, als hätte sie etwas Ekliges angefasst. »Die arme Mollie! Gibt's denn wenigstens von eurem Anwaltstermin Positives zu berichten?«

»Er ist sehr besonnen an die Sache herangegangen«, berichtete Sally, »und hat uns erklärt, der Brief von Broadbents Anwalt bedeute nicht, dass schon irgendwelche rechtlichen Schritte eingeleitet worden sind. Seiner Meinung nach versucht Broadbent lediglich, uns einzuschüchtern, damit wir uns verhandlungsbereit zeigen. Da ein Gerichtsverfahren ein Vermögen kostet, schließen viele Leute einen Vergleich, selbst wenn sie im Recht sind, weil sie das billiger kommt. Er meint, dass Broadbent genau darauf spekuliert.«

»Dan meint, wir sollten noch einmal mit Terry sprechen, weil er vielleicht mehr weiß. Und nach diesem Brief halte ich das für notwendiger denn je«, sagte Jessica leise. »Warum fährst du nicht am Mittwoch mit mir nach Hobart, wenn ich dieses Vorstellungsgespräch habe, und wir besuchen danach Terry? Dan kann das arrangieren.«

»Ja, das ist eine gute Idee«, antwortete Sally stockend. »Ich sehe auch noch einmal die Dokumente auf dem Speicher durch, obwohl ich nicht glaube, dass ich dort noch etwas Wesentliches entdecke.«

»Hatte Stella vielleicht irgendwo ein Versteck für Dinge, die ihr wichtig waren? Möglicherweise finden wir da ja auch etwas über Stephen und Hilda.«

»Ich geh nicht noch einmal zur Höhle!«

»Nein, nein. Da ist doch auch nichts mehr. Aber hier im Haus?«

»Das halte ich für unwahrscheinlich. Als Mum renoviert hat, hätte sie es entdeckt.«

»Wir könnten noch einmal das Atelier unter die Lupe nehmen. Wer weiß?«, schlug Jessica vor.

»Ich glaube zwar, dass auch dort alles durchgesehen wurde, aber warum nicht«, seufzte Sally und trottete hinter Jessica den Flur entlang.

Von der Tür des Ateliers aus, das jetzt ein gemütliches Wohnzimmer war, musterten sie jeden Quadratmeter.

»Ich versuche, es mit den Augen meiner Großmutter zu sehen«, sagte Sally. »Mum hat erzählt, dass sie den größten Teil ihrer Zeit hier verbracht hat.«

»Hast du schon herausgefunden, was aus dem chinesischen Lackschrank geworden ist, den wir auf dem Foto entdeckt haben?«

»O ja. Mum sagt, er steht bei ihr drüben im Gästezimmer. Wir können rübergehen und ihn uns anschauen«, meinte Sally.

Sie machten sich auf den Weg zum Cottage. Drin öffneten sie die Flügeltür, die ins Gästezimmer führte.

»Da ist er«, sagte Jessica zufrieden und fing sofort an, die Lacktüren zu öffnen und die drei Schubladen herauszuziehen. »Na, was ist denn in der untersten? Pinsel … eine Farbpalette … und dahinten …?« Sie griff tief hinein und förderte einen großen braunen Umschlag zutage. Gemeinsam begutachteten sie den Inhalt. »Blätter, getrocknete Rosen. Eine Quittung von einem Geschäft für Künstlerbedarf. Und … hoppla!« Jessica reichte Sally ein kleines, versiegeltes weißes Kuvert.

»Es ist an Mum adressiert, also sollte sie es öffnen. Ich gebe es ihr nachher«, sagte Sally und steckte das Kuvert zurück in den großen braunen Umschlag. Dann durchforsteten sie den Rest des Schränkchens, fanden aber nichts Interessantes mehr.

»Tja, diese Suche hat nicht viel gebracht«, meinte Jessica enttäuscht, als sie zum Haupthaus zurückgingen.

Jessica war ziemlich nervös, als sie eine kleine Tasche packte, nachdem sie entschieden hatte, was sie bei dem Bewerbungsgespräch tragen wollte. Toby und Sally hatten beschlossen, beide mitzufahren, sodass sie Terry gemeinsam ausfragen konnten, und Jessica war froh über ihre Gesellschaft.

Mollie bestand darauf, mit Katie zu Hause zu bleiben. »Das ist überhaupt kein Problem für mich«, versicherte sie. »Außerdem sind alle Erntehelfer noch da, es halten sich also jede Menge Leute auf dem Grundstück auf. Bitte fragt Terry, ob er Lust hat, mit euch zusammen zurückzufahren oder bald einmal mit Dan wiederzukommen«, fügte sie hinzu. »Und dir, Jess, viel Glück!«

Toby und Sally setzten Jessica vor Carmens Haus ab, wo sie übernachten wollte. Sie selbst hatten ein Hotelzimmer gebucht. Man verabredete sich für den nächsten Tag in den Botanischen Gärten.

Carmen umarmte Jessica zur Begrüßung. »Schön, dich zu sehen. Und es tut mir entsetzlich leid, dass Sally solche Probleme hat. Warum macht dieser Mann deinen Freunden denn solchen Ärger?«

»Wir wissen es nicht genau. Dahinter steckt offenbar eine alte Geschichte, die bis in die Zeit von Sallys Großvater zurückreicht. Schrecklich, dass manche Dinge einen plötzlich Jahrzehnte später heimsuchen können.«

Besorgt schüttelte Carmen den Kopf. »Komm und setz dich, denk jetzt nicht mehr daran. Erzähl mir lieber von dieser Stelle, die du in Aussicht hast. Wo wäre dein Arbeitsplatz?«

»Ich wäre auf jeden Fall viel draußen. Wo, das hängt davon ab, womit sich das Institut jeweils befasst, das kann auf dem Meer oder an Land, zum Beispiel auch im Wald sein.«

»Nach dem, was du mir am Telefon erzählt hast, klingt dieses Institut wie eine Mischung aus CSIRO, Greenpeace und Umweltschutzbehörde«, meinte Carmen. »Aber egal, ob du in der Forschung oder in der Öffentlichkeitsarbeit tätig sein sollst, dein

Enthusiasmus wird ihnen nicht verborgen bleiben und Eindruck machen. Nun zu heute Abend: Sean und ich sind zu einem Empfang eingeladen.«

»Und ich habe vor, mit Dan auszugehen. Bestimmt lenkt mich das ein bisschen von dem Bewerbungsgespräch morgen ab – und von all den schrecklichen Vorfällen auf Arcadia«, erwiderte Jessica.

Kaum hatte Jessica die Tür geöffnet, nahm Dan sie in die Arme und küsste sie.

Lachend befreite sich Jessica aus der Umarmung und schnappte nach Luft. »Wow! Man könnte denken, wir hätten uns wochenlang nicht gesehen.«

Er lächelte und nahm ihre Hand. »Es kam mir auch so lange vor.«

»Danke für die Einladung zum Abendessen. Ich möchte allerdings nicht zu spät ins Bett, denn mein Bewerbungsgespräch findet schon am frühen Vormittag statt.«

»Dann hol deinen Mantel, und auf geht's.«

Als sie in die Abenddämmerung hinaustraten, erkundigte sich Dan: »Wie geht's dir, wenn du an morgen denkst?«

»Ach, ich glaube, ich kann sowieso nichts anderes tun, als möglichst ehrlich zu antworten. Wenn ich diese Stelle bekomme, wird es mir jedenfalls guttun, wieder in die reale Welt zurückzukehren und zu arbeiten.«

Händchen haltend spazierten sie die Straße zum Ufer hinunter. »Manchmal ist so eine Auszeit sehr hilfreich«, sagte er und drückte ihre Hand ein bisschen fester.

»Das stimmt, und ich bin Sally und ihrer Familie unendlich dankbar, dass sie mich so lange ertragen haben. Aber jetzt bin ich bereit, mich wieder dem Leben zu stellen.«

»Das ist gut, aber eigentlich wollte ich dir eine weitere kleine Auszeit vorschlagen. Das heißt, wenn du morgen alles erledigt hast, also auch das Gespräch mit Terry«, sagte Dan.

»Ja? Nun, das lässt sich bestimmt einrichten«, lachte Jessica.

»Ich möchte nämlich Arcadia gern noch einen Besuch abstatten, und da wollte ich dich fragen, ob wir die Fahrt nicht zusammen machen wollen?«

»Na klar. Selbstverständlich.« Sie lehnte sich an ihn. »Wohin gehen wir denn essen? Ich liebe die Uferpromenade.«

»Lass dich überraschen. Aber zuerst will ich dir etwas zeigen, bevor es zu dunkel ist.«

Sie spazierten über das Kopfsteinpflaster, gingen an den von Sträflingen erbauten Speicherhäusern vorbei, deren Lichter sich in dem ruhigen Hafenwasser spiegelten, und passierten Anlegestellen am Kai und Stege, wo die Stagen und Wanten der festgemachten Segeljachten leise klirrten. Weiter draußen funkelten die Ankerlichter der Boote, die sich sich im Abendlicht auf und ab bewegten. Aus den Kabinen drang warmes Licht, hin und wieder hörte man Gelächter, Essensgerüche lagen in der Luft – die kleine Gemeinde der Seefahrer rüstete sich für die Nacht.

Dan blieb stehen. »Na, wie gefällt's dir?«, fragte er.

»Es ist wunderschön.«

Er küsste sie. »Gut. Ich bin froh, dass du mit ihr einverstanden bist.«

»Wie? Mit wem?«, fragte Jessica verblüfft.

Dan zeigte auf ein Boot. »Mit der *Lady Jane* da drüben.«

Jessica kniff die Augen zusammen und sah, dass er auf eine winzige, strahlend weiße Slup mit glänzendem Teakholzaufbau deutete. Bullaugen ließen auf ein gemütliches Inneres schließen.

»Du meinst die Slup?«

»Jawohl. Es ist eine Arthur Robb, 35 Fuß, also etwas über zehn Meter lang. Eine klassische Slup aus den späten 1960er-Jahren, aber gut in Schuss«, erklärte Dan stolz. »Vier Kojen, jede Menge Platz. Sie ist die Sydney-Hobart-Regatta gesegelt, aber auch Einhand ist kein Problem.«

»Und sie gehört dir?«, fragte Jessica ungläubig.

Dan grinste. »Als mir klar wurde, dass ich einen immer größeren Teil meiner Zeit in Hobart verbringen würde, um an den Projekten hier zu arbeiten, habe ich mich nach einem Boot umgesehen, auf dem ich leben kann. Die *Lady Jane* stand zum Verkauf, letzte Woche bin ich eingezogen. Ich dachte, wir könnten vielleicht nach Arcadia segeln. Das heißt, nach Burridge.«

»Nein, wie großartig! Aber gerne doch!«

Dan schmunzelte. »Das Wetter soll gut werden. Wenn wir nachmittags gleich nach eurem Gespräch mit Terry lossegeln, könnten wir die Nacht in einer Bucht verbringen und sollten dann rechtzeitig zum zweiten Frühstück in Burridge sein.«

»Wir gehen also nicht in ein Lokal?«

»Doch, ich führe dich aus. So gern ich dich heute Abend auf die Lady einladen würde … sie ist noch nicht fertig eingerichtet. Bis morgen Mittag sollte allerdings alles tipptopp sein, samt Proviant in der Pantry und klar zum Ablegen. Einverstanden?«

Jessica warf ihm die Arme um den Hals und küsste ihn. »Das ist so romantisch. Und du weißt ja, wie gern ich segle.«

»Gut, dann lass uns jetzt essen gehen. Gleich da vorn ist ein tolles kleines Fischlokal.«

Hand in Hand schlenderten sie ein Stück die Straße hoch zu einer kleinen Taverne.

Langsam trat Jessica aus dem Gebäude und setzte sich in der gleißenden Helligkeit des Vormittags die Sonnenbrille auf. Wegen des Bewerbungsgesprächs hatte sie sich mit Sorgfalt gekleidet, das Haar zu einem ordentlichen Nackenknoten gebunden und sich dezent geschminkt.

Die letzte Stunde war wie im Flug vergangen, als sie sich von einem vierköpfigen Gremium, das über ihre Bewerbung entscheiden sollte, in die Mangel hatte nehmen lassen. Das Vorstellungsgespräch hatte eine große Bandbreite abgedeckt, angefangen bei einem fingierten Fernsehinterview und ihrem Feedback zu einem Werbevideo bis hin zu ihren Ansichten über den Klimawandel und die künftige Energieversorgung. Auch wenn ihre politische Haltung nicht direkt sondiert worden war, wurde sie doch eingehend befragt, wie man Regierungsbehörden beeinflussen könne, welche Veränderungen ihrer Meinung nach unabdingbar seien und wie sie die Zukunftsperspektive bestimmter Ökosysteme und Habitate und von Flora und Fauna einschätze. Schließlich hatte man sie gefragt, warum sie diese Stelle wollte.

Jessica hoffte, einen guten Eindruck hinterlassen zu haben. Sie hatte mit großer Wärme über Tasmanien gesprochen und betont, wie stark ihr Aufenthalt hier ihren Fokus verändert hatte.

Während sie im Sonnenschein dahinspazierte, fragte sie sich, wie sie wohl abgeschnitten hatte. Nun, jedenfalls hatte sie es hinter sich. Jetzt konnte sie nur noch geduldig abwarten, bis sie von dem Gremium hörte.

Sie traf sich zu einem kurzen Mittagessen mit Sally und Toby in den Botanischen Gärten. Dann gesellte sich Dan zu ihnen, und sie gingen zusammen zu Terry.

Der alte Mann saß hinter dem Gewächshaus an einem Tisch in der Sonne. Er hatte die Augen geschlossen, sein weißes Haar glänzte im warmen Sonnenlicht.

Dan tippte ihm auf die Schulter. »Du hast Besuch.«

Nachdem sie einander begrüßt hatten, kam er gleich zur Sache. »Ich habe dir doch von dem Anwaltsbrief erzählt, Terry, und von der Drohung, die Mollie von Gordon Broadbent erhalten hat. Und da haben wir uns gefragt, ob du irgendetwas über Stephen und Hilda Holland weißt, was hilfreich sein könnte?«

Den Blick auf seine Hände gerichtet, fing Terry stockend zu erzählen an. »Dr. Holland war ein guter Arzt. Ich erinnere mich, wie er sich damals, als ich noch ein Kind war, im Kampf gegen die Polio-Epidemie engagiert hat. Er hat viele Leben gerettet. Meine Eltern haben ihn hoch geachtet.« Er machte eine Pause, hob den Kopf und sah sie an. »In Mums letzten Lebensjahren haben wir beide viel miteinander geredet. Dabei hat sie mir einiges anvertraut, was ich ihrer Meinung nach wissen sollte. Auch über Hilda. Sie sei schon seit jeher von schwacher Gesundheit gewesen und am Ende sehr krank geworden. Vielleicht hatte sie Krebs, doch das wurde nie ausgesprochen. Jedenfalls hat sie lange gelitten, und am Ende hat man nicht mehr viel für sie tun können. Mum hat beteuert, dass Dr. Holland Hilda abgöttisch geliebt hat und ihr entsetzliches Leiden kaum mit ansehen konnte. Also hat er …«, Terry holte tief Luft, »… es ihr erleichtert. Ganz am Schluss. Dr. Holland hat ihr eine Medizin verabreicht, die ihre Schmerzen gelindert und, nun ja, ihr geholfen hat zu gehen … ihr versteht, was ich meine?«

»Er hat Sterbehilfe geleistet?«, fragte Toby leise.

»Er hat sie friedlich entschlafen lassen«, entgegnete Terry entschieden. »Mum sagt, sie sei mit einem Lächeln auf den Lippen dahingeschieden, während sie seine Hand gehalten hat.«

»Deine Mutter war dabei?«, wunderte sich Dan.

»Offenbar hatte Dr. Holland sie darum gebeten. Sozusagen als Zeugin. Doch nur meine Mutter und er wussten, was passiert ist. Mum hat es wiederum nur mir und Mrs Holland – also Stella – erzählt, und das erst, nachdem der Doc gestorben war. Man wird es also niemals beweisen können.« Er hielt inne. »Zwar hat Mum mir das alles geschildert, aber ich musste zuerst schwören, dass ich es niemals jemandem gegenüber erwähne, der nicht zur Holland-Familie gehört. Doch sie wollte, dass ich Bescheid weiß, damit ich deiner Mutter, Sally, gegebenenfalls eines Tages die Wahrheit berichten kann, falls jemand Vorwürfe erhebt wie Broadbent gerade.«

»Mein Großvater hat also der Frau, die er geliebt hat, geholfen zu sterben. Wie traurig«, sagte Sally.

»Meine Mutter hatte überlegt, alles niederzuschreiben, um mit ihrem Bericht Dr. Hollands Ruf zu schützen. Doch ihr ist schnell klar geworden, dass dies gegen ihn verwendet werden könnte. Stattdessen hat sie es dann mir erzählt«, berichtete Terry.

Sally nahm die Hand des alten Mannes, der nun schwieg. Schließlich blickte er wieder auf und sagte: »Ich glaube kein Wort von einem gefälschten Testament. Dr. Holland hat seiner Frau geholfen zu sterben, weil er sie geliebt hat – nicht weil er das Land haben wollte.«

»Hast du irgendeine Idee, warum Gordon Broadbent all das nach so langer Zeit gerade jetzt aufs Tapet bringt?«, fragte Jessica.

Terry zuckte die Achseln. »Mum hat mir erzählt, dass der alte Mr Broadbent mit Sallys Großvater in Kontakt geblieben ist. Sein Sohn John allerdings hat die Hollands immer gehasst, sowohl Stella als auch den Doc. Er war davon überzeugt, dass Arcadia eigentlich ihm zugestanden hätte. Vermutlich hat Joseph, also der Vater, zu seinen Lebzeiten John im Zaum gehalten, eventuell hat ihm Thomas dabei geholfen. Warum Johns Sohn jetzt damit ankommt, weiß ich nicht. Er müsste inzwischen auch schon gut über sechzig sein. Sehr merkwürdig.«

»Wir glauben, dass der wertvolle Eukalyptuswald von Arcadia und die seltenen Pilze dort der Grund dafür sind«, sagte Sally. »Gordon Broadbent hat sie gestohlen und experimentiert damit. Wahrscheinlich macht er das schon seit Jahren, aber vielleicht hat seine Forschung jetzt zu Ergebnissen geführt, sodass er im großen Stil in die Herstellung einsteigen will.«

»Hmm. Er soll ja ziemlich schlau sein. Sein Vater und sein Onkel waren es jedenfalls. Mum hat öfter Artikel in der Zeitung über sie gelesen.«

»Du warst eine riesengroße Hilfe, Terry. Tausend Dank«, sagte Jessica.

Sally drückte ihm die Hand. »Irgendwie bist auch du Teil unserer Familie, Terry. Mum lässt dir ausrichten, dass sie sich freuen würde, wenn du uns bald mal wieder besuchst. Du bist jederzeit gern gesehen.«

»Danke, du Liebe«, erwiderte Terry mit plötzlich tränenverschleiertem Blick. »Für meine Geschwister und mich war Arcadia immer unser Zuhause. Und auch für meine Eltern. Deine Großmutter war sehr gut zu meiner Mum und hat sie bis zu ihrem Tod im Cottage wohnen lassen.«

Sally lächelte, und Jessica ergänzte: »Ja, das ist schon eine ganz besondere Familie. Schon deshalb gehören sie nach Arcadia.«

Eine Weile saßen sie noch schweigend da, um das Gehörte zu verdauen. Dann warf Dan einen Blick auf die Uhr. »Wir sollten allmählich los, Jessica. Wir wollen nämlich zusammen nach Arcadia«, sagte er zu Sally.

»Mit dem Boot!«, rief Jessica begeistert und klatschte in die Hände. »In Dans Slup, der *Lady Jane*.«

»Was, Dan, du Teufelskerl? Das ist ja fabelhaft«, rief Sally.

»Wir müssen vor Einbruch der Dunkelheit eine bestimmte Bucht erreichen, in der wir gut ankern können. Morgen sind wir dann rechtzeitig zum zweiten Frühstück in Burridge.« Dan strahlte.

»Wir nehmen euch dort in Empfang, Kumpel«, grinste Toby.

»Katie wird ganz aufgeregt sein. Sie liebt Boote«, sagte Sally.

Dann umarmte sie Terry. »Ich kann dir gar nicht genug danken, dass du dein Wissen mit uns geteilt hast«, sagte sie.

»Eigentlich ist es das Verdienst meiner Mum«, meinte Terry. »Sag Mollie, ich nehme ihr Angebot an und komme in etwa einer Woche zu Besuch. Danke.«

Als die vier zum Haupttor der Botanischen Gärten zurückgingen, meinte Sally: »Die James gehörten für meine Großeltern wirklich zur Familie. Gut, dass wir mit Terry gesprochen haben.«

»Was Mrs James ihrem Sohn erzählt hat, ist zwar beruhigend, würde Broadbent aber nicht davon abhalten, uns Ärger zu machen«, sagte Toby. »Er könnte weiterhin behaupten, dass Stephen Holland seine Frau umgebracht und ein Testament gefälscht hat, und damit drohen, Beweise vorzulegen. Vielleicht besitzt er ja wirklich ein rechtsgültiges Dokument, in dem steht, dass Arcadia an den ältesten lebenden Broadbent fallen soll, und das ist er.«

Sie spazierten an dem erfrischenden Farngarten vorbei, wo der Sprühnebel des Wasserfalls Pflanzen und Weg benetzte. Tief in Gedanken versunken, ging Jessica Hand in Hand mit Dan, doch abrupt blieb sie stehen.

»Sal … Die Papiere, die wir gefunden haben, und die Fotos … du weißt schon, von Stella und ihrem Adonis …«

»Du meinst, Thomas Adonis! Der arme Thomas. Der in Wahrheit der brillante Thomas Broadbent war?«, fragte Sally.

»Der Brief, den sie ihm hinterlassen hat … *Ich muss aufhören, mich mit Dir zu treffen …*«

»Wovon redet ihr?«, fragte Dan.

Sally starrte Jessica an, die Erkenntnis traf sie wie ein Blitz. »Meine Großmutter hat Thomas geschrieben, dass sie sich nicht mehr sehen dürften, und die Beziehung beendet. Erinnerst du dich an das Datum? Das war 1949. Mum ist 1950 geboren. Mein Großvater und seine erste Frau hatten keine Kinder. Und meine Großeltern waren über fünfzehn Jahre lang verheiratet, bis Mum kam.«

Toby war baff. »Du meinst, Thomas Broadbent könnte Mollies Vater gewesen sein und nicht Dr. Holland?«

»Menschenskind! Ahnt Mollie etwas davon?«, fragte Dan. »Und hat Thomas es vielleicht gewusst?«

»Ich glaube nicht, dass Mollie etwas von Stellas Liaison ahnt. Es ist also ziemlich unwahrscheinlich, dass irgendjemand Bescheid weiß«, sagte Jessica.

»Aber wenn das stimmt, dann wäre Mollie die älteste lebende Broadbent!«, rief Toby aus. »Sie ist mindestens zehn Jahre älter als dieser Gordon. Ein DNA-Test könnte das im Zweifelsfall beweisen.« Er wandte sich an Sally. »Was dich übrigens auch zu einer Broadbent machen würde«, sagte er behutsam.

Wie angewurzelt blieb Sally stehen. »Ja, natürlich«, stotterte sie. »Meine Güte, das ist alles ein bisschen viel auf einmal.«

»Mrs James könnte so eine Ahnung gehabt haben«, meinte Jessica. »Sie scheint die Vertraute der Familie gewesen zu sein.«

»Willst du noch mal Terry befragen?«, erkundigte sich Dan bei Sally.

»Heute nicht mehr«, riet Jessica. »Er sah ziemlich erschöpft aus, es hat ihn wohl sehr bewegt, über seine Mutter zu sprechen.«

»Wir können uns erst absolut sicher sein, wenn ein DNA-Test beweist, dass Mum und ich mit Gordon Broadbent verwandt sind.« Sally schauderte. »Für mich ist der schwierigste Part, mit Mum darüber zu reden.«

»Lass dir ruhig Zeit damit, Sal«, meinte Jessica. Doch dann rief sie: »Halt mal, was ist mit dem Kuvert, das an deine Mum adressiert war? Das wir in dem Lackschrank gefunden haben? Hast du es ihr schon gegeben?«

Sally erschrak. »Das habe ich ganz vergessen. Ich war so beschäftigt damit, die Fahrt nach Hobart vorzubereiten. Aber ich gebe es ihr gleich, wenn wir zurückkommen. Vielleicht finden sich darin ein paar Antworten.«

Als Jessica aufwachte, wusste sie im ersten Moment nicht, wo sie war. Doch dann wurde ihr ganz warm ums Herz, und sie lächelte – denn sie lag in Dans Armen.

Die Koje war gemütlich, und sie waren mit verschränkten Gliedern in inniger Umarmung eingeschlafen, nach einem so wundervollen Liebesspiel, wie es sich Jessica schon immer erträumt hatte.

Windgeschützt durch die felsigen Klippen, wiegte sich die *Lady Jane* in der mondbeschienenen, einsamen Bucht sanft hin und her. Es herrschte ein so leichter Seegang, als würde das Meer atmen.

Bis sie dann am nächsten Morgen flussaufwärts Burridge erreichten, hatte sich Jessica mit den Eigenheiten der *Lady Jane* vertraut gemacht. Nun wusste sie, dass dieses schöne alte Boot künftig zu ihrem Leben gehören würde. Ebenso wie Dan.

Als sie am frühen Morgen am Ruder gestanden hatte, hatte der Wind ihr die Haare hochgeweht, und Dan hatte ihren Nacken geküsst. »Ich freue mich, dass du und die *Lady Jane* so gut miteinander auskommen«, meinte er strahlend. »Könntest du dir vorstellen, dein Leben mit mir und einem Boot zu teilen, ganz egal, wohin uns die Arbeit verschlägt?«

»Einen Versuch wäre es mir wert«, antwortete Jessica. Ein überwältigendes Gefühl von Frieden, Freude und Liebe zu diesem Mann erfüllte sie und trieb ihr Tränen in die Augen, sodass sie nicht weitersprechen konnte. Also hielt sie ihr Gesicht in den Wind und richtete den Blick zum Horizont.

Als sie am Kai von Burridge anlegten und die *Lady Jane* gerade mit einer Spring sicherten, stürmte eine kleine Gestalt den Weg zum Hafen hinunter und winkte ihnen zu.

»Das ist Katie«, sagte Jessica. »Mit Nyx. Du lieber Himmel, sie hat diese Eule wirklich ins Herz geschlossen. Da hat Terry den richtigen Riecher gehabt.«

»Toby und Sally kommen auch gerade. Vielleicht ist ja schon ein Milchshake bestellt?«

»Für dich? Oder für Katie?«

Dan hob Katie hoch, setzte sie auf seine Schultern und ging schon mal mit Toby vor, während Sally ihre Freundin prüfend ansah. »Na, wie war's? Ich meine das Segeln«, grinste sie.

Jessica lachte. »Sei nicht so neugierig. Ich kann nur sagen … ich könnte nicht glücklicher sein.« Ihr versagte die Stimme, und Sally nahm ihre Freundin in den Arm und drückte sie.

»Dan ist absolut der Richtige für dich«, sagte sie.

»Danke, Sal. Hast du schon mit deiner Mutter gesprochen?«

»Noch nicht. Ich muss sehen, wann es heute passt, und ihr auch noch das Kuvert geben. Und danach würde ich am liebsten in den Norden fahren und in Seawinds an die Tür hämmern und diesem Broadbent die Hölle heißmachen, egal wie Furcht einflößend er ist.«

Von Dans Schultern aus drehte sich Katie um und rief: »Mummy, Jess, kommt! Wir kriegen Milchshakes!«

Im weichen Licht des Frühlingsnachmittags kniete Mollie im Garten und jätete Unkraut in den Beeten. Gerade als sie die Gartenhandschuhe auszog und Jasper tätschelte, kam Sally aus dem Büro der Farm.

»Hallo, Sal. Du siehst müde aus, Liebes. Soll ich eine Pause machen, damit wir ein Tässchen Tee trinken können?«

»Zwei Frauen, ein Gedanke. Und Jess hat den Wasserkessel schon aufgesetzt. Sie ist mit Dan in seinem wunderschönen alten Boot hergesegelt. Das musst du dir unbedingt mal anschauen!«

»Offenbar läuft da was zwischen den beiden? Hoffentlich, denn Dan scheint mir ein netter Mann zu sein.«

»Sieht ganz so aus. Jessica ist hin und weg. Und die beiden passen sehr gut zusammen.«

»Sie wird uns fehlen, wenn sie uns verlässt und mit Dan in den Sonnenuntergang hineinsegelt. Aber sie weiß ja, dass sie hier ein zweites Zuhause hat«, sagte Mollie und ging auf dem weißen Kiesweg in Richtung Küche. Jasper trottete hinterher.

»Mum, setz dich mal ein paar Minuten mit mir hierher«, bat Sally und wies auf die alte Gartenbank.

Mollie musterte sie forschend und nahm Platz.

»Es ist schön in der Sonne«, meinte Sally.

»Aha?« Mollie blickte sie argwöhnisch an. »Was ist los? Ich kenne dich doch, also raus mit der Sprache. Hast du von Terry etwas erfahren, was du mir noch nicht gesagt hast?«

»Ja, aber zuerst … ich habe das hier gefunden.« Sally reichte ihrer Mutter das versiegelte Kuvert, auf dem in schönster Handschrift Mollies Name stand.

Mollie starrte ihre Tochter an, und Tränen stiegen ihr in die Augen. »Das ist von meiner Mutter«, sagte sie leise.

»Ich weiß nicht, was drinsteht, aber ich ahne es. Lies, solange wir allein sind.«

Behutsam öffnete Mollie das Kuvert, zog den Brief heraus und begann neugierig, aber auch ein wenig beklommen zu lesen.

Nachdem sie die Lektüre beendet hatte, war sie kalkweiß im Gesicht und reichte Sally stumm den Brief.

Meine geliebte Tochter,
da Du nun dein erstes Kind erwartest, muss ich Dir ein Geheimnis offenbaren, das mich schon lange quält. Es betrifft die Umstände Deiner Geburt. Bitte denk nicht schlecht von mir, ich habe den Mann geliebt, den ich geheiratet habe … er war mein Anker, meine Zuflucht, mein Fels in der Brandung. Doch um zu verstehen, was wahre Liebe wirklich bedeutet, gilt es, einen ruhig dahinplätschernden Bach mit einem tosenden Wasserfall oder dem reißenden Amazonas zu vergleichen. Ehe Du es nicht selbst erlebt hast, ahnst Du nicht, welch verschiedene Welten dies

sind. Ich war jung und unbedarft, aber ich will keine Ausflüchte machen und damit entschuldigen, was geschehen ist: Nachdem ich Stephen geheiratet hatte, lernte ich einen Mann kennen, von dem ich glaube, dass ihn das Schicksal seit jeher für mich bestimmt hatte. Wir liebten einander im Geheimen und waren überzeugt, dass niemand je zuvor eine solche Liebe erlebt hat. Mit Tommy war ich in einer anderen Welt, von der ich zuvor nicht einmal geträumt hatte, die ich mir nie hätte ausmalen können; es waren unvergessliche Augenblicke. Und dann stellte ich fest, dass Du unterwegs warst. Ein Geschenk, mit dem ich nach so vielen kinderlosen Jahren nicht mehr gerechnet hatte. Tommy, Dein wahrer Vater, wollte Dich unbedingt in unserem Leben haben. Nie werde ich vergessen, mit welcher Freude er meinen Bauch küsste und für Dich sang.

Meine liebste Mollie, manchmal muss man im Leben Entscheidungen treffen, die nicht den eigenen Wünschen entsprechen. Für Tommy war die Sache einfach. Er wollte, dass ich Arcadia den Rücken kehrte, dass ich einen Mann verließ, der nichts Unrechtes getan hatte, und mir stattdessen die Freude gönnte, unser Leben miteinander und mit unserem Kind zu teilen. Er war ein brillanter Mann, aber nicht im Mindesten praktisch veranlagt, und obwohl ich mit ihm auch in einer Grashütte oder in einem Iglu zusammengelebt hätte, musste ich doch auch an Dich und an Stephen denken. Tommy und ich hätten Dir sicher ein liebevolles Heim geboten, mit Eltern, die sich aufs Innigste zugetan waren, doch es hätte immer ein Schatten darauf gelegen … weil ein Mann grundlos gestraft worden wäre und ich Dich deines rechtmäßigen Erbes beraubt hätte. Arcadia ist mein Zuhause, wie es auch Deines und das Deines Kindes ist. Wärst Du bei Tommy und mir groß geworden, hättest Du

uns dann gehasst, wenn Du die Wahrheit erfahren hättest? Mich hat jahrelang die Frage gequält, ob es die richtige Entscheidung war, die mir letztlich aber aus der Hand genommen wurde. Tommy hat mein Dilemma gesehen und verstanden … er wollte das Beste für Dich und kam zu dem Schluss, dass er es Dir nicht bieten könnte. Zwar gab er mir noch eine letzte Chance, mit ihm zu gehen. Doch ich musste ihm sagen, dass wir uns nie wiedersehen durften … und verließ ihn.
Ich weiß nicht, ob Stephen Bescheid wusste. Falls er etwas vermutet haben sollte, hat er es sich jedenfalls nicht anmerken lassen, und er hat Dich geliebt, wie ein Vater ein Kind nur lieben kann. Es hat mich getröstet zu sehen, wie zugetan Ihr einander wart, und so hoffe ich schlussendlich, Du stimmst zu, dass ich die richtige Entscheidung getroffen habe.
Thomas Broadbent war ein feiner Mann, der zwar seine Schwierigkeiten mit seiner Familie hatte, aber für Dich immer nur das Beste wollte, und ich glaube, so ist es auch gekommen.
Verzeih mir, dass ich Dir dies verschwiegen habe. Es liegt bei Dir, ob Du dieses Wissen mit Deinem Mann und später einmal mit Deinem Kind teilen möchtest oder nicht.
Vielleicht empfindest Du ja anders, wenn Du selbst Mutter bist. Bitte vergib mir. Du bist ein Kind der Liebe. Möge Dein Kind Dich lieben und vergöttern wie ich Dich, meine allerliebste Mollie.
Deine Dich liebende Mutter
Stella Holland
5. Mai 1985

Durchs Küchenfenster beobachtete Jessica Mutter und Tochter, drehte sich dann um und holte fünf Teetassen aus dem Schrank.

Mit Katie im Schlepptau kamen Toby und Dan in die Küche.

»Danke, dass du schon Tee gekocht hast. Wo sind denn Sal und Mollie?«, fragte Toby, der Katie an ihren eigenen kleinen Tisch setzte, wo sie sofort die Schachtel mit den Buntstiften öffnete.

Mit einer Kopfbewegung zum Fenster wies Jessica nach draußen. »Sie sitzen im Garten. Sally hat ihr den Brief gegeben, den wir entdeckt haben. Hoffen wir, dass er zur Aufklärung beiträgt.«

Kurz sahen alle hinaus, dann schenkte Jessica Dan und Toby, die schweigend am Tisch saßen, Tee ein.

Die Tür öffnete sich, und Sally kam herein.

»Wie geht's ihr?« Toby nahm Sallys Hand.

»Sie braucht wohl noch ein paar Minuten. Ich kann es ja selbst kaum fassen, aber der Brief war tatsächlich von Stella, und sie schreibt darin, dass Thomas Mollies Vater war. Sie habe Tommy, wie sie ihn genannt hat, immer geliebt, aber Stephen eben auch, auf andere Art. Mollie solle wissen, dass Stephen ein feiner Mensch war, der sie von ganzem Herzen geliebt hat, und dass Stella nicht mit ihrer Entscheidung gehadert hat, ihr Leben mit Stephen und nicht mit Thomas zu verbringen.

Natürlich war das ein Schock, und Mum hat nach dem Lesen des Briefs erst mal kein Wort herausgebracht. So etwas ist ja wirklich nicht leicht zu verkraften. Zuerst war sie wütend auf Stella. Dass sie ein Mitglied derselben Familie sein soll wie ihre ›Feinde‹, macht ihr schwer zu schaffen. Und sie bemitleidet ihren Vater … also Stephen Holland.«

Sie saßen noch beim Tee, als Mollie mit geröteten Augen und grimmiger Miene eintrat und sich setzte. Wortlos schenkte Jessica ihr eine Tasse Tee ein.

»Ich brauche eher was Stärkeres«, sagte Mollie und setzte sich kerzengerade hin. »Okay, jetzt legt mal alles auf den Tisch. In dieser Familie soll es keine Geheimnisse mehr geben, weder aktuelle noch welche aus der Vergangenheit.«

Sally und Jessica berichteten, was sie seit dem Fund der Metallkassette in der Höhle und auf ihrer Reise entdeckt hatten. Zum Schluss schilderten sie dann noch, was Mrs James ihrem Sohn Terry über den Tod von Hilda Holland berichtet hatte.

Mollie betupfte sich die tränennassen Augen mit einem Taschentuch. »Ich habe keinen Moment lang geglaubt, dass mein Vater … mein Vater …« Ihre Stimme zitterte, »… dass Stephen Holland je etwas Böses hätte tun können. Er hat sich für seine Patienten aufgerieben. Und Hilda war seine Frau … natürlich wollte er sie nicht leiden sehen. Wie entsetzlich, ihn dann als Mörder hinzustellen und zu behaupten, er habe ein Testament gefälscht! Ich werde nicht zulassen, dass diese Familie Arcadia in die Finger kriegt.«

»Nach allem, was Terry erzählt hat, Mollie – dass Stephen seine erste Frau Hilda geliebt und sich bis zu ihrem Tod aufopfernd um sie gekümmert hat –, glaube ich nicht, dass ein anderes Testament existiert«, sagte Toby. »Aber selbst wenn: Aus Stellas Brief geht eindeutig hervor, dass du die älteste lebende Broadbent bist. Was wir notfalls beweisen können. Broadbent hat also auf jeden Fall schlechte Karten.«

Mollie überlegte. »Da gab es doch diese grässliche Zeichnung im Skizzenbuch meiner Mutter«, sagte sie. »John Broadbent wollte Mum offenbar einschüchtern, damit sie nicht mehr ›seinen‹ Wald aufsucht. Und diese Typen haben uns seit Jahrzehnten bestohlen und bedroht! Ach, meine arme Mutter.«

»Wir werden dir alles zeigen, was wir in der Höhle gefunden haben, Mum«, versprach Sally. »Und wir können auch bestimmt noch mehr über Thomas Broadbent herausfinden, wenn du möchtest.«

Doch da richtete sich Mollie auf und sagte energisch: »Für mich wird immer Stephen Holland mein Vater sein. Nach dem, was ich heute gehört habe, wusste Joseph Broadbent sehr genau, wie liebevoll sich mein Vater all die Jahre um seine Schwester gekümmert hatte. Offenbar ist sein Sohn John ein gieriger, gemeiner und egoistischer Mann gewesen, dem wiederum sein Sohn Gordon in nichts nachsteht.« Sie vergrub das Gesicht in den Händen. Doch nach einer Weile sah sie wieder auf. »Ob wohl Mrs James über meine Mutter und Thomas Bescheid gewusst hat?«

»Das ist gut möglich. Aber sie war sehr loyal. Wie Terry ja auch. Sie hat die Familie beschützt«, antwortete Sally.

Mollie seufzte. »Ich bin so froh, dass ich nun wieder Kontakt zu Terry habe. Er gehört doch auch zu Arcadia.«

»Arcadia ist vielen eine Heimat«, sagte Jessica.

»Das liegt an diesem wunderbaren Wald, glaube ich. Er ist eine so besondere Welt. Katie liebt ihn, genau wie ihr Mädchen ihn immer geliebt habt. Seit sie neulich das erste Mal dort war, will sie immer wieder hin.« Mollie lächelte.

»Wer ist in unserem Wald?« Katie sah von ihrem Malbuch auf.

Sally lachte. »Komm her, Süße, und gib Mummy einen Kuss.«

»Ich weiß, dass das ein ganz schöner Brocken für dich ist, Mollie. Aber es bedeutet, dass du keine Angst mehr haben musst, Arcadia zu verlieren«, sagte Jessica.

Mollie seufzte. »Danke, Jess, dass du mitgeholfen hast, das alles aufzuklären. Ich sollte selbst mal nach Seawinds fahren.« Sie stand auf. »Okay, ich geh wieder in den Garten. Jetzt kann ich die Sonne genießen.«

Die anderen sahen ihr nach.

»Meinst du, sie will wirklich der neu entdeckten Verwandtschaft in Seawinds gegenübertreten?«, fragte Jessica leise.

Sally zuckte die Achseln. »Du kennst doch meine Mutter.«

Als Sally und Toby am nächsten Tag von ihrem Anwaltsbesuch zurückkehrten, saßen Mollie, Dan und Jessica in der Nachmittagssonne im Garten, und Katie spielte in der Nähe. Mollie sah deutlich fröhlicher aus als am gestrigen Tag.

»Gute Neuigkeiten?«, fragte Jessica.

Sally lächelte zaghaft. »Wir hatten unserem Anwalt ja schon eine Kopie von Broadbents Drohbrief an Mum geschickt, und jetzt haben wir ihm noch Stellas Brief gezeigt. Er meinte, das könnte die Lage für Broadbent ziemlich ungemütlich machen, vor allem wenn wir mit einem DNA-Test beweisen können, dass Thomas Mums biologischer Vater war. Und da alles schon so lange her und deshalb schwer zu beweisen ist, hängt der Ausgang der Sache auch stark von Broadbents Glaubwürdigkeit ab.«

»Na, dann werden euch unsere Neuigkeiten aber jubeln lassen!« Jessica nickte Dan zu, der sich räusperte.

»Erinnert ihr euch daran, dass man Denyse' Freund Kevin gebeten hatte, Broadbents Studie über Pilze zu begutachten? Denyse hat vorhin angerufen und mir die neuesten Erkenntnisse dazu mitgeteilt. Anscheinend ist das meiste astrein und sogar sehr nützlich, doch Kevin ist aufgefallen, dass es sich oft um Forschungsergebnisse anderer Wissenschaftler handelt und Broadbent abgeschrieben hat. Ein solcher Diebstahl geistigen Eigentums kann seinen Ruf ganz schön ramponieren.«

»Heißt das, seine Karriere ist vielleicht zu Ende?«, fragte Sally.

»Letztlich hängt es davon ab, wie viel er abgeschrieben hat«, meinte Jessica. »Aber das ist keinesfalls eine Bagatelle.«

»Wir haben es mit einer recht kleinen Gemeinde hochintelligenter und überaus engagierter Wissenschaftler zu tun, insbesondere Mykologen, die es nicht einfach hinnehmen werden, dass sich jemand derart unprofessionell verhält«, erklärte Dan. »Vermutlich hat Broadbent gehofft, damit durchzukommen, ohne in den Fokus von Leuten wie Kevin und seinen Kollegen zu geraten.«

»Ich freue mich so, dass man ihn ertappt hat«, grinste Mollie.

»Und ich würde sagen, das ist das letzte i-Tüpfelchen. Es belegt, dass man ihm kein Wort glauben kann«, sagte Sally. »Wir werden unseren Anwalt beauftragen, Broadbent über Mollies Vater ins Bild zu setzen, ihm mitzuteilen, dass wir über sein Plagiat Bescheid wissen und dass wir nicht das mindeste Interesse an Verhandlungen mit ihm haben, sondern durch alle Instanzen gehen werden, falls er nicht klein beigibt.«

»Ganz genau«, nickte Mollie mit entschlossenem Blick und stand auf. »Nun wissen wir jedenfalls, dass Arcadia unserer Familie gehört und immer gehören wird, und das ist die Hauptsache.«

»Ich wäre überrascht, wenn wir nach alldem jemals wieder von Broadbent hören sollten«, meinte Toby. »Er hat buchstäblich nichts mehr in der Hand.«

»Hals- und Beinbruch jedem, der sich mit *dieser* Familie anlegen will«, ergänzte Sally und legte den Arm um Mollies Schultern.

Diese zog Jessica an sich, und die drei Frauen umarmten sich. »Und zu dieser Familie gehörst auch du, Jess. Ich danke euch, Mädchen«, schloss Mollie.

Epilog

Sie gingen schweigend, mit behutsamen Schritten. Plötzlich wurde die andächtige Stille durch ein lautes Knacken unterbrochen.

»Ups«, entfuhr es Sally, die auf einen Zweig getreten war, und Jessica musste lachen.

»Ah, ist das mein Stichwort?« Sean blieb stehen, nahm den Hut ab und sagte feierlich: »Wir haben uns heute hier versammelt, um diesem Wunder der Natur …«, er machte eine ausladende Handbewegung, »… das so viel Leben beherbergt und unser aller Leben erhält, unsere Ehrerbietung zu erweisen. Es schenkt uns Frieden und erfreut unser Herz. Ihr Wälder dieser Welt, wir verneigen uns vor euch!«

Die kleine Gruppe spendete lachend Applaus.

»Und ein Hoch auf Arcadia«, sagte Dan und drückte Jessicas Hand.

»Ich kann richtig spüren, wie jede Anspannung von mir abfällt«, meinte Sally, die in tiefen Zügen die kühle, klare Luft einsog. »Ab jetzt werde ich immer hierherkommen, wenn ich gestresst bin. Und ich werde Katie häufiger mitnehmen.«

»Dieser Wald ist wirklich etwas Besonderes. Was für ein Glück, dass er nie angetastet wurde«, freute sich Mollie.

Carmen nickte. »Es ist, als höre man die Bäume atmen. Was für ein Irrsinn, dass solche Orte laufend zerstört werden! Vielen herzlichen Dank für die Einladung, Mollie!«

»Ja, danke, Mollie«, echote Sean und steuerte auf einen der größten Bäume zu. Dann bückte er sich plötzlich und hob triumphierend den Arm. »Da ist sie! *Stella-Arcadiana*. Sie ist zurück!«

Während sich alle um den dicken Stamm versammelten, wo die kleine blau-violette Blume ihr Köpfchen durchs Erdreich steckte, hörten sie jemanden lachen. Wie ein Wirbelwind kam Katie angehüpft und winkte mit beiden Armen.

»Daddy und Onkel Terry sagen, ihr müsst kommen, das Barbecue ist fertig, und sie haben Hunger!«

»Dein Wunsch ist mir Befehl, meine Liebe!« Sean beugte sich zu Katie hinab und hob das kleine Mädchen auf seine Schultern.

»Wer zuerst oben auf dem Hügel ist, hat gewonnen!«, krähte Katie.

Lachend hakten sich Mollie und Sally unter, Dan nahm Jessica bei der Hand, und Sean begann zu singen, während Carmen, wie immer bestens in Form, die Führung übernahm.

Dan blieb über Nacht, und am folgenden Morgen fuhren Sally und Jessica ihn nach Burridge, wo er mit der *Lady Jane* in Richtung Hobart ablegen wollte.

Er nahm Jessica fest in die Arme. »In ein paar Tagen bin ich zurück, dann stechen wir gemeinsam in See.«

Sally gab er einen Kuss auf die Wange. »Pass gut auf dich auf, Sal. Und danke, dass ich Arcadia kennenlernen durfte.«

Sally und Jessica sahen zu, wie die *Lady Jane* den Fluss hinuntersegelte, Richtung Kanal und Meer.

»Kneif mich mal, Sal.«

»Es ist real. Und du hast es verdient.«

»Ich hatte schon ganz vergessen, wie es sich anfühlt, glücklich zu sein, und zwar so, dass man schier platzen könnte vor Seligkeit!«

Die beiden Freundinnen standen am Steg und blickten auf den Fluss, der in der Sonne glitzerte.

»Weißt du, was ich mir gerade überlege?«, fragte Sally.

Jessica erwiderte ihren Blick. »Genau. Los geht's.«

Sie sprangen ins Auto und fuhren zurück nach Arcadia, hinunter zur Slipanlage am Fluss.

Als sie ausstiegen, klingelte Jessicas Handy. »Ich wette, das ist Dan. Er wird bald keinen Empfang mehr haben.«

»Ich hole schon mal den Schlüssel.« Sally ging zu dem alten Bootsschuppen und nahm den Schlüssel unter der losen Planke von seinem Haken.

Sie kurbelte die *Charlotte-Ann* bereits über die Winsch ins Wasser, als Jessica zum Bootsschuppen gerannt kam.

»Hey, rate mal!«

»Was ist?«

»Ich hab den Job!«

»Nein – das ist ja fantastisch!« Die beiden Frauen lagen sich in den Armen. »Du solltest Dan anrufen.«

»Mach ich gleich. Aber lass uns erst einmal Segel setzen.«

Wie immer arbeiteten sie Hand in Hand. Schließlich legten sie ab, der Bug durchschnitt das Wasser, und die beiden beobachteten, wie sich das Großsegel im Wind blähte.

»Bei diesem Anblick muss ich immer an eine Frau denken, die ihr Haar löst und es mit einem Schwung ausschüttelt«, sagte Sally. »Sollen wir Kurs auf den Wald nehmen? Es ist so ein schöner Anblick, wie sich die Bäume die Hügel hinaufziehen.«

Jessica saß am Ruder. »Es ist einfach herrlich hier. Ich könnte nicht glücklicher sein.«

»Ich auch nicht. Jess. Ich habe nämlich tolle Neuigkeiten, aber ich wollte auf den richtigen Zeitpunkt warten, um sie dir zu erzählen: Ich bin schwanger! In letzter Zeit habe ich mich oft so müde und unwohl gefühlt, es allerdings auf den Stress geschoben. Doch nun waren Toby und ich beim Arzt.«

»Ach, wie schön! Ich freue mich so für euch!« Jessica umarmte die Freundin mit dem freien Arm, während sie mit der anderen Hand das Ruder fest im Griff behielt.

Sally schlang ihren Arm um Jessicas Taille. »Es kommt mir vor, als hätten wir in dieser kurzen Zeit einen ganzen Lebensabschnitt miteinander geteilt.«

»Ich habe das Gefühl, ich hätte zweimal die Welt umsegelt. Wenn ich daran denke, wie düster mir alles erschien, als ich hier ankam … ich dachte, dass ich nie mehr richtig glücklich sein könnte. Und jetzt bekommst du ein Baby, ein Geschwisterchen für Katie, und ich habe Dan kennengelernt! Zwar habe ich noch keine Ahnung, wohin unsere Reise geht, aber ich kann mir niemanden vorstellen, mit dem ich lieber zusammen wäre, Sal. Ich bin wunschlos glücklich und fühle mich geborgen. Danke, dass du mich ertragen hast.«

»Wir sind schließlich Freundinnen, Jess. Für immer. Du hättest dasselbe für mich getan.«

Das Wasser unter den schwarzen Schattenrissen der Hügel verwandelte sich bereits in flüssiges Gold, als die beiden Frauen einige Stunden später zum Bootshaus zurückkehrten.

Sie schlugen die Segel ab, schoben das Boot zurück in den Schuppen, schlossen die ausgebleichten Holztore und versteckten den Schlüssel wieder unter der Planke.

Eine Weile standen die beiden Freundinnen im Zwielicht der Dämmerung nebeneinander und genossen die kurze Zeitspanne zwischen Sonnenuntergang und Nacht. Nichts regte sich außer dem Spiegelbild der Hügel und Bäume auf der glatten Oberfläche des Flusses.

Als sie sich abwandten und zum Wagen gingen, hörten sie es.

Der ferne Warnruf einer Eule, die ihr Nest in einem der uralten Bäume verließ, um im Wald zu jagen – ihrem Zuhause.

Danksagung

Ich danke

… meinen Enkelkindern Sonoma, Everton, Bodhi und Ulani … die mir so viel Freude schenken und mich dazu inspirieren, die Welt ein bisschen besser zu machen – für sie;

… meinem liebsten Boris, stets zugewandt, zuverlässig und geduldig – und immer für mich da;

… meinen geliebten Kindern Dr. Gabrielle Hansen und Dr. Nicolas Morrissey;

… sowie allen Mitgliedern der Familien Revitt und Janjic.

Liebe Freundin Bernadette Foley, danke, dass du wieder einmal solch brillante redaktionelle Arbeit geleistet hast.

Ebenso gilt mein Dank dem kollegialen Team bei Pan Macmillan Australia – Ross Gibb, Tracey Cheetham und allen in der PR-Abteilung, in der Herstellung, im Marketing und beim Vertrieb.

Ich danke Brianne Collins für das scharfsichtige Lektorat und die tollen Anmerkungen, und auch der wundervollen Herausgeberin Georgia Douglas.

Und herzlichen Dank an Ian Robertson, Officer of the Order of Australia, und die Kanzlei Holding Redlich.

In Tasmanien

… danke ich den alten Freunden Robert Dessaix und Peter Timms sowie den vielen neuen Freunden, die Boris und ich auf unseren Reisen kennengelernt haben.

Außerdem gilt mein Dank

… Assoc. Prof. Alastair Richardson, ehrenamtlicher wissenschaftlicher Mitarbeiter in der Fakultät für Biowissenschaften, Fachbereich Zoologie, an der University of Tasmania und Akademischer Direktor des Bookend Trust sowie den Angestellten der Royal Tasmanian Botanical Gardens.

In den USA

… vielen Dank für deine Hilfe, Dr. Reese Halter, leidenschaftlicher Umweltschützer *(DrReese.com)*.

Und ein ganz besonderes Dankeschön an Paul Stamets, inspirierender Mykologe und Autor, der sich für biologische Sanierung und die Verwendung von Arzneipilzen einsetzt.

Auch dem Baumfreund Dr. John Stockard im Manning Valley, Kieferchirurg und Träger der Medal of the Order of Australia, möchte ich herzlich danken.